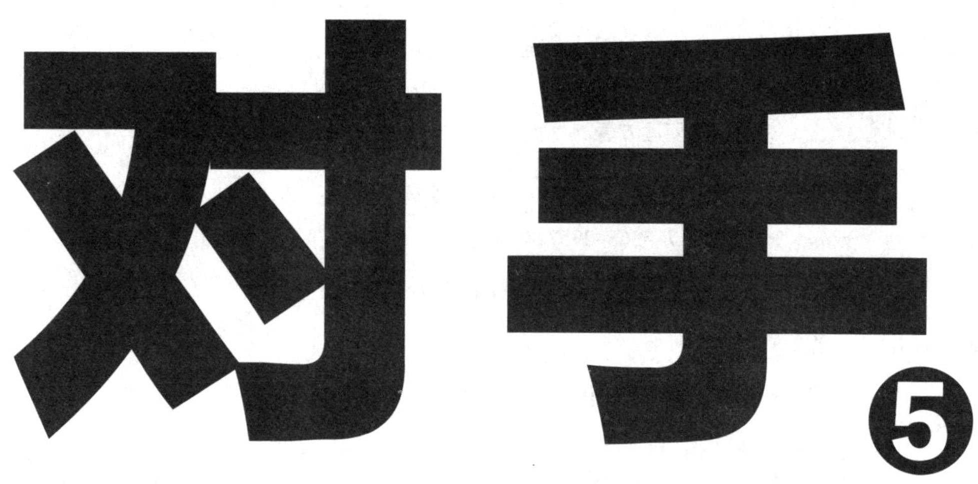

圆通是做人智慧的最高境界

姜远方 ◎ 著

二十一世纪出版社集团
21st Century Publishing Group
全国百佳出版社

图书在版编目（CIP）数据

对手.5 / 姜远方著. -- 南昌：二十一世纪出版社集团，2017.1

ISBN 978-7-5568-2357-4

Ⅰ.①对… Ⅱ.①姜… Ⅲ.①长篇小说－中国－当代 Ⅳ.①I247.5

中国版本图书馆 CIP 数据核字 (2017) 第 000196 号

对手.5 姜远方 著

责任编辑 张秋林 张 宇
出版发行 二十一世纪出版社集团
（江西省南昌市子安路75号 330009）
www.21cccc.com cc21@163.net
出 版 人 张秋林
经 销 新华书店
印 刷 北京建泰印刷有限公司
版 次 2017年5月第1版 2017年5月第1次印刷
开 本 710mm × 1000mm 1/16
印 张 22
字 数 330千
书 号 ISBN 978-7-5568-2357-4
定 价 40.00元

赣版权登字—04—2017—7

目　录

第一章　投资收购一波三折，国企改革任重道远

重组协议签订后，却一直不见利得集团行动。原来，利得集团本想将高科技引进海川重机，从而占领市场，可是忽然发现市场上出现了同类的高科技仿冒产品，在法制不健全的市场中，利德集团进退两难，即使打官司，也是遥遥无期，真是好事多磨。

海川，郑胜气哼哼地找到了秦屯的办公室，嚷嚷道："秦书记，你最好给我一个适当的解释，这一次本来是一个大好的机会，可以将金达赶出海川，为什么你要做缩头乌龟，让金达风风光光成了市长？"

秦屯没好气地瞪了郑胜一眼，说："嚷嚷什么，还嫌我不够烦啊？"

选举虽然是尘埃落定，秦屯知道事情并未到此结束，省委对这一次的横生枝节究竟会做如何处置，现在谁也心中无底，虽然陶文暗示过只要金达顺利当选，就谁也不追究，可是郭奎会不会也这么认为，秦屯可能一点把握没有，现在秦屯担心事态的后续发展。

郑胜说："怎么了，事情不是结束了吗？你再烦也改变不了结果。"

秦屯说："我告诉你，事情远没有结束，省里肯定会对另推候选人的行为作出反应的。"

郑胜说："真不知道你在怕什么，到现在为止，并没有任何人调查过任何事，而且我相信如果真要调查，也是调查不出什么来的，他们没有证据，又能拿你怎么样？"

秦屯说："你知道什么？我当时为什么急于找你让你撤回对李涛的支持，就是陶文当着我的面说的，如果这一次选举不能顺利结束，那省里就会调整海川市的领导班子，他到时候如果把我调到人大或者政协之类的部门，是不是你就高兴了？"

郑胜说："就算他这么说过，他的目的也已经达到了，他该满意了，还想怎么样啊？"

秦屯说："上意难测啊，谁知道省委会怎么处置这件事情啊？反正我觉得这件事情绝对不会风平浪静地就这样过去。"

郑胜说："那你要担心到什么时候啊？省里如果一直不处分你，你是不是要担心一辈子啊？"

秦屯说："那倒不用，这里有一个风向标，我在等着看省里这一次如何对待李涛，相信省里如果真的对我想有什么动作，肯定会跟李涛一起处理的。"

郑胜说："你是说省里会处理李涛？"

秦屯说："李涛在这件事情不管立场如何，他跟金达的关系都会复杂起来，郭奎和陶文这么精明的人不会想不到这一点，他们必然会有所处置。"

郑胜说："不管怎么处置，也是难以撼动金达的。"

秦屯说："好啦，我现在自保都很难，哪里还去管撼动金达。"

郑胜看秦屯心情不佳，再聊下去可能更加无趣，便说："看你今天心情不好，我走了。"

秦屯没好气地说："走吧，走吧。"

另外一边，在金达的办公室，李涛汇报完工作之后，笑了笑说："金市长，我觉得选举的事情需要跟你解释一下。"

李涛是一个比较忠厚的人，他害怕金达对他会有什么意见，因此选在这个时候好好做一番解释。

金达大体上能猜得到李涛现在的想法，笑了笑，说："老李啊，大家是公平竞争，我不介意的，你也别放在心上，事情已经过去了，就让它过去吧。”

李涛听金达还是把他参选定位为竞争，心里就有些紧张，他担心的就是这一点，这是一场他本无意参与的战局，他也无意去挑战金达的位置，但现在在外人的眼中却是他在跟金达竞争，甚至金达自己也这么认为。

李涛笑了笑，说：“我还是要解释一下的，我根本就没想到要参与竞选，被推荐成候选人之后，我马上就找了张林书记和陶文副书记，提出不接受提名，可是张林书记和陶文副书记经过思考之后，都觉得退选可能反而会对金市长的选举不利，所以我才没退选的。”

金达愣了一下，他倒还真的没想过事情的真相是这样的。

李涛看金达愣在那里，以为对方不相信自己，赶忙说：“金市长，我说的都是真的，你可以去问张林书记，我确确实实没想过要跟你去竞争。”

金达反应了过来，笑笑说：“老李，我们共事的时间已经不短了，你是什么人我还是了解的，你是一个好同志，我相信你。我是不了解情况，这么说来，我还应该谢谢你呢。”

李涛笑了笑，说：“谢就不用了，只要金市长不误会我就好。”

金达笑笑说：“我相信你，应该谢谢你对我的大力支持，现在我成了海川市的市长了，还需要你更加支持啊。”

李涛松了口气，笑着说：“是我在金市长的领导下工作，请放心，我一定会配合好您的工作的。”

李涛说完就要告辞离开，金达顿了一下，他木来没有送李涛到门口的意思，可是又有些想要让李涛放心的意思，就站了起来，将李涛送出了办公室，最后还用力跟李涛握了握手，拍了拍李涛的肩膀，示意亲切。

有心人看到了这一场景，海川政坛上便开始说金达是在刻意表演团结的戏码，反正他已经胜利了，所以就可以表现得大度一点。另外有些人就开始为李涛抱屈，说李涛都已经是海川市政府的老领导了，现在被金达这个后生晚辈又拍肩膀又干什么的，羞辱到了一个不堪的地步，这都是因为李涛争市长的结果。

这些八卦越传越凶，传到最后好像金达和李涛已经水火不相容了，双方当事人心中本来根本就没这些想法，可是慢慢各自耳朵里也听到了一些风声，虽然并没有因此而反目，可是相处就有些不自在了起来。

金达被郭奎叫到了省里，郭奎看了看金达，笑了笑说：“秀才啊，选市长这一仗你打得挺漂亮啊。”

金达笑笑说：“这主要是因为有陶文副书记和张林书记的大力协助，才会这么顺利。”

金达此刻还不知道他能赢，实际上是陶文釜底抽薪，阻止了秦屯的小动作的结果，他觉得虽然李涛并没有积极竞选，可总是参选了，他能赢过李涛那么多，实在是可以自傲的。因此他嘴里好像很谦虚，神态上却更像只是在说几句客套话而已。

这一切都没逃过郭奎的眼睛，他心里暗自好笑，这个秀才啊，刚刚有点成绩就像翘尾巴了，也许你还不知道，成为了市长，只不过是一个开头，日后你要面临的困难可能要比这一次的难上百倍。再说这一次你能顺利过关，也不是你自己的功劳，没有老谋深算的陶文在背后，还不知道要输得怎么惨呢。

郭奎本来想表扬一下金达，给他点自信，没想到这个爱将倒是自信爆棚，反而让郭奎觉得应该敲打敲打他了。

郭奎笑了笑，说：“秀才啊，你对李涛同志被推荐成为市长候选人这件事情是怎么想的?”

金达觉得这是郭奎在考验自己处理政治事务的能力，便笑了笑说：“我认为是一些不很熟悉我的代表们对我的不信任，不过大对数的代表们还是认同我的，所以我最后还是高票当选了。”

郭奎脸上的笑意更浓了，说：“那你觉得今后你要如何跟李涛同志共事?”

金达笑了笑说：“我觉得没什么不同啊，李涛同志是一个很好的同志，我还是代市长的时候，我们的配合就很好，这种关系持续下去就是了。”

郭奎笑了笑说：“那你觉得你们的关系不受这一次竞争市长的影响吗?”

金达笑了笑，说：“竞选过后，李涛同志专门找我谈了，说被推荐出来不是他的本意，我当时也跟李涛同志讲了，我并不介意他跟我的竞选，让他别放在心上，我们还要像以往那样，继续搞好海川的经济工作。”

郭奎笑笑说：“李涛同志果然比你老成。”

郭奎这句话是在夸奖李涛，而不是夸奖自己，这让金达有点兴奋的心情多少平静了些，他感觉到郭奎今天并不是为了表扬他的。

金达看了看郭奎，试探着问：“您认为李涛同志在这件事情上做得比我好？”

郭奎笑了笑，说：“你自己觉得呢，秀才？”

金达还真没有认真去考虑过这个问题，现在想一想，似乎李涛先找他解释首先就占据了主动，自己就成了被动接受的一个人了，从这个角度上看，李涛是比自己做得好。

金达说：“我还真没当回事，不过现在想一想，李涛同志真的比我做得好。”

郭奎摇了摇头，说：“秀才啊，你还是没有完全进入角色啊。你已经当选市长了，就应该从一个市长的高度去考虑问题。你就没想到，你刚跟你最主要的副手博弈过一场，他的心中会不会有什么芥蒂啊？你要想人家跟你合作搞好海川市的经济，你作为一个市长，就不考虑做出姿态抹平你们之间的裂痕吗？李涛同志为什么主动跟你解释？他不就是考虑过这些，认为这些可能给你们造成矛盾，不利于以后的共事吗？你呀，叫我说你什么好呢？”

金达本来还觉得自己因为选举，已经有了在郭奎面前自傲的资本了，没想到几句话之间就被郭奎打回了原形。

金达低下了头，说：“我可能没想那么复杂吧？”

郭奎说：“没想那么复杂？你是市长啊，这种问题怎么能不想得复杂一点？”

金达不说话了，郭奎却并没有停下来的意思，他说：“你是不是觉得这一次自己是公平竞争赢了李涛同志？”

金达这个时候已经不敢自以为是了，说：“主要还是组织上的大力支持，没有组织上的支持，我是没有这种能力的。”

郭奎说：“总算你还有一点自知之明，知道这一切都离不开组织上的支持。不过你刚才说那这样的话不觉得幼稚吗？这种场面话在会议上讲讲可以，在我面前还是算了吧。看来事情过去这么长时间了，你还没对选举中发生的事情有一个全面的了解啊，秀才，你掌控全局的能力还真是很差啊。"

金达看了看郭奎，说："郭书记，我也知道是有人在里面搞鬼，可是我也没什么证据，所以在您面前就不敢乱说。"

郭奎笑了，说："是吗？那你说说看，你觉得这件事情是谁在里面搞鬼？"

金达说："能玩出另行推荐候选人这一招的，应该是熟悉选举程序的人，我觉得市委副书记秦屯很可疑，正好前段时间有一个房地产开发商因为土地纠纷，被我严厉处分了一下，这个开发商跟秦屯的关系很好，据说他想要解套的方案也是秦屯帮他运作的。"

郭奎笑笑，说："秀才，看来你也不是很笨嘛。"

金达苦笑了一下，说："郭书记，跟您说句实话，很多事情我还真是搞不明白。就像我说秦屯的事情，其实我也不敢确信，到后来我当选了的时候，我感觉秦屯似乎真心为我高兴，我又怀疑是不是看错了他。"

郭奎笑了笑，说："这一点你倒没看错他，他真心高兴是另有原因的，陶文副书记事先知道了是秦屯在背后搞鬼，因此在选举前告诫过他，说如果你这一次不能当选，他是第一个要受处分的人。现在你明白为什么他为你高兴了吧？"

金达愣了一下，说："原来是这样啊。"

郭奎说："你现在还觉得是代表们大多数都赞同你吗？"

金达摸了摸脑袋，不好意思地笑着说："全仗陶副书记釜底抽薪，我才有机会当这个市长。"

郭奎说："秀才啊，你现在已经不是我身边的一个参谋的角色了，你是一个治理一方的市长，手里握着一个几百万人的城市，这几百万人的命运与你息息相关，这么大的责任需要你遇事多动动脑子。一件事情不是只有是和非的，你讲求原则是不错，可是要审时度势，一件好事要做成了才会是一件好事，如果事情没做成，先就把自己搭进去了，那还是等于什么都没有。就像你刚才说的那个地产开发商的事情，你明知道对方在海川有些势力，也明知道自己要面临选举，为什么还要用那么严厉的手段去处分他？”

金达说：“我当时是觉得原则性的问题绝对不能违背。”

郭奎笑笑，说：“秀才啊，我不是让你去违背原则，而是觉得这件事情你应该处理得更好才对，原则是要坚持，但是不要急在这一时啊！就算你当时找不到好的解决方案，你也可以暂时把这个问题放下来，等拖过了选举再来处理啊？你倒好，麻利地处分了他，这样就把他逼上了非跟你对立不可的境地。这些你好好想想吧。”

金达苦笑了一下，说：“郭书记您批评得对，可能是我把做学问的那一套用到了官场上了，有点太迂了。”

郭奎说：“秀才啊，有一点你是要明白的，我们所身处的这个位置，是很多利益的纠葛点，很多时候，不管我们做何种决定，总是有得利的一方，相应的就会有失去利益的一方。所以我们身处的位置是矛盾的中心，你要想在这里发展好，就要善于去解决问题，而不是被问题困住。迂一点无所谓，有些时候迂不是一个缺点，很多出了事的官员们问题就在他们太过于圆滑，太过于为自己的利益考虑，从而放弃了原则。不过在迂的同时，你也要多想想怎样才会有利于问题的解决。这两者是相辅相成的，你不能只考虑一方面。”

金达点了点头，说：“我懂了，郭书记。”

郭奎看这时的金达已经没有了刚来时那种信心爆棚的感觉了，便知道自己对他的敲打已经够了，他也不想过于挫伤金达的积极性，就笑着说：“秀才啊，你是从我身边出去的人，我对你的要求会严格些。其实呢，陶文同志对你这一次在选举中的表现还是很赞许的，他觉得你的能力和魄力都很不错，只是政治技巧稍显稚嫩，不过，这也是没办法的事，这是需要在现实中磨练才会有的东西，别看我和陶文同志处理器棘手问题来得心应手，那是我们这么多年的仕途历练才有的。所以嘛，我对你还算满意。”

郭奎总算对自己有了些认同了，金达心里轻松了下来，不过他也不敢再像刚才那么得意了，就笑了笑说：“谢谢郭书记，今天听您这一番教导，我真的学到了很多东西。以前我听人说过一句话，说读万卷书，不如行万里路；行万里路不如阅人无数；阅人无数不如高人指点。当时我还不没觉得这句话怎么样，今天听了您这番话，我才真正明白，这句话还真是有道理啊。”

郭奎笑笑，说：“秀才啊，学会拍马屁了？”

金达摇了摇头，说：“我是真的这么认为的，说起来我读过的书虽然没有破万，也是很多了，但有些道理还真是需要您这样的高人在一旁指点才明白。”

郭奎笑了笑，说：“算你小子会说话，其实我这些经验也是碰得头破血流之后才悟出来的。好了，不说这些了。有件事情我要跟你说一下，省委打算让李涛同志动一下了。”

金达说：“为什么啊？我现在跟他相处还不错啊！”

郭奎笑了笑，说：“你不要以为我这个省委书记什么情况都不了解，你送李涛出门，拍了拍他的肩膀，都在海川政坛上传得沸沸扬扬的，这种情况对你们搭班子很不利。”

金达说：“那只是人们的议论，我和李涛同志都很尊重对方的。”

郭奎说：“你又犯简单化的毛病了，无风不起浪，常务副市长对于市长来说是很重要的一个助手，我可不想因为你们之间影响了海川市的工作。不过，你也不要为李涛同志担心，省委是要重用他，打算让他出任东海省交通厅的厅长。”

金达知道交通厅相对来说也是一个很重要的部门，李涛如果出任厅长，级别上也是上升了一格，这是人家的进步，所以他没有理由再阻止什么，便说：“我服从省里的安排。”

郭奎看了看金达，他还是觉得这个秀才稚嫩了些，看来这一次为海川选拔常务副市长应该选择一个老成持重的人，多扶持一下金达，他才会发展得顺利些。

省委公布了对李涛新的任命，李涛出任了东海省交通厅厅长，这是一个令人大跌眼镜的任命，原本很多人会以为，省里就算动李涛，也会是贬而不会是升，更不会是交通厅这么重要的位置。再说李涛年纪已经快过线了，一般情况下也不会提升了。人们对此就有了很多的猜测，很多人都觉得这背后肯定有某种交易存在，比方说李涛放弃跟金达争市长位置，而省里就用交通厅长的位置来安慰他。不过很多人也觉得李涛很适合省交通厅的厅长这个位置，李涛为人忠厚，做事谨慎，正是最近接连出事的交通厅最合适的领导。

李涛成了交通厅的厅长，让秦屯的心彻底放了下来，李涛升迁，说明省里不会为了海川市的选举处罚什么官员了。心放下来之后，秦屯心中竟然有些酸溜溜的感觉，他想得到一个正厅的位置很久了，可是费尽心机都得不到。没想到李涛竟然这么轻易就得到了，还是省交通厅这么重要的位置。

李涛对得到这个位置也是十分意外，他早已经没有了升迁的想法了，按照某种惯例，他现在的年纪已经过了可以提拔的阶段了，他准备接受在副市长位置上退休或者到了某个年纪之后，升为正厅级的政协主席之类的位置再退休。没想到自己因为偶然被利用了一下，竟然因祸得福成为了正厅长，他心中未免觉得好笑，这世界有些时候还真是奇妙，自己还可以争取的时候，怎么努力都得不到，现在基本上无欲无求了，竟然从天上掉了一个正厅长。

李涛也对能离开海川市常务副市长的位置感到高兴，他多少也了解了一些海川政坛上的八卦，虽然他也知道不是事实，可是不得不再跟金达相处的时候更加谨慎一些，生怕某些事情处理不好，触怒了金达。时间一长，李涛也感觉心里很累，很想脱离这个尴尬的位置。

海川市领导班子盛情欢送李涛上任，省交通厅对于海川市是很重要的一个部门，市里很多交通方面的事务还是需要交通厅的支持的。再说李涛在海川市人缘本来就很好，就连秦屯这样的人跟他相处都很好，他又是高升，人们对他自然是很热情。

欢送走了李涛之后，海川又迎来了一位新的副市长，名叫穆广，四十多岁，来自东海省一个与海川相邻的地级市，原来是那里的县委书记。穆广在做县委书记的时候，将那个县的 GDP 大大提升了一个台阶，东海省还专门组织写作班子总结过他的经验，因此穆广算是一个很有能力的领导干部，省委经过慎重考虑，决定由他出任海川市市委常委、副市长，接替李涛离开留下来的空缺。

不经意间，海川市的领导格局有了很大的变化。

金达对新到任的穆广印象很模糊，说不上好，也说不上不好，穆广戴着一副厚重的黑框眼镜，金达无法从他的眼镜看透过去，也就无法真正看到他的内心。

金达只是知道穆广态度显得很谦卑，跟他说话都是脸上带着笑容的，金达做市长的时间虽然不长，可是已经知道作为一个一把手很多时候是不能谦卑的，也许在征求意见的时候可以谦卑，但做决定的时候，就需要那种果敢的决断性，否则很多事情是做不好的。

从穆广的资历来看，他曾经是一个很好的县委书记，把一个县治理得很好，显然他曾经是一个很有决断性很有能力的人，这样的一个人肯定不是谦卑的。

虽然金达知道穆广的这份谦卑是装出来的，但他心中并没有十分在意，他现在已经知道政坛实际上是一个舞台，而一个好的演员是应该演好自己的角色。以前穆广是一把手，他就应该展现他的决断能力，而现在他的角色变了，他成了自己的副手，表现一下谦卑也是应该的。

金达对穆广能够适时调整心态感到很高兴，这是一个很聪明的人，跟聪明人合作，能够省去很多的麻烦。而且就目前了解到的情况而言，穆广也确实是一个能人，金达不是容不得手下有能力的人，他希望自己的手下越有能力越好，这样就很容易出成绩，出了成绩，最受益的还是他这个领导者。

因此总的来说，金达对穆广的到来还是持欢迎的态度。

下车伊始，穆广并没有像一般到任的官员那样，先各个部门跑一遍，熟悉熟悉情况，而是把第一站放到了北京。

傅华接到了政府办公室的通知，说新来的副市长穆广要到北京来，让他做好接待工作。傅华赶忙开始布置接待穆广的工作，对穆广的到来，他是十分重视的。虽然由于驻京办工作的性质，傅华常常可以直接跟市长联系，可是驻京办实际的分管领导是常务副市长，直接的分管领导，又是新到海川上任的，傅华可不敢有丝毫大意。

穆广并没有选择坐飞机到北京来，而是带了车过来。傅华接到穆广的秘书刘根的电话，便赶忙迎了出来。开到海川大厦门前的是两辆轿车，一辆奥迪、一辆奔驰。傅华认识那辆奥迪，原本是李涛的用车，李涛走了，自然会成为继任者穆广的用车，就赶忙往奥迪车迎过去。不料车门打开，下来一位二十七八岁的年轻人，笑着说："是傅主任吧，我是穆副市长的秘书刘根，穆副市长在奔驰车上呢。"

刘根是穆广从县委书记任上带到海川的，因此傅华并不认识。

傅华赶忙走到了奔驰车旁，这时奔驰车门打开，一个四十多岁戴着黑框眼镜的中年男子走了下来，傅华在海川政府网站上看过穆广的照片，大致也认得他的模样，便知道此人就是穆广了。

傅华赶忙迎了上去，笑着说："您好，穆副市长，我是海川驻京办的主任傅华，欢迎您到驻京办来。"

穆广上下打量了一下傅华，笑着握了握手，说："你好傅主任，我很早就知道海川驻京办有一个能干的主任，今日一见，果然不错啊。"

傅华笑了笑，说："穆副市长夸奖了。"

穆广又抬头看了看海川大厦，点头称赞说："气派啊，傅主任能够在北京建起这样一座大厦，不容易啊。"

傅华笑了笑说："这不是我们驻京办一家建起来的，是三家合营的。"

穆广笑笑说："那也不错啊，多少驻京办还在租房办公呢。来，我给你介绍，这位是东海云龙公司的钱总，这次他也要到北京来办事，我就和他一起过来了。"

穆广介绍的钱总，是刚从奔驰车上下来的一位五十多岁的男子，个子不高，衣着华贵，笑眯眯的，很平和的一个人。

钱总跟傅华握了握手，说："幸会啊，傅主任。"

傅华倒没想到穆广到北京来竟然会带商人同行，这可是有点傍大款的味道，不过这也不是他能够去置评的，便笑了笑，说："幸会，欢迎钱总到北京来。"

穆广笑着说："这次幸好能有钱总同行，他的奔驰车果然坐着很舒服。”

傅华笑着说：“穆副市长，房间已经安排好了，您一路风尘，是不是先去休息一下？”

穆广笑笑，说：“是要休息一下了。”

傅华带着穆广进了房间，这间房是海川大厦最高档的房间之一，穆广看了看，笑笑说：“我这一次要跟几个部委里的朋友见见面，这个房间可以帮我装装场面，不错啊。不过，傅主任，以后不要安排这么好的房间了。”

傅华笑了笑说：“这本来就是自家的酒店，暂时也没客人住，闲着也是闲着的。”

穆广笑笑说：“问题不在这里，我个人是不喜欢太奢侈的，这一次不是要应酬，我是不会住这里的。”

傅华就有些摸不着头脑了，这个人为了享受可以带一个老板到北京，住起自家酒店来，却又说不太喜欢奢侈，这不是前后矛盾吗？

不过，傅华也不能去问为什么，便说：“好的，穆副市长，下一次我们会注意的。”

穆广说：“你给钱总安排一间房间住下，不过这可要他自己掏钱的。公是公，私是私，一定要分明。”

傅华看了看钱总，按说市里面的领导带朋友到驻京办来，往往会找这样那样的借口，让朋友也跟着免费住在海川大厦，像这种让朋友自己掏钱的情形还是第一次遇到。穆广这句话一说，傅华对他更有了一些好的印象。

不过傅华也担心穆广仅仅是客套，便笑着说：“穆副市长，这是我们自家的酒店，让您的朋友自己掏钱不太好吧？”

傅华这么说，是准备只要钱总稍稍有不愿意掏钱的意思，便免费给他安排了，他不想为了这么点费用，就去得罪一个新来的副市长。

钱总似乎知道傅华心中的困惑，笑了笑说：“傅主任，穆副市长就是这样一个人，你给我安排一间好一点的就可以，房间费我自己来。”

傅华就不好再勉强了，笑着说：“那好，我马上给你安排。”

傅华就带着钱总和刘根去安排住宿了，住下来之后，傅华送刘根去房间，在路上问：“刘秘，你跟穆副市长时间比较长，对他的情况很了解，今天的晚饭怎么安排，穆副市长都喜欢吃什么？”

刘根笑了笑说：“傅主任，这个你就不用太费心了，穆副市长跟自家人吃饭的时候，向来很简单，你这里有没有道地的手擀面，有的话安排几碗过来就可以了。”

傅华笑了笑，说：“就这么简单，不会吧？”

刘根笑了笑说：“我不骗你的，你就按照我说的去做好了。”

傅华不知究竟，他跟刘根也不是太熟，不好再深问下去，只好跟厨房说了，晚上安排手擀面，不过在此同时，也备下一些好的食材，一旦穆广有不高兴的意思，就赶紧撤换。

晚饭的时候，厨房在安排了几碗手擀面之外，另作了几碟清新小菜。

穆广显得很有精神，笑了笑说：“其实有手擀面足以，看来傅主任对我的为人还不十分了解啊，怕我觉得这顿饭太过简单了是吧？”

傅华笑了笑，说：“您第一次到海川驻京办来，我是觉得就用几碗手擀面招待有些不太礼貌了。”

穆广笑了笑说：“傅主任啊，我们的好日子才过了几天啊，手擀面你就觉得简单了，是不是北京这个地方好东西太多了，让你看不上这手擀面了？”

傅华赶忙解释说：“这倒没有，其实平常我们吃的也就是这些最家常的饭菜。”

穆广笑了笑：“这就对了，家常菜是最好吃的。傅主任，你不用紧张了，我知道很多领导来北京，没有山珍海味会不高兴的。但我不同，你以后记住这一点，我再到北京来，就给我手擀面足矣。这是我自小养成的习惯，小时候家里十分困苦，能吃上一碗妈妈做的手擀面就算是过年了。这一点我想傅主任应该能够理解，你们家以前不是也很穷苦吗？是不是成了富豪的女婿，就忘了当初的苦日子了？”

傅华没想到穆广竟然对自己的情况这么熟悉，看来他对驻京办是做了功课的。傅华笑了笑，说：“我明白穆副市长的心情，其实现在想来，什么都比不上妈妈做的饭菜好吃。”

穆广笑了笑说：“这就对了，来，加上小刘，我们三个看看谁吃的多。”

三人就各捧起一碗吃了起来，穆广吃面完全是粗犷一型，大嘴一张，几筷子就干掉了一碗，傅华和刘根饭量不是那么足，吃得相对来说细致很多。

最后，穆广比两个年轻人多吃了两碗，便笑着说：“你们现在这些年轻人啊，怎么吃起饭来像个娘们儿似的。”

傅华笑笑说：“我们没有穆副市长健康。”

饭吃完，穆广喝了一口茶，然后笑着问道：“傅主任，你们驻京办这一块经营怎么样啊？”

穆广这是开始了解情况了，傅华看了看他，其实目前驻京办每年从酒店餐馆赚到的钱，应付了贷款和利息及各项费用之后，算是略有盈余。不过傅华不想把真实的状况实话实说，他担心穆广知道驻京办略有盈余之后，会打这点盈余的主意，当初秦屯不是曾经刻意让自己帮他处理饭费吗？傅华很担心穆广也会这么办。

傅华笑了笑说：“也就是维持吧，酒店方面的分红加上海川风味餐馆的利润应付完贷款和利息，还有一些费用之外，就没有什么了。”

穆广说：“那你这里就没什么发展的资金了，是吧？”

傅华笑了笑，说：“驻京办毕竟不是一个完全的经营部门，能够维持已经不错了。”

穆广摇了摇头说：“那不行，驻京办是什么地方？这是海川在北京的门面，勉强维持怎么能行，回头你把贷款的情况总结一下，写个报告给市里，我会跟金市长商量一下，给你们解决一部分资金。”

傅华惊喜地说：“穆副市长说的是真的吗？”

贷款是傅华一直很头痛的事情，虽然驻京办收入还可以应付过来，可有那么一笔贷款压在那里总是一个心事，如果能尽快解决，傅华自然很高兴。

穆广笑了笑，说：“你觉得我是开玩笑吗？”

傅华不好意思了，说："不是，这对我来说真是意外之喜，贷款这个问题我跟市政府反映过多次了，可是市里面总是能拖就拖，不给解决，穆副市长能给我们解决，真是太好了。"

穆广笑笑说："又想马儿跑得快，又想马儿不吃草，这世界上可没这种好事。我是对你们驻京办有所期望的，所以想给你们卸下这个包袱，卸下了这个包袱，你们也好专心为市里办事。"

傅华笑笑说："还是穆副市长体恤我们的难处。"

穆广笑了笑说："别急着拍我的马屁，事情办不好我一样狠批你们的，说说海川重机的情况吧，为什么利得集团除了付了购买股份的钱之外，一点实际性的重组行动都没有啊？他们想干什么，难道仅仅是为了制造题材，从二级市场上牟取暴利吗？"

傅华呆了一下，他没想到穆广话题一下子就转到了海川重机的重组工作上面去了，这起承转合也有点太快了。

傅华从利得集团和海川市达成了海川重机的股份转让合同之后，就没再跟这个案子了，他觉得自己牵线搭桥的作用已经尽到了，因此对最近一段时间重组有什么进展并不清楚。现在穆广提到利得集团没有什么实际性的重组行动，让他有点措手不及。

穆广掌握的情况一般是不会错的，傅华笑了笑，说："穆副市长，你接触工作还真快啊，我们都有点跟不上你的进度了。"

穆广笑笑说："同志啊，现在是什么时代啊？别人都在加速，容不得我们慢腾腾的。海川重机这个情况还是金达市长跟我说的，他希望我能把这件事情处理好，我没有别的办法，只有来催你们了。"

傅华尴尬地笑了笑，说："这件事情从签订合同之后，我就没再跟进，目前的情况并不了解。"

穆广看了看傅华，笑了笑说："傅主任啊，办事处的包袱我都帮你考虑了，是不是也麻烦你能够多替市里面想一想啊，海川重机的事情市里面可是很急的，如果耽搁下去，不但海川重机的壳保不住，经营也会陷入困境之中，市里面可是不敢拖啊。"

傅华点了点头，说："回头我马上跟利得集团和顶峰证券方面联系，了解一下进展情况。”

穆广说：“一定要抓紧啊。”

傅华说：“我会抓紧的。”

穆广看了看傅华，笑笑说：“傅主任，是不是觉得我这个副市长上来就逼得你很紧啊？”

傅华笑着点了点头，说：“是有一点，我没想到穆副市长做事这么雷厉风行，这么一会工夫，我后背上的汗都下来了。”

穆广笑了笑，说：“傅主任，你我都是穷苦家庭出来的，我觉得像我们这样家庭出来的人应该更追求上进才对。我不知道你是怎么样，反正我是从基层一步一个脚印干起来的，每一件事情我都力求做到最好。也正是这种求好的心情，让我做什么事情都很急切，还希望傅主任能够谅解我。”

傅华笑了笑，说：“我能体会到穆副市长的心情，一定会配合好您的工作的。”

穆广摇了摇头，说：“你错了，这工作不是我的，而是我们共同的，希望我们共同合作，做好这件事情。”

傅华点了点头，说：“我知道，我明天就去顶峰证券，询问一下情况。”

穆广说：“明天暂且不要安排了，我明天约见了几个部委的领导，都是我在做县委书记时结交下来的朋友，你跟着一起见一见，回头也好跟他们多熟悉熟悉，方便以后联系工作。”

听说穆广要约见几个部委的领导，傅华笑了笑，说：“穆副市长，要给部委领导们准备什么礼物吗？”

按照傅华跟部委领导打交道的经验，一般都是要准备礼物的，尤其是穆广刚从地方上过来，正好以土产的名义送一点礼物，彼此都能接受。傅华知道这些部委领导们既好伺候，又不好伺候，关键是礼物要送得对路，送了对路的礼物，不一定很贵重，但对方一样会很喜欢；如果送了不对路的礼物，就算贵重，对方也没觉得什么，有些时候反而会觉得讨嫌。这些部委领导都是穆广的朋友，傅华相信穆广肯定熟知他们的嗜好，因此才事先问一下要准备什么礼物。

穆广笑了笑，说：“这个你就不用管了，礼物我都准备好了。”

傅华笑笑说：“穆副市长考虑事情这么周全，我们这些做属下的工作起来真是轻松多了。”

傅华又闲聊了一会儿，就告辞离开了。回到了家里，傅华还在琢磨穆广，穆广这一次到北京来展现出来的是超意外的好，不管是能力还是品格，特别是穆广强调他出身贫苦，更是在傅华心中唤起了一定程度的共鸣。

贫苦子弟往往都希望能抓住机会脱离原来的阶层，因此他们也付出了加倍的努力。傅华在求学期间跟穆广所说的情形是一样的，他也是付出比一般同学多得多的刻苦，才能够考上京华大学，那时候心中所想的并不是什么家国之类的远大理想，只是想跻身精英阶层，以改变命运，用后来比较流行的话来说就是用知识改变命运。

但是傅华并没有因为这一点，就简单地给穆广定位为一个好的官员，他只是觉得这是一个会做事的官员，很会笼络下属，有这样一位分管领导，他感觉今后的工作会很好做的。

这时手机响了起来，傅华看了，是金达的号码，赶忙接通了，笑着说：“金市长，有什么指示？”

金达说：“见到穆副市长了吗？”

傅华说：“见到了，他今天下午到的北京，我刚陪他吃的晚饭。”

金达笑笑说：“怎么样，你对他什么感觉？”

傅华笑着说：“他是领导，我就不好去评论了吧？”

金达笑笑，说：“怎么，在我面前还需要这么虚伪吗？傅华，我是想听听你的意见，今后很长时间我和穆广将会共事，我需要对他有一个客观的定位。”

傅华说：“我也谈不上什么很深的认识，只是感觉有一种出人意料的好。”

金达笑了，说：“出人意料的好，这话说得到位，你跟我对他的认识基本上是一致的，我也是感觉他表现出来的好有点过分了。”

傅华笑笑说：“可能是现在这种干部很少的缘故吧，我们见到了就感觉很稀奇。其实我们内心深处都希望现在的官员像穆广这样，那样的话，很多工作就好做多了。”

金达笑笑说：“这种好都有些不真实了，你觉得会不会是：周公恐惧流言日，王莽谦恭未篡时。向使当初身便死，一生真伪复谁知？”

金达说这段话出自白居易的《放言》：赠君一法决狐疑，不用钻龟与祝蓍。试玉要烧三日满，辨材须待七年期。周公恐惧流言日，王莽谦恭未篡时。向使当初身便死，一生真伪复谁知？意思是穆广还有待观察。

傅华笑了笑说：“我也是这种感觉，内心是很希望他能表里如一的。不管怎么样来说他是一个很有能力的官员，处事干练精明，刚才饭后简单谈了一会儿工作，结果我后背都流汗了。”

金达笑了，说：“这么有本事？把我们一向都很有办法的傅主任弄得流汗了。说给我听听，究竟是怎么回事啊？”

傅华就讲了穆广追问利得集团重组海川重机的情形，金达听完，说：“这件事情我也很着急，顶峰证券和利得集团究竟是怎么回事啊？”

傅华笑笑说：“你们不愧都是领导，谈起工作来，立场马上就一致了。”

金达笑了笑说：“傅华，我知道这件事延宕下来责任并不在你，市里面最近忙选举，忙领导班子更替，没有太多精力放在这一方面。不过你身在北京，是督促这件事情最方便的人选啊。这件事情又确实很急，穆副市长倒是一上来就知道抓住问题的重心。”

傅华笑了笑说：“我原本准备明天就去顶峰证券的，可明天要陪同穆副市长见几个部委的领导，后天一定去联系这件事情就是了。”

金达笑笑说：“一定要抓紧啊。”

第二天一早，穆广就起来到驻京办四处转了，跟工作人员座谈，征询大家对驻京办改进的建议。座谈很简短，但是穆广仍然表现得很重视，对每一个工作人员都很友善。

十点钟的时候，穆广约见的第一位部委领导到了，说是农业部的一位姓孙的处长。

孙处长上来就捶了穆广一下，笑着说：“老穆啊，你这可是高升了，今天一定请客啊。”

孙处长跟穆广表现这么亲密，一看就知道二人的关系很深。

穆广笑笑说：“请客是可以，不过我新到海川市，孙处长你不会一点表示都没有吧？怎么也要支持一下吧？”

孙处长笑笑说：“我就知道你这家伙叫我来没安好心，不就是想要资金吗？可以啊，资金有的是，就看你老穆有没有能力拿走了。”

穆广笑着说：“孙处要考我了，我的能力从哪里来的，还不都是孙处的大力支持吗？”

孙处长笑笑说：“算你这家伙会说话，你新到一个地方，是需要一些支持，我会帮你想办法批一点资金的，就算我对你的支持。”

穆广笑着说：“谢谢，能批多少啊？”

孙处长笑着说：“能批多少就要看你在酒桌上的诚意有多足了。”

穆广呵呵笑了起来，说：“放心，我的诚意可是十足的。”

中午穆广一改在房间里吃手擀面的简朴作风，在主席台中餐厅定了一个房间，傅华也是最近跟谈红一起去过，才知道京城有这么一家顶级的豪华餐厅，没想到穆广竟然早就知道了。

傅华知道这一顿的消费不会低，这不同于他与谈红两人吃饭，他们两人吃饭可以各凭口味点菜，而请农业部的领导，又是为了跑资金，穆广肯定会尽着最好的来点，因此在陪同着他们出发之前，特意带上了银行卡。

孙处长又约了几位农业部的同事，凑了九个人，去了主席台，要了一个大包间。穆广果然全点了一些招牌菜，这里的菜贵得令人咋舌，傅华暗自庆幸自己带了卡来。这一次，穆广是为了工作而消费，他招待得越好，能够给海川带来的资金可能就越多，因此傅华倒是很情愿结这笔账的。

席间的第一个题目就是穆广的高升，孙处长等人向他表示了祝贺，穆广笑着说：“谢谢各位领导了，兄弟之所以能在仕途上有些寸进，全赖各位领导给予我的大力支持。我在这里诚心诚意感谢各位啦。”

这话说得讨巧，让孙处长等人听了心里舒服，他们的关系不是一天两天了，孙处长对穆广的帮助肯定是很大的。

穆广就以感谢的名义先饮了第一杯酒，他喝得十分爽快，一口就将三两三的白酒干掉了，孙处长等人也不含糊，跟着也干掉了。

白酒下肚，酒桌上的气氛就放开了，农业部的官员们就和穆广这边的人你来我往敬起酒来了。

酒至半酣，穆广问起孙处长这一次能批多少资金下来，他说自己这是新到海川市，资金如果少了，支持力度可不够啊。

孙处长笑笑说："我说了，这多少要看你的诚意，你把诚意展现给我看，我会给你相应的资金。"

穆广笑着说："那孙处长你说，这个诚意要我如何展现?"

孙处长笑笑说："这样吧，你喝酒，一杯白酒五百万，怎么样，敢来吗?"

"这可是你说的，我有什么不敢的?"穆广说着让小姐把三两三的酒杯在面前摆了十只，看了看孙处长："我喝了你可别反悔啊?"

孙处长笑着说："谁反悔谁是孙子。"

傅华感觉头皮有点发麻，他和部位的领导们不是没打过交道，但用的都是一下文明的路数，打打高尔夫、喝喝茶之类的，像穆广这种山野草莽用的拼酒路数还真是没用过。他粗略算了一下，刚才穆广已经喝过了五杯左右的白酒，算起来他肚子里已经有了一斤半以上的白酒了，如果再喝，不用多了，再来五杯的话，他就要喝掉三斤多白酒，这已经是惊人的酒量了。更何况看这架势，他并不打算五杯就停下来，他是准备了十个杯子。

穆广冲着小姐叫道："给我都满上。"

小姐也惊讶地看着穆广，说："先生，您是说十个杯子都满上吗?"

穆广说："对啊，要不然我让你摆十个杯子干什么?"

小姐吐了一下舌头，她不敢违抗客人的吩咐，就开始往杯子里倒酒。

孙处长看了看傅华和刘根，笑着说："老穆啊，丑话先说在前头，酒得一个人喝，如果你这些部下出来替你，那我们的约定就不算了。"

穆广笑着说："孙处啊，你这是看不起兄弟啊，我什么时候说过要他们替了？傅主任、小刘，我可跟你们说，不准替我啊，别让人看不起我们这些东海汉子。"

傅华有些担心地看了看穆广，说："穆副市长，这酒能这么喝吗?"

穆广笑了起来，说："放心啦，我心中有数。"

说着，穆广就抓起酒杯，不歇气接连干掉了三杯。酒桌上的气氛都凝结了，大家都屏住呼吸，都在看穆广能喝多少。

三杯喝完之后，孙处长笑笑说："老穆，别喝得太急了，先吃点菜垫补一下。"

穆广笑了笑，说："不用，我还急着挣你的这笔钱呢。"

说完，他又接连抓起三杯，都是一口见底。这已经喝了六杯了，当穆广伸手去抓第七杯的时候，孙处长伸手压住了穆广，说："我真服了你，老穆，这第七杯不能喝了。"

穆广这个时候还能笑得出来，他笑着说："我没事，这一杯五百万的好事我可不想放过去的。"

孙处长笑着说："真的不要喝了，你就是再喝，我也批不出那么多钱了。"

原来孙处长的权限就是三千万，穆广再喝，他还真的拿不出来钱了。

穆广笑了笑，说："那好，这六杯酒的钱一定要批给我。"

孙处长说："放心，我还不想当孙子呢。"

于是，剩下的四杯酒就分了让穆广做结尾。傅华一直在看着穆广的脸色和神态，这顿酒席穆广已经喝了将近四斤的白酒，他会很害怕穆广会喝醉失态。幸好穆广除了脸微微红了一点之外，并没有什么失态的迹象，傅华心中也不得不佩服他的酒量。

宴会已近尾声，傅华把银行卡递给了服务小姐，说："小姐，结账。"

穆广不高兴地看了傅华一眼，说："傅主任，你干什么，我什么时间说过要驻京办买单了？你把卡收起来，让小刘结。"

傅华被说得不好意思了，他没想到穆广根本就没想给驻京办添麻烦，只好讪笑着把银行卡收了起来。

酒宴结束，穆广把孙处长送上了车，约定会尽快把资金请批报告送过去。

穆广看孙处长离开了，就赶紧上了车，说："快点，快回驻京办。"

司机就赶紧开车，穆广下了车就匆忙回了房间，傅华以为他还有什么紧急公务要处理，也跟进了房间，没想到穆广进了房间就冲进了洗手间，抱着马桶狂吐起来。

傅华尴尬起来，他没想到会是这样一个场面，他这是见到了穆广最隐私的一面。傅华也不敢离开，他担心穆广会有什么意外，只好站在穆广身后，不时帮他拍打一下后背。

吐了一会儿，穆广似乎把肚子里的酸水都吐了出来，才停了下来，可能是酒劲上来了，他一屁股坐在了洗手间的地上，后背靠着浴盆，呵呵笑了起来。

洗手间里充满了呕吐物酸腐的臭味，穆广脸上又是眼泪又是鼻涕的，一片狼藉。

傅华赶紧去扶穆广，说："穆副市长，你先起来洗把脸，清凉一下。"

穆广笑了笑说："你让我先坐一会儿，我身上一点气力都没有了。"

傅华洗了一个毛巾，递给了穆广，自己把马桶的呕吐物冲掉了，洗手间的气味总算轻了些。

傅华苦笑了一下，说："穆副市长，你这又是何苦呢？喝这么多酒可是很伤身体的。"

穆广笑了笑，说："傅主任，三千万呢，你不觉得很值得吗？"

傅华说："可是你的身体受不了的。"

穆广笑了笑，说："傅主任啊，你是不了解我啊，你觉得我今天喝得算很多了，是吧？其实呢，我这一次还在能承受的范围之内，曾经我一次喝过十杯。"

傅华惊讶地说："原来您今天还真准备喝掉那十杯酒啊？"

穆广笑了，说："你因为我吓唬孙处呢？我是真的要喝。哎，你不懂的，我们这些出身贫苦，没背景的人，要怎样才能在这竞争激烈的仕途上闯出一番局面来？还不就是因为我们敢拼吗？别人不敢的，我敢。我在原来的那个县，什么资源都没有，怎样才能把经济搞上去啊，还不是我找省里、找部委，一家一家去跑，跟他们拼酒，一个一个项目跑下来，这才有了很大的起色。"

说到这里，穆广看了看傅华，笑了笑说：“这一点上，你比我幸运，你读了一所著名的大学，起步就做了一个副市长的秘书，起点就比我高很多。更幸运的是你还跟对了人，这个副市长后来还做了市长。在官场上，跟对了人就跟投对了胎一样。你投在了豪门，这一辈吃喝不愁；你投在了寒门，什么都得靠自己。”

傅华笑了笑说：“我能坐稳今天这个位置，也是费了很多的心血。”

穆广呵呵笑了起来：“你现在是什么级别？”

傅华说：“副处。”

穆广笑笑说：“你做到副处都费了什么劲？基本上都是在曲炜市长身边做秘书是吧？可我做到副处都做了哪些努力你知道吗？我在基层一步一步干起来，每一步都要付出比别人更多的努力，做到副处用了十五年。我的字典里面就没有幸运这两个字。”

傅华笑着说：“这可不好说，多少人奋斗了一辈子都还只是一个办事员呢。”

穆广笑了起来：“说来也是啊，我比他们强太多了。”

傅华笑笑说：“我扶你起来吧，地上凉，对身体不好。”

傅华将他扶到了床上，笑着说：“您好好休息吧，我先回去了。”

傅华知道醉后的人很容易出意外，嘱咐了刘根要多看顾穆广，嘱咐完就往房间外走，穆广在背后说：“傅主任，我今天这副醉相你知道就好，可不要跟别人说啊。毕竟这有些不雅，传出去影响形象。”

傅华笑笑说：“放心，我会保密的。对了，穆副市长，今天的餐费要不还是在驻京办报销了吧，您这也是为了工作。”

穆广笑了笑说：“傅主任，以后你了解我穆广之后，就会知道这种事情我向来是不给下面添麻烦的。”

傅华笑笑说：“那好，您休息，我回去了。”

傅华回到家中，并不敢马上去卧室，他先去洗了澡，换了睡衣，这才进了卧室。

赵婷还没睡，躺在床上看书，傅华伸手把书拿了过来，说：“小婷，怎么不早点休息啊，这么看书会伤眼睛的。”

赵婷皱了一下眉头，说："你怎么才回来啊？又喝酒了？"

说着赵婷干呕了几声，傅华知道现在正是赵婷妊娠反应厉害的时候，赔笑着说："副市长来了，我避不开。我回来已经去洗过澡了，看来还是不行，今晚我睡客房吧。"

赵婷说："不行，我要你陪着，我自己在家这一天好无聊啊。好了，我现在多少可以适应你的酒味了。"

傅华说："你现在别老闷在家里，出去找你的姐妹们聊天逛街啊。"

赵婷说："我现在这么丑，怎么见人啊？"

傅华笑了，说："谁说你丑了？你还是那么漂亮啊。"

赵婷说："肚子里有了孩子之后，我就觉得我现在变化好大啊，人也胖了很多，再也不是原来的赵婷了。"

傅华说："小婷啊，你还没显怀呢，你还是我漂亮的老婆啊。"

赵婷拉着傅华的手，说："我真的很担心啊，我肚子大起来会不会越发难看啊？都是你，害我变成这个样子。"

傅华笑着说："这也是一个女人必然要走的人生历程啊，放心啦，做母亲的女人才是最美丽的。"

傅华把耳朵贴到了赵婷的肚皮上了，赵婷伸手轻柔地摸着傅华的头发，说："你听到什么了？"

傅华笑笑说："除了你肚子里叽里咕噜叫，别的什么都听不到，可能儿子睡着了吧。"

赵婷笑着扭了一下傅华的耳朵，笑道："你给我再认真听一下，听听我们的儿子在做什么？"

傅华贴了上去，听了一会儿，还是没听到胎儿的动静。

赵婷这时说："爸爸说移民的事情办得七七八八了，再有一个多月我就要到澳洲去住一段时间了。"

傅华惊讶地说："这么快啊？"

赵婷说："当然了，爸爸这样创办知名企业的人才是澳洲缺乏的，他们十分欢迎向我们这样的家庭移民，因此办起来就很顺利。"

傅华心中有些落寞，他并不向往这一天的到来，而这一天这么快就要到了。

赵婷说："你也早点辞了驻京办主任，到澳洲来陪我吧，没你在我身边，我都不知道该怎么过啊。"

傅华笑笑说："爸爸和妈妈不是也会跟你一起过去吗？他们会照顾你的。"

赵婷不高兴了，说："爸爸妈妈和老公是一回事吗？你不想陪着你儿子在澳洲生活吗？我看你就是舍不得驻京办主任的位置。芝麻点大的官，你那么在乎干什么？"

傅华赔笑着说："我答应你，儿子出生之后，我会尽快也办出去的。"

赵婷说："为什么非要等儿子出世，现在不行吗？这还有什么差别吗？"

傅华说："你也知道，我这些年都在给政府做事，除了这个，我可以说没有其他的经验了。到了澳洲，我一切都要从头开始，你就给我一点心理上的适应时间吧。"

赵婷说："你不用从头开始的，爸爸在那里投资办了一家公司，你可以接过来管理啊。你如果觉得跟爸爸不好开口，我来跟他说。"

傅华说："不是的，小婷，我不想什么都去靠爸爸。"

赵婷说："说到底你还是不想去澳洲，你究竟在乎驻京办什么？在你心目中，是我重要还是驻京办重要？"

傅华说："当然是你重要了，可是一个男人没有一点事业，什么都要靠老婆，这个男人还有脊梁吗？"

赵婷看了看傅华，她是了解这个男人的，虽然她的家族算是豪富，可是傅华没有想过要去依靠她的家族，这一点曾经让她觉得傅华很有魅力，可是当他们成了夫妻，成了风雨与共的伴侣之后，她又觉得这成了他们相互融合的障碍。

赵婷哀怨地说："还不是你那臭自尊心在作怪？"

话虽这样说，可这是男人做人的基本原则，赵婷也知道无法改变，也就不再说什么。

第二天，穆广又接待了一个财政部的处长，几乎又把招待农业部孙处的戏码重演了一遍。傅华这一次已经见过一次了，也就对穆广的行径见怪不怪了。

第三天，穆广说要跟钱总去办些事情，让傅华去查办一下海川重机的事情。傅华这才腾出时间打了电话给顶峰证券的谈红，问有没有时间可以见一下面。

谈红迟疑了一下，说："行啊，你来吧。"

傅华赶去了顶峰证券，谈红接待了他，笑着说："傅主任，找我有什么事情?"

傅华笑着说："来问问海川重机重组的事情。"

谈红笑笑说："重组进行得一切顺利啊，有什么问题吗?"

傅华说："为什么利得集团还没有什么实际性的重组行动呢?"

谈红笑笑说："傅主任，你们也太急了吧? 什么都要一步一步来的，重组也是要有步骤的，也不能一蹴而就。"

傅华看了看谈红，说："谈经理，你别来糊弄我了，什么是步骤，什么是拖延我还分得清楚。你要知道，海川重机已经亏损两年时间了，剩下不到一年的时间你想扭亏为盈，可不是一件容易的事情，你们和利得集团最好是抓紧时间，否则海川重机不能按期扭亏而被退市，你们也会得不偿失的。"

谈红好整以暇地笑了笑说："傅主任，我是顶峰证券的业务经理啊，在证券这方面的知识比你多吧? 你都懂得的事情，我会不懂得吗?"

傅华说："既然你懂得，为什么不抓紧?"

谈红瞪了傅华一眼："不是刚跟你讲了吗? 这是要有步骤的。"

傅华还是觉得谈红在敷衍自己，他不高兴了，说："潘总今天在家吗?"

谈红冰雪聪明，听傅华问起潘涛，笑了，说："傅主任，你不会是想找潘总告我的状吧?"

傅华说："我倒没告你的状的意思，可是我看不惯你们这种做事不急不慢的作风，这件事情我当初是拜托给潘总的，我想找他问清楚，你们究竟是怎么一个打算。”

谈红笑笑说：“潘总今天不在，他去深圳了，你找找不到他的。不过，就算你今天找到了他，他跟我的回答也是一样的。重组上市公司是一件大事，不紧不慢就是为了防止中间出现什么问题，我再跟你强调一下，这就是步骤，乱了步骤就是乱了阵脚，到时候怕你是欲速则不达啊。”

傅华有些不相信潘涛不在公司，说：“潘总真不在公司？他去深圳干什么？”

谈红笑了，说：“我骗你干什么？要不我打开他的办公室给你看看？至于他去深圳干什么，他是我的老板，工作行程不需要跟我汇报，所以我不清楚。”

傅华看了看谈红，叹了口气，说：“本来想利利落落搞一次重组，对各方都有利的事情，谁知道拖拖拉拉这么长时间还没办成。你们和利得集团肯定从二级市场上赚翻了吧？”

谈红笑了，说：“我们都赚了点钱是真的，这我不否认，一开始我们也跟你讲了，之所以操作重组，目的之一就是为了赚钱。不过你也别以为我们赚了很多，远还没有达到利得集团出资购买股份的资金额度。所以我们不可能放弃重组的。傅主任，你一向都是一个很沉得住气的人，今天这是怎么了，什么事情把你急成这个样子了？再说，你们驻京办只不过起了一个牵线搭桥的作用，具体操作重组应该不是由你来管吧？你操这么多心干什么？”

傅华来顶峰证券是受了穆广的催促，他这几天看到穆广为了工作都可以豁出身体去拼，心中就有些羞愧的意思。穆广的行为也激励了他，他就很想在海川重机重组这件事情上做出点成绩来。

傅华说：“我们海川市市政府很着急这件事情啊。”

谈红看了看傅华，笑笑说：“是不是哪位领导给你压力了？”

傅华点了点头，说：“一位新上任的副市长来北京了，催起了这件事情。”

谈红笑笑，说：“原来是这样啊，我说呢，傅主任怎么突然像火烧了屁股一样着急火燎的。”

傅华知道谈红这是在讥讽自己，不高兴地看了她一样，也懒得计较，知道今天恐怕很难得到一个满意的答复了，便说："既然你们还需要等步骤，那我就先回去了。"

谈红笑笑，说："你急什么啊，别走，我中午请你吃饭。"

傅华笑了，说："算了吧，你请我又要到那种很高级的场合去，好吃倒是好吃，可那么贵，我都感觉好像是在吃钱一样，我还是不去浪费你们公司的钱了。"

谈红笑笑说："那是在吃品位好不好？"

傅华笑笑说："我没那么高的品位，我能填饱肚子就行了。"

谈红笑笑说："好了，我请你吃惠而不费的好吧？"

傅华看了看时间，说："离中午还早，还是算了吧，下次吧。"

谈红说："你中午有事请安排吗？"

傅华摇了摇头，说："没有。"

谈红说："那你就别走，我有事情跟你说。"

傅华说："既然有事，现在就说不行吗？"

谈红说："我马上就有一个约会，没时间了，我要跟你说的事情一句话两句话说不完的。"

傅华说："那好吧，我等你。"

谈红就把傅华安排在了接待室，自己匆匆离开赴约会去了。

临近中午，谈红匆忙赶了回来，看到傅华笑着说："走走，我领你去去吃湘菜。"

傅华问："去哪里？"

谈红笑了，说："我吃的肯定是最好的，当然是去京城第一湘菜馆曲园酒楼了。"

曲园酒楼是北京的一家老字号，据说光绪年间就有了这家酒楼，但是很特别的是，曲园酒楼出名并不是在北京，它原来在长沙就是名噪一时的饭店，后来被请到北京来经营，不知道是不是因为毛泽东是湖南人，喜欢吃湘菜的缘故。曲园酒楼搬到北京之后，毛主席经常在这里宴客，据说1955年将帅授衔之后，毛主席在曲园酒家开席十五桌，宴请授了衔的将帅们，毛主席当时说“这是地道的家乡味”，曲园酒楼由此就成为了京城第一湘菜馆。

傅华曾经去过几次曲园酒楼，知道湘菜是以味别多样、尤重酸辣、鲜香软嫩、熏腊清香、口味适中为风味特色的。此外，曲园酒楼做水鱼有独到的功夫，水鱼的裙边做得特别到位，特别好吃。

傅华笑了笑，说：“谈经理，我感觉你真是入错了行业。”

谈红笑了笑说：“怎么了？”

傅华笑笑说：“你可能吃遍京城美食了，什么地方有什么好吃的都知道，我想你做一个美食导吃员，肯定会大有前途的。”

谈红笑了，说：“傅主任笑话我啊，其实我倒不觉得这有什么，享受生活又没什么错。”

两人就去了曲园酒楼，谈红点了子龙脱袍、东安子鸡、酸辣肚尖、剁椒鱼头等招牌菜。

菜上来之后，谈红就开始絮絮叨叨介绍这些菜的来历，子龙脱袍是一道以鳝鱼为主料的传统湘菜。因为鳝鱼在制作过程中需经破鱼、剔骨、去头、脱皮等工序，特别是鳝鱼脱皮，形似古代武将脱袍，所以取名为子龙脱袍。这子龙就是三国时期的蜀国名将赵云。相传，曹操率军南征荆州，刘备为保百姓带领军民前往江陵，命张飞断后，赵云保护家小。行至当阳，被曹军赶上，赵云在混战中与刘备家小失散，身边仅三四十骑相随。赵云在乱军中到处寻觅，先找到甘夫人送至长坂桥，又折回继续寻找糜夫人与阿斗。后来，赵云找到了阿斗，取下护心镜，解开战袍将阿斗放在怀中，重新上马，杀开一条血路，终于冲出重围，将阿斗还到刘备手中。后来，湘楚名厨为了表示对赵云的钦敬而创制了子龙脱袍，以鳝鱼寓子龙之意。

东安子鸡上来之后，谈红又开始介绍这道菜与北伐名将唐生智有关，傅华来吃过，大致上已经了解了各个菜色的来历，听起来就没了趣味，便看了看谈红，打断了她的介绍，说：“谈经理，你留我下来吃饭，不是说有事要跟我说吗？什么事啊？”

谈红笑了笑，说：“事情不急着说，我们先填肚子要紧。”

傅华觉得谈红介绍菜色实际上是没话找话，可能是她要说的事情不好说出口，便想寻找合适的时机，把不好说的话说出来。

傅华笑了笑说："谈经理，我们认识也不是一天两天了，彼此也算了解了一点，你有话直说好吗？"

谈红看了看傅华，说："傅主任，既然你说我们彼此了解，那你就知道，我做某些事情纯粹是出于公事公办的立场，不是刻意去针对你的，也不是刻意去隐瞒什么。这个你能理解吧？"

傅华笑了笑，说："我很欣赏谈经理的专业精神，我们打交道是一种商业交易，就是要秉承着专业精神去做的。我可以理解，你就说是什么事情吧。"

谈红说："谢谢你能理解我，现在像傅主任这样能够谅解别人的人真是很少了。"

傅华笑笑说："别给我戴高帽子了，你这么说我有一种不祥的感觉，你是不是设下了什么圈套让我们钻啊？"

谈红笑了，说："看傅主任说得，我再坏也不会设下什么圈套让你钻啊。我们认识时间虽然很短，可我也是把傅主任是好朋友来对待的，我从来不欺骗朋友的。"

傅华越发感觉不好，看了看谈红，说："曾经有人警告过我，越是漂亮的女人越是不可信。谈经理，你铺垫了这么多，是不是海川重机重组的事情出了什么问题？"

谈红看傅华有些急了，就说："傅主任，海川重机的重组是出了一点问题，不过你也别急，问题很好解决。"

傅华说："我说你们怎么迟迟不肯有下一步重组的行动，原来根本上就是有问题的，你们怎么能这样呢？我今天如果不过来，你们是不是还准备继续拖延下去啊？不行，我要找潘总，你们这么做事，可显得不够朋友啊！"

说着傅华摸出了手机，就要拨号给潘涛。谈红见状有些着急，伸手就去压住了傅华的手，说："傅主任，你这么急干什么，你连出了什么问题都不知道，你找我们潘总，要跟他怎么说？"

傅华看着谈红，说："那你说，究竟是出了什么问题？"

谈红说："首先声明啊，这个问题不是我们顶峰证券和利得集团故意制造出来的，利得集团买你们的股份也是真金白银的，我们顶峰证券也做了很多前期的工作，投入也很大，重组不成功的话，我们也有损失。"

傅华有些烦躁地说："好啦，你就开门见山吧，究竟出了什么问题？"

谈红说："是这样的，原本不是说利得集团要将他们高科技部分的业务置于海川重机之中吗？现在我们发现出现了一点点差错，原本利得集团估计它们的高科技业务置于海川重机之中，将会给海川重机带来丰厚的利润。这样的话将会使海川重机扭亏为盈，从而摘掉 ST 的帽子。可是现在情况发生了很大的变化，市场上突然出现了利得集团高科技产品的大量仿冒品，他们的专利被侵权了，相应的市场份额急剧下滑，根据估计，就算现在将这种产品置于海川重机之中，怕也是很难给海川重机带来丰厚的利润。"

傅华看了看谈红，有点不相信地问道："你说的这些都是真的吗？我们达成重组协议才多长时间啊，这么短的时间内就会出现这种情况？"

谈红说："当然是真的啦，现在市场形势瞬息万变，什么情况都可能发生的。之所以出现这种情况，是利得集团一个负责研发的副总跳槽到了别的企业，将这个专利技术带到了新的公司去了。"

傅华摇了摇头说："你说的这些有证据吗？"

谈红说："利得集团现在在搜集有关证据，准备打官司控告这个副总和他跳槽的那家公司，我这里有一份他们被侵权情况的调查报告。"

谈红从随身手包里拿出了一份文件，递给了傅华，说："这是公司市场部今天刚收到的传真，你看一下。"

傅华翻看了一下，情况大致跟谈红说的相符，传真上面显示的时间也确实是今天的，看来这份文件不是假的。

随即傅华心中就起了一阵疑云，这份报告不是一下子就能形成的，利得集团和顶峰证券显然是准备好久了，他们既然早就有这一份报告，为什么偏偏要等到现在才拿出来，这个时间点也太巧合了吧？如果是他们炮制出来的，那炮制这份报告的目的是什么？

傅华便不想马上就点破这一点，他想顺着谈红的意思往下谈，看看谈红拿出这份报告的真实意图是什么。

傅华看了看谈红，说："谈经理，既然高科技业务置于海川重机之中对扭亏来说也没用，那你们打算怎么办？现在离海川重机退市的日子可不远了，如果海川重机退市，那将是我们三家皆输的局面。"

谈红认为他已经接受报告上的说法了，笑了笑，说："你这个态度就对了，问题现在确实产生了，不过也不是没有解决的办法。"

傅华笑笑说："哦，那要怎么解决呢？"

谈红说："要解决是要靠大家通力合作的，特别是需要你们海川市政府的大力配合。"

傅华便明白利得集团和顶峰证券炮制出那份侵权报告，目的就是为了需要海川市政府大力配合上，他越来越觉得这像是一个圈套了，似乎顶峰证券和利得集团设这个圈套，就是把海川市政府逼迫到某种境况之中，然后让海川市政府不得不接受他们的安排。

傅华心中已经很恼火了，潘涛竟然敢设局害他，这真是商人重利轻义，不够朋友！傅华强压住心头怒火，他想继续引蛇出洞，从谈红口中套出他们究竟想要海川市政府做什么。

傅华笑了笑说："你们想我们海川市政府怎么配合？"

谈红笑笑，说："其实很简单，海川重机今年只要实现盈利，就可以避免退市的风险，而要实现盈利的办法很多，并不一定非要做某种太大的动作。"

傅华笑笑说："你就直说要让我们市政府做什么吧？"

谈红笑着说："傅主任果然爽快，那我说了，只要海川市政府免除掉海川重机一部分的税收，或者给予一定程度的财政补贴，海川重机的经营成本马上就会大大降低，到时候不就可以实现盈利了吗？"

傅华笑了，说："那这笔补贴或者减免税收的钱谁来出啊？如果是海川市政府来出，那海川重机重组我们自己解决算了，又何必找利得集团和顶峰证券呢？"

谈红笑着说："海川市政府不是收到了利得集团购买股份的钱吗？我

想这笔钱用来避免海川重机退市绰绰有余。”

至此，傅华大致明白了利得集团和顶峰证券操作海川重机重组的大体思路，不错，利得集团一开始是真金白银拿出了购买股份的钱，可这笔钱大致上可以视为取信于海川市政府的诱饵，只有拿出了这笔钱，海川市政府才会相信利得集团是真的要重组海川重机。但利得集团却不像真的费心思把海川重机变成一个盈利的公司，他们只是把它视为一个可以操作的有利可图的壳工具，甚至不想出钱避免海川重机退市，他们想利用海川市政府不想让地方上的上市公司退市的心理，想要逼迫海川市政府掏这笔避免退市的钱。

高科技业务可能就是一个幌子而已，这个幌子就是为了让海川市政府相信，利得集团是有能力拯救海川重机的。

这帮家伙真是卑鄙啊！傅华很想臭骂谈红一顿，不过他也知道谈红不过是潘涛派在阵前冲锋陷阵的小卒子而已，就算痛骂她也改变不了什么。潘涛真是混蛋，竟然敢耍弄自己。

傅华便没有了跟谈红谈下去的兴致，他看了看谈红，说：“谈经理，这顿饭谁买单?”

谈红愣了一下，她没想到自己谈了半天，傅华对这件事情却完全是不置可否的态度，她所有的意图都暴露在了傅华面前了，可是傅华的态度她却根本没摸着。

谈红知道自己可能上了傅华引蛇出洞的当了，干笑了一下，说：“当然是我买单了，怎么你急着要走?”

傅华笑着说：“我已经吃饱了，既然谈经理这么好心要买单，那我就先告辞了。”

谈红看了傅华一眼，说：“傅主任，事情不能这么办吧？我跟你说了这么多，你起码给我一个回应才对吧?”

傅华笑了，说：“谈经理，我觉得这件事情我跟你说不着，想要回应是吧？你叫潘涛来跟我谈。”

傅华虽然是笑着说这句话的，可语气中却已经显出很不高兴了，给谈红造成了一种强烈的不怒自威的感觉，她苦笑了一下，说：“傅主任，你应该明白，我说的就是公司的意见，就是找潘总来，他也得这么说。”

傅华冷冷地看了看谈红，说：“谈经理是说这个条件我们非接受不可了?”

谈红笑了笑说：“我倒是觉得你们选择的余地不大。”

傅华摇了摇头说：“我还真没觉得，大不了大家一拍两散。”

谈红看了看傅华，说：“傅主任，你想选择两败俱伤的做法？我劝你还是理智一点，这对你们市里也是很不利的，我不相信你们市领导会选择这种方案。”

傅华也知道像金达和穆广这种务实的领导，是不会因为一腔气愤就选择两败俱伤的方案，但是他觉得起码自己现在不能承认这一点，承认了，等于现在就认输了。

傅华说：“你怎么就知道我们市领导就一定不会？反正我是不会让你们的诡计得逞的。我要走了，再谈下去我怕是要骂人了。”

傅华说着站了起来就往外走，谈红伸手拉住了他的手腕，苦笑着说：“傅主任，有些时候商业不能讲感情的。今天这个局面，我也不想看到的，你知道的，我不是要针对你的。其实我觉得我们很谈得来，应该是可以做朋友的。”

傅华冷笑了一声，说：“虽然说商场如战场，没有友情可言，但是你也要明白一点，没有友情，没有信任，商场可能无法形成。你替我转告潘涛一句话，朋友不是被这么耍着玩的。”

傅华说完，挣脱了谈红的手，离开了曲园酒楼，开着车就回了驻京办。

手机响了，看了看是潘涛的号码，傅华想了想，接通了，潘涛上来就赔笑着说：“老弟啊，我听说你跟谈经理谈得很不愉快?”

傅华冷笑了一声，说：“潘总啊，你还在深圳吧?”

潘涛干笑了一下，说：“我刚回来，就听谈经理说跟你有了冲突。”

傅华冷笑着说：“这也太巧了吧？我刚一冲突你就回来了。潘总啊，我是不是真的很傻，被人卖了还帮人点钱呢?”

潘涛笑笑说：“老弟真是说笑了，谁敢说你傻啊，其实嘛，这件事情完全是商业上的决定，本来以为老弟已经不管这件事情了，所以有些情况就没跟你及时通气。没想到你又插手进来，这个情况我们也是始料未及。”

傅华笑了，说：“这么说还是我不应该了？”

潘涛说：“老弟啊，我们目前争来争去的，都是海川政府的利益，这本来就是与你无关的，别的证券公司都是这么做的，你如果看不惯，可以回避这件事情。我对我们之间的友谊还是很看重的，我也不想因为这件事情伤害到你。”

傅华说：“我避出去？这怎么可能，这件事情一开始就是我在操作，当初我把这件事情交代给你们，说过是想要真实的重组，不想被你们用作炒作的壳。你们答应好好的，可现在呢？”

潘涛说：“老弟你听我说，我们一开始确实是要重组的，这不是市场情况发生重大变化了吗？”

傅华冷笑了一声，说：“潘总，你是不是觉得我很笨呢？会相信你这么幼稚的说法？如果利得集团当初没设想好如何置换财产进海川重机，他们会贸然启动海川重机的重组？如果真是那样，利得集团恐怕早就倒闭了。”

潘涛说：“傅老弟，事情真的是发生了突然的变化，这个变化完全打乱了我们当初的布局。谁会事先设想到利得集团负责研发的副总会突然跳槽呢？这一切根本就是突发事件。”

傅华说：“我不相信，根本上就是你和谈红事先的布局，你们就是想炒作海川重机这个壳资源。”

潘涛说：“真的不是的，我跟你说，谈红很明白你究竟想要什么，她就怕你会这么想，没想到事情会发生这么大的变化，还是朝着我们不想的方向发展了。她本来是想让我来跟你谈这件事情的，但今天知道了你们副市长在催促，就觉得情势逼迫，你可能会接受这个现实，所以她临时决定跟你把实际情况说出来。没想到你的反应那么强烈，她现在还在后悔不该这么急着跟你说呢。”

傅华笑了，说：“潘总啊，你说这些有意义吗？我看她是因为我不肯上钩而恼火吧？”

潘涛说："傅老弟，你怎么能这么说呢？我们可都是很重视跟你之间的友谊啊。"

傅华说："别骗人了，你们如果真的重视跟我之间的友谊，就不会用这么卑鄙的手法来骗我了。"

潘涛苦笑了一声，说："老弟你现在正在气头上，我说什么你都不会相信的，算了，你先冷静一下，过几天我们再来谈这件事情。"

谈了半天，问题还是没有获得解决，傅华有些焦躁地在办公室里走过来走过去，他有些不甘心就这样被潘涛和谈红摆布，可是一时也难以找出好的办法来。

想来想去，傅华打了电话给贾昊，这件事情本来他找的贾昊，贾昊交给了顶峰证券，事情办成这样，贾昊应该也有一定的责任。再说，目前贾昊也是他能找到的唯一一位制约顶峰证券的人了。

贾昊接了电话，笑笑说："傅华，找我有什么事情啊？"

傅华笑笑说："师兄啊，不好意思，老给你添麻烦，不过这件事情除了你，没有人能够帮我了。"

傅华讲了顶峰证券和利得集团联手摆布海川重机的事情，然后说："我觉得顶峰证券这么做，明显是逼我们上钩。当时是师兄让我找潘涛的，结果事情变成现在这个样子，我跟市里无法交代啊，没办法，还是得找师兄你出头，帮我讨个公道出来。"

贾昊说："老潘真的这么做的？不会吧？"

傅华苦笑了一声，说："我刚从他那边回来。师兄，这件事情你可不能站在顶峰证券那边啊，我现在都不知道该如何跟市里汇报这件事情了。"

贾昊笑了笑，说："你也别急，事情到目前为止还只是一个预案，并不是最终的结局，你等我跟老潘了解一下情况，再来看看要怎么办。"

贾昊挂了傅华这边的电话，然后把电话拨给了潘涛。潘涛接了电话，笑了笑说："贾主任，你的小师弟给你打电话了？"

贾昊笑笑，说："是啊，老潘啊，到底是怎么回事啊？我拜托你这么点事情都不能办好吗？"

潘涛说："哎，你让我怎么说呢？这件事情我也想给贾主任办好的，我知道你对傅华很好，我也不想为了一点蝇头小利就得罪他。事情本来办得好好的，可是中途发生了重大的变故，就变得棘手起来。本来呢，设想好的把高科技项目置换进海川重机就解决问题了，哪知道突然出现了专利侵权的事情。”

贾昊疑惑地说：“这么说，专利侵权的事情是真的？”

潘涛苦笑了一声，说：“贾主任，你交代的事情，我敢在这里面玩猫腻吗？当然是真的啦。我没想到你的小师弟会反应这么强烈，口口声声都说我们设下了一个圈套让他去钻。天地良心，我可真的没有这样做过，这不是事情逼到了这份儿上了吗？”

贾昊说：“我师弟有些时候是古板了些，不过这也是他令人尊重的一面，他对朋友也是这样认真的，我希望你多为他想一想。”

潘涛笑笑，说：“这我知道，不过贾主任，我们公司目前提出来的解决方案是想让海川市政府出点血补贴一下海川重机，先解决海川重机可能退市的问题，我们也可以从容布局扭亏。前期利得集团已经付了一大笔钱给海川市政府了，他们出这笔钱应该没什么问题，再说这笔钱也是公家的钱，你能不能劝劝你的师弟，本身无管他的利益的，能不能不要这么抗拒？”

贾昊笑笑说：“你想让我去说服傅华？”

潘涛说：“是啊，这本来是一个对各方都有利的方案，我真的不知道他为什么反应这么大？”

贾昊笑笑，说：“老潘啊，我了解傅华这个人，你让他做这种损害政府利益的事情，他是不会接受的。”

潘涛说：“这笔钱又不用他掏，而且事情如果办好了，我不会忘记了他在这当中的作用的。你再帮我劝劝他吧，这就是一个商业行为，劝他接受下来好啦。”

贾昊笑笑，说：“他那个人认死理的，不行的。老潘啊，这是唯一的可行方案吗？”

潘涛迟疑了一下，笑笑说：“当然了，不然的话我也不会冒着跟傅华翻脸的危险这么做。”

贾昊笑得更响亮了，说：“老潘啊，证券这一套也许傅华没你熟悉，因此他可能被你唬得一愣一愣的，但是你在我面前就不用来这一套了吧？是不是你觉得能唬住傅华，也就能唬住我了？”

潘涛便有些尴尬了，笑了笑说：“贾主任，你这话说得，我怎么敢啊？”

贾昊笑着说：“老潘啊，我个人认为，朋友有两种类型。一种呢，就是利益之交，为利益而聚，也为利益而散。另一种呢，就是真心之交，真心实意地把对方当做自己的朋友，有些时候宁愿损害自身利益，也要维护朋友的周全。”

潘涛干笑了一下，说：“贾主任说的是。”

贾昊说：“不必讳言，你和我都是利益之徒，但是呢，我们虽然都是利益之徒，不代表我们不需要真心的朋友。”

潘涛说：“那是，那是。”

贾昊说：“不知道老潘当我是一个什么样的朋友呢？”

潘涛说：“那当然是真心之交的朋友了，贾主任，你在证券这行业当中已经多年了，也应该知道我老潘是一个什么样的人，我什么时间不仗义了？”

贾昊笑了笑，说：“我了解你啊，所以这么多年来，我也一直拿你当做真心的朋友。在我心中，老潘和傅华是一样的，都是一个在关键时候能信得过的朋友。这种朋友都是难能可贵的，可遇而不可求。所以老潘，你是不是可以多为傅华想一想，我可不想因为一点蝇头小利就失去一个真心的朋友。”

潘涛苦笑了一下，说：“贾主任，海川重机重组这件事情，我真的没想去损害傅华的利益，而且这里面也不牵涉他的利益啊！”

贾昊笑笑，说：“那是你的想法，你是从一个商人的角度考虑的。如果你换到傅华的视角，换到一个官员的身份去考虑这个问题，你就会明白，你不但损害了他的利益，还伤及了他为人做事的原则。这件事情可以说是他一手操办的，现在你突然让他跟市政府方面说出了岔子，要市政府出一大笔钱才能解决问题，市政府会怎么看他这个干部呢？”

潘涛说："我明白贾主任的意思了，可能是我考虑不周吧，事先并没想这么多。"

贾昊笑笑说："那你能不能再好好考虑一下？"

潘涛说："可能我以为让海川市政府出钱补贴，是拯救海川重机唯一可能的方案有些武断了，我们过多考虑了自己这一方面的利益，没有顾及合作伙伴想法，这是不对的。经过贾主任提醒，我又认真想了一想，还是有一些别的办法也可以解决这个问题。你跟傅华说一声，让他给我们一点时间，我会拿出一个令各方都满意的方案。"

贾昊笑了笑，说："老潘啊，我知道这一次呢，是我给你出难题了，谢谢了。"

潘涛笑笑说："贾主任，你说这话可就见外了，明明是我考虑不周，给你添了不少麻烦，你再来说谢谢，这不是寒碜我吗？好啦，我一定把事情办好就是了。对了，小文那边的事情我都帮她解决了，她还满意吗？"

潘涛说的小文，就是贾昊的前女友文巧。贾昊说："前几天她打了电话过来，说事情办好了，向我表示了感谢。"

潘涛笑笑说："贾主任你真是一个多情种子，都分手了还出手帮她解决麻烦。"

贾昊有些伤感地说："你别这么说，是我欠她的，她跟了我这么长时间从来没跟我要求什么，现在她有了困难，我应该出手相助的。"

潘涛笑笑说："自古多情空余恨。好啦，我要召集公司的人马开会去研究海川重机的事情，再聊吧。"

挂了电话，贾昊又打了电话给傅华，笑着说："小师弟，我跟潘涛刚刚通了一个电话，你可能是有点误会他了。"

傅华说："我怎么会误会他？"

贾昊说："你听我说完，利得集团专利被侵权这件事情是真的，潘涛并不是拿这个来设局骗你的。"

傅华说："是真的？我不相信。"

贾昊说："这件事情是秃子头上的虱子，明摆着的，专利被侵权，一调查就清楚了，潘涛没胆量这么来骗我。"

傅华这时感觉自己有些反应过度了，事情既然是真的，那潘涛和谈红这么做就不是在骗他，也就情有可原了。

傅华说："还真是这样啊，看来我错怪他们了。"

贾昊笑笑，说："也算是，也不算是，事情的起因是真的，但是他们提出的解决方案却完全只考虑自身的利益，没有顾忌合作伙伴的利益，你跟潘涛这么闹一下也是对的。我批评了他，他也觉得这样不好，答应重新找解决方案，所以你不用担心跟领导没办法交代了。"

傅华松了一口气，说："那就好，我还真担心跟领导无法交代呢。谢谢师兄了。"

贾昊说："谢什么，一点小事情而已。我想潘涛找到新的方案，会联系你的。他是一个商人，做什么事情都要首先从商业利益出发，所以呢，你心里也别对他有什么意见，大家都相互体谅一下，事情就会好办多了。"

傅华笑笑说："问题如果能够得到真正的解决，我感谢他还来不及呢，又怎么会怪罪他呢?"

事情算是有了转机，傅华松了一口气，准备要跟穆广汇报这件事情，不过到晚上下班的时候，穆广并没有回到驻京办来，傅华等了一会儿就回家了。

第二天上班，傅华就去穆广住的房间，问楼层服务员穆广昨晚什么时间回来的，他怕穆广回来很晚，自己一早去打搅他就有些不知趣了。服务员却说穆广昨晚一夜未归，傅华不免心中诧异，不知道穆广昨晚干什么去了，怎么会夜不归宿呢?同时傅华心中也担心他的安全，领导跑到北京来，如果出什么事情了，他这个驻京办主任是有一定责任的。

傅华拨了刘根的电话，问穆广现在哪里?

刘根说："昨晚穆副市长和钱总在京郊会一个朋友，聊得很晚，就在朋友这边睡了。傅主任有什么事情吗?"

这个解释还算合理，傅华笑了笑说："想跟穆副市长汇报一下海川重机重组的事情，看他昨晚没回来，就打了电话给你。"

刘根说："那我告诉穆副市长，让他跟你通电话?"

傅华笑笑说："不用了，我不着急，等穆副市长回来我再汇报吧。"

虽然不愿意去窥视领导的隐私，可是穆广的情况实在令人好奇，傅华心中难免有些疑惑，穆广一方面表现好得出奇，让傅华都觉得他是一个很优秀很好的干部；另一方面却跟一个商人神神秘秘跑到京郊不知道做什么，不但去了一天，还留宿在那里，忍不住让人起疑。

过了一会儿，穆广的电话就打了过来："傅主任，你找过我？"

傅华笑笑说："是啊，穆副市长，我想把去顶峰证券的情况跟您汇报一下。见你在外面，就准备等你回来再说。"

穆广笑笑说："昨晚是老钱的朋友太过热情，留我们玩得很晚，所以就没回海川大厦，也没跟你们说一声，不好意思啊，让你担心了吧？"

穆广真是玲珑剔透，马上就猜到了自己的真实目的。傅华笑了笑说："是有些担心了，您来北京，驻京办应该对你的安全负责的。"

穆广笑笑说："是啊，不好意思，应该打个电话过去的。你去顶峰证券了解到的情况是怎么样的？"

傅华就把情况汇报了一遍，穆广沉吟了一会儿，说："你做得很好，维护了我们海川市政府的利益，不错。不过，如果对方拿不出什么好的方案来，让政府出钱补贴的方案也不是不可以接受。你的心情我能理解，你是感觉对方好像损害了我们海川市的利益，可是这样也解决了问题不是？这也是特殊情况，市里不会把这看成你的责任的。"

傅华心里不由得苦笑了一下，穆广果然跟他猜想的一样，对潘涛原来提出的方案持一种接受的态度，他感觉很无奈，似乎自己尽力去争取的是谁都不在乎的利益。

穆广又在北京待了一天，就返回海川了，傅华在送他去机场的路上，把请批报告递给了他。他大体看了看，笑笑说："行，等我和金达市长商量以后，就给你们批。"

穆广这次北京之行，给傅华留下了一个很正面的印象，有能力，肯干，又很体恤下属。就算曲炜当市长的时候，也没对驻京办这么照顾过，当初市政府批下来建海川大厦的两千万，还是傅华把融宏集团的陈彻拉到海川的缘故，要不然曲炜也是很难给他批钱。

傅华相信，金达有这样一个副手，对他的工作会是一个很大的助力。

但另一方面，穆广和钱总行踪诡秘，根本不让驻京办知道发生了什么事情，这个穆广是一个复杂的人，无法让人看透。

顶峰证券和利得集团方面很快就研究出了新的方案，潘涛亲自打了电话给傅华，说："老弟，你能不能安排时间过来一下，我们商讨一下重组海川重机新的方案。"

傅华也知道自己上一次有些反应过度，便笑着说："我马上就过去，不好意思，潘总，上一次我有些过激了。"

潘涛笑了笑，说："不是老弟的责任，是我们没把各方面的因素都考虑好。"

傅华匆匆来到了顶峰证券，谈红和潘涛都在等着他，握了握手之后，潘涛说："老弟，让谈经理把我们这一次研究出来的方案说一下，你听一听，有什么不满意的意见可以提出来。"

傅华点了点头，谈红就开始谈他们的方案，这一次利得集团决定购买海川重机手里的一幅土地，海川重机用土地出让的价款就可以弥补这一年度的亏损，从而扭亏。

这个方案完全是由利得集团出资，海川方面就不用出资补贴海川重机，虽然不是实际性的重组，但暂时免去了海川重机退市的风险，也算是一个可以接受的权宜之计。

谈红讲完，冷淡地看了看傅华，说："傅主任，你对这个方案有什么意见吗?"

傅华笑着点了点头，说："我没什么意见，只是我希望这一次之后，利得集团尽快启动实际性的重组活动。"

潘涛笑了笑说："老弟就放心吧，没有实质性的重组对我们各方都是不利的。"

谈红冷冷地说："傅主任不用老把这个挂在嘴边，我们都是有记性的人，你说过一次我们就能记住了。"

傅华有些尴尬，知道谈红还在计较自己上一次的态度，不过他觉得幸亏自己上一次计较了，否则海川市政府又会损失一笔钱。

谈红说："还有些事情要事先跟傅主任报告一下，免得将来发生了你又要怪我们骗你。"

傅华也知道自己上次理亏，也不去计较谈红的态度，笑笑说："什么事情啊？谈经理。"

谈红说："首先呢，这块土地是海川市政府当初划拨给海川重机的，划拨土地是不能变卖的，要变卖的时候需要很多转换手续，因此在交易的时候需要海川市政府的批准，还请傅主任跟你们市政府的领导打个招呼，需要办什么手续我们会都办的，但也麻烦请市政府的相关部门尽可能予以配合。"

傅华点了点头，说："这个没问题，我想市里会全力配合的。"

谈红说："你们是往家拿钱，当然什么问题都没有啦。好了，再说第二件事情，这幅土地位于海川，目前来看对利得集团什么用处都没有，本来不是为了扭亏利得集团是不会买的，所以嘛，如果将来利得集团需要将这幅土地重新置换于海川重机之中，贵方不要反对。"

傅华愣了一下，这等于是用这块土地玩了一个把戏，空转了一下，在避免了海川重机退市之后，这块土地又回了海川重机手中。

谈红见傅华发愣，以为他又在猜想顶峰证券玩什么花招呢，便冷笑了一声，说："傅主任放心啦，我们保证如果需要将这块土地重新置换给海川重机，我们会按照原价的，不会刻意用这个来赚取你们的钱。"

傅华也正是担心这一点，谈红这么说就打消了他的顾虑，便笑了笑说："那就没问题了。"

潘涛笑笑说："这么说，老弟认可这个方案？"

傅华笑了笑说："我是认可了，不过我还需要跟市里汇报一下，看市里面是什么意见。"

潘涛笑了笑说："这我知道，决定权不在老弟这里。不过我不管那些，我只需要老弟认可就好。"

傅华笑笑说："我是没问题了。"

潘涛说："那我们算是达成一致了。老弟啊，今天中午就留在这里，我陪你喝一杯。"

傅华笑笑说："可以啊，不过可要让我做东啊。"

潘涛笑着摇了摇头说："到了我这里怎么能让你做东呢?"

傅华看了看谈红，笑笑说："这一次我是应该做东的，上一次是我误会了贵公司，这也是为了表示一下歉意。"

谈红说："这种歉意还是免了吧？我觉得傅主任从一开始就对我们顶峰证券抱有一种怀疑的态度，不相信我们也很合理啊。"

傅华干笑了一下，说："我已经在道歉了，谈经理能否大人大量，放我一马啊?"

谈红冷笑了一声，说："这个时候就别装可怜了，我可记得在曲园酒楼傅主任挥手而去的大丈夫形象，是小女子该请你原谅才对。"

傅华越发不好意思了起来，说："谈经理，你这么说我就无地自容了。"

潘涛颇感有趣地看了看两人，笑着说："小谈，大家本来就是误会一场，各让一步就算了。"

谈红看了看傅华，怒气未消地说："潘总你说算了就算了，我还是第一次被人当成骗子，也算是一次有趣的经验。"

潘涛笑着说："好啦，我们中午吃一顿和谐饭，这件事情就算过去了。不过，老弟你也别抢着做东了，这顿饭还是我请。"

傅华答应了下来，谈红见时间还早，就说要回去办公，潘涛叮嘱说中午一定要参加宴会，这才放谈红离开。

谈红离开后，潘涛笑着看了看傅华，说："老弟，你跟小谈之间是不是发生过什么了?"

傅华愣了一下，说："我跟谈经理之间一直只是公务上的往来，没其他的事情啊。"

潘涛笑了，说："老弟，你不说实话啦。其实没关系啦，现在这社会有情人也很正常，只要不被老婆知道就好。"

傅华笑了出来，说："潘总，我跟谈红之间真的没什么。"

潘涛说："你这个老弟啊，真是不实在啊，你怕什么。其实小谈很不错，要才有才，要貌有貌，我如果不是不喜欢女人，可能还轮不到你呢。"

傅华有点哭笑不得的感觉，说："潘总，我在你面前从来也没说过谎话啊，我跟谈红真的没什么，你怎么会认为我和她之间有问题呢？"

潘涛愣了一下，说："那我看错了？不对啊，你刚才跟她之间的那段争吵，像极了情侣之间的争吵，我还认为你们是在我面前打情骂俏呢。"

傅华笑了，说："潘总你真是有意思，你误会了。"

潘涛笑了，说："没有什么最好，其实赵婷真的很不错，我刚才还担心如果被她知道了，我不好交代呢。"

话题虽然就此揭过，却让傅华心中多了些疑惑，中午吃饭的时候，便多注意了一下谈红，果然在谈红的眉眼之间看出了几分淡淡的幽怨，这种幽怨只能是情人之间才会有的，如果不是潘涛点出来，傅华还真是很难注意到的。

傅华心中暗自警惕，他可不想再去招惹桃花，一个晓菲已经让他有些乱了阵脚，如果再加上谈红，他真是不知道该怎么办了。

傅华就想要跟谈红保持距离了，因此在酒宴上他再也不提什么道歉的话，整场都在跟潘涛说笑。

倒是谈红见傅华基本上不搭理自己，心中越发生气，越发冷言冷语去讥讽傅华，傅华知道越是回应，谈红越可能纠缠上来，也就任她讥讽，笑了笑回避了过去。

下午回到了驻京办，傅华打了电话给金达，把顶峰证券提出的新方案作了汇报，询问金达的看法。

金达听完，笑了笑说："顶峰证券原来提出的方案，穆副市长跟我讲了，他说你对那个方案很不满意，正在尽力为我们争取。这个新方案不错，看来你的努力没有白费，利得集团新拿出这笔钱不但可以暂免退市的风险，而且也能救海川重机一时之急了。"

傅华笑笑说："金市长满意就好。"

金达接着说："傅华啊，你们办事处请批资金的报告我看了，看来穆广这一次去北京跟你相处不错，你都可以跟他递报告要钱了。"

傅华感觉金达似乎有些不高兴这件事情，他实际上跟金达更熟，可是他也没有把报告递给金达。

傅华赶忙解释说："金市长，是穆副市长主动询问了驻京办的经营状况，得知还有一大笔贷款没还，就提出市里面可以适当解决一点，我觉得可能市财政资金比较宽裕，可以帮驻京办解决一下，所以才提出了报告。"

金达笑了笑说："原来是这样啊。傅华，驻京办的资金真的很紧张吗?"

傅华干笑了一下，说："也不算很紧张，跟您说句实话吧，还是可以维持的，不过穆副市长既然开口了，我是不是也没理由不要啊?"

金达笑笑说："不要白不要是吧?我就知道你这家伙够鬼头的，你的驻京办明明经营状况良好，根本就不需要资金。"

傅华笑笑说："资金还是需要的，早日把贷款还清，我心里也轻松些。金市长您这么说，是不是市里面不打算批资金给我们了?"

金达笑笑说："放心吧，资金多少会批给你们一点的，只是可能不能让你满意啊，我虽然没穆副市长会做人，也不想跳出来故意跟你们为难。"

傅华便知道金达在这件事情上可能有些左右为难了，批吧，政府的资金捉襟见肘，并没有太多的资金可以批给驻京办；不批吧，这是穆广提出来的，还牵涉傅华这个算是朋友的人，不批不但会扫了穆广的面子，还会让傅华对他心存芥蒂。

傅华笑了笑说："金市长，我这边还可以维持，您如果感到为难，不批也可以的，我没意见。"

金达笑了，说："就会说好听的，你报告都递上了，我不批一点是不是有些不够意思了?"

傅华赶忙说："我可真的没这个意思。"

金达笑了笑说："好啦，你不用紧张了，穆副市长这么做也是有道理的，对驻京办这样做出卓越贡献的单位，市里面的政策是应该倾斜一点。"

傅华说："那市里有富余的资金吗?"

金达笑着说："市里的资金从来都不会有富裕的，不过，财政挤挤总是会有些的。"

傅华笑了起来，说："金市长您这句话，让我想起了网络上的一句笑谈，时间就像女人的乳沟一样，挤挤总会有的。"

金达笑了，说："你这家伙，净胡乱联想，我一句再正常不过的话，你竟然联想到女人身上了，是不是最近招惹了什么女人了？让我知道绝对不客气的。"

傅华本来是想开个玩笑，缓和一下跟金达之间略显紧张的气氛，没想到金达却借题发挥，便笑了笑说："我从来也不是那种人，这一点还请金市长放心。"

金达笑笑说："北京可是一个繁华之地，你能做到洁身自好最好。对了，说到你老婆，我最近听到一个消息，有人说你最近在办移民，是真的吗？"

傅华愣了一下，说："这件事情你也知道了？是有这么一回事，我岳父在办移民，就想把我和老婆一块办出去。"

金达说："那你呢，你以后怎么办？也移民？"

傅华说："现在我也不清楚，其实我是不想移民的，我就业之后就在政府工作，真不知道出了国之后要做什么？"

金达笑笑说："那你就是想做一个裸官了？"

傅华笑了，说："我就是做了裸官，也不会做什么对政府不利的事情，不过目前来说还很难决定，可能等有了孩子之后，我也会办出去的。"

金达有些惆怅地说："那就是说你还是想出去了？"

傅华说："是这样的吧，我这不是为了自己，是为了孩子，我想给他一个很好的环境。"

金达有些郁闷地说："真不知道你们这些人是怎么想的，就说你岳父吧，他所有的资产都是在国内取得的，现在有钱了，却又想离开这个让他发了财的国家，这样做对吗？"

傅华笑了笑，说："他有自己的考虑吧，我没办法去评价。"

金达说："傅华，你还记得我前段时间提起过想要你兼个副秘书长的职务吗？"

傅华说："你曾经提过，不过我目前的这种状况，似乎没有必要了吧？"

金达叹了口气，说："我本意不是让你多兼一份职务，我是想给你个过渡，让你回归市政府来帮我，现在看来很难实现了。”

傅华笑了笑，说：“其实很多人都是可以帮您的，就说新来的穆广副市长吧，我就感觉做事能力很强，这一次北京之行，估计他带了几千万的资金回去吧？”

金达笑了笑说：“穆广副市长这一次北京之行确实收获丰富，我也不否认他的能力很强，可是有些人是可以帮你做事，但不能作为朋友的。”

傅华听出了金达似乎对穆广有点看法，便笑了笑说：“金市长对穆副市长还有什么不太满意吗？”

金达笑了笑说：“傅华，你不是让穆广一个批钱的报告就收买过去了吧？”

傅华笑笑说：“那倒没有，我只是觉得穆广副市长确实是一个干事情的人。”

金达笑笑说：“这我不否认，他确实很能办事，而且效率还极高，可是他身上总有那么一种味道，我说不出来是什么，反正就是感觉他跟我们不是一个路数的人。”

傅华说：“我也是觉得有点看不透他，就像这一次在北京，他带着一个企业的老总有两天行踪诡秘，我猜测他肯定有什么事情是无法公开的。”

金达说：“我也是因为穆广跟企业家们走得很近，对他有所疑虑。这些企业家都是逐利动物，如果彼此之间没有什么利益交换，他们是不会走这么近的。”

傅华说：“是有这种可能，不过对于这样的人，用其长处，防其短处就是了。这个人可能是有点功利心太强，用得合适，应该对您的工作大有助益的。”

金达笑笑说：“你说得也是。”

第二章　顺藤摸瓜政坛大地震，针锋相对党政都有理

海川企业家伍弈被人杀害，蛛丝马迹中竟牵连到市委副书记秦屯。是否对秦屯采取措施，市委书记张林和市长金达产生了分歧。张林认为如果追查下去牵涉干部太多，会引起海川政坛地震，金达则是严查派，认为案件无论牵涉到谁，都应当一查到底，何况是一件命案。一个是维稳派，一个是严查派，两人第一次产生了根本性的分歧。

在海川市委，秦屯的办公室，秦屯和郑胜的谈话中也谈到了穆广。

秦屯这段时间一直在夹着尾巴做人，生怕有什么闪失给了省委处理他的借口，因此没有事情就会躲在办公室修心养性。幸好这段时间风平浪静，并没有发生什么不利于他的事情，秦屯估计自己算是躲过了这一劫了。

郑胜也熬过了这一段困难的时光，他迫于无奈，将一个正在进行中的项目转让给了别人，虽然他很心疼因此损失的一大笔利润，可是总算换来了周转资金，解决了手头没钱的窘境。公安监控了海盛山庄一段时间之后，也没有发现什么，慢慢也就放松了，看得已经不像当初那样严密了。

这两条本来都有些被冻僵的蛇再度还阳了，便凑到了一起。郑胜找了过来，是想让秦屯出面跟公安部门通通气，看他们现在对海盛庄园究竟是一个什么态度。郑胜是很想恢复海盛庄园往日的荣光的，他希望公安部门能够解除监控，他好恢复营业。

见了面的两个人都没什么精神，这一次虽然难关已过，可是元气还是未复。秦屯听完了郑胜的来意之后，叹了口气，说：“郑总，庄园这边是不是先放一放啊？公安监控了你这么长时间，正愁着找不到你的把柄呢，你这个时候贸贸然恢复营业，会让公安心中更加有气，说不定会变着法找你麻烦的。”

郑胜急了，说：“他们非要整死我呀？我不过是给朋友们弄一个放松休闲的地方而已，至于这么赶绝我吗？”

秦屯说：“这不是赶绝你，是你自己惹出了这么多的麻烦。我说，海盛庄园还是放弃掉算了，这个地方在公安那里已经挂了号了，就算是重新营业，原来的朋友也没人敢去玩了。”

郑胜想了想也是，海盛庄园原来之所以客人络绎不绝，不仅仅是因为庄园里的小姐漂亮，好玩的花样多，更是因为他门路广，能保证朋友的安全。毕竟在风月场所，首先求的就是安全，如果玩着玩着就会被抓走，谁还会来玩呢？

郑胜叹了口气，说：“那怎么办？搞不成我偌大的庄园就放在那里长草？”

秦屯说：“你不放在那里长草也可以，出手吧。”

郑胜说：“你让我转让给别人？这个庄园当初可是我的一只金母鸡，赚钱不说，也是我处理关系最方便的场所。”

秦屯说：“这只金母鸡现在已经不下蛋啦，你留着只是一个祸根，到了卖掉的时候了。”

郑胜说：“卖了干什么？”

秦屯笑着说：“你可以换个门头，继续做你那些娱乐行业啊。你在这个行业中滚打多年，人脉啊、资源啊，不都还在吗？继续做啊。”

郑胜笑了，说：“对啊，庄园不过是一个壳而已，其他的资源才是我真正的本钱所在，庄园这个壳不能用了，我换个壳就是了。”

秦屯说：“这一次你也不要再出头露面了，换个别人做幌子，关注也会少很多。”

郑胜笑笑，说：“这个我明白，我现在是靶子，再出面还是要被打击的。不过到时候你可要帮我护着些，一个生面孔是很难立足的。”

秦屯笑了笑，说：“我肯定会的。不过嘛，我现在在海川市也是一个不得意的人，怕是很难护得周全。”

郑胜心中也感觉秦屯的能力有限，尤其是这一次选举事件及其后发生的事情，让他切实感到秦屯这个人在关键时刻靠不住，没有他的退缩，金达可能都已经被赶出海川了，秦屯这点能力离徐正可是差太远了，便说：“徐正这一死对我们的损失真是很大，我们现在政府这边基本上就没有了靠得住的关系啦，那些能说得上话的都是没什么用的。是不是需要培养一个关系出来?”

秦屯现在也感觉在海川政坛上势单力孤，现在市长金达和市委书记张林之间关系融洽，在很多事情上相互都是很支持的，这就没有了秦屯在其中做手脚的空间。更多的时候，他也只能做应声虫，人家倒不是说不让他有反对的意见，而是即使他反对了也没有用，市委书记和市长都已经达成一致了，他这个副市长当然是无力对抗的。

秦屯自然不想老是维持这种被动的局面，他的权力空间已经被压缩到了极限，这样下去他在海川政坛上会越来越没有威信，他手中的权力就会极大的贬值。因此秦屯也急着在海川政坛上寻找一个同盟军，只有跟人结盟，才会壮大自己的实力，才会让自己在海川政坛上有一席之地。郑胜的提议倒正中秦屯的下怀。

秦屯说：“还真是很需要有这样一个关系，我现在虽然是常委，可是我在常委会上很孤立，什么都是金达和张林说了算，我的影响力有限。”

郑胜说：“我现在手头的资金宽裕了，如果再把庄园卖掉，会有一笔资金进账，倒是可以很好运作这件事情。现在关键是找谁呢? 你在市政府很长时间，那些副市长你都很熟悉，你觉得找谁比较合适?”

秦屯说：“那些老人不行，他们虽然也是副市长，可是影响力很有限，又没什么能力，就算拉上了关系，也起不了大的作用。”

郑胜说：“总不成你让我去找金达吧?”

秦屯笑了，说：“你就是想去找，人家也得搭理你啊。金达肯定不行，不过也不代表就是没有人了，新来的副市长穆广你知道吧?”

郑胜说："听说过，你想让我去找他？"

秦屯点了点头，说："对啊，我跟穆广虽然接触不是很多，可我感觉他是一个很有能力的人，他常务副市长的位置又相当关键，如果能被我们所用，将对我们十分有利。"

郑胜说："好是好，可是我目前跟他搭不上线，我又不是很了解这个人，这感觉有点像老虎吃天无处下口啊。"

秦屯笑了笑，说："你别急，我观察了穆广有一段时间了，我发现他有一个特点，就是愿意跟商人交往。他身边围了很多商人。虽然现在是经济社会，一个常务副市长不可能不接触商人，可是你我都明白一个官员跟商人往来密切意味着什么。"

郑胜笑了，说："这原来是一只有缝的蛋啊，不过即使是这样，我也不能贸然走过去跟他说，穆副市长，我们来交个朋友吧？"

秦屯笑了，说："那当然是不行，不过，我可以介绍你们认识啊，我跟他虽然不是很熟，可总是抬头不见低头见的同事，介绍个把人给他认识，还是可以的。至于后面要怎么做，就看你的本事了。"

郑胜说："那行啊，你来安排吧。"

秦屯说："这个不能刻意安排的，后天晚上海川民营企业家协会有一个酒会，给我送了请帖来，我问过，穆广也会参加。你也是海川的民营企业家之一，你没收到请帖吗？"

郑胜说："请帖我倒是收到了，可是我一向不愿意凑这种热闹的，叫你这么一说还真是有去的必要了。"

秦屯说："你去吧，到时候我介绍你跟他认识。"

郑胜说："行，我就照你的安排去做。"

时间很快就过去，民营企业家酒会在海川大酒店隆重举行，秦屯和穆广在会议上讲了话。讲话完了之后，两人各端了一杯酒，跟参加酒会的企业家门交谈着。

郑胜也来参加了，他带着一位漂亮的女伴，来到了秦屯面前，笑着说："秦副书记，您刚才的讲话真是太好了，真是说到我们民营企业家的心坎上了。”

秦屯笑骂了郑胜一句：“你这家伙，敢来打趣我。”

郑胜眼光四处睃巡，寻找着穆广。穆广也是被围在一群人的中间，正在跟商人们热烈交谈着。在找到穆广的那一刹那，郑胜感觉到穆广似乎也在看向这一边，在碰到郑胜的目光之后，眼神很快闪开了。

看来穆广对这一边也很关注，只是郑胜搞不明白他是在关注秦屯的行动呢，还是在关注自己。不管是关注什么，起码这一边是有穆广关注的东西的，郑胜隐隐感觉，穆广过一会儿就会过来这边的。

郑胜用眼睛的余光瞄着穆广所在的人群圈子，穆广过一会儿如果不过来，他就要拖着秦屯过去了。

很快，郑胜就注意到穆广端着酒杯走了过来，便低声说：“穆广过来了。”

秦屯笑笑，说：“别管他，等他过来我自然会介绍你的。”

穆广走了过来，笑着跟秦屯点了点头，说：“秦副书记，你这里好热闹啊。”

秦屯笑了笑说：“穆副市长，来，我给你介绍一下海盛置业的老总，郑胜郑总。郑总，你还不认识穆副市长吧?”

郑胜笑笑说：“还真没当面认识过，不过我这些天耳朵里听着的可都是穆副市长的大名，我的朋友们都在说穆副市长在原来的县里如何扶持民营企业，是一个很优秀的领导啊。”

穆广笑了笑，说：“郑总这是给我戴高帽子呢，我在原来的县里取得了一点小小的成绩，也确实与那里的民营企业家对我的大力支持是分不开的。现在我到了海川，希望郑总也能给我大力支持啊。”

郑胜笑笑，说：“我可不敢说能给穆副市长大力支持，不过，我也是海川市的一个公民，我也希望海川市经济能够蓬勃发展，也愿意尽我一点绵薄之力。”

穆广笑着说：“那我们的目标是一致的，就让我们共同努力吧。”

穆广又随意问了问郑胜正在发展的项目，听郑胜说他也参与到了海川新机场项目的建设当中，便称赞了几句。

穆广走了之后，秦屯看了看郑胜，笑笑说：“人家看来不吃你这一套啊。”

郑胜笑笑，说：“急什么，这才是刚开始，后面的情况还不知道会如何呢?”

秦屯点了点头，笑笑说：“倒也是，这就是一个好的开始。”

北京，首都机场，傅华送赵凯夫妻、赵婷等人去澳洲。赵婷肚子已经鼓了起来，虽然还是很漂亮，可是一眼就可以看得出来是一个妈妈了。

赵婷拉着傅华的手，说：“我不想去了，我这一去就会有好长时间见不到你了。”

傅华笑着安慰说：“别孩子气了，我很快就会去看你的，再说我们也可以视频。”

赵婷说：“都是你，非要留恋驻京办主任的位置，跟我们过去多好啊!”

傅华赔笑着说：“别生气了，你再给我一段时间，我会尽快过去跟你团聚的。”

赵婷有些无奈地苦笑了一下，说：“那你一个人在北京可要照顾好自己。”

傅华笑笑说：“谢谢老婆关心，我会的。”

赵婷接着说：“在北京给我老实安分一点，不准去粘花惹草，否则的话，我会休了你的。”

傅华连连点头，说：“不敢不敢，我一定守身如玉，等到跟老婆团圆的那一天。”

赵婷笑着说：“算你乖。”

傅华看了看赵凯夫妻，说：“爸爸妈妈，小婷就交给你们照顾了。”

赵凯笑了，说：“小婷也是我们的女儿，放心吧，我们会照顾好她的。”

虽然依依不舍，还是到了飞机起飞的时间，傅华将赵婷等人送进了安检，在外面招手挥别，直到看不到人了，这才离开了。

傅华心里空落落的，他跟赵婷自结婚之后就生活在一起，除了偶尔他因公回海川之外，从来还没分开过，突然要好几个月都见不到面，心里还真是不好过。

傅华忽然觉得自己暂时留在国内这个决定也许是错误的，事业和家庭，究竟孰轻孰重？事业对自己真的这么重要吗？打拼事业不就是为了家庭生活更幸福吗？自己是不是本末倒置了？

幸好自己遇到的是赵婷，赵婷理解他作为一个男人卑微的自尊心，给了他足够的空间，并没有逼他马上就移民澳洲，傅华知道现在只是缓兵之计，他只是把家庭和事业的抉择拖到了孩子出生之后。

但是孩子出生的日期很快就会到来，那个时候究竟要怎么抉择，傅华心中还真是没有一个明确的答案。

想到不久就要到一个人种文化都很陌生的异国去重新开始，傅华使劲地摇了摇头，才暂时打消了那种恐惧的感觉。

晚上，苏南打来电话，想要傅华出去吃饭，傅华正好没事，就和苏南一起去了晓菲的四合院，晓菲看两人来了，也跟他们坐到了一起。

坐下之后，苏南笑笑说：“傅华，你现在可好了，没人管你了？”

傅华没听明白苏南什么意思，笑了笑问道：“南哥，什么意思啊，现在能管我的可多了，怎么说没人管我呢？”

苏南笑着说：“在我面前还装糊涂，我刚听人说通汇集团的赵凯一家移民澳洲了，我当时还不相信，没听你说过这样的事情啊？傅华，这是真的吗？”

傅华笑了笑，说：“是真的，我送他们去的机场。”

苏南看了看傅华，说：“这么说，你也很快就要移民了？”

傅华叹了口气，说：“我心中现在有些犹豫，南哥，你说我这样的移民过去能干什么啊？在北京，驻京办就是我的舞台，可到了那边我的舞台会在哪里啊？”

苏南笑了，说：“既然这样，那就不要移民啊。我就不明白了，你岳父对这块土地就一点感情也没有吗？能够说放下就放下？”

傅华笑了，说：“放下是不可能的，他的通汇集团根基在北京，就算办出去了，他还是要回来经营企业的。不过，某种程度上，我觉得西方的教育制度相对来说发达一些，孩子在那边受教育会好些，这是我赞同移民的一个原因。”

晓菲看着傅华，说：“你不够意思，都要移走了，却一点消息都不跟朋友说。”

傅华笑笑，说：“走和不走我还没最终决定，你让我怎么说？南哥，怎么会有人跟你谈起这个？难道你也想移民？”

苏南摇了摇头，说：“北京就是我的根，我很习惯现在的生活环境，我如果出差到外地时间长了，浑身都不自在，一回来北京，马上就好了。所以我还是老老实实留在这里好了。”

晓菲说：“傅华，你不要觉得外国的月亮圆，其实在外面总有一种没根的感觉，那里毕竟是人家的地方，你借住在那里，腰板是硬不起来的。”

傅华看了看晓菲，从晓菲的眼中他看到了不舍，也看到了思念，便知道晓菲是不舍得自己离开北京的。这段时间他已经很少来四合院了，可是他和晓菲之间的这份感情却并没有淡下来，压抑反而让这段见不得光的恋情变得更加浓厚起来，这不光晓菲如此，傅华也有这样的感觉。

但这总是一段不伦的关系，傅华难以控制自己的同时，也本能地抵触这段关系往更深处发展，他就在这矛盾的漩涡之中挣扎着。

傅华说：“这一点我也知道，可是我总不能夫妻分居两地吧，而且还是这么远的两地？”

苏南摇了摇头，说：“傅华，虽然你是一个很优秀的人，可我总觉得你身上少点什么似的，今天我终于明白你身上少一点什么了。你在女人面前太过于绅士了，少了那么一点霸气。女人需要尊重是不假，可是有些时候你对她们过于尊重，就会失去自己的意志。”

傅华笑了，说：“这一点还好吧？也没有女人说什么我就听什么啊？”

苏南说：“可是你也没有表现出男人的决断性来，就像这一次，我可以看得出来，你很不想移民，可是赵婷提出来之后，你却不敢坚决反对，只能想出来先让他们过去这样的缓兵之计，这样子是不行的，到时候你还是要去面对抉择，去吧，你不情愿；不去吧，你老婆已经在那边了，受煎熬的还是你啊。其实这件事情你一开始就应该表明不赞成，告诉赵婷你是要留在北京的，那样的话，赵婷为了你也会放弃移民的想法的。”

晓菲说：“南哥这么一说，我也觉得傅华身上是有这种弱点，做事犹豫不决，拖泥带水。就移民这件事情来说，到时候我估计你会迫于形势去澳洲，可是那样子你会生活得很不快乐，你不快乐，老婆估计也快乐不起来，这就害人害己了。”

傅华看了看晓菲，他感觉晓菲是在借题发挥，虽然表面上是说赵婷移民的事情，可实际上是在说自己处理关系拖泥带水，一方面跟晓菲暧昧着，一方面却又既不了断，又不深入，害得两人都痛苦。

傅华心有所感，叹了口气，说：“可能我的性格是这样的吧，拖泥带水，害人害己。”

苏南看了看两人，笑了笑说：“我怎么有一种感觉，你们说的事情跟我说的好像不是一回事，真是奇怪。”

晓菲和傅华的脸同时都红了，傅华赶忙掩饰说：“南哥，我们都在讨论移民的事情，怎么会不是一回事呢?”

晓菲也说道：“是啊，南哥，我们明明说的就是一回事啊。”

苏南怀疑地看了看两人，笑了笑，说：“反正我觉得你们俩说的话怪怪的。”

傅华笑笑，说：“我不知道怪在那里，晓菲，今天你们这里有什么好料，赶紧跟南哥介绍一下，我和南哥是来吃饭的，可到现在却一直谈什么移民，连菜都没点呢。”

晓菲赶忙说：“是我疏忽了，南哥，今天的石斑鱼很新鲜，是不是点一条?”

苏南笑笑，说：“晓菲，我的口味你是知道的，你去厨房安排一下就好了，我就不点了。”

晓菲就出了包间，苏南看了看傅华，笑笑说：“傅华，不是我很了解你跟晓菲的个性，我还真会怀疑你们之间有什么见不得人的事情。”

傅华心里一惊，心说苏南的眼睛还真锐利，自己这么遮掩，还是被他看出来有什么不对劲的地方。

傅华干笑了一下，说："南哥有点误会吧，我跟晓菲之间没什么的。"

苏南笑笑说："也是，晓菲是不可能干那种破坏人家庭的事情，你呢，个性上也不允许你做对不起老婆的事情。"

话题就这样放下来了，傅华开始询问苏南办投资公司的情况，苏南说一切进展顺利，傅华又问他愿不愿意去海川投资，现在海川的领导都很好，廉洁有能力，很适合去发展。

苏南笑了，说："海川是我的铩羽之地，还是不要了。你这个驻京办主任不要老是这个样子，三句话不到，就拖着人去你们那里投资，这样子会让朋友尴尬的。"

晓菲安排完菜很快就回来了，三人只是闲聊一些京城最近发生的风花雪月的事情，嬉笑着这顿饭就结束了。

傅华和苏南告辞离开，傅华开着车就往家赶，车刚开出去不远，晓菲就打来了电话说："你回来一下，我有话跟你说。"

傅华笑笑说："什么事情啊，电话里不能说吗？"

晓菲很不高兴地说："我让你回来你就回来，这么罗唆干什么？"

傅华没想到晓菲会是这样一个态度，有点愣住了，赔笑着说："晓菲，发生什么事情了吗？"

晓菲说："你这个人怎么回事啊？你如果不想来，就不要来了。"

晓菲说完就扣了电话，傅华手拿着电话呆了好半天，他怕晓菲真是有什么事情，赶忙调转车头，赶回了四合院。

进了门之后，傅华并没有马上看到晓菲，服务员说晓菲在她自己的房间里，傅华知道晓菲有一间自己休息的房间，他曾经在这里住过一晚，就找了过去。

房间的门关着，傅华敲了敲门，门开了，晓菲探头出来看看是傅华，一把就把他拖了进去。随手就将房间门关上了。

房间本身很小，一下子塞进来两个人，就有些逼仄，晓菲和傅华几乎贴着身子站在了一起。傅华顿时有些发热的感觉，想要躲开，不过他心中还是关心晓菲的，就先问道："晓菲，你找我有什么事情啊？"

晓菲叹了口气，说："你这个王八蛋就是心硬，都要移民澳洲了，还在我面前不声不响的，一走了之啊？”

傅华说：“我是还没做出最后的决定，做出决定之后，我会给你一个交代的。”

晓菲苦笑了一下，说：“还没做出决定？除了出去你还有别的选择吗？到时候给我一个交代，我们的友情长存吗？”

晓菲说着，使劲踹了傅华一脚，骂道：“你知道吗，听到你移民我是什么感受啊？以前你在北京，就算我们不能做什么，可想起来还可以见见面什么的，我心中还有一丝希望，你如果远走澳洲，我再要见你，就难上加难了。这个消息还是南哥知道了问你，你才说的，当时听到，我心都凉透了，你个薄情的东西！”

傅华疼得咧了一下嘴，他强忍住不叫出声来，他心里知道再多的理由都是空白无力的，改变不了他将要远离的事实。

晓菲说：“你怎么不说话啊？你不是大道理一套一套的吗？说啊，看看能不能说服我啊？”

傅华苦笑了一下，说：“我还能说什么，是我负了你，如果你踢我几脚能解恨的话，你就死劲踢吧。”

晓菲看了看傅华，说：“怎么，在我面前装死狗？”

傅华苦笑着说：“要不然你想我怎么样？”

晓菲长叹了一口气，说：“傅华，跟你在一起怎么这么累呢？”

傅华苦笑了一下，说：“你累，我更不轻松。”

晓菲说：“问题就在你身上，你做人做事就是有点死板。”

傅华说：“也许吧，但这是我的个性，改不掉的。”

晓菲说：“哎，我怎么喜欢上了你这样一个家伙啊？”

傅华看了看晓菲，说：“晓菲，其实你各方面条件都很好的，为什么不再去找一个比我优秀的男人呢？我相信，只要你想要，大把的男人等着追你呢。”

晓菲苦笑了一下，说：“确实，比你优秀的男人很多，可是不知道为什么，我跟他们之间就是没有那种感觉，对你，我也想过放弃的，可是想来想起，就是无法走出那一步。也许这就是缘分吧。”

傅华说："我们总是要分开的，等我的孩子出生之后，我就会像你说的那样，远走澳洲。"

晓菲看了看傅华，说："总之你就是想离开我。"

傅华苦笑了一下，说："我如果能干脆地了断这段关系，可能早就不会出现在这里了。晓菲，我也是舍不掉你，才会这么痛苦。"

晓菲轻轻抚摸着傅华的脸颊，苦笑着说："有你这句话我就够了，好了，你不用害怕了，我不会追着你去澳洲的，我跟南哥一样，早就习惯了北京，离开了这里我也会不自在的。"

傅华说："晓菲，是我欠你的。"

晓菲摇了摇头，说："你不欠我的，跟你在一起的时候，我是很快乐的，这就够了。行了，你也不用耿耿于怀了，只要你再离开北京之前多陪陪我就好了。"

这是一段不长的时间，傅华不想让晓菲伤心，就说："我会尽量的。"

在穆广的关照下，有关部门为郑胜修改了地块的容积率，虽然事情做得很隐蔽，有些人还是很快就知道了这件事情。虽然很多人并不知道这件事情是穆广从中操作的，可是能修改容积率不是一件小事，得有相当能力才能办到。人们开始觉得曾经失势的郑胜，又东山再起了。

郑胜也听到了一些这样的议论，他也感觉到人们看他的眼神变了，心中未免沾沾自喜，再次在人前趾高气扬起来。

但是郑胜的好运气似乎已经被用尽了，正当他觉得恢复了元气，可以重拾往日的辉煌的时候，一封举报信寄到了海川市市委市政府各个领导的办公室，说海川山祥矿业董事长伍弈的死就是郑胜一手策划的，是郑胜买凶撞死了伍弈，以报复他在土地竞拍中损失惨重。举报信中还说郑胜手下养了一批打手，在海川收买了一批官员，保护伞众多，因此才能为所欲为，海盛置业根本就是一家有黑社会性质的公司。

这封信散发甚广，连秦屯也收到了一份。秦屯认真看了看，这封信虽然是匿名的，却指证历历，有根有据，似乎很可信。

秦屯看完脸色就变了，他跟郑胜的关系在海川虽然不是路人皆知，可是消息灵通人士却都是心知肚明的，这封信上的事情如果是真的，郑胜判死刑的可能性都有，到时候郑胜被收审，很难不把自己咬出来，那样子的话，自己也要跟着完蛋了。

赶紧要郑胜做好应对准备，秦屯抓起了电话，可是很快他就放下了，如果到时候郑胜要被收审，那他的电话记录肯定是调查的一个重点内容，这个时候打电话过去不是自投罗网吗？

可是又不能不通知郑胜，秦屯更想知道郑胜要如何应对这件事情，这个不用说是要攻守同盟的，只有先把郑胜的口封死，才能保自己平安。

金达也收到了这封信，他看完之后，基本上倾向于信上写的内容都是真的，杀人是刑事案子，金达本来可以马上把信批给公安部门侦查破案，可是他是知道郑胜在海川市的能量的，尤其是郑胜和秦屯关系亲密，郑胜如果被收审，秦屯一定会动用一切力量来干扰侦查的。金达倒不是怕秦屯，可是贸然批下去，可能并不能有助于案件的侦破，说不定会被秦屯上下其手，把事情弄得不了了之。

金达踌躇了起来，一时没有了主意。他觉得要查就查到底，把事情弄个水落石出，可是怎么样才能把事情查个水落石出呢？又有什么办法保证这件案子不受秦屯的干扰？

金达拨了傅华的电话，他很想听听傅华的意见，尤其是没有了主意的时候。

虽然是信息社会，可信息的传播也是需要渠道和时间的，傅华还并不知道这举报信的内容，听完金达的陈述之后，他高兴地说："太好了，总算有人肯出来揭发郑胜了，否则的话，伍弈在地下也不会瞑目的。"

金达笑了笑说："你先别急着为你的朋友高兴，如果是单纯郑胜，这件事情就简单了，可是这后面牵涉秦屯，我担心秦屯会干扰侦破。"

傅华心里明白，这件事情肯定是会牵涉秦屯的，这一次郑胜如果真被查实，那秦屯肯定也是逃脱不掉的。但是要动秦屯可就不那么容易了，秦屯虽然没什么水平，可在海川根基深厚，他是一级一级干上来的，经历和人脉都很丰富，他很会处理人际关系，跟上级部门的联系很广，手下也有一批跟他联系紧密的干部，要对付这样一个人，还真是很难。

傅华问道："金市长，您现在是什么态度？"

傅华是局外人，都已经顾虑这么多了，而作为一个市长，可能要考虑的事情会更多，也有可能金达不想查下去，因为这里面牵涉到的事情很多，郑胜也是在海川经营多年的，一个房地产企业要想经营得好，必然会跟方方面面的机构打交道，这里就必然牵涉一大批官员。对于一个上台不久的市长来说，如果这一次的事件牵连干部太多，对他的执政会是很不利的。即使金达说不查，傅华也是可以理解的，虽然他觉得并不是正确的。

金达笑了笑，说："傅华，你问我什么态度，是觉得我可能包庇郑胜和秦屯吗？"

傅华笑笑说："也不是了，不过秦屯根基深厚，上通下畅，不太好触动，我怕你打虎不成，反受其扰。并且你刚上来，一下子就做这么大的动作，也不利于人心的稳定。"

金达说："确实是，我一时也很难下这个决心，但我是海川市的市长，算是海川市的主政者，要为海川市的市民考虑。郑胜和秦屯已经成了我们海川市健康肌体上的恶瘤，从长远考虑，还是要尽早割掉才有利于海川市的健康发展。我也希望将来海川市的市民评价我的时候，起码可以说我为政清明。"

傅华心说自己果然没看错金达，他的原则性一直都在，便笑了笑说："金市长，您说得太好了，像郑胜和秦屯这样的恶瘤是要尽早除掉才对。"

金达说："可是如何能达到这个目的呢，我担心这件案子交给海川市公安局，秦屯会利用职权阻挠案子的办理。"

傅华说："这倒是真的，我们如果想要把这个案子查个水落石出，还真是需要谋定而后动。"

金达笑了笑说："傅华，我打电话给你，是想听听你睿智的建议，而不是什么谋定而后动的废话，你别这么泛泛不好吗？给我点具体的建议。"

傅华想了想，说："金市长您要是觉得对市里的公检法系统不放心，是不是可以考虑一下把这件事情范围再扩大一下？"

金达说："你是想让我借用外部的力量？"

傅华说："有些时候有压力才会有成绩，上级部门如果关注这件事情，可能更有助于事件的解决。”

金达说：“那要怎么做啊？”

傅华说：“要不您跟省领导汇报一下，寻求他们的支持。”

金达说：“这不好，省领导很讨厌动不动就把问题上交，并且现在也没什么确凿的证据能牵涉秦屯，很多事情还只是猜测，这个样子就跟省领导汇报，会被批评的。”

傅华说：“要不市里就放一放，先不要管。”

金达说：“放一放是什么意思？”

傅华说：“发出这封举报信的人肯定是有所企图的，市里如果不去处理，他一定不会善罢甘休，说不定会往上举报，到那个时候，上级领导不就很自然就知道了吗？”

金达笑笑说：“你这招可是有点损啊。坐等总不是一个办法，我还是把这封信批给公安局把，不管结果会如何，先让他们查着再说吧。”

晚上，秦屯用一部公用电话将郑胜约了出来，两人去了一家很偏僻的茶馆，躲在了包间。

秦屯把举报信拿给了郑胜看，郑胜看完之后，神色凝重了起来，这封信的内容基本上把他当初谋害伍弈的情形描述了出来，肯定是知情人才会写出这样的信。

秦屯看着郑胜脸上的表情，他想探究一下信上所说的事情是不是真的，郑胜阴沉的表情说明，举报信不是空穴来风。

秦屯心沉了下去，如果牵涉杀人，事情就大了，他说：“郑总，你跟我说句实话，事情是不是你做的？”

郑胜这时还在脑海里思索会是谁写的举报信，听秦屯这么问，他当然不能承认是自己做的，便说：“秦副书记，你还不了解我吗？我怎么会做出这样的事情呢？”

秦屯冷笑了一声，说：“我就是了解你，才觉得你能做出这样的事情。郑胜啊，这件事情你可要好好对待，我可不想跟你去坐牢。”

郑胜看了看秦屯，他知道这个伙伴已经开始害怕了，便冷冷地说道：

“秦副书记，我也是一条汉子，你放心吧，不论到什么地步，我都是不会牵连你的。出了事我会一肩扛起的。”

秦屯看了看郑胜，他心里对郑胜这个承诺是不敢完全相信的，可是，他也拿郑胜没有别的办法，只好说：“希望你能说到做到。我当初帮你，也是为你好，可不想到了最后被你牵涉进去吃牢饭。”

郑胜笑了，说：“秦副书记，我郑胜是有恩报恩有仇报仇的，不会害你的。”

秦屯干笑了一下，说：“那就好，那就好。”

郑胜说：“不过还有一件事情你需要帮我一下，这一次举报信写得这么详细，公安局应该会启动侦查的，我知道你在公安当中有不少关系，这一次事态很严重，你一定要动用你的关系，让他们把侦查的进展多透露一些出来。”

秦屯也知道必须全力运作才有可能转危为安，也就不推辞，说：“行，我会安排的。”

郑胜叹了口气，说：“真是他妈倒霉，我刚觉得事业又有起色了，这事又跳出来，看来我真是需要找人看看了，是不是我踩到了哪个厉鬼的尾巴了。”

求神问鬼往往是人走到了一个穷途末路才会做的事情，郑胜这个时候想要找人看看，说明他已经乱了方寸，不知道该怎么办了。秦屯心中越发担心，说：“这个时候你可一定要稳住啊，千万不要自乱阵脚。事情现在还没到山穷水尽的地步，我估计公安暂时也不能拿你怎么样。我研究过了很多案例，好多人最终被定罪，不是因为别人，是自己交代出来才被定罪的。”

郑胜说：“好了，这个道理我早就知道了，坦白从宽，牢底坐穿，抗拒从严，回家过年，我知道该怎么做的。”

秦屯苦笑了一下，说：“那就好，那就好。”

两人面面相觑，心情都很沉重，都不知道下面该说些什么，房间内一时没了声音。

第二天，秦屯就把公安局负责刑侦的副局长俞泰找到了办公室，说："老俞啊，郑胜被举报的事情你知道了吧？"

俞泰说："知道了，金达市长已经把举报信批到了公安局，要我们严查，务求将伍弈命案搞个水落石出。"

秦屯说："老俞啊，这个肯定是别有用心的人诬陷郑胜的，我跟郑胜之间的关系你是清楚的，他这个人我还是了解的，虽然平日做人高调了一些，但这种事情还是做不出来的。为什么金达要批复公安局严查这件事情吗？这就是一场政治斗争，他是想借查郑胜来打击我，这都是因为当初组织上同时把我和他列为海川市市长的考察对象，我跟他就成了竞争对手，金达这个人很小心眼的，他自然是不能放过这种打击我的机会。"

说到这里，秦屯看了看俞泰，接着说道："老俞啊，你可要明白这里面的利害关系，不要被人当了枪使。我们这些人，相对金达来说就是海川的本土势力，他是想借机打击我们，好建立他自己的权力架构。"

俞泰心里清楚，秦屯找自己来，这么郑重地交代郑胜的事情，肯定是郑胜的事情可能牵涉他，而且这个牵涉还很严重。

俞泰说："秦副书记，我明白这里面的利害关系，您说吧，要我怎么做？"

秦屯说："我想你们肯定很快就会对郑胜展开侦查，你是知道的，企业家的财富都是由原罪的，这也是社会大环境造成的。像郑胜这样的，更是可能有很多不是太合规的行为，所以嘛，我希望你能充分考虑到社会因素，对有些事情能不追究，就不要追究，水至清则无鱼，对我们的企业家不要太严苛了，你觉得呢？"

俞泰便清楚秦屯是想让自己尽量放过郑胜，便笑笑说："是啊，我也是认为对我们的企业家应该多保护。"

秦屯说："老俞啊，这件事情呢，我们也要多通通气。"

由于市长金达关心了这个案子，公安局很快就成立了专案小组，局长任专案小组的组长，俞泰因为是分管刑侦的副局长，任专案小组的副组长，伍弈命案再次被重视了起来。

专案小组便开始内查外调，全面侦查案件的各个线索，也找了郑胜去问话，郑胜心里早就有了准备，矢口否认自己与伍弈的死有关，还说这是对他的蓄意污蔑，是对民营企业家的迫害，请求公安部门一定搞清事实真相，纠出在背后煽风点火的那个小人。

专案小组的侦查也没有取得比以往更深的进展，小组的成员，除了局长之外，基本都是俞泰的亲信，对案件的侦查睁一只眼闭一只眼，能放过去的就不要深查，自然没什么突破性的进展。

案子在很短的时间之内再度陷入了僵局，这让金达十分恼火，虽然他事先已经预料到会有这种结果了，可是没想到这种结果会来得这么快，即使组建了以局长为首专案小组，还是这么敷衍了事。

金达感到了一种无声的压力，这压力是来自那些根深蒂固的本土势力，他们是在用这种方式告诉金达，虽然你是市长，但是你要把你的理念贯彻下去，还是需要下面的这些人，而这些人并不听你的控制，他们可以轻易就把你的指示敷衍过去，你还不能奈何什么。

金达自然不甘心就这样受制于人，他想了一夜，最后决定听取傅华当初的建议，把问题上交，借用上面的力量，把这件事情查个清楚。

在进省之前，金达把情况跟市委书记张林通报了。张林听完金达的主张，说："金达同志，这件事情等于是在省领导面前自曝海川市的丑事，这好吗？"

金达说："我觉得这没什么不对的，现在这些人拉帮结伙，营私舞弊，伍弈这样一件命案都无法查清楚，这样子下去是不行的。不但组织上政令很难畅通，失去了对局面的控制，也会让海川市市民对我们这届班子失望。"

张林也知道这件案子查不下去，症结不在郑胜身上，而是在秦屯身上，他也知道秦屯和郑胜之间往来密切，查郑胜必然要牵动秦屯，肯定是秦屯动用了他多年编织起来的关系网，要阻止案件的深入调查。

张林对秦屯也早就一肚子意见了，特别是上一次选市长的时候，秦屯和郑胜跳出来推荐原来的常务副市长李涛跟金达竞争，搞得张林很被动，要不是省委副书记陶文老谋深算，运筹帷幄，局面就很可能失控。

即使是后来金达顺利当选，省里对张林的信任也是有所动摇的，这对张林来说，不能不是一个很大的伤害。

因此张林吃了一个哑巴亏，心中也对秦屯很是不满，不过他对秦屯盘根错节的关系也是心有忌惮的，而且省委对这次事件的态度也很不明确，只是上调了李涛去做交通厅长，其他官员并没有动的迹象，他本来是一个性格偏弱的人，虽然是心中恼火，仍然忍耐了下来。

现在金达要借用省里的力量对秦屯动手，张林自然是求之不得，因此在金达慷慨激昂地说不想让海川市民失望之后，便同意了金达的做法。

金达带着举报信去了省委，找到了郭奎，向他汇报了情况，特别提到了郑胜和秦屯之间的勾结。

郭奎认真地听完，看了看金达，笑笑说："秀才啊，你不觉得这么做在政治上显得幼稚吗？"

金达笑了笑，说："我猜到郭书记可能是要批评我的。我把问题上交，您一定会认为我没有掌控海川市的能力，需要省里面帮助才能解决问题。另一方面，秦屯在海川有着很密的关系网，如果最后的结果是不了了之，我今后的工作可能更加麻烦不断，难以开展。"

郭奎笑了，说："你心里这不是很清楚吗，为什么还要找我来处理这件事情？"

金达说："但是，我是人民选出来的市长，不能眼看着像郑胜秦屯这样的恶瘤继续存在下去，我觉得我有义务帮海川市民除掉他们，而不是瞻前顾后，只考虑自身的得失。"

郭奎眼睛亮了，他伸手去拍了拍金达的肩膀，笑笑说："秀才啊，你真是让我感到惊喜啊，你让我看到了一个领导干部的担当，你在成为市长之后这么短的时间就成熟了，确实令我眼前一亮。"

金达被夸得不好意思地笑了起来，他说："郭书记，你别这么说，我这么做本身就是一种无能，如果我有能力，这件事情我在市里面就处理好了，不会来麻烦你了。"

郭奎笑了，说："这不是你无能，这是秦屯在海川经营多年的一种结果。我们现在有些官员啊，真是很会经营自己的地盘，要经营自己的地盘其实也很正常，现在政府事务繁杂，没有一个好的团队，任何领导也是无法把事情办好的，可是问题的关键是你经营自己的小团队为了什么，是为了更好为人民服务？还是为了一己私利？如果是为了一己的私利，那等待他们的必然是自取灭亡。这个秦屯啊，我关注他有一段时间了，上次你选举的时候他就很不老实，为了不可告人的目的，暗地里跟组织上对着干，当时我就想要处理他，可是考虑到一些其他的因素，暂时就放在那里，想看看他的后续表现，没想到他吃了一堑，却并没有因此收敛，还在做这种违法乱纪的事情。”

金达看了看郭奎，笑着说：“看来郭书记是准备支持我了？”

郭奎笑了，说：“你把自己上升到为人民的高度，我敢不支持吗？那样子我这个省委书记岂，不是成了不顾人民只考虑个人得失的昏官了吗？”

金达不好意思地笑了，说：“郭书记，我那也是一时气愤脱口而出的，可没有指责您的意思。”

郭奎笑了笑，说：“你不用不好意思了，秀才，官场上也是需要你这种对人民有感情的官员的。有些时候政坛是要讲求执政技巧的，可那都是枝节的问题，关键的核心是出于一种什么样的目的来做事的。目的正确，才是在这个政坛上立足的根本。否则一味玩弄技巧，虽然可以维持一时，可终将难逃失败的命运。”

金达认真地点了点头，说：“我明白郭书记的意思，我一定会记住您今天这番话的。”

郭奎笑了，说：“我也不知道这番话应不应该在你面前说，我很欣赏你这种刚直不阿的个性，希望你这样的人能够在仕途上走得更远一些。所以嘛，你也不要片面理解我的话，技巧还是需要的，关键是要如何把握住尺度，那样子你才能少些坎坷，走得更顺些。”

说到这里，郭奎抬头看了金达一眼，继续说道：“这些呢，你以后在工作中慢慢摸索吧，秦屯和郑胜这件事情，我会批给省公安厅处理的，算是助你一臂之力吧。”

郭奎有了态度，省公安厅不敢大意，鉴于海川市公安局调查伍弈命案毫无进展，省公安厅的领导怀疑海川市公安局中有人故意包庇郑胜，索性就另起炉灶，不用海川市公安局的人参与调查，而直接使用公安厅自己的人。

其实案件本身并不复杂，像郑胜这种智力的人也设计不出复杂的作案手法，举报信中也列出了破案的关键线索，侦查人员很快就找到杀害伍弈的凶手，在强大的压力之下，凶手交代了自己被海盛置业老总郑胜收买，驾车撞死伍弈的事实。至此伍弈命案告破。

省公安厅迅疾部署人员抓捕郑胜，可惜的是当公安人员赶到海盛庄园的时候，郑胜已经服毒自杀了。

省公安厅领导十分震怒，费了这么大劲才找到了一个突破口，没想到竟然被郑胜抢在抓捕之前自杀了，显然郑胜是早就得到了伍弈命案被侦破了的消息，这才自杀以逃避公权力对他的惩罚。

伍弈命案的侦破过程是高度保密的，郑胜又是从什么渠道得到消息呢？郑胜这一死肯定很多秘密就被掩盖了下来，又是谁不想让郑胜活着被抓到呢？

郑胜的死让金达很是被动，开始有人八卦说郑胜是被金达逼死的，金达因为郑胜跟自己叫板，非要把郑胜赶上绝路，最终抓住了伍弈命案这个把柄，逼迫郑胜不得不自杀。人们对死者基本上是持一种同情的态度的，很多人便开始站到同情郑胜的立场上来了，加上某些别有用心的人推波助澜，便有谣言说郑胜是被冤枉的，是被诬陷成为凶手的。郑胜的死实际上是金达这个空降派干部跟本土派斗法的牺牲品，金达是拿郑胜开刀，以对付以秦屯副书记为首的本土派。

傅华听到这个谣言之后，感到十分好笑，他是很清楚这里面的来龙去脉的，知道根本就不存在金达迫害郑胜的情况。他对人们这么是非不分感到很是荒谬，公安厅已经把侦破伍弈命案的情况公之于众了，为什么人们不相信铁证如山的权威部门的说法，反而相信整件事情是金达搞出来的阴谋？这其中的意蕴真是耐人寻味。

傅华打了电话给金达，他认为这个时候金达肯定心里是不好过的，金达接通了电话，笑了笑说：“傅华，找我有什么事情吗？”

傅华笑笑说："我听了一些传言，就想打电话给您，您还好吧？"

金达苦笑了一下，说："傅华，在你面前我就没必要掩饰了，说实话我心里很别扭，明明我是在铲除毒瘤，结果呢，毒瘤铲除了，却没有一个人感激我，却到处都在说我的不是。你不觉得滑稽吗？"

傅华笑了笑说："可能是人们被蒙蔽了吧？"

金达说："省公安厅公布了伍弈的案情，郑胜是凶手证据确凿，人们可以不相信我，但怎么连历历在目的证据都不相信呢？"

傅华说："现在一些腐败分子搞得人们对一些权力部门已经失去了基本的信任，对权力部门公布的情况自然是不愿意采信的。"

金达苦笑了一下，说："人们反感腐败我知道，可他们这么误会我，明明是受了腐败分子的蛊惑，最终得利的肯定是腐败分子。你知道吗，傅华，郑胜这一死，多少腐败分子可以安枕无忧了？"

傅华说："是啊，多少秘密随着郑胜而去了。不过，金市长，你也不用生气，一个人总是要为他的错误行为付出代价的，郑胜只是个开始。"

金达笑了笑，说："这句话我曾经很相信，可是现在我还真是怀疑，不说别的，康盛集团的刘康做了多少坏事啊，现在不一样在国外逍遥自在吗？他得到报应了吗？"

傅华笑笑说："一切都还没结束，我想总有一天他会被清算的。"

金达笑了，说："傅华，我真不知道你的这种乐观是从哪里来的。"

傅华说："我这不是乐观，我是坚信作恶者必受严惩。就像郑胜这件事情一样，郑胜是死了，可事情并没有结束，这里面还有很多可以追查的线索，我相信追查下去，秦屯一定无法逃脱惩罚。难不成金市长您准备就此放弃吗？"

金达说："我自然是不会放弃，你说得对，作恶者必受严惩，事情不查个水落石出，我是不会善罢甘休的，他们不是说我这个空降派要打击本土派吗？那我就打击到底，我不信正气压不住邪恶。"

傅华笑了，说："正气肯定是能压住邪恶的。我相信省公安厅肯定不会就这么草草结案，这里面太多的疑团没解开，他们肯定也会想查个水落石出的。"

金达说：“对，你这提醒我了，回头我去公安厅走走，督促一下他们。”

秦屯对郑胜的死也是一头雾水，原本他以为海川市公安局调查没有了进展，案件就会停滞在那里，郑胜也可以确保一时的安全，也因此他就把这件事情放下了。

省厅启动对郑胜的调查，由于对海川方向保密，甚至连郑胜本人都没惊动，秦屯也就更不知道了。

秦屯安心地过了些日子之后，难想到风云突变，省厅突然要来抓捕郑胜，而郑胜就在这一刻突然服毒自杀了，这一切的变化都让秦屯目不暇接，胆战心惊。

虽然郑胜的死带走了他们之间的一切，可秦屯并没有感到高兴，心中反而为郑胜感到一丝悲哀，他们打了这么多年的交道了，多少也有一些交情，突然死掉了一个，秦屯自然感到失落。

另一方面，秦屯并不认为郑胜的死亡就是一个结束，相反他认为这是一个开始，郑胜死亡的时间点太过于巧合，早不死晚不死，偏偏在就要来抓他之前死掉了，在他自杀之前，肯定发生过什么，让他不得不选择去另外一个世界。

而究竟发生了什么，是秦屯最想知道的，他已经感觉到了很多人看他的眼神中带着猜疑，似乎这发生的事情与他有关，秦屯也觉得自己难逃嫌疑，偏偏他就是不知道这期间究竟发生了什么。

这闷在鼓里的滋味是不好受的，因此秦屯并没有因为郑胜的死感到丝毫的轻松，相反由于事件的不确定性，他反而更忐忑不安了。

北京，夜已经深了，在事先约好的时间，傅华等到赵婷上线了，赵婷甜笑着说：“今天儿子开始踢我了，这小家伙真是不老实。”

傅华笑了笑说：“这像你，你就是一个好动的人。”

赵婷呵呵笑了起来，说：“像我最好，我可不想将来儿子像你一样死板。”

傅华笑着说："这个时候怪我死板了？那个时候是谁非要嫁给我啊？"

赵婷笑着说："我鬼迷心窍了呗。"

傅华笑骂道："你这家伙，在澳洲还适应吗？"

赵婷笑着说："这里真是很好，空气清新，出去就是一望无际的大海，比北京好多了。老公啊，我真想你能早点过来。"

傅华笑笑说："我也想早点过去陪你啊，只是我跟你不同，我还有工作要做啊。"

赵婷瞅了傅华一眼，说："就会找借口，你在北京有没有不老实啊？"

傅华笑了笑，说："我哪有心思啊，我还想早日跟你团聚呢。"

赵婷嘿嘿笑了笑，说："你最好给我守身如玉，否则的话，别怪我对你不客气。"

傅华笑笑说："放心吧，我会老老实实的。"

赵婷看了看时间，说："好了，今天就聊到这吧，John 还约我去逛一逛呢，我要出去了。"

好不容易通上话，说了这么几句就结束了，傅华有些不舍，便说："你跟我说这么几句就要走掉了？John 是谁啊？"

赵婷笑了，说："John 是邻居家的一个大男孩，比我少一岁，挺会照顾人的，他说说怀孕期间最好是多出去走走，我这也是为了你儿子好啊。"

傅华说："老婆，你让我在北京守身如玉，你可别在澳洲给我勾三搭四啊？"

赵婷瞪了傅华一眼，笑骂道："你瞎紧张什么啊，你老婆现在肚子这么大了，就是要跟男人跑，也得跑得动啊？好了，不跟你聊了，John 在外面按喇叭了。"

赵婷说完，关了视频，傅华顿时失去了画面，他实际上很像多聊一会的，可是赵婷玩性十足，根本就是坐不住，便叹了口气，关了电脑，去休息了。

第二天，傅华一到办公室，就接到了谈红的电话，谈红上来就责备说："傅主任，是不是海川重机重组的事情都与你无关了？"

傅华笑了笑说："怎么了？"

谈红说："那怎么你就一直也不照面了，也不过来跟我们交流一下情况。"

傅华笑笑说："市里不是跟你们一直有联系吗？让他们配合你就好了。"

谈红说："这不是还有傅主任参与其间吗？你不满意了，我们潘总又要批评我了。"

傅华知道谈红还在为上次的事生气，便笑了笑说："谈经理，我记得跟你道过歉了，是不是你可以放过我一马啊？"

谈红说："我才没这么小气，是这样，你过来一下，利得集团提出了实质性的重组方案，你看看可不可行？"

傅华也很关心海川重机的重组，便说："我马上就过去。"

傅华赶到了谈红的办公室，坐下之后，有些困意，忍不住打了一个哈欠。

谈红看了傅华一眼，讥讽地说："傅主任昨晚去哪玩的这么疯，哈欠连天的。"

傅华苦笑了一下，说："什么玩，是跟老婆视频。"

谈红扑哧一声笑了出来，说："你们夫妻倒好情趣，两口子之间还玩视频。"

傅华说："老婆因为移民现在澳洲，我们是在网上见见面而已。不过谈经理你倒是挺懂，还知道什么玩情趣，是不常玩啊？"

傅华说话这句话就后悔了，他本来是无心打趣谈红的，可是说完一想，自己这话充满了暧昧挑逗的味道，跟一个还没结婚的年轻女子说，可是真的不太合适。

谈红脸红了一下，骂道："你才常玩呢，你对一个女士就是这么说话吗？"

傅华赶紧道歉说："对不起，我又说错话了。"

谈红没好气地将一份文件递给了傅华，说："利得集团重组海川重机的方案，你看一下？"

傅华看了看，方案是海川重机向利得集团发行股票，用于购买利得集团全部的资产，这样利得集团的资产就会被置于海川重机之中，完成资产置换之后，海川重机将以利得集团经营的资产作为主业，公司也将更名为利得集团。

傅华看完，觉得方案尚可，便点了点头，说："还可以。"

谈红看了看傅华，冷笑着说："这么说傅主任满意了？"

傅华心中就有些不满起来，自己不过是误会过她一次，至于这么不依不饶吗？

傅华说："谈经理，你不要老是说话带刺好不好？大家也是各为其主，我为了海川市争取利益又没什么错，那种情况产生一点误会也很正常，我觉得大家还是想想怎么搞好合作才对。"

谈红说："哟哟，傅主任怎么这么凶啊，是不是我又做了什么让你不满意了？需要我道歉吗？"

傅华有些无奈地看看谈红，说："谈经理，你够了吗？"

谈红冷冷一笑，说："看来傅主任还真是生气了，您大人大量，不要跟小女子计较好吗？"

傅华无奈地摇了摇头，站了起来，说："谈经理，利得集团这份方案我会跟市里汇报的，如果再没什么事，我就先告辞了。"

谈红看了傅华一眼，说："那不送了，傅主任。"

傅华一出办公室的门，正碰到潘涛从外面回来，潘涛笑着说："傅老弟，这是要走啊？"

傅华笑了笑，说："刚跟谈经理谈了点事情，现在谈完了，正准备离开。"

潘涛笑笑说："到我屋里坐一会儿吧？"

傅华本来想要离开，可转念一想，自己跟谈红现在闹得这么僵，肯定是不利于重组的，是不是跟潘涛谈一谈，让潘涛换人来做这单业务算了？

到了潘涛的办公室，坐下来之后，傅华试探地说："潘总，你说这单业务有没有可能换别人来做？"

潘涛愣了一下，说："傅老弟，你对谈红有什么不满意吗？"

傅华笑了笑说："谈经理的业务水准是很高，可是对我似乎很有成见，这样子下去对彼此都是不利的。”

潘涛笑了，说：“你们还没和好吗？”

傅华摇了摇头，说：“我已经道过歉了，可是谈经理却不依不饶的，我真的不知道该怎么办了。”

潘涛笑笑说：“女人都是有小性儿的，只要不影响工作，你不要去管她就好了。”

傅华说：“就是说谈红不能换吗？”

潘涛说：“这个不太好换的，一来整个业务一直是由谈红在做的，贸然换人，新接手的人需要从头开始熟悉业务，又要浪费一段时间；二来这种重组业务本身是高度保密，知道的人越少越好，为了一点点小事就更换人，也不利于保密。”

傅华想了想也是，便叹了口气说：“算了，你就当我没说。”

潘涛说：“人可以不换，不过你们的关系我来处理一下。”

潘涛说完，拨了桌上的电话，说：“小谈啊，你过来一下。”

傅华有些着急，说：“潘总，你可别告诉她我是想要换人的，否则又要跟我急了。”

潘涛笑了，说：“放心吧，我不会叫你难做的。”

门被敲响了，谈红就走了进来，看到了傅华在座，愣了一下，说：“你不是走了吗？又到潘总这里告我的状吗？”

傅华尴尬地看了看潘涛，潘涛笑了，说：“小谈，你对傅主任怎么这么个态度啊？你可误会傅主任了。”

谈红看了看傅华，说：“我误会他？我误会他什么了？”

潘涛说：“你是误会他了，傅主任来我这里不是要告你的状的，他说上一次的误会真是对不住小谈，想问我有没有什么办法可以弥补一下。小谈啊，傅主任既然这么有诚意道歉，你看是不是你出个什么题目，让傅主任有机会改过？”

谈红说：“这我可受不起。”

话虽这样说，傅华注意到谈红的嘴角已经露出了一丝笑意，显见她内心中还是很得意的。

傅华笑了笑，说：“谈经理，杀人不过头点地，我已经知错了，你总不能一棍子打死我吧？给我一个机会吧？”

潘涛也说：“小谈啊，傅主任话都说到这份儿上了，你再不原谅他，就有点过了。”

谈红瞅了傅华一眼，说：“算你会做人，这一次看在潘总的面子上就算了。我也不想出什么题目了，我们算扯平了。”

傅华笑笑说：“不行，不能就这么算了，上一次我就想请客赔礼，潘总坚持要他请，这一次一定要给我一次机会，以表达我深深的歉意。”

潘涛笑了笑说：“小谈，这顿饭可一定要吃啊。”

谈红笑了，说：“好啦，我去吃就是了。”

潘涛笑了起来，说：“那就好，吃了这顿饭，大家就把往日的怨气彻底消除了。”

三人又闲聊了一会儿，看看到了吃饭的时间，傅华说：“我们去哪里吃饭?”

潘涛笑笑说：“这你要问小谈，今天她是主角。”

谈红笑笑说：“潘总，您在，怎么也轮不到我做主角啊？”

潘涛笑了笑说：“呵呵，今天可是傅老弟专门请你的，再说我中午已经有约在先了。”

傅华愣了一下，说：“潘总，你不去啊？”

谈红也说：“潘总你真是的，不去也不早说。”

潘涛笑了笑说：“我如果早说的话，你们也就不会去了。好了，你们又不是没单独吃过饭，我不去也无所谓的。”

潘涛这么说，傅华就不好说改天这句话了，其实他心里是有点别扭的，刚跟谈红闹了点意气，马上就两个人一起去吃饭，是有点尴尬的。

傅华笑了笑说：“那就请谈经理点地方吧？”

谈红看了看傅华，她这个时候心里也是有点尴尬的，不过推脱的借口已经被潘涛堵死了，便只好说：“既然是傅主任请客，还是你定地方吧。”

傅华想了想，他知道谈红年纪不大却是个老饕，饭店太差，这顿饭就吃得没意义了，有几家他和谈红已经去过了，就没了新意，突然他想到了昆仑饭店的上海风味餐厅，那里的环境优美，口味也很不错，就说：“不知道谈经理吃得惯上海本帮菜吗?”

谈红对美食的诱惑是很难抵挡的，上海餐厅她去吃过一次，感觉还是很不错的，便笑了笑说：“傅主任还真是有品位啊，那里的环境真是不错。”

傅华站了起来，说：“那还等什么，我们出发吧?”

潘涛也站了起来，说：“我也到时间去赴约了，跟你们一起走吧。”

三人下了楼，谈红开车去了，潘涛笑着冲着傅华眨了一下眼睛，说：“傅老弟，小谈是很不错的，我可是给你创造了很好的机会，想办法把她拿下吧?”

傅华笑了，说：“这都哪跟哪啊？我不过是想跟谈红处理好工作关系而已。”

潘涛笑着说：“处理工作关系有很多方法的，我看这谈红对你的感觉又怨又欣赏的，正是适合发生点什么的女人。”

傅华笑了，说：“潘总啊，你别胡点鸳鸯谱好不好，小心赵婷找你算账。”

潘涛说：“赵婷不是远在澳洲吗？她鞭长莫及，你就把握机会吧。”

这时谈红开了车出来，看到二人还站在那里说话，便笑着说：“你们不赶紧拿车，在嘀咕什么呢?”

潘涛笑着说：“傅老弟再见了。”

两人就分别去拿了车，傅华跟谈红去了昆仑饭店上海风味餐厅，经过长长的走廊进入大厅，眼前豁然开朗，一座高大的殿堂展现在眼前。安装在两个巨型天花藻井中的四只产自意大利的巨型水晶玻璃吊灯剔透晶莹，把橄榄叶花线分割的藻井金色天花板照得一片辉煌，入门弧形平台两侧的火山岩浮雕展现了古老的欧洲传统，顶天立地的白砂石墙柱装饰着旧铜的柱头，拖地的长窗帘半掩着窗上精美的花饰，大厅内白砂石的地面和墙面奠定了整个大厅的主色调，透过大厅边侧高5．2米的金属玻璃窗，让人在尽享美食的同时，还可欣赏到昆仑饭店后花园的完美景象和岩花园走廊的别样现代精美建筑。

傅华想要包间，把自己的诚意做足，谈红笑了笑说：“算了吧，就我们两个人要什么包间？你有钱没地方花了？我们在大厅吃点就好。”

傅华笑笑说：“那是不是有点对不起谈经理了？”

谈红笑了，说：“你早这么尊重我，大概今天也不需要请这顿客了。”

傅华尴尬地笑了起来，正想说些什么，却看到一行人前呼后拥走了过来，当中一个人傅华认识，正是许先生，想不到许先生还是喜欢在这里吃饭。

被簇拥在人群中心的许先生也看到了傅华，他稍微愣了一下，随即就装作根本不认识一样，说笑着走进包间去了。

身边的谈红笑着说：“傅主任，刚才那个人认识你吧？”

傅华笑笑说：“是，我曾经就在这里跟他吃过饭。”

谈红笑着说：“什么人啊？看上去排场很大啊。”

傅华笑笑说：“说起来怕你不相信，这人是一个地道的骗子，曾经骗过我们海川市的一些领导。”

傅华已经知道了许先生上一次被抓后不了了之的事情，海川不少人都在传说市委副书记秦屯被这个人骗了，后来秦屯想办法抓了这个人，可是后来畏惧这个人迫不得已又将他放了出来。

这一切虽然只是传说，可是傅华是见过秦屯宴请许先生，也见过海川公安局远赴北京抓捕许先生的，按照他的推断，这种传说八成以上是真的。不管怎么样，秦屯跟许先生之间肯定是有问题的。

谈红诧异地说：“他是个骗子？骗子还能这么逍遥啊？”

傅华笑了笑，说：“你看我的样子像骗人的吗？至于他为什么还能这么逍遥，这就是这社会的滑稽之处了，老老实实的人只能在底层辛苦打拼，而这些招摇撞骗的家伙却可以风光逍遥。”

谈红还是半信半疑，说：“我怎么看都不觉得这个人是一个骗子，你没搞错吗？”

傅华就把认识许先生的过程以及后来许先生被海川警方抓获的情况讲了。

谈红听完，笑笑说：“想不到还有这种人，这也是他的本事。”

傅华笑着说："这世界上形形色色的骗子多了，我们驻京办身处招商引资的第一线，常会遇到这样那样的骗子，所以有些时候难免有些反应过度。"

谈红看了看傅华，笑着说："你这是在跟我说，你这一次只是反应过度，是吧？"

傅华说："是，我在招商引资中已经被骗过几次了，当时国内鼎鼎有名的百合集团就差一点让我上了恶当，幸好发现及时，才没有酿成大错，所以我有些时候不得不小心应对工作中接触的商人。"

谈红摇了摇头，说："傅主任，你到今天还不明白我为什么生你的气，哎，叫我说什么好呢？"

傅华看了看谈红，说："我可能有点迟钝，谈经理告诉我，你究竟生我什么气呢？"

谈红说："好，我告诉你，我生你什么气。我们自从打交道那一天起，我是一直拿你当朋友的，我把自己私底下的一面都展现给你看了，我带你一起吃我最喜欢的美食，这是只有在朋友之间才会发生的事情。可是你是怎么对待我的呢？事情一有了变故，你就怀疑是我在其中搞鬼，甚至连谈都不屑于跟我谈了，这是你的跟朋友相处之道吗？"

傅华有些尴尬地笑了笑，说："我这不是反应过度了吗？我再次跟你道歉，希望你能够原谅。"

谈红摇了摇头，说："算了，也是我自己考虑问题的角度有问题吧？也许你只是拿我当商业上合作的伙伴，而不是朋友吧？"

傅华说："谈经理这么说，我就更不好意思啦，其实我也是拿谈经理当做朋友的。私下里我们聊得不是很开吗？很多话我在别人面前是不说的。"

谈红看了看傅华，说："好了，我们话说开了就好了。"

傅华说："点菜，你看要吃什么？"

谈红说："这顿饭是你自己掏钱请客吧？"

傅华笑着点了点头，说："这是我私人道歉的，自然没有公家掏钱的道理。"

谈红笑着说："那我可要好好宰你一顿了。"

傅华笑笑说："这是我甘愿受罚的，你不要客气就是了。"

谈红也真没客气，她点了松茸干烧鱼翅、辽参东坡肉等招牌菜色，两人就开始吃了起来。

吃了一会儿，傅华笑着问道："谈经理，你说你从国外回来不久，能跟我说说在国外生活的感受吗？"

谈红笑笑，说："你今天说老婆移民到澳洲去了，你问这个是不是也准备很快就过去啊？"

傅华笑笑说："是有这个想法，所以想问问你在国外的感受。"

谈红说："国外的生活怎么说呢？其实现在物质方面也没太大的差别。"

傅华笑笑说："我不是说物质享受方面，我是想问一下，你生活在那里内心的感受如何？"

谈红说："实话说不是太好，看到周边一个个洋鬼子，你就会觉得是在人家家里，心里总有一种不踏实的感觉。其实，我觉得你们有些奇怪啊，你们夫妻应该说不是那种物质匮乏的人，不需要移民到国外去改变什么的，怎么就想起来移民了？"

傅华笑了笑，说："我老婆喜欢澳洲，是她想要过去。"

谈红看了看傅华，说："我看你不是很情愿的样子，这个豪门驸马爷不好当吧？"

傅华笑了笑，说："是有点，不过不关什么豪门不豪门的事，家家都有本难念的经。"

谈红笑笑说："别掩饰了，如果你只是娶了一个普通的女孩子，你不情愿移民，肯定不会让老婆出去的。"

傅华心里也不得不承认，自己越来越屈服与赵婷的压力了，便笑了笑没说话。

这时，傅华看到许先生从包间出来了，只是这一次他没有来的时候那么趾高气扬，而是被身边两名男子夹在中间，低着头灰溜溜地往外走。傅华还注意到了一个细节，许先生双手很不自然地伸在身体的前面，上面盖着一件不知道是谁的衣物。

这个镜头傅华在电视上看过，应该是一个罪犯被警察抓获的镜头，那件衣服盖住的肯定是戴在手腕上的手铐。许先生再次被捕了。

傅华招手让服务员过来，低声问道：“刚才那是怎么回事？”

服务员笑笑说：“客人涉嫌诈骗被公安机关逮捕了，不好意思，影响您就餐了。”

服务员退开了，谈红笑了笑说：“刚才还说这家伙逍遥快活呢，没想到报应马上就来了。”

傅华笑笑说：“这种人到处行骗，早晚会受到惩罚的，上一次只是被他侥幸逃脱，他不但不收敛，还继续这么招摇，肯定是会倒霉的。我始终坚信，作恶的人必然会为他们的行为付出惨重的代价。”

谈红笑了，说：“傅主任这是在警告我吗？”

傅华笑了，说：“我可没这个意思，就事论事而已。谈经理如果没有做过亏心事，大可不必发怵，你说是不是啊？”

谈红笑笑，说：“这倒是我给你话柄了。”

饭吃完之后，傅华回了驻京办，就拨了电话给金达，把利得集团的重组方案讲了，金达基本上也同意这个思路。

说完海川重机重组的事情，傅华提起了今天见到许先生被捕的情况，然后说：“我估计这一次秦屯跟许先生的事情再难以遮掩下去了。”

金达说：“秦屯的问题不仅仅这么一点，现在看来可能要比已经暴露出来的严重得多。”

傅华愣了一下，说：“是不是郑胜死亡的事情有了什么新的发现了？”

金达笑了，说：“傅华，你挺敏感的，一下子就找到了问题的症结。不过现在事情还在保密当中，我不方便跟你说什么。”

傅华说：“是这样啊。”

金达说：“傅华，不久之后，可能海川政坛将会有一场大的地震，你非得移民吗？我现在很需要一些能帮上忙的人。”

傅华有一种山雨欲来的感觉，看来一场大的查腐风暴将在海川掀起，这将是一场你死我活的博弈，傅华也为金达感到沉重，不过他并没有要到风暴中心区的意思，他做驻京办主任已经很习惯了，就算他不移民，也不想离开北京。

傅华笑了笑说："金市长，我不想回海川。"

金达心里有些不高兴，如果换了别人，他可能就用命令的方式逼迫他回到海川任职了，可这是傅华，他们之间有一份朋友的情谊在，而是他也知道傅华的性子，用权力去压迫他，结果可能适得其反。

金达有些不甘心地说："你就在一旁看我在火上被人家烤吧？"

傅华说："金市长，您也知道，我是不愿意卷进这些复杂的政治纷争中去的。"

金达叹了口气，说："我不强人所难了"。

挂了电话，金达神色凝重地看着窗外，窗外风和日丽，十分美好，可金达的心情并没有受到这美好的天气的感染，反而十分沉重。他现在正承受着莫大的压力，而且没有多少人站在他这一边，他有点孤立无援的感觉。

这也是金达明知傅华很可能很快就移民澳洲，仍然想要他回来的原因，他现在太孤立了，甚至跟市委书记张林之间也产生了分歧。

分歧就在郑胜自杀这个案子上，说起来还是伍弈命案的延续，省公安厅很快就发现了新的线索，找到了给郑胜通风报信的人，这个人竟然是海川市公安局分管刑侦的副局长俞泰，俞泰的一个同学也在省厅搞刑侦工作，是省厅成立的伍弈命案专案小组的成员。俞泰从省厅成立专案小组的那一刻起，就知道了省厅并没有相信海川公安局的侦查结果，没有放弃追查郑胜。

俞泰当然知道自己在伍弈命案的侦破中是动了手脚的，案件如果被侦破，恐怕第一个倒霉的就是自己，就开始密切注意整个专案小组的行踪，那个同学跟俞泰关系很铁，不时通风报信。案件获得突破，确定凶手就是郑胜的时候，俞泰也是第一时间得到同学的通知。

俞泰知道事态的严重性，赶忙就去找到了郑胜，把省公安厅已经来抓他的情况说了。俞泰本意是想让郑胜赶紧逃走，避免被省厅的人抓到。没想到郑胜听到这个消息之后，惨笑了一声，说："这帮王八蛋，真的要逼我走绝路啊。我不走，我能走到哪里去啊？"

郑胜犹豫了一会，就在俞泰面前服下了氰化物自尽了。他可能早就料到会是这个结果，事先就备下了氰化物。俞泰看郑胜竟然是如此了结自己，不敢在现场多待，匆忙就逃离了。

这是俞泰后来被抓获交代的案件经过，由于郑胜已经死亡，已经是死无对证了。所以郑胜究竟是怎么死的就成了一个说不清楚的事情。是不是自杀，还是被逼迫自杀，就很难证实了。

俞泰之所以能被抓获，是省公安厅在金达的督促和省里领导的压力之下，加大了侦查力度，发现了俞泰在抓捕郑胜之前的行踪很可疑，就围绕着俞泰展开了侦查，很快就找到了俞泰的同学身上，几番攻心的审讯之后，俞泰的同学承认了通风报信的事实，俞泰因此也就被抓获了。

案件到此算是进展顺利，可接下来麻烦就来了，俞泰交代说，他之所以会通知郑胜，是因为市委副书记秦屯交代他要关照郑胜，秦屯担心他跟郑胜之间的很多交易会被曝光，因此就要俞泰多注意伍弈命案的进展。

于是秦屯就被俞泰咬了出来。可是接下来要不要对秦屯采取措施，省里的领导们产生了严重的意见分歧，一些领导认为应该及早刹车，如果追查下去牵涉干部太多，会引起海川政坛地震的，那个时候将会对稳定很不利。另外一些人则认为除恶务尽，腐败已经成为百姓们深恶痛绝的毒瘤，不管牵涉谁，必须一查到底，否则无法给广大人民群众一个交代。

张林是刹车派，他是想保护海川市的广大干部，他知道秦屯在海川的根基扎得很深，动了秦屯，可能一大批干部都要受到牵连。

金达则是严查派，一方面这是他的个性使然，在大是大非面前，他一向是坚持原则的；另一方面他也敏感地意识到这是一次他在海川政坛树立威信的好机会，也是一次清理整顿海川政坛的好机会，他可以借此整肃一下海川官场，清除一些腐败的官员。

这还是金达和张林之间第一次产生根本性的分歧，双方各自坚持自己的主张，互不相让，金达因此感到压力很大。一直以来，张林都是很支持他的工作的，他们这一二把手之间可以说是合作无间。可这件事情上张林偏偏不肯有丝毫让步，即使金达说明了很多理由也不行。

这件事情可能牵累众多，便有很多人意识到他们也会因此而倒霉，一些风言风语因此而起，各种谣言满天飞，海川市的官员们基本上是人人自危。怨气都集中到了金达身上，大家都说这是这位铁腕市长对本土派的打击和报复，同时纷纷传言金达是想就此建立自己的一派势力，因此对秦屯这些本土派的打击不遗余力。

反正说什么的都有，让金达不胜其烦，但是金达也明白这基本上是一场你死我活的博弈，自己不能妥协，一旦妥协，以秦屯这些腐败分子为首的本土派就会卷土重来，自己的执政理念就会被他们重重阻扰，无法推行下去，自己可能就会在海川没有了立足之地。

即使不情愿，金达感觉还是需要寻求郭奎的支持，这件事情只有郭奎表态支持，自己才能获得胜利。而自从俞泰被抓之后，郭奎还没有公开对这件事情发表什么意见，态度很模糊。

金达打了电话给郭奎的秘书，询问郭奎什么时间能够见见自己，郭奎让金达第二天上午去省委办公室。

第二天一早，郭奎在办公室见到了金达。

郭奎笑着说："秀才，这么急着约见我干什么？"

金达苦笑了一下，说："我又跑来寻求您的支持。"

郭奎笑了，说："是不是秦屯的事情啊？这段时间是不是备受压力啊？"

金达说："是，现在我在海川政坛上很是孤立，好像人们都不支持我。"

郭奎笑着说："你以为一个清官是那么好当的？"

金达笑笑说："我不觉得清官好当，可也没预料到会这么难。这一次甚至连张林书记都不支持我。"

郭奎看了看金达，说："你是说这一次张林同志也不愿意动秦屯？"

金达说："是，反正他跟我的意见是有分歧的。我这次来就是想问问省委的态度。"

郭奎笑着看着金达，问道：“秀才啊，你希望我是个什么态度啊?”

金达说：“当然是严查到底，惩处腐败分子了。”

郭奎笑了笑，说：“你也要明白，真要严惩这些人，可就牵动了方方面面的利益，各种的利益的反扑也会很厉害的，到时候你的工作恐怕会更难。张林同志不愿意动秦屯，可能也是顾虑这一点吧?”

金达摇了摇头说：“我不怕，如果对这些人稍加姑息，他们会变本加厉的。必须予以严惩。”

郭奎笑了，说：“秀才啊，我原本以为你书生论政，会偏柔弱一点，没想到你个性中还有这么顽强的一面。”

金达笑了，说：“书生顽强起来，勇气和作为不会差于一个冲锋陷阵的勇将的，古代的蔺相如就是一个例子。”

郭奎笑了，说：“怎么，你也准备学蔺相如血溅五步来要挟我吗?”

金达笑着说：“我哪敢，只是举个例子而已。”

郭奎说：“行啊，秀才，我被你说服了，原本这些天我都在想是不是要下这个决心，现在我决定了，对这些腐败分子绝不姑息。你回去吧，我会把省委的意思跟张林同志说说的。”

第三章　为政绩跑断脚后跟，心焦急上下乱折腾

金达新官上任三把火，打算在海川建设一个海产品深加工保税区，不料国家对保税区的审批控制很严，由于邻市已有了一个保税区，海川市很难得到批准。但金达为政绩心切，知难而上，四处活动，跑遍了相关部委，被连连泼冷水。金达心里焦急，迁怒驻京办没把工作做到位，批评傅华是躺在功劳簿上不思进取。

第二天，在海川市市委的书记会上，张林、金达和秦屯都出席了。此刻张林和金达都已经知道省纪委马上就要对秦屯采取双规措施了，张林看了看秦屯，笑了笑说："老秦，你有什么事情要通报吗？"

秦屯愣了一下，一般情况下很少让他先发言，这一次就有些反常了，联想到最近发生的一些事情，他开始隐隐不安起来，是不是省里要对自己采取什么行动了？

秦屯强自镇定，把要讲的几件事情讲了，会议似乎进行得很正常，他的心稍微放下了些。

这时秘书进来，在张林耳边低声说："省纪委的同志来了。"

张林站了起来，对秦屯说："老秦啊，今天的会议就到这儿吧，省纪委的同志有事情要跟你谈。"

秦屯脸色顿时变得煞白，他看了看张林，然后指着金达说："张书记，你要小心些，姓金的今天能这么对待我，他日也能这么对待你。"

张林说：“老秦啊，这不关金达同志的事情，你有今天是你自己的行为导致的。”

秦屯冷笑了一声，说：“这根本就是政治迫害，我做错了什么啦？我什么都没做错。”

金达站了起来，说：“秦屯，你不要以为郑胜死了，你跟他之间的一些见不得人的交易就没人知道了。你肯定是要为你的腐败行为付出代价的。”

秦屯说：“真是好笑，你说我腐败？根本上就是你姓金的非要整我不可。好哇，你不是想我交代吗？我给你交代个三天三夜，我给你把海川官场翻个个，我看你这个市长要怎么当？”

金达冷冷地看着秦屯，说：“你不用来威胁我，腐败分子本来就是应该受到严惩的，你如果能主动交代更好，那我们就能将海川政坛上的腐败分子一网打尽，还百姓一个清净。”

秦屯说：“姓金的，你也不用嚣张，我知道我秦屯是完了，不过你也不会有好下场的，等着吧。”

这时会议室的门打开了，纪委的工作人员走进来，向秦屯宣布了对他双规，随即将他带走了。

秦屯离开的时候，丝毫没有沮丧的样子，反而挺直了腰板，冲着张林和金达喊道：“你们联起手来迫害我，等着吧，你们会有报应的。”

金达看了看张林，苦笑了一下说：“张林同志，你说这不是莫名其妙吗？秦屯这样一个腐败分子哪来的底气跟我们叫板啊？”

张林黯然一笑，说：“他的底气来自他盘根错节的关系，金达同志，你不要以为抓了秦屯，你就获得了胜利了，麻烦事情还在后面呢。如果真要像他所说的那样，海川政坛就地震了。”

金达心知张林到这个时候还是不赞同处理秦屯的，可能他担心的就是这一点吧，便笑了笑说：“放心好了，张林同志，他交代出来一个，我们处理一个，还省得纪委的同志麻烦了。”

陆陆续续也交代了自他之下的十几名官员，还有一些在东海商界有些头脸的商人，秦屯这一派系因此遭受重创，海川市政坛也因此人人自危了一段时间。但事情总是会过去的，这一场风波来得快，去得也快，很快海川政坛就平静了下来。

新的官员又走上了新的岗位，又开始展开他们或廉洁或腐败的仕途行程。

重创了本土派，金达的威信在海川树立了起来，人们已经清楚地看到金达背后站着省委书记郭奎，有郭奎强力的支持，没有人敢再来挑战金达，很多人在心里都认为，金达未来肯定就会接替张林市委书记的位置，一些有前瞻性的人开始聚集在金达周围，甚至连张林对金达也是礼让三分，在很多事情上都尊重金达的意见。

张林是这一次秦屯案件另一种意义的利益受损者，从海川市市长选举出现纰漏到秦屯被抓，张林的表现都是差强人意的，郭奎心中隐隐感觉张林个性偏软弱一点，能力稍显不足，无法掌控海川市的全局。郭奎心中一度起了要换掉张林的念头，他相信张林如果放到一个厅去做厅长，能力绰绰有余，而掌控一个几百万人的城市，就显得捉襟见肘了。

不过，金达虽然这段时间表现亮眼，却资历尚浅，贸然把他提到市委书记的位置上，可能有点拔苗助长，而派一个新的市委书记去海川，可能短期之内很难跟金达磨合到位，也是不利于海川市的经济发展的。

考虑到这些因素，郭奎最终决定，还是保留张林这个市委书记，他的偏弱正好跟金达锋芒毕露形成一种互补，相信经过秦屯这一案，金达在海川也就有了更大的表现舞台，也更有利于他的成长。

金达和秦屯的这场争斗，穆广冷眼旁观，他也并不想得罪海川的本土派，即使金达有省委书记的支持，他的执政还是要在海川这片土地之上，他也还是需要海川这块土地上的人去配合他的行动，因此过分打击本土派并不是明智的。

同时，曾经做过一个县的县委书记，穆广也渴望在海川建立自己的人脉，在这个时候保持中立，会让失势了的本土派主动向他靠拢，他就可以形成一股可以在海川立足的力量。这一次的两派争斗对于穆广来说更是一次机会，他心中暗自感激金达的铁腕，金达铁腕反腐，给穆广在海川政坛腾出了扎根的土壤，让他可以趁机扩展自己的实力。

现在秦屯案件已经告了一个段落，穆广觉得自己可以在海川大展拳脚了。

还有另外一个人也需要找过来，那就是东海云龙公司的钱总，穆广想要展开一些商业方面的运作，离开了钱总这样的商人显然是不行的。

海川，原来的海盛庄园，现在的东海云龙庄园的宴会大厅，海川市的政商两界风云人物济济一堂，东海云龙公司要在这里举行云龙庄园的开张酒会。

海川商界也受秦屯一案的牵连，一些曾经风光的商人都受到了这样或那样的打击，因此蒙上了一缕阴影，有一段时间没有举行过这样盛大的庆祝活动了，很多接到请帖的人士便有一种格外兴奋的心情，大家都盛装出席了酒会，他们都有一种共同的想法，想借这一次盛大的酒会，扫除这段时间压在头顶的阴霾。

买下海盛庄园，是东海云龙公司在海川的第一个商业动作，钱总应约到了海川之后，便在穆广的建议下买下了海盛庄园作为云龙公司进军海川的桥头堡。钱总将海盛庄园重新装修了一下，换掉了工作人员，更名为云龙庄园。

主人还没有正式露面，宾客们三五成群聚集在一起，宴会采用的是西式自助餐形式，宾客们可以自由取餐、喝酒、交谈。

天和房地产的总经理丁益也在人群中，他身边围着几个海川市的地产开发商。

丁益看了看主席台，笑着对身边的开发商老王说："王总啊，你知道这个云龙公司是什么来历啊？上来就敢把海盛庄园买下来，这是准备在海川打持久战啊。"

老王摇了摇头，说："我也不太清楚钱总是什么来历，不过今晚据说邀请了穆广副市长，应该算是有点来头吧。"

丁益说："那是有点来头，不过这家伙买下郑胜的庄园，也不怕霉气。"

这个庄园当初郑胜也向丁益推销过，可丁益觉得庄园在郑胜手里已经由盛转衰，也带衰了郑胜本人的生意。商人在某种程度上是很迷信的，丁益就觉得这个地方是不吉利的，因此婉拒了郑胜。其实这个庄园被郑胜建设得还是很好的，占地又广，如果没有郑胜的因素，丁益还是很想买下来的。因此他对云龙公司买下庄园，心中还是有点别扭的，好像被人夺了口中食，虽然是他当初不想买的。

老王笑了笑，说："不是强龙不过江，云龙公司敢于在海川开基立业，就不怕什么吉不吉利的事情。我倒觉得这个钱总还是很有生意头脑的，大家都在畏惧郑胜的霉气，不敢接手，他也可趁机压低价钱。再说，那些吉不吉利的事情本身就是很难说的，当初李嘉诚就曾买下过一栋几个业主生意接连失败的厂房，最后怎么样，还不是生意做得红红火火。这就是一个人时运的问题，我是没这个实力，不然的话我也会买下这个庄园的。"

两人正说着，老王看到一个五十多岁的商人陪着穆广走了进来，便笑着说："穆广到了，陪在他身边的估计就是钱总了。"

丁益转头看了看，便看到了穆广和钱总。

钱总陪着穆广到了前面的台上，钱总先到了话筒前面，开始讲话："尊敬的穆广副市长，尊敬的各位领导和商界的朋友们，我首先代表东海云龙公司，感谢各位在百忙之中莅临云龙庄园的开张酒会，谢谢大家。"

钱总顿了一下，台下的人便热烈鼓起掌来，掌声响了一阵，钱总伸手压了压，示意掌声停止，然后继续讲道："今天来的各位海川的朋友肯定都知道，云龙庄园的前身是海盛庄园，我们云龙公司之所以买下这个庄园，正是看到了海川经济的蓬勃发展给我们这些企业家带来的大好机遇，我们对海川经济的发展有信心，更相信我们会在这里赚取更多的财富。"

又是一阵热烈的鼓掌，钱总接着说道："今天看到各位海川的领导、朋友都来捧场，我们的信心更足了，有你们的支持，我们云龙公司肯定会发展得更好的。我在这里再一次深深感谢今天到来的每一位朋友。"

钱总说完这句话，走到讲台的前面，向台下的人深深地鞠了一躬，台下又是一阵掌声，丁益边拍掌，边对老王说："这家伙倒还懂礼数，很精明啊。"

老王说："是啊，懂得放低身段，这家伙不简单。"

这时钱总已经邀请穆广讲话，穆广首先祝贺云龙公司的开张，然后说他代表海川市委和市政府欢迎云龙公司到海川来发展，市委市政府一定会为来海川发展的公司的合法经营活动保驾护航的。

穆广讲完话之后，钱总就宣布酒会正式开始了，悠扬的音乐便在宴会厅里响了起来，一曲终了，服务小姐送了酒进来，钱总笑着说："穆副市长，你对我这里还满意吧？"

穆广笑笑，说："老钱啊，你做的事情我什么时候不满意了？"

钱总笑笑说："今后穆副市长多加支持了？"

穆广笑着说："这种客套话就不要讲了，我今天来，就是对你的支持。"

通过这段时间的观察，穆广实际上已经看出了金达在某些方面的稚嫩，心中多少有些看不起金达，同时也有些愤愤不平，金达比他年轻就可以做到主政一方的市长，根本上就是因为省委书记郭奎在背后支持，如果没有了郭奎的支持，金达别说做到市长了，恐怕做一个县长都不够格。

这还真是朝中有人好做官啊，自己如果也有省委书记的支持，这个时候应该早就进省做官了，起码也会做到副省长，偏偏自己没有丝毫背景，什么都要靠自己努力，爬到现在这个位置付出了多少艰辛啊！辛苦了这么多年才混到了副市长的位置。金达不过是凭了轻轻巧巧的几句话，就做了自己的上司。这世界还真是不公平啊！

穆广嫉妒之余，也暗自庆幸有这样一个人做自己的顶头上司，如果换了一个老练的人，那自己肯定会在他的制约下缚手缚脚。对于金达这样没多少政治经验的人，只要迎合着他的意思就好。

更对自己有利的是，穆广敏锐地看出张林和金达因为对秦屯事件处理态度上的不同，两人之间那种和谐的关系已经产生了裂痕。省里这一次处置了秦屯，在某种意义上张林也是利益受损者，省委书记郭奎几次在公开场合表扬了金达处置这一次事件的果敢和坚持原则，却对身为市委书记的张林只字未提，这里面的意蕴耐人寻味。市委书记是一个城市反腐败的第一负责人，这一次反腐行动本应是张林主导的，偏偏张林对秦屯持一种纵容的态度，虽然张林并没有干扰案件的侦办，可也没有坚持原则，这已经被人诟病了，省委书记再在表扬金达的同时，只字不提张林，更是表明了一种不满的态度。

虽然公开场合张林并没有表露出什么，可是有接近他的人私下说，张林对金达很不满意，觉得自己从金达到海川市任副市长开始，一直在背后支持金达，甚至徐正打击金达的时候，自己也是站在金达这一边的。现在金达成了市长，不但不知恩图报，反而在秦屯一案上跟张林采取不同立场，自己出尽了风头，却让省委领导对张林有了看法，根本就是为了抬高自己打击张林，这样做又怎么对得起当初张林对他的支持呢？

这话虽然不是张林本人说的，可是穆广相信肯定是张林借别人之口，表达自己对金达的不满。穆广很乐于见到这种情形，一二把手之间产生了嫌隙，这里面便有了他的用武之地。

穆广可以预想到，海川市政坛也许很快就会出现选边站的情况，市委书记和市长将会各有一派人马，双方各为其主，将会展开一场不见硝烟的博弈。

到那个时候，自己会支持谁呢？穆广这么多年仕途一帆风顺的一个主要的秘诀，他喜欢顺势而为，从不逆势而动。选择跟强者站到一起，最后自己也会成为强者的。而目前来看，在张林和金达这两派之间，张林虽然是市委书记，却因为个性偏弱以及背景的原因，是地地道道的弱者，金达秉持秦屯一案的强劲势头和郭奎的支持，已经隐然占据上风。

穆广便打定主意要站在金达一边，他相信如果金达和张林争执起来，省里一定会选择站在金达一边，到那个时候，很可能省里会将张林调开，让金达出任市委书记，自己作为金达阵营中第一次序的部下，很可能有机会接任金达的市长位置。像这种利人利己的事情，穆广自然明白自己将会怎么做了。

北京，中午，傅华在晓菲的四合院吃饭，晓菲注意到了傅华神色之间有些郁郁，便笑着说：“怎么了，脸色臭到这个样子，是不是老婆不在身边不好过了？”

傅华看了看晓菲，强笑了一下，说："没有。"

晓菲说："你的神色还是有些不对，一定有什么事情发生。傅华，你就不需要遮遮掩掩了吧？"

傅华苦笑了一下，说："我说了你可别生气啊？"

晓菲说："说吧，我不会生气的，是不是你老婆发生了什么事情，让你特别在意啊？"

傅华看了看晓菲，笑笑说："你是不是有第六感啊，猜得这么准？"

晓菲笑了："你在我面前除了你老婆的事情，还会有什么事情？赶紧说吧，究竟是怎么回事啊？"

傅华看着晓菲，说："我觉得赵婷可能喜欢上了别人了。"

晓菲惊诧地笑了起来，伸手摸了摸傅华的额头，笑着说："傅华，你没发烧吧？怎么说这种胡话起来？赵婷现在大着肚子，正为了孩子辛苦呢，你这个时候怀疑她，你还算人吗？"

傅华苦笑了一下，说："从情理上推断，我也觉得不太可能，可是赵婷却给我了一种很强烈的感觉，那就是她已经开始不在乎我的感受了，而是在乎别人了。"

晓菲看了看傅华的眼睛，说："傅华，你是不是想在我面前铺垫什么？我喜欢你不假，可是我从来没想要破坏你的家庭，我可不希望你为了我离婚啊！"

傅华说："你想到哪里去了？我铺垫什么啊？你没看到我现在心情很失落吗？我是真有一种感觉，赵婷在慢慢离我远去。"

晓菲说："究竟怎么回事啊？"

傅华说："我和赵婷一直约定在一个固定的时间视频，以前见了面都是嘘寒问暖，了解一下彼此的近况，一聊好半天，可是现在慢慢的，赵婷开始敷衍我了，聊不上几句就结束了，根本就不热情，也不说想我了，倒是常常会说起一个 JOHN 的洋人，说他是一个多么多么 NICE 的人，两人还经常会一起约着逛街什么的，关系好得不得了。"

晓菲说："洋人？怎么个情况？"

傅华说："是一个比赵婷小的大男孩，说是澳洲的邻居，他们相处得很好。晓菲，你说我是不是需要去澳洲看一看？”

晓菲笑笑说：“是不是你多疑了？有人说孩子是夫妻最好的纽带，你老婆这个时候正大着肚子，又怎么会移情别恋呢？”

傅华说：“反正我的感觉很奇怪，心里很不踏实。”

晓菲看了看傅华，说：“我看你根本上就是想老婆了，哎，想去就去吧，办个旅游签证先过去看一看吧。”

傅华看了看晓菲，伸手握了握她的手，说：“你生气了？”

晓菲苦笑了一下，说：“我生什么气啊？轮得到我生气吗？她终究是你老婆，总是比我跟你亲近。你想她就赶紧去看吧。”

傅华想要安慰一下晓菲，却也不知道该如何劝慰她，叹了一口气。其实晓菲说得对，赵婷是比她跟自己亲近，更别说还有一个孩子呢。

气氛尴尬了起来，幸好这时傅华的手机响了起来，看了看是金达的号码，赶忙接通了。

金达笑笑说：“干什么呢？”

傅华笑笑说：“在外面跟朋友吃饭呢，金市长您有什么指示？”

金达说：“是这样，市政府方面准备在海川建设一座海产品深加工的保税园区，为海川市蓝色经济发展战略配套，初步构想是实现国外货物入区保税、国内货物入区退税、区内贸易自由，你觉得怎么样？”

傅华笑笑说：“很好啊，看来金市长您准备要大展拳脚了？”

金达说：“为政一方总要给老百姓做点什么，我觉得拥有这样一块区域，可获得国家税收政策极大倾斜，拥有境内关外的优势。保税区是中国继经济特区、经济技术开发区、国家高新技术产业开发区之后，经国务院批准设立的新的经济性区域。由于保税区按照国际惯例运作，实行比其他开放地区更为灵活优惠的政策，它已成为中国与国际市场接轨的桥头堡。我们海川外贸的进出口、加工、转运等业务，将因保税区而获得质的进步。”

傅华笑笑说：“您的设想很好。”

金达说：“这么说你对我的观点是赞同的了？”

傅华说：“那当然。”

金达说：“既然是赞成，那你就别这么逍遥自在了，赶紧给我动起来。”

傅华问：“不知道金市长要我做什么？”

金达说：“你赶紧给我联系相关的部委，询问保税区的审批程序，过几天我将会去北京，逐个拜访相关部委，希望能从他们那里获得支持。”

挂了电话，傅华看了看晓菲，说：“这下好了，市里来了新的工作，要忙起来了，我就是想去也去不了了。”

晓菲笑了笑，说：“你不用看我，我不在乎你去不去的。”

傅华说：“好啦，那是我自己在乎好不好？”

晓菲说：“根本上就是，在你心目中还是紧张老婆的。”

傅华看了看晓菲，忽然感觉晓菲对他们之间的这段关系还是十分在意的，不知道将来自己要移民的时候，她将是一种什么态度？到时候如果她没办法割舍，那就是自己害了这个女人了。

在晓菲那里吃完饭，傅华回到了驻京办，便开始打电话给各部委当中的熟人，向他们咨询有关保税区的审批程序，傅华是满心热望，反馈回来的信息却不是那么乐观。朋友们说国家现在对保税区的审批控制得很严，而且国家对保税区的审批，是希望保税区能够带动区域周边的经济发展，是希望保税区起到一个示范带头作用，而不是遍地开花。海川临近一座城市已经建了一个保税区了，不太可能这么密集地在海川批建一座保税区。

这个情况跟傅华的预想有了很大的差异，他认为在海川建设一座保税区会对海川经济有很大的帮助的，因此很想助金达达成这个愿望。他知道金达是急需做出一番政绩来证明自己的能力的。

情况既然是这样，傅华也不得不如实向金达汇报。金达听完，笑了笑说：“只是有困难，而不是根本行不通，我们想办法克服困难不就好了吗？傅华啊，你可要努力助我一臂之力啊！”

傅华笑笑说：“我会尽一切努力争取的。”

金达说：“你可要真的努力，不要因为自己要移民就敷衍我，知道吗？”

傅华听金达这么说，心里便有些不舒服，金达似乎说自己要移民了，就不再把工作当回事情了，不过他也不好说什么，便笑笑说："移不移民还没定呢，放心吧，金市长，我就是要移民走，也会站好最后一班岗，把这件事情办好。"

金达说："那就好，我还是会按照预定行程去北京跑一趟的，寻求部委对我们的支持。"

金达于是到了北京，傅华在接他的时候就发现，此刻的金达已经与前段时间在中央党校学习的金达有了很大的不同了，那时候的金达面色中常常有一种郁郁不得志的味道，走路基本上也是低着头。而此刻走出旅客到达通道的金达昂首挺胸，气质中多了一份自信。看来历经选举风波、秦屯一案，金达对自己掌控海川市局面的信心增强了很多。他开始成熟了起来。

傅华愿意看到这种状况，金达是一个有抱负有原则的领导，他希望这样的领导早日成熟，发挥自己的聪明才智，在仕途上走得更远，因此傅华看到金达这个样子，心中是欣慰的。

但是情况并没有因为金达成熟自信了就有所改观，金达在傅华陪同下走访各相关部委，得到的答复都是批准海川建海产品加工综合保税园区很难，邻近城市已经有了类似的保税园区，再批准海川建，就有重复建设之嫌，而且不大的区域内建两座保税区，怕是区域内的经济无法支撑，反而会影响已经建好的保税区的良好发展。

几个部委走访下来，不但没得到支持，相反却接连被泼冷水，金达的脸色慢慢沉了下来，开始不高兴了起来，傅华也感知到了他的心情，可是他是无法主导这些部委领导的，因此也只能在旁边干着急没办法。

走完了各部委之后，金达有些不满地看着傅华，说："傅华，你们驻京办的工作是怎么做的？怎么一个支持我们的都没有？这种状况发展下去可不行啊，我们海川市即将迎来一个大发展时期，跟各部委之间关系这么生疏，不利我们下一步工作的开展。"

这还是金达第一次在傅华面前说这么严厉的话，傅华心里有些受不了，他感觉这保税区的审批也不是简单的关系问题，不过他也理解金达急于有所作为的心情，便低下了头，说："金市长，我们今后会注意加强这方面的工作。”

金达看傅华这个样子，知道可能自己有些过分了，便说：“傅华啊，可能我的语气重了一些，可是你要理解我的心情，海川在徐正手中这些年并没有什么大的作为，邻近的几个兄弟市，原本跟我们还有些差距，这些年已经迎头赶上了，海川市在全省的经济排名已经出现下滑的趋势。所以我们市政府这边还很是着急，都希望尽快找出症结，重振海川昔日雄风。”

傅华说：“我明白您的心情，是我们驻京办没把工作做到位，您批评也是应该的。”

金达说：“好了，你有这个态度是很好的，我也明白，这里面也有些客观因素在内，那个已经被批准的保税区所在的城市历来都是我们省经济排名第一，我们要跟它竞争，实力是稍逊一筹的。不过，我们也不能就这么放弃，面对困难要有一种迎头赶上的精神。”

傅华听金达的意思，并没有放弃审批保税区的意思，便说：“金市长希望我们下一步怎么办？”

金达说：“这些部委领导的态度也不是不可以改变的，我们需要做一些游说的工作了。你准备准备，我们明天去拜访一下郑老，看看这些老前辈能不能帮我们做一做部委领导们的工作。”

傅华说：“那我马上去安排。”

傅华就打了电话给郑老，表达了新任海川市市长金达要登门拜访的意思。郑老有些不太想见，说：“小傅啊，我不太愿意参与到地方事务当中去，这个见面还有必要吗？”

傅华心说，金达对这一次进京拜访部委的成果已经很不满意了，您这里再打我的回票，我真是没办法交代了，便赔笑着说：“郑老，金达同志是一个很有原则性的干部，您就见见他吧。”

郑老笑了，说：“好吧，看这样子我不见的话，你会很为难。”

傅华笑笑说：“还是您老体谅我。”

第二天上午，傅华带着金达去了郑老的四合院，老太太陪着郑老一起见了他们。

在金达问了郑老的身体状况之后，老太太问：“小傅啊，小婷在澳洲怎么样了，快生了吧？”

傅华笑笑说：“快了，据临产期不到两个月了。”

老太太说：“这么长时间没看到她，我还真想她。这个丫头啊，不知道怎么想的，跑到澳洲去干什么？”

傅华笑了笑，说：“她有她的想法吧。”

郑老说：“小傅啊，这一点我可是要说你啊，你当初就不应该让她去，一个女人不守着丈夫，跑到那么远去干什么？你岳父也是的，这么大的中国容不下他啊，赚了钱就移民国外，这哪还有什么爱国情怀啊？”

老太太瞪了郑老一眼，说：“现在什么时代了，小婷愿意移民也是她的自由，小傅凭什么管她？”

郑老笑笑，说：“我是觉得小婷既然移民了，小傅估计也很快就要过去了，到时候我们就看不到这两个年轻人，心里有点不是滋味。”

傅华知道郑老这是不舍得自己，便笑着说：“郑老，放心吧，我就是出去了，也会经常跟小婷回来看您二老的。”

郑老笑了笑说：“那总是不方便的。好了，不说这些了，金市长，您这一次进京，是要办什么事情吗？”

郑老觉得光跟傅华谈情，有些冷落了金达，便问了他一句。

金达笑笑说：“我这一次是为我们海川市审批保税区来探路。”

金达就把保税区的基本情况，以及海川市目前经济发展急需一个保税区来打开新的局面的迫切性讲了。

郑老听完，点了点头，说：“这个设想很好啊。”

金达说：“可是目前，各部委对海川要审批保税区的态度都不是很积极，郑老啊，你是老领导，帮我们呼吁一下怎么样？”

郑老看了看金达，笑了笑说：“金市长，我退下来很多年了，已经不干涉这些事务了，就是帮你们呼吁，也起不到什么作用了。”

郑老这是推辞了，金达脸色变了变，看了一眼傅华，然后说：“郑老，您真是谦虚了，谁不知道您在中央的影响力啊，你帮我们说句话，比我们自己跑多少部委都管用的。”

郑老笑了笑，说：“金市长太高看我了，我已经老了，没什么影响力了。”

老太太也说：“金市长，我们家老头子现在上年纪了，已经很少抛头露面了，你指望他帮你们呼吁，怕是真的要失望了。”

傅华在一旁听到，心中暗自叫苦，郑老夫妇这是在委婉地拒绝金达的请求啊，这金达如何能高兴？

金达果然面色沉了下去，强笑着说：“那郑老就好好将养身体，我们打搅的时间也不短了，告辞了。”

郑老也没做什么挽留，就由老太太送出门来，临别的时候，老太太还叮嘱傅华有时间过来吃饭，傅华答应了一声，就赶忙跟着金达离开了。

一路上，金达的脸都是阴沉着，傅华知道他很不高兴，也不敢说什么。

到了驻京办，金达进了房间之后，傅华就想离开，金达说：“傅华，你先别走。”

傅华只好留了下来，金达看了看傅华，说：“傅华啊，你是不是感觉自己即将移民，就对驻京办的工作不重视了？”

傅华苦笑了一下，说：“没有啊，只要我还在这驻京办主任位置上一天，我都会尽责的。”

金达说：“那就是你觉得自己做出一点成绩，开始躺在功劳簿上不思进取了。你看看我这次进京这些事情，哪一样你安排好了，现在就连郑老也对我们推三阻四了，究竟是怎么回事啊？是不是你什么地方慢待他了？”

傅华说：“我和郑老一家一直相处融洽，彼此都像亲人一样。”

金达说：“他跟你私人关系不错，关键是我们需要他帮海川市处理一些事务，这方面你处理得很不好，知道吗？”

傅华说：“我知道，对不起。”

金达说：“别跟我说对不起，你要把精力多放在工作上，不要光去想什么移民的事情，如果你不能专注精神，那还不如早一点辞职，把机会让给能够专注工作的同志。”

傅华有点有苦难言的感觉，金达说出让自己辞职的话，这说明他对这一次受挫很是在意。傅华看了看金达，说：“金市长，我真的没有因为移民而分神……”

“好啦，你虽然这么说，可事实表现出来的却不是这样子，以往你办事可不是这个样子的，郑老当初在徐正时期也是为了海川新机场说过话的，我不知道现在是怎么啦。”金达并没有容傅华把话说完，直接就打断了他说道。

傅华知道分辨也没用，便说：“对不起，我今后会加以改善的。”

金达看了看傅华，说：“傅华啊，你别怪我话说得难听，我是很欣赏你的，可是你今天的表现实在很难令人满意，我感觉你应该做得更好，知道吗?”

傅华只好点头，说：“我知道。”

金达说：“这段时间你的工作不能松懈，还要多做部委领导的公关工作，需要钱可以跟市政府请批，总之做好一切工作，确保海川市海产品深加工保税园区能够顺利审批下来。”

傅华惊诧地看了金达一眼，眼下的情况说明保税园区很难审批下来，可金达还是要强行闯关。

金达明白傅华在想什么，说：“你不用看我，现在看来保税园区确实审批很难，可是我们不能因为有困难就退缩，我们要知难而进。现在审批的程序我们大致已经摸清楚了，那就直接启动起来，逢山开路遇水搭桥，在审批过程中遇到什么困难就解决什么困难吧。”

到了此刻，傅华明白金达并不像他想象中的那么好伺候，相反他的原则性和书生气，令他表现出某种程度上的固执，这种固执让他这个部下压力很大，即使金达这么做的出发点是很好的。

也正因为金达这么做的出发点是好的，傅华才更难做，他一方面理解金达为什么会这么做，另一方面他心中也明白要达到金达的目的很难，甚至根本就不可能，但是由于金达的出发点是好的，他又无法提出反对意见，他左右为难。

傅华心中暗自叹气，他并不赞同这种硬上的做法，在他心中其实是感觉这些部委领导的答复是有一定的道理的，这么小的区域内硬是要建两座国家级保税区，显然是不符合国家的产业政策的，而且就算是得到了批准，实际的效果可能也无法达到预期，到时候海川却要承担重复建设的后果。

傅华想劝导一下金达，便说："金市长，您和市政府是不是再慎重考虑一下，其实那些部委领导说得也不无道理，我们盲目上马保税区，结果可能并不会像您想的那样。"

金达看了看傅华，说："我说你怎么对这件事这么不积极呢？原来你内心根本就是不赞同这件事情的。"

傅华见话扯开了，索性也敞开了说："我也是这些天跟您跑各部委，才觉得这个保税区的构想有些问题，我觉得您是不是可以考虑换个别的方案，可以带动经济的方案很多。"

金达摇了摇头，说："你不要以为我们这个方案是草率提出来的，市政府也做了很多的前期调研工作，这是大家充分研究才得出的结论。傅华啊，幸亏我是了解你这个人的，不然的话会以为你在故意跟我作梗。好了，你不要再说什么啦，这基本上已经是市政府定下来的方案了，你就做好你的工作，争取让保税区批下来就是了。"

金达话说到这份儿上，傅华再说什么就是不知趣了，他看了看金达，忽然感觉在某种程度上，现在的金达跟当初的徐正有些相似，他已经褪去了从政初期的青涩，开始显现出某种程度上的自信，似乎他决定了就是最后的决定了，容不得别人更改。傅华感觉这种自信有点过了，已经近乎独断专行。

这可能是市长的权利带给金达的一种改变吧，其实这种自信，傅华在在曲炜身上也曾经看到过。是不是权利真的能让人迷失自己呢？反正此刻傅华再也无法看到当初金达在中央党校的时候，拿着海洋经济战略报告向他征询意见的谦虚了。

傅华只能无奈地点点头，说："好的，我会做好自己的工作的。"

晚上，回到家里的傅华已经一身疲惫了，不过今晚是他跟赵婷约定的视频见面的日子，好不容易熬到了时间，开了视频，傅华强笑着说："老婆，儿子今天有没有踢你啊？"

赵婷说："你儿子可不老实了，踢了我好几次，真是要命。"

傅华笑笑说：“很快就好了，等他出生，你就可以好好教训教训他了。”

赵婷笑笑说：“那倒是。你还有什么事情吗？”

傅华笑笑说：“倒是没什么事情了，再陪我聊一会吧，我现在很想跟你说说话。”

赵婷说：“不行啊，一会儿 John 要陪我去上生产的课程，快到时间了。”

傅华有点恼火了，说：“又是什么 John，他一个大男人陪你上什么生产的课程啊？”

赵婷愣了一下，说：“你怎么啦？John 真是一个很好的人，他说上生产的课程可以方便我到时候生产，人家是帮忙，你怎么还怪他？”

傅华说：“你什么时候上不行啊？偏要安排在跟我见面的时候？我好不容易跟你见面，聊不上两句你就跑掉，有没有顾念我的感受啊？”

赵婷这才认真地看了看傅华，说：“你怎么了，脸色这么难看？是不是遇到什么不顺心的事情了？”

傅华叹了口气，说：“我今天很不顺，被领导好一顿训。对了，今天去看了郑老，郑老和夫人都问你的情况了，他们都很想你。”

赵婷笑笑，说：“我也很想他们，回头替我问好。”

傅华说：“小婷啊，郑老说我不该放你出去，我现在想想，也许真的不应该让你出去，你不在我身边，我真的不好过。”

赵婷脸沉了下来，说：“什么我不该出来，出来多好啊，是你不该留在北京才对，真的不知道你那个小小的驻京办主任有什么好眷恋的。”

傅华说：“不是啊……”

赵婷说：“什么不是，别罗嗦了，我到时间了。”

傅华急了，说：“小婷，你先别急着走啊，我还想跟你说说话。”

赵婷说：“好啦，你受了领导的气，可以去找朋友喝酒聊天，不要在我面前发泄了，我真的到时间了，再聊吧。”

赵婷说完，还没等傅华有所反应，就关了视频，傅华看着黑黑的屏幕怅然若失，好半天才叹了口气，心说这算什么事啊，把老婆送到这么远的地方去，现在自己这么沮丧，她却连听都懒得听。

傅华在床上辗转反侧，孤枕难眠，直到天快亮了才睡了过去

这一夜没休息好，早晨起来就打不起精神来。不过今天金达要离开北京，傅华不得不去送行，只得用凉水洗了个澡，强打精神去了驻京办。

金达已经将东西收拾好了，看见傅华强打精神的样子，便有些不高兴了，问道："昨晚你不是很早就回去休息了吗？怎么这样一副样子，又去哪里玩了？"

傅华强笑了一下，说："我昨晚失眠，一夜没睡好。"

金达用怀疑的眼神看了看傅华，说："是不是我昨天批评了你，你有些不太高兴了？"

傅华不想让金达误会自己，就笑着解释说："您批评得很对，我不会生您的气的，我只是跟老婆闹了一点不愉快。"

金达看了看傅华，笑笑说："傅华啊，你不用跟我说这么客套的话，批评了你，你生点气也很正常啊，我觉得你是可以说点真心话的人，如果你也跟我玩虚言假套，这个世界上我还真不知道该相信谁了。"

傅华心说，我真心劝你的话，你却连听都不听，还说让我干好本职工作就好，你这个态度又怎么让我敢跟你说真心话，你们这些领导啊，虽然话说得好听，做事却坚持己见，我说什么好呢？

傅华笑了笑说："我真的是跟老婆闹了一点意见，没别的原因。"

金达说："真是这样啊，其实这也怨不得别人，你把老婆送到那么远去，这么远距离，感情是会淡漠的。"

傅华苦笑了一下，说："也许是吧。"

首都机场，金达又叮嘱了傅华要做好部委的公关工作，这才上了飞机。

回了海川，金达就把穆广找了来，他在去北京之前就跟穆广探讨过保税园区的设想，穆广对这个设想持赞同态度。

穆广一见面，就笑着说："金市长，这一次北京之行收获如何？"

金达摇了摇头，说：“很不理想，走访了一些部委，都不支持我们海川建保税区。”

穆广有些惊讶地说：“怎么会这样，不是说驻京办主任傅华跟部委的关系处理得很不错吗？他们怎么会对我们海川的工作这么不支持呢？”

金达说：“我感觉傅华对这个保税区的设想也不是太支持，态度也很不积极，捎带也就影响了他身边的人，这一次我让他带着我去见了郑老，郑老对保税区这件事情也不很积极。”

金达对这一次北京之行是很不满的，他认为之所以会是这样一个结果，很大一部分原因是在傅华身上。本来他就对傅华准备移民很有意见，现在又出了这种情况，他觉得傅华是分心移民事务才成了这个样子的，心中就更是不满。他是一个讲求原则的人，认为公私是应该分开的，而傅华这个样子显然是没有很好做到这一点。

穆广说：“傅华这是什么意思啊？这是市政府的设想，他有什么资格不支持？驻京办是实现我们市政府意志的机构，就算他心里不支持，也要无条件去实现这个意志。这个同志怎么这样？我原来还以为他是一个能干点事情的干部，一来就很支持他的工作呢。”

穆广听金达表示出对傅华的不满，他知道二人的关系，金达在某种程度是很信赖傅华的，现在金达这么说，说明两人和谐无间的关系开始出现了裂痕。

金达说：“这个同志目前心思不在工作上面，他可能不久就要移民到澳洲去了。”

穆广笑笑说：“这就难怪了，原本听说他是很能干的一个人，心里还奇怪怎么会这么名不副实呢。既然是这样，是不是驻京办主任换一个人去做啊，现在这个样子显然是不行的。”

金达虽然是对傅华有所不满，可是还没有到必须更换他的程度，便摇了摇头，说：“不行啊，傅华留在驻京办还是能发挥一定作用的，如果能调动起积极性来，对我们还是有很大帮助的。再说，驻京办主任这种位置不是谁说干就干的，也没合适的接替人选啊。”

金达这么说，穆广便知道他对傅华的信任还没有动摇，就笑了笑说：

“这倒也是。”

金达看了看穆广，说：“穆副市长，你上次进京成果丰硕，你在这些部委之间是不是很有些关系啊？”

穆广笑了笑说：“倒是有些朋友跟我关系还不错，金市长，你的意思是我进京跑一跑？”

金达说：“我是想借重穆副市长这方面的关系，不过也不急于一时，我觉得先要把保税区的构想跟张林书记探讨一下，把它确定为我们海川市下一步重点争取的项目之一，把审批工作启动起来，然后再进京运作，好不好？”

穆广点了点头，说：“这样也名正言顺，如果不正式启动起来，现在地方上跑部要钱要项目的太多了，那些部委自然是多一事不如少一事，不愿意表态支持。”

金达说：“我觉得这一次进京不顺利，也有这方面的因素。”

金达就找了张林，把这一次进京的情况作了汇报，并表明了要启动保税区审批程序的意思。

张林听完，说：“金达同志，我觉得这些部委领导的意见不无道理，他们是从全局来考虑的，相对我们可能看得更远一些。”

金达说：“张书记，这些部委领导的意见我也认真考虑过，是有一定的道理。可是我们也需要面对海川市的现实，这些年，海川经济进步一直不大，现在急需一个新的经济增长点，来带动经济的发展。同时邻近城市有保税区，而我们没有，会吸引一些有实力的厂商更多把投资放在邻近城市，而我们海川市的吸引力相对就降低了很多。现在的局面不是投资遍地都是，而是粥多僧少，人家吸引投资多了，我们能够吸引的就相对少了。所以我认为为了海川市经济的发展，这个保税区是必须要争取的。”

张林想了想，金达的说法其实也不无道理，便点了点头说：“也是。”

于是保税区的构想就上了常委会，常委会最后决定启动海产品深加工的保税园区的审批工作。

常委会通过之后，金达全面启动了海川市海产品深加工保税园区的审批和建设工作，市政府要求要特事特办，加快相应的审批时间，海川市海产品深加工保税园区开发和管理公司成立，申办保税区的工作全面加速。

随着赵婷预产期的临近，傅华向穆广提出要请假去澳洲，没想到却意外遇到了麻烦。穆广认为目前保税区的审批进入关键时期，正是需要各方面的工作人员努力冲刺的时候，傅华在这个时候请假，这一来一回会是一个不短的时间，一定会影响保税区的审批工作，因此他不批准傅华请假。

傅华没想到会遇到这个麻烦，有点傻眼了，他知道生孩子对女人是一个很重要的坎，自己不去澳洲陪同，这对赵婷是一个很大的感情伤害。可是他也不能在领导不准假的情况下就离开，这是不负责任的。

傅华找了金达，希望金达能帮自己跟穆广说一下，自己一定尽快赶回来，继续参与保税区的审批工作。

金达听完傅华的说法之后，笑了笑说："傅华啊，能不能先暂时不要去澳洲啊？这件事情穆副市长跟我说了，现在正是关键时期，需要你在北京帮我们跟各部委沟通，你这个时候离开，很多工作都要停摆，你也要为海川市考虑一下是吧？我知道不让你去澳洲陪老婆生产，有点不近情理，可是你就是去了，也不能帮她什么啊？再说你岳父母也在那边，难道你还有什么不放心的吗？"

傅华说："我这个时候不陪在老婆身边，有些说不过去。"

金达说："我想你儿子出生了，你可能就要移民过去了，那个时候你有大把的时间陪她，又何必急于一时呢？傅华啊，就当我请求你帮我做好这最后一项工作，行不行啊？"

傅华也不好说什么了，只好把不能去澳洲的情况跟赵婷说了，赵婷听完就火了："傅华，你说什么？你这个时候都不肯过来陪我啊？你是孩子的父亲啊，你不想亲眼看着他来到这个世上吗？"

傅华苦笑着说："小婷啊，我也想啊，可是领导不批准我的假，我真是没办法过去啊。再说爸爸妈妈在你身边，他们肯定能很好照顾你的，你不用担心什么。"

赵婷说："可是爸爸妈妈在我身边，跟你在我身边性质是不一样的，傅华，你不要在意什么工作了，赶紧给我过来。"

傅华苦笑了一下，说："不行啊，像我这个级别的干部出国是需要相关领导批准的，现在金达市长根本不同意，我没办法出去。老婆，等保税区审批这件事情办完之后，我马上就开始办理移民，去澳洲好好陪陪你好不好?”

赵婷说：“你早干什么去了，怎么早不把事情安排妥当？到了今天弄成这个样子，你让我怎么办?”

傅华赔笑着说：“老婆，你肯定是一切顺利的，放心吧。”

赵婷没让傅华再有说话的机会，就关了视频。

傅华知道赵婷是气坏了，想了想就打了电话给赵凯，他想让赵凯帮自己说几句好话，好让赵婷消消气。

赵凯听傅华说不能去澳洲了，有点不高兴地说：“傅华，你怎么能这个样子呢，这么个重要时刻，你不在小婷身边怎么可以啊?”

傅华把金达不准假的情况说了，然后说：“对不起啊，爸，我现在确实没办法赶过去。等我这边的事情完了，我会尽快赶去澳洲看小婷的。你帮我劝劝小婷，让她别生气，这样对孩子不好。”

赵凯说：“好吧，我会跟小婷说说的。你啊，这件事情安排得很不好。”

傅华说：“我也知道，可是我也是没办法啊。”

于是傅华就留在了北京，继续为海川审批保税区奔走。同时他心里也牵挂着远在澳洲的赵婷，这段时间对他来说，是生平最难熬的一段时期，白天他要打起精神来奔走于各部委之间，晚上他要打电话到澳洲去，询问赵婷的情况。

这一夜，终于到了赵婷生产的日子，傅华守在电话旁边，不时通电话询问赵婷的情况。

生产很不顺利，原本赵婷想要顺产，可是孩子迟迟生不下来，最后迫不得已还是剖腹。傅华守在电话这边，就像热锅上的蚂蚁一样难受，他知道产房里的赵婷怕是更加难熬。

赵凯在电话里讲了一个更不好的消息，由于生产时间长了一点，孩子有短暂的缺氧，医生说要在医院观察几天，才能确定有没有对孩子造成伤害。

傅华傻眼了，这个时候他真希望自己能陪在赵婷和孩子的身边，他想跟赵婷说几句话，可是赵凯把电话拿给赵婷之后，赵婷却说：“我累了，不想跟他讲话。”

傅华在这边听到了，赶忙说：“小婷，你不要这个样子，我知道是我不好，我马上就想办法赶过去。”

赵婷却坚决地把电话还给了赵凯，赵凯无奈地说：“傅华，小婷现在因为孩子的事情，情绪很不稳定，你先不要跟她讲话了。你放心吧，我会照顾好她和孩子的。”

傅华这个时候如何能放得下心来，他第二天一早就打了电话给金达，把孩子的情况说了，坚决要求去澳洲探望。发生了这种情况，金达也不好再阻挠，加上保税区的审批也暂时告一个段落，就说：“那好你去吧，要尽早赶回啦。”

于是又折腾了一阵签证，等傅华赶到了澳洲，赵婷和孩子已经出院了。幸运的是孩子经过观察，一切状况良好，让傅华松了一口气，如果孩子真的出了什么状况，傅华相信自己会遗憾终生的，虽然这与他去不去澳洲没什么关系。

赵婷虽然在傅华去的时候还有些余怒未息，可是对傅华这么急赶过去，心中还是高兴的，在傅华赔了几次不是之后，就又开始跟他又说又笑了起来。

最令傅华激动的是看到了自己的儿子，儿子虽然还不能说话，可是看到傅华却伸手，傅华给了他一根手指让他抓着，婴儿的小手娇娇嫩嫩，让傅华从心中浮起了一阵暖意，这就是血脉相连吧，傅华从儿子黑漆漆的眼睛里的自己的影子，忍不住热泪盈眶。

傅华也看到了那个很 Nice 的 John，John 是一个高高大大、很帅气的白人男子，脸上还有些稚气未脱。傅华向他表示了感谢，感谢了他这段时间对赵婷的照顾。

John 对傅华却很不满意，他会讲中国话，交流起来没有问题，因此直接指责傅华没有照顾好赵婷，甚至在赵婷面对生孩子难关的时候，也没陪在她的身边。他最后说：“傅，你觉得你的人生之中什么最重要？是能陪伴你一生的妻子和孩子，还是你的工作？我真是有些搞不明白你是怎么想的，你不觉得把工作凌驾于亲情之上是一种本末倒置吗？你看看孩子和妻子，他们是多么可爱啊！如果他们有了什么闪失，你就是赚到再多的钱，心里也不会快乐的。”

这个白人男子说话还真是直截了当，傅华被他说的脸都有些发红了，有些羞愧地说：“John，你说得很对，我真的是本末倒置了。”

John 说：“那几天孩子在监护室的时候，你不知道赵有多么担心，你却不在她身边，让她很孤单。不过，现在你来了就好啦，你可要多陪陪她，好好安慰她。”

傅华笑了，难怪赵婷会觉得这个白人大男孩是一个很 Nice 的人，他还真是会关心人。

赵凯专门把傅华叫了出去，两人来到了海边。

赵凯说：“傅华，现在你儿子已经出生了，想好他的名字了吗？”

傅华笑了笑说：“我这几天光顾着激动了，还真没认真想过。不过，我们家乡的规矩是要由孩子的祖父或者外祖父起名字，我父亲已经不在了，是不是就由爸爸来起名字？”

赵凯听了很高兴，说：“其实我想了一个名字，就叫傅昭如何？这个字有光明美好的意思，又跟我们赵家的赵字同音。”

傅华笑着点了点头，说：“好哇，就叫傅昭好了。”

赵凯说：“现在你有了儿子了，傅华，你下一步是怎么打算的？”

傅华说：“也没什么特别打算的了，下一步我也办过来。”

赵凯说：“我知道要到一个新的地方，心里是会有些惶恐，要面对一个全新的环境是很不容易的，尤其你还是做官员的，已经习惯了某种套路了，要从头开始更难。对你的这种心境我是理解的，也认真思考了你来澳洲的规划。这样吧，我在澳洲设立的企业，就交给你和赵婷来打理，也算是给你一个新的事业的起步。”

傅华说：“这个公司您管理就好了，没必要移交给我啊。”

赵凯说：“这个公司是我当初为了移民而设立的，说实话，一开始的设想就是交给你们夫妻。现在赵婷已经打定主意要留在这边，我就按照原来的设想给你们了。至于我呢，老实说，我和你妈妈都老了，对这种遍地是洋人的环境还是很难适应，我们都想早一点回到北京去。日后我们还是会过来，不过只是来度假而已。”

傅华点了点头，说：“那好，我听爸爸安排就是了。”

赵凯说：“那你准备什么时间过来？”

傅华说：“我现在正在为海川审批保税区，等这件事情完成了就过来。”

赵凯眉头皱了起来，说：“傅华啊，有些道理你要明白，政府的事情很难有处理完的那一天，一点小麻烦就可能延宕很多时日，你有必要为了一些将来可能与你丝毫没有关系的事务，耽搁你跟儿子相处的美好时光吗？再是，你也不要把自己想得那么重要，离开了你，海川审批保税区也会顺利完成的。我希望你索性放下手中的这些琐事，早一点过来吧。”

傅华为难地说：“可是我答应了市长，要帮他完成这件事情再走的。我不能言而无信。”

赵凯看了看傅华，说：“傅华啊，有些时候你要明白什么才对你是最重要的。这一次小婷已经对你很不满了，你还没来的那段时间，她天天担心孩子，对你这个时候不在她身边是颇有怨言的。这一次你能匆忙赶过来，多少还是给了他些安慰，所以她在你面前并没有发作出来，如果你还要再这样，再拖延好长时间过来，我真的不知道她会对你是什么看法。”

傅华苦笑着说：“我们市长对这一次的审批是抱着很大希望的，我在关键的时候离开，他肯定是不会同意的。”

赵凯看了看傅华，说：“傅华啊，我是了解你的，你不是不能辞掉驻京办的工作，是你还没做好移民过来的心理准备啊。”

傅华苦笑了一下，说：“也许吧。我原来的一切跟这边都是不搭界的，就这么过来，我心里也是很恐惧的。”

赵凯叹了口气，说：“那我也不催你了，随便你吧。”

傅华说：“小婷那边我会好好跟她说说的，让她给我一段心理准备时间，我会尽快赶过来的。”

从海边回来，傅华并没有马上就跟赵婷谈，他原本预计自己还可以在澳洲待一段时间，可以慢慢做赵婷的工作。但是事态的发展完全打破了他的预想，他到了澳洲的第五天，就接到了海川方面打来的电话，海川申报保税区出现了一些原本没有预计到的问题，金达要求他赶紧赶回北京，做一些弥补工作。

海川方面传达过来的讯息表明事态很急切，傅华只好答应马上就赶回去。赵婷一听前面压抑下来的愤怒彻底爆发了："你们的金达市长究竟是什么意思啊？你过来这么几天他就催你回去，离开你，他这个市长就做不成了吗？傅华，我不准你回去。"

傅华知道自己理亏，赔着笑脸说："小婷，我知道是我不好，不过海川需要我，我回去处理完马上就赶回来陪你好不好？"

赵婷说："不行，我就要你在这里陪我。"

傅华说："小婷，你讲讲道理好不好？我就是要办移民也是需要先回去的，你就放我先回去，我会尽快赶回来的。"

赵婷看着傅华，说："傅华，你这么说还是我不讲道理了？你别忘了，你在跟我结婚的时候，发过誓要给我一辈子的幸福的，可是我和儿子最难的时候你在哪里啊？我那个时候是最需要你的，你却根本就不在我身边。"

傅华苦笑了一下，说："这不是个意外吗？我也不想的，再说知道了情况我不是马上赶过来了吗？"

赵婷说："你如果当初坚持要过来，又何至于事情发生了你才匆忙赶过来，在你心目中我根本就是不重要的。行啊，你现在想回去是不是，可以啊，我放你回去，不过你可别后悔。"

傅华苦笑着说："小婷，你想干什么啊？"

赵婷说："傅华，我在遇到你之前，我身边的人对我都是倍尽呵护，我遇到了你之后，我就把你当成了我的重心，处处以你的意思为重，可是你是怎么对待我呢？你对得起我对你的一片心吗？"

傅华说："小婷，这是两回事情，工作也是我生活的一部分……"

"好啦，"赵婷打断了傅华的话，"我不听你说这么多废话了，你的工作根本就是你的全部，行啊，你要回去就赶紧回去吧，我不管你了还不行？"

傅华说："小婷，你听我说。"

赵婷再次打断了傅华的话，脸上一片冷漠地说："回不回去是你的自由，你什么都不用跟我讲了。"

傅华还想再说什么，赵婷却根本不想听了，她闭上了眼睛。傅华有些无奈，只好去找到赵凯，说自己需要赶回去，而赵婷不愿意。

赵凯看了看傅华，说：“看来你是必须要赶回去了？”

傅华点了点头，说：“那边电话来催了，我看傅昭的情况也很稳定，我留在这边也没什么必要了。”

赵凯说：“算了，你要回去就回去吧，小婷这边我会帮你照顾好的。”

傅华就买了机票，赶回了北京，临别的时候，傅华去跟赵婷告别，赵婷看了他一眼，微微摇了摇头，然后就转过头去，再也不看傅华了。

傅华赶回北京之后。马上投身于保税区审批的工作之中，但是审批的工作进行得并不顺利。原本傅华和穆广动员了能够动员的一切力量，基本上让相关部委的领导接受了海川建设保税区的构想，可是临近海川已经建了保税区的城市不干了，他们明白海川如果建成了保税区，将会很大程度分流可能入驻他们保税区的客商，为了自己城市的利益，他们反对批准海川建什么海产品深加工保税园区。

这个城市在北京各部委之间也有关系，而且本身的经济实力和各方面影响力都要强于海川，于是各相关部委就有了反对海川建保税区的声音，一场为了各自利益的博弈就这样展开了。

这是傅华人生之中最难熬的一段时期，博弈呈一种胶着的状态，每每他刚解决了一个麻烦，一个新的麻烦就又产生了，他又得重新去做工作，再把新的麻烦解决掉，这让他疲于应付。

另一方面，赵婷在澳洲根本就不接他的电话，陷于一种冷战的状态之中，虽然他可以打电话询问赵婷母子的情况，可是这种状态持续下去的话，肯定会对他们的感情造成很大的伤害的。傅华的心中自然是焦灼万分，可是他却无法从北京这方面脱身，无法当面向赵婷赔罪，只能任由事态这么僵持着。

就这样又僵持了两个月，海川最终实力不济，没有得到他们想要的保税区。金达听到傅华汇报说保税区审批失败，十分不高兴，直接就批评说：“你们驻京办是怎么办事情的？我们花费了这么多，竟然换来了这样一个失败的结果。”

傅华说："对不起，金市长。"

金达说："说对不起有什么用，根本上你就是没尽力。你们驻京办要好好检讨这件事情，看看究竟是哪一方面没做好。"

傅华说："我们会认真反省的。"

本来傅华想就此提出要离开驻京办，不过看金达在气头上，他就把在嘴边的话咽了下去，他想等过两天金达消消气再说，起码等驻京办总结完这件事情，递交报告给市政府。

傅华汇报完，就接到了赵凯的电话："我现在回了北京，你过来一下，我有话跟你说。"

傅华当时愣了一下，赵凯回北京了？怎么事先也不跟自己说一声？

傅华满心的疑问，匆忙赶去了通汇集团。

赵凯看见傅华，惊讶地说："傅华，你怎么啦，出了什么事情了？脸色怎么这么差啊？"

傅华苦笑了一下，说："没什么了，这段时间让工作熬的。爸，您这一次回北京来做什么啊？怎么事先也不跟我说一声？"

赵凯说："我回来是有些事情要处理。"

傅华说："哦，是这样啊，我这边的事情总算处理完了，您跟小婷说一声，我很快就可以赶过去跟她团聚了。"

赵凯看了看傅华，苦笑了一下，说："傅华，你不要过去了，暂时没这个必要了。"

傅华惊诧地说："怎么了，我这段时间心里一直对小婷很愧疚的，我也想早日过去跟她说声对不起，可是一直脱不开身啊。"

赵凯说："傅华啊，有些话呢，我要事先跟你说，一直以来，我和你妈妈都是拿你当儿子对待的，就算你跟小婷的关系发生了什么改变，这个也不会变。"

傅华傻眼了，他看着赵凯，问道："怎么了？我和小婷的关系会发生什么改变啊？"

赵凯苦笑了一下，说："小婷要跟你离婚，我和你妈劝了她很多次了，可她就是不肯回心转意。我这个女儿你也清楚，她决定了什么，谁也无法让她回头的。当初她看上你，就是这个样子，现在她要跟你离婚，还是这个样子。我这里有她给你的一封信，你看看吧。”

赵凯将信递给了傅华，傅华木然地拆开了，信上写道：

傅华，我写这封信给你的时候，心情已经很平静了，也想了我们从认识到现在的所有事情。我是一个不愿意去多想的女人，现在回过头来这么认真一想，就发现我忽略了生活中的很多细节。我们这段婚姻开始的时候，我是深爱着你的，同时我也相信，你也是爱着我的，虽然可能没有我爱你那么深。那个时候你对我来说就是一切，我甚至可以为你付出生命和所有的财富。但是慢慢我就发现，我对你来说却并不是生活中的一切，你还有你的工作，某种程度上你的工作甚至于凌驾于我之上，特别是这一次我生傅昭的时候，更让我意识到了这一点。你知道吗，意识到了这一点我是很心痛的，我这才明白，我对你的爱并没有换来你对我相等的爱，我只是一厢情愿地认为，我付出了全部，你也会为我付出全部的，可惜我错了。

记得你来澳洲的时候我跟你说过，你是发过誓要让我幸福的，而我也发过誓要跟你共度一生，现在你根本就做不到你的誓言，我再固守我的誓言就有些傻了。有人说嫁一个你爱的人，你会生活得很累，我确实是感到累了，所以我决定了，不再遵守我的誓言了，不再跟你持续这段让我很累的婚姻了，希望你能谅解我，也放我自由。诚然你让我过了人生中一段很快乐的时光，但我想没有你的生活，我会更轻松更快乐的。

赵婷

看到这里，傅华脑海里一片空白，茫然地看了看赵凯，说道：“怎么会这样？怎么会这样？爸，我知道我没有照顾好小婷，可是以后的日子我会改的，我马上就办移民，不，我现在就去澳洲，去跟小婷道歉。”

赵凯苦笑着摇了摇头，说：“傅华，你就是现在就过去也是没有用的。小婷的个性你又不是不知道。”

傅华说：“那怎么办？我根本就没想过要跟小婷离婚啊？你让小婷跟

我通个电话，我来跟她说。”

赵凯说：“傅华，你先冷静一下好不好？”

傅华说：“我怎么冷静啊？小婷都要跟我离婚了。”

赵凯说：“你这个时候知道什么对你是最重要的了，你早干什么啦？”

傅华说：“对不起爸爸，我可以跟您道歉，我也可以跟小婷道歉，她让我做什么都可以，只是不要离婚啊。”

赵凯看傅华有点失控了，便大吼了一声：“好啦，傅华，你也是个男人，你能不能冷静一下听我说？”

傅华清醒了一些，他也知道这个样子也是没有用的，便叹了一口气，说：“事情不应该是这个样子的啊。爸爸，你说我该怎么办？”

赵凯叹了口气，说：“你能不能听我的，先退一步，给小婷一个思考的空间，她那个性，你如果坚持不离婚，会激她更走极端的。我和你妈妈都认为，其实你们之间并没有什么不可调和的矛盾，你让空间给小婷，我和你妈妈也可以借机劝说她，也许能劝她回心转意。”

傅华此刻已经毫无主意了，看了看赵凯，说：“这样好吗？”

赵凯说：“到这个时候你还有更好的办法吗？”

傅华叹了口气，说：“我没照顾好小婷，如果她最终还是不肯原谅我，放她自由，也许能让她生活得更快乐一点。”

赵凯苦笑了一下，说：“谢谢你肯为她这么想。既然你同意这么做，那下面的事情就简单了，你把这份离婚协议签了吧。”

傅华看了看协议，儿子傅昭由赵婷抚养，傅华可以探视。两人在北京的住房归傅华所有，傅华使用的车子归他所有。看来赵婷现在对傅华也不是一点情意都没有。只是傅昭远在澳洲，傅华想要探视儿子，怕也是很不容易。

傅华看了看赵凯，说：“房子和车子都是您买的，我就不要了，其他的我都可以接受。”

赵凯笑了笑说：“傅华，你不是想跟我们断了往来吧？”

傅华苦笑了一下，说：“我可没这个意思，你们还是我的亲人。”

赵凯说：“那就是了，尤其是我们现在还有傅昭，你就是想断也是断不了的。房子和车子是我送给你的，今后呢经济上有什么需求还可以找我们，记住，以前你是我的女婿，现在我把你当儿子。”

傅华感激地看了看赵凯，说：“爸……”

他哽咽了起来，他的父母已经先后离开人世，赵凯一家是他在这世上最亲近的人，如果赵凯再舍弃他不管的话，他真的成了一个孤儿了，赵凯这句话让他从心中感受到了一股暖意。

赵凯了解傅华现在的心情，拍了拍他的肩膀，说：“傅华，爸爸心里也很不好过，这几天我一直在想，如果当初我不提议要移民，是不是就没这么多事情了?”

傅华苦笑了一下，说：“不关您的事的，是我没照顾好小婷。”

傅华对协议已经没什么意见了，他签下了自己的名字。

赵凯看了看傅华，说：“傅华，你要不要回家来住几天啊?我这次回来要在北京住些日子，你的脸色差得要命，我有些不放心。””

傅华苦笑了一下，说：“没事的，我能照顾好自己。”

赵凯知道这个时候说再多的话也是空洞无力的，便又拍了拍傅华的肩膀，说：“傅华，我知道这对你很痛苦，可你是一个男人，我相信你能挺过这一关的。”

傅华无言地点了点头，也没说再见，茫然地离开了赵凯的办公室，他已经没有精神去驻京办了，强撑着自己回了家，这两个月以来，他一方面要跑部委，努力为海川争取保税区，另一方面却又要兼顾远在澳洲的赵婷和儿子，蜡烛两头烧，身体早就严重透支，现在保税区审批失败，赵婷又跟他离了婚，两头都失败了，让他遭受了前所没有的打击，再也难以支撑下去了，就一头倒在了床上昏睡了过去。

忽然一阵像雷一样的爆响，傅华头痛欲裂，烦躁地睁开眼睛，模糊地认出这是自己家的卧室，咚咚的响声原来是有人敲打外面的防盗门，傅华想要起来去开门，浑身却一点气力都没有，敲门声还在响着，傅华强撑着起来，好半天才去打开了门，门口站着罗雨，一脸惶恐地看着他，急促地问道：“傅主任，你没什么事情吧?”

傅华强笑了一下，说：“我这不好好的吗?小罗啊，你这么大惊小怪敲我的门干什么?”

话还没说完，傅华就软软地瘫倒在了地上，又昏了过去。

傅华再度睁开眼睛，已经躺在医院的病房里了，胳膊上打着吊针，赵凯坐在床边，看到他睁开眼睛，笑了笑说："你总算醒了。"

傅华想要坐起来，却觉得浑身像千斤一样重，只好颓然放弃，苦笑着问："爸爸，我这是怎么啦？"

赵凯说："你在家里昏睡了两天，罗雨打电话你也不接，到处找你也找不到，就找上门去，你给他开了门又昏了过去，他把你送到了医院，通知了我。"

傅华苦笑着说："没想到我这么脆弱。"

赵凯说："不是你脆弱，医生说你这段时间身体极度透支，本来就很虚弱，加上小婷的事情，就是铁打的汉子也撑不住。不过，在这里调养几日就会恢复了。"

这时高月推开病房的门走了进来，看到傅华，笑笑说："傅主任，你可醒了，我们都被你吓死了。"

傅华笑了笑，说："辛苦你了，高月。"

高月笑笑说："我不辛苦，就是你，在医院里发高烧昏迷了一天，让我们急死了。"

赵凯看有高月照顾，便要离开，他对傅华说："病来如山倒，病去如抽丝，你要趁这次机会好好调理一下，我还有事，回头再来看你。"

傅华说："谢谢你了，爸爸。"

高月送走了赵凯，回来之后，看着傅华说："傅主任，你跟赵婷姐真的离婚了？"

傅华苦笑了一下，说："你怎么知道的？"

高月说："是罗雨电话通知赵董的时候，赵董说的。"

傅华说："哦，是这样啊。"

高月说："那你是不是就不移民了？"

傅华说："我这个样子还去澳洲干什么？你告诉小罗一声，不要让他跟别人乱讲啊。让别人知道我傅华因为离婚而昏迷，还不笑死我？"

高月看了看傅华，笑了笑说："无情未必真豪杰，你又何必在乎别人的想法呢？再说你现在嘱咐我似乎已经晚了，罗雨已经跟金达市长汇报了你的情况，金达市长对你很关切，还专门叮嘱用最好的药给你治疗，还说你醒了之后，马上就通知他。”

傅华苦笑了一下，说：“这下可好了，估计海川都知道我离婚了。”

高月说：“这也不是什么丢人的事情。你既然醒了，跟金市长说一声。”

傅华说：“还是等等，等我恢复恢复再跟金市长说吧。”

高月看了看傅华，说：“其实傅主任你也别太在意离婚这件事情了，要看开一点，这不应该怪你的。”

傅华苦笑了一下，说：“你不用安慰我了，我知道该怎么做。”

傍晚，罗雨过来看傅华，傅华已经有了些精气神，笑着说：“小罗啊，这一次还真是要谢谢你啊，多亏你去我家里，要不然我说不定现在就去见马克思了。”

罗雨笑笑说：“傅主任，你说这话见外了，就算是普通朋友我也应该这么做的。”

傅华看着罗雨，笑着问道：“小罗啊，你想不想挑更重一点的担子啊?”

罗雨愣住了，眼下更重的担子只有驻京办主任这个职务了，傅华这么说什么意思，是想让位给他吗？他看着傅华，想从傅华的脸上看出究竟是什么意思，是试探他呢，还是真心想让他更进一步？

罗雨笑了笑说：“傅主任，不怕跟你说实话，有段时间我还真想早日取代你的位置，可是慢慢我就明白，这个位置你比我更合适，有你在，我们驻京办才能稳定发展，这副担子我挑不起来。”

傅华笑了，说：“其实谁都不是一上来就适合做某个职务的，大家都需要一个适应的过程，我刚到驻京办的时候，也是一副诚惶诚恐的样子，生怕自己做不好。其实小罗你行的，你做驻京办副主任这么长时间了，锻炼得也差不多了，可以挑起大梁。”

罗雨说：“傅主任，你这么说什么意思？你不准备留在驻京办了?”

傅华点了点头，说：“我在海川驻京办时间已经够长的了，虽然已经费尽心力想要把工作做好，但往往事与愿违，这次保税区的审批就是给了我一个信号，说明我的能力已经不足以承担起驻京办主任的责任，是时候离开了。”

罗雨说：“傅主任，你别这么说，大家心里很清楚这一次保税区的审批失败，责任不在你的，再说，如果说你都承担不起来，我又怎么能承担起来呢?”

傅华说：“小罗啊，你别看不起自己，你行的。我现在真的是很累了，再留下来，只会误人误己。”

罗雨说：“傅主任，嫂子的事情不至于影响你这么大吧?”

傅华说：“其实认真想一想，我们努力工作就是要给自己和家人创造一个好的生活条件，不久前还有人说我只顾工作，不顾家人，有点本末倒置，我当时还不觉得什么，现在想想，他说得很真对，家人我都照顾不好，再去辛苦工作有什么意义呢？我心里已经有了决定，回头我就向市政府推荐由你来接替，你要有个心理准备。”

罗雨说：“傅主任，我知道这是你信任我，可是我不能在这个状况下接替你的。你还是打消了这个念头吧。”

傅华说：“我意已决，你就不要再劝了。”

罗雨说：“反正我不接受。”

傅华说：“那就让组织上来做这个决定吧。”

罗雨说：“傅主任，这个时候我们就先别争这个了，我不管你要怎么做，起码先把伤养好，行不行?”

傅华说：“这点听你的。”

陆续有朋友听到傅华病了来看望他，苏南也过来了，傅华闲扯了一些之后，笑着说：“南哥，如果我去给你做手下，你要不要我啊?”

苏南愣了一下，看了看傅华，笑笑说：“你来我这里？你是说真的吗?”

傅华已经在思考离开驻京办要去干什么了，通汇集团那边他显然是不会考虑的，虽然他相信自己只要开口，赵凯一定会给他一个很好的安排。苏南的振东集团这里便成了他的首选，他很欣赏苏南做事的风格，相信跟他做事一定是一件令人愉快的事情。同时傅华也相信自己也一定受苏南的欢迎。

令人意外的是，苏南却摇了摇头，说："傅华，如果你想到我那里做个闲职，我倒是可以安排，但是你要做点事情，还是不要去了，我那里不适合你的。"

苏南的意思很明白了，可以出于朋友的情面养着你，但是无法给你一个可以发挥所长的岗位。

傅华脸上有点发热，他没想到会被苏南打了回票。

苏南看了看傅华，说："傅华，不是我不给你这个机会，你也知道，我现在公司建筑工程方面是一种收缩状态，一直在减员，你这个时候进来，没合适的位置不说，也与大形势不符；至于投资方面，我现在都是委托给专业人士去经营，我们都是有约定的，我不干预他们的经营活动。说实话，这方面我也是不太懂，所以你让我给你一个合适的位置，我还真不知道该如何来安排你。"

苏南说的也在情理之中，傅华说："我明白南哥的意思了，我还是另想办法吧。"

苏南说："你这又是何必呢，你们金达市长是一个很有水平的人，既然他有水平，就应该明白这一次保税区的审批失败责任不在你，你为了这个要离开驻京办，就没必要了吧？"

傅华说："我是有些疲倦了，想换换环境。"

苏南说："老弟啊，你要看开一点，你想换换环境这种想法是很好的，可是你的问题不在环境，而是在于心境。其实环境再怎么换也差不多的，换汤不换药。你就说我吧，现在不想做实业，转做投资资本运作，可是我看了看做资本运作的操作方式，其实跟实业操作是大同小异的，也是需要运作各方面的关系，打通各方面的渠道，这跟我当初想尽办法揽工程有什么区别吗？没有啊。"

傅华说："那算了，不行的话，我找找张凡教授，索性再去跟他读几年书。"

苏南看了看傅华，说："你就这么想离开驻京办吗？"

傅华苦笑了一下，说："你不明白我的心境，我感觉我在驻京办各方面都走进了死路，没有了做下去的动力。"

苏南说："你才多大年纪啊，怎么说这么颓废的话？"

傅华说："你说过这是心境的问题，与年纪无关的。"

苏南说："我觉得你先别想这么多了，把一切先放下，养好身体再说。如果那个时候你还想去振东集团，我负责给你一个很好的安排。"

傅华有些感动，这才是情义相交的朋友，他冲着苏南点了点头，说："谢谢你了，南哥。"

两人又闲聊了一阵，苏南就离开了，不久，晓菲走进了病房，傅华愣了一下，说："晓菲，你怎么来了？"

晓菲看了看傅华，说："你是不是没准备把离婚的事告诉我？"

傅华说："是，我和赵婷之间还有些事务没处理完，这种情况下，我觉得不适合跟你说。"

晓菲笑笑说："你是不是怕我缠上你啊？"

傅华摇了摇头，说："我没有想过这个问题，不过，我相信你处世比我成熟，应该不会产生这种问题的。"

晓菲说："你总算是比较了解我的。"

傅华说："这些是南哥跟你说的？"

晓菲说："是啊，南哥说你现在备受打击，表现得很消沉，想要离开驻京办，让我有时间过来看看你，宽慰一下你。"

傅华苦笑了一下，说："我没事的。"

晓菲伸手轻轻抚摸傅华的脸庞，有些心疼地说："你都瘦得脱形了，还说没事。你真的这么在乎赵婷吗？"

傅华看了看晓菲，他不知道自己该说什么，说在乎，他跟晓菲还有一段情，肯定会伤害晓菲；说不在乎，这一次自己住院大多是因为赵婷。

晓菲看出了傅华的为难，说："你不用回答我了，我知道你心中是怎么想的。对了，你真的想离开驻京办吗？"

傅华点了点头，说："是的。"

晓菲说："你如果真的想离开驻京办，我倒是可以帮你想办法，如果你想继续在政坛上发展，我可以想办法给你调到北京来，如果你想经商，就和我一起经营四合院算了。"

晓菲这是一片好心，想要帮助傅华，可傅华心里却明白自己是不能接受的，他还有一丝想要挽回婚姻的念头，这个时候接受晓菲的帮助，显然是不明智的。再说，他也不想寄身于晓菲这种女强人的羽翼之下，喜欢她是一回事，跟她做事就是另外一件事。

傅华已经开始意识到，他跟赵婷的婚姻之所以会破裂，一个很主要的原因是赵婷在这段婚姻之中占据控制地位，他又无法完全去满足赵婷，这才导致赵婷对他产生怨隙，最终才提出离婚。

现在傅华还没考虑过他和晓菲的未来，可是他也不得不防患于未然，避免他和晓菲可以有未来的时候，重蹈覆辙。

傅华摇了摇头，说："谢谢你为我考虑这么多，不过，我由自己的打算。"

晓菲笑了笑说："也好，其实我也感觉这样做，可能会让我们的关系变得很尴尬，你那个脆弱的自尊心怕是又要受不了了。"

傅华笑了，正要说些什么，手机响了，看看是金达的号码，就接通了。

金达笑着说："傅华，你好些了吗？"

傅华笑笑说："好很多了，医生说再休息几日就可以出院了。"

金达说："不要急着出院，多养些时日，把身体养得棒棒的再说，我知道这一次你确实辛苦了。"

傅华说："谢谢金市长的关心啦，我没什么。"

金达说："你醒过来几天了？"

傅华说了醒过来的天数，金达有些不满地说："这个小罗是怎么回事啊，我告诉过他，你醒过来马上就给我电话的。"

傅华说："这不怪小罗的，是我不让他跟您汇报的。"

金达顿了一下，说："傅华，你是不是心里在怪我没让你在澳洲多待些时日，才导致你跟赵婷离婚的？你应该了解当时的状况，我们的审批正处于关键时刻，你是一员很关键的大将，你不在北京，我心里不踏实的。"

傅华笑了笑说："我没怪您，这是我自己的问题，怪不到您的头上。我没让罗雨跟你打电话汇报我的病情，是因为我在思考要如何跟你谈辞职的事情。”

金达有些惊诧地说：“傅华，你既然已经离婚了，是不是就不需要移民了？不需要移民了辞什么职啊？”

傅华说：“移民是不需要了，但是我也不想留在驻京办了。我想这一次的审批失败，我应该负很大的责任，可能正像您说的那样，我没有尽力吧，我再留在驻京办主任的位置上，就有些尸位素餐了。”

金达尴尬地笑了笑说：“傅华，我明白这一次审批失败责任不在你，前些日子我可能把话说得重了些，那是我有些求好心切了，我跟你道歉。”

金达这个时候想到了傅华对他的很多帮助，在他最困难的时候，是傅华在背后激励了他，他这才静下心来，认真思考写出了那篇被省里看好的海洋经济战略报告，才有了东山再起的机会。

同时，金达心里很清楚自己和傅华的这种关系在海川政坛基本上是路人皆知的，如果自己在傅华最困难的时候让他离开驻京办，还是顶着为保税区审批失败负责的名义，那他肯定会被人在背后骂忘恩负义的。中国的知识分子骨子里都有一种恩义的情节，什么知遇之恩，什么患难之交，这都是作为一个君子必须要做出报偿的事情。如果没能给予对方必要的回报，反而让对方受了不公正的待遇，那就是恩将仇报了，这不但失去了在这社会上立足的根本，而且在仕途上也很不受待见，谁也不会想要提拔一个忘恩负义的人。

金达当然不想成为这种人，这也是他主动跟傅华道歉的原因之一。

傅华没想到金达会主动道歉，他心中又感受到了当初两人之间的那种友情，多少有了一点感动。其实他之所以要辞职离开，很大一部分原因就在于金达在保税区审批失败之后对他的批评，他当时有一种感觉，金达是想把这个责任搁在驻京办的头上。毕竟报批保税区海川市可谓是兴师动众，耗费了大量的资金不说，还由市长和常务副市长主抓。耗费了这么大的人力物力还失败，自然是需要一个承担责任的人。当时傅华感觉金达就是想让自己来当这个替罪羊，因此心中很是不满，加上赵婷离婚的事情一闹，不免心生退意。

金达虽然道歉，并没有改变傅华要离去的决心，他笑了笑说：“金市长，您别这么说，不关您的事的，是我自己有些累了，想要换个环境。现在驻京办的事情大多告一个段落，没什么离不开我的事情了，罗雨同志经过这段时间的锻炼，也足可以挑起驻京办的担子了，我觉得我是时候离开了。”

金达说：“傅华，你这样让我心里更不安。你忘了我们当初是怎么一起探讨海洋经济发展的？我们那时候是准备并肩作战的，现在刚刚受到保税区审批失败的重挫，你就要离开吗？”

傅华苦笑了一下，说：“金市长，我已经决定要离开了。”

金达说：“傅华，你非要离开吗？你不做驻京办也可以啊，回海川市政府来工作好了。”

傅华更不愿意回到市政府去工作，驻京办相对来说什么都还简单一些，市政府各方面的利益纠葛在一起，别提多复杂了，傅华是想脱身过一种简单的生活，而不是走进矛盾的旋涡之中。

傅华说：“金市长，我不会回海川的，我想趁这个机会休整一下自己，回学校去念念书什么的。”

金达苦笑了一下，说：“傅华，你现在对我的成见就这么深么？就是不愿意帮我吗？你要读书可以啊，你也可以边工作边读书嘛，市里承担你的学费都可以。”

傅华说：“金市长，我这样做并不是对您有什么成见，是我自己的心境问题。”

金达说：“傅华，你是一个男子汉啊，不要因为婚姻上受了点小挫折，就这么灰心。好了，关于你辞职的问题我们今天先不谈了，你先养好身体，冷静一下，我们过段时间再谈这个问题，好不好？”

傅华还想说什么，金达却不让他说下去，直接打断他的话说：“傅华，你现在情绪还没平复下来，还不能冷静地想问题，所以我不想听你说什么了，你好好养病就是了。”

金达说完，就挂了电话。晓菲在一旁笑着说：“你们市长对你还是不错的，这样的领导上哪里去找啊，好啦，你就别闹小脾气了。”

傅华苦笑了一下，说：“我闹什么小脾气啊，我实在是感觉太累了，想休整一下而已。”

第四章　欺上瞒下中间有猫腻，横冲直撞红灯也敢闯

第二届海平区投资洽谈会上，副市长穆广为海平区向东镇介绍了最大的投资客商云龙公司。但问题接踵而至，农民们发现，镇政府采取欺骗手法，用很低的价格就把他们的土地拿走了，而且开发商也有猫腻，本来的项目是大型度假村，他们却偷偷建造高尔夫球场，村民们为此愤愤不平。

金达放下电话之后，就开始思考要如何留住傅华，他是真心不想傅华离开的。金达并不计较傅华不听自己劝坚持要离开的态度，他虽然曾经用很严厉的态度批评过傅华，可那更多程度上是想给傅华施加一种压力，他不想傅华因为跟自己关系不错，就办事松懈。

金达很明白，身边像傅华这种真心为他好的朋友并不多，很多人对他好好好，是是是，其实并不是真心服从他，而是冲着他市长的权势，这都是些趋炎附势之徒，真正到了关键时刻是靠不住的。他是需要傅华这样的人留下来帮他。

可是要如何留下傅华呢？金达感觉需要一个能打动傅华，提振他士气的东西。可什么东西能够打动傅华，提振士气呢？金达想来想去，还是觉得应该给予傅华一个必要的提升。原本金达就打算让傅华挂一个副秘书长的衔，让傅华在行政级别上升一级，虽然傅华不在乎这个，可是上升一级对于仕途中人来说，是一个很大的激励，这意味着各方面待遇提升不说，也为未来打开了上升的空间。金达相信傅华如果真的上提升了一级，表面

上也许没什么，内心肯定是很高兴的。

其实傅华的资历早就应该这样啦，他这些年为了海川做了多少事啊。当时金达知道傅华要移民离开中国，提升不提升对他是毫无意义的，也就打消了这个念头。现在傅华要移民的可能没有了，这个副秘书长的事情就又有了必要。

同时金达也想到，自己如果向市委建议提升傅华，就算到最后还是无法挽留傅华，旁观者也会觉得自己仁至义尽，傅华再要走就是他自己的事情了，而不会觉得是金达忘恩负义了。

于是金达就在书记会上把想要傅华挂副秘书长衔的想法提了出来，张林说："傅华这个同志还是很不错的，这些年也为海川做了些事情，可以考虑挂一个副秘书长衔。"

专职的副书记于捷是新近从省里派下来的，还在熟悉海川情况的阶段，现在看一二把手都有这个意思，他就没有反对的必要了，也表示了赞同。

于是书记会就通过了金达这个建议。穆广知道消息之后，便找到了金达："金市长，我听说您在书记会上建议让傅华同志挂副秘书长衔？"

金达点了点头，说："是的，穆副市长有意见？"

穆广说："您觉得这个时候这么做合适吗？我们海川市刚刚报批保税区失败，驻京办总是有些责任的，不罚也就算了，还要提升傅华，会让同志们怎么看呢？"

金达看了看穆广，虽然他批评过驻京办对保税区报批不够尽力，可是他并没有诿过于驻京办的意思，实际上事后他认真反省过，也开始觉得中央部委不同意在海川建一个新的保税区是很有道理的。现在穆广明确提出要驻京办承担责任，是不是他曾经在傅华面前做过这种表态？傅华要离开是不是与这个有关呢？

就算穆广没做这种表态，他是这一次报批的主要参与者，这么说是不是想要推卸责任啊？

金达心中打了个问号，这个时候他是要维护傅华的，便说道："保税区的事情责任不在傅华，这是市里面的决定，相应的责任由我来承担。至于我向书记会建议让傅华挂副秘书长衔，是因为傅华同志以前做出的成绩，张书记也赞同我的观点，我认为并没有什么不合适的。”

金达主动为这一次报批承担了责任，穆广就不好再说什么了，他内心中倒确实想要把责任推到傅华身上，此刻金达表了态，他也不好不表态，便说道：“金市长，您也别把责任都揽在自己身上，这一次的报批我也是主要的参与者，要说责任，我也是有责任的。”

金达笑了笑说：“其实傅华同志也主动提出来要承担这一次的责任，大家都这样主动承担责任让我很欣慰。古人说兄弟齐心，其利断金，我们这些同志这么齐心，相信能把海川的经济工作搞上去的。”

穆广笑了笑说：“那是，那是。”

金达说：“穆副市长过来了也正好，我正想找你商量一下，保税园区的一些后续事宜，现在国家已经不批准了，那块原本留出来建园区的地方要怎么处理啊？”

穆广看了看金达，说：“金市长的意思是怎样？”

金达笑笑说：“我就是现在还没主意，才问你的。”

穆广说：“让我看，保税园区不能建，不代表海产品深加工工业园区不能建。”

金达说：“你的意思是我们不改初衷，继续按照原来的设想建海产品深加工工业园区？”

穆广说：“对。”

金达说：“可是我们没有了保税区这个噱头，人家会来投资吗？”

穆广笑笑说：“没有保税区，我们可以提供别的噱头，土地优惠什么的，我们地方上也是有一定的自主的权嘛，我相信综合下来，不一定比保税差多少。”

金达说：“那土地审批怎么办？国家不批准我们建保税区，我们的土地审批就没有了名头，这么大一块土地要得到批准，难度很高。”

穆广笑了，说：“金市长，你应该听说过化整为零这个词吧？”

金达知道穆广的意思，所谓的化整为零，就是将一块大的土地分成几个小块报批，由于土地审批是有权限划分的，小的地块是可以在地方就得到批准的，因此可以回避一些国家硬性规定。金达跟在郭奎身边的时候，省里曾查处过几宗这样的事情，因此他大体上知道这种操作手法。

金达看了看穆广，有些担心地说：“可是穆副市长，这好像是违规的。”

穆广笑了笑说：“我知道，可是大家都在这么做，我们跟着做又何妨呢？现在是改革年代，大家都在摸着石头过河，有些时候动作大一点也没什么问题的。老实说，我原来在县里也曾经这样做过，我们县里的工业园区红火了之后，上级还表扬过我们思路开阔，勇于创新呢。”

金达说：“可是违规总不是一件好事。”

穆广笑笑说：“这就要看金市长想要什么了，你是想做一个循规蹈矩、按照规章来没什么作为的平庸市长呢，还是想做一个开拓进取、在海川干出一番政绩的市长呢？”

金达还是有些犹豫，他是书生性格，做事喜欢多想想，要他迈出这一步，确实有点不太容易。

穆广看出了金达的顾虑，他笑了笑说：“其实呢，金市长您是多虑了，这种行为是谈不上什么违规的，整个工业园区可以分成几大功能区，生产、仓储之类的，我们每一个功能园区都依法审批，谁能说我们是违法的？”

金达点了点头，他心中已经赞同了穆广的说法，说：“也是，回头我们市政府好好研究一下，看怎么走活这步棋。”

总体来讲，穆广对今天跟金达之间的谈话还是满意的，虽然他开始找到金达的时候，是想说服金达撤回对傅华的提升。

其实一开始，穆广是想跟傅华拉好关系的，他在到任之前，对海川政坛是做过一番了解的，知道傅华在这其中扮演了一个很重要的角色。因此在他到任后的北京之行，一方面表明自己公私分明，另一方面也表现了作为领导体恤下面单位的一面，上来就帮驻京办解决了资金上的困难。按说傅华应该对自己有所好感，可是穆广并没有在傅华身上看到这一点，特别是驻京办资金批下去之后，傅华起码应该打个电话来说声谢谢吧？可是傅华连最起码的感谢都没有。

穆广就明白对傅华的拉拢算是失败了，自己对他的小恩小惠，并没有打动他。穆广心里知道这个人不能为他所用了。后来穆广更发现金达对傅华的依赖性很强，很多方面都要询问参考傅华的意见，傅华已然就是金达一个幕后的高参，这让穆广心中更不是滋味，甚至有些嫉妒，自己这个常务副市长才应该是金达最信赖的第一助手才对。

穆广认为自己的仕途还有很长一段发展的路，他希望通过努力能够走上更重要的领导岗位。同时他也是一个很会审时度势的人，并不想通过跟正职的金达争斗来达成这个目标。在知道金达有很深的背景支持之后，他就选定了要跟金达合作。这是最原始的丛林战争法则，打得过就打，打不过就结盟。中国人是深谙此中之道的，历史上几次大的和亲，就是当时的王朝打不过人家而选择的存身之策。穆广是把这一条原则奉为圭臬的，他喜欢顺势而为。

但是可以跟金达合作，并不代表可以跟傅华合作，金达对傅华的赏识，更是让穆广心生警惕，他可不想自己帮金达成就一番功绩之后，收获硕果的却是傅华。金达已经几次表露出想要傅华回到海川的意思，穆广相信金达这一目的一旦达成，傅华的仕途就算是插上了翅膀，在金达市长任内未来的几年，傅华一定会平步青云。这是一个隐然的对手，穆广自然不愿意让他壮大实力，特别是傅华如果挂了副秘书长衔之后，更是离副市长的级别只有一格了。

穆广本来觉得这一次保税区审批失败可以打击一下傅华，金达在审批当中，对傅华已经有几次不满了，穆广相信自己如果把责任推到傅华身上，金达说不定会赞成。可是事情突然有了很大的变化，金达不但没有借此打击傅华，反而提出了提升傅华的建议，这可让穆广有些坐不住了。原本他对傅华没什么动作，是因为知道傅华很快就会移民到澳洲去了，那样的话就等于傅华主动退出了竞争，谁知道偏偏在这个时候傅华竟然离了婚，断了移民的可能，让穆广也不得不重新掂量傅华的分量。

在找金达谈话之前，穆广已经得到消息说傅华提出了辞职，原本想就算不能打消金达提升傅华的想法，起码也可以挑唆一下两人的关系，可是见面之后穆广很快就打消了这个念头，他忽然意识到金达这个时候提出来要提升傅华，还是在报批保税区失败之后，想来也是一种不情愿之举。他也是很有政治智慧的人，很快就想明白了金达在顾虑什么，傅华是对金达有很大帮助的人，在这个最困难的时候，金达如果不加以援手，会让别的人寒心的。

穆广知道金达提升傅华也是不得已之举，而且整件事情看上去好像是在傅华逼迫之下做的，这其中的意味就耐人琢磨了，穆广因此相信即使二人表面上还是很团结的，可实际上已经有了裂痕。

于是，在金达肯定了傅华之后，穆广就把话咽回了肚子里，不和的种子已经发芽，不需要他再做什么了。

北京，接连休养了几日，傅华的脸上已经有了血色，让来看望他的赵凯很是高兴。

赵凯说："这样就好了，我也放心了。"

傅华看了看赵凯，说："爸，你跟小婷说过我病了的事情？"

赵凯脸色暗了下来，说："我跟小婷在电话里说过了。"

傅华急切地说："那她是什么反应啊？"

赵凯说："她倒是很关心你，让我带话给你，要好好养身体。"

傅华有些失望地说："她有没有提过和我之间的关系？下一步有什么打算啊？"

赵凯苦笑了一下，说："傅华，小婷不会这么快回头的。她说，你已经是过去式了，希望你放眼往前看，不要老是徘徊在过去的时光里。"

傅华叹了一口气，说："她还是不肯原谅我。"

赵凯说："你别这么伤心了，这样对你的身体并没什么好处。"

傅华看了看赵凯，说："爸爸，你能不能让小婷跟我通个话啊，我也很想傅昭。"

赵凯说："我跟小婷讲过让她跟你谈一谈，可是她坚决不同意。至于傅昭，倒是好办，我让人拍一段他现在的视频给你，你可以看看。"

傅华没想到赵婷会这么坚决，看来一个女人做了什么决定之后，心会比男人还硬。傅华叹了口气，说："这是我自作孽啊。"

赵凯说："你别自责了，说点让你高兴的事情吧，我给你带了一份光碟。"

傅华惊讶地说："爸，你已经给傅昭拍了视频了？"

赵凯笑了笑说："不是啦，你还记得当初你跟刀疤脸买光碟的事情吗？"

傅华愣了一下，说："那件事情过去很久了，我被骗得很惨。再说与这份视频有什么关系啊？"

赵凯说："这就是你想买的那份光碟。"

傅华惊讶地站了起来，说："什么？这就是当初吴雯偷刻的那份光碟，爸爸，这怎么会到你手里呢？"

赵凯笑了笑说："怎么不会到我手里，跟你实话说，这份光碟我掌握了很久了，只是一直没想好要不要给你。"

傅华诧异地问道："为什么啊？早一点给我的话，我也许早就将刘康绳之以法了，也就不会让他在国外逍遥自在了。"

赵凯笑了，说："虽然我掌握这份光碟有段时间了，可是还没早到那个时候。我拿到这份光碟的时候，刘康已经离开国内了。"

傅华说："那您是怎么拿到的？我当时可是费尽心机也没再找到一丝线索。"

赵凯笑了，说："其实你当初跟刀疤脸交易的时候，我的人就在附近。刀疤脸骗了你之后，我的人就把他控制了。我是察觉你在银行账户提了一大笔钱之后，猜测你可能跟人要交易什么，怕你出意外，就派人在后面跟着你了。"

傅华说："既然这样，你当时为什么不告诉我呢？"

赵凯说："我告诉你干什么？让你接着胡乱调查吗？你这个人啊，有时候聪明得要命，有时候却笨得要死。你就没想想公开去找小田的朋友，不会引起人注意吗？"

傅华愣了一下，看了看赵凯，问道："难道说刘康的人也在注意我？"

赵凯说："是不是刘康的人我不敢说，当时，还有一帮人在注意你跟刀疤脸的交易。”

傅华说：“那肯定是刘康的人了，他担心我继续查下去，所以派人盯我的稍。不过，有一件事我不明白，据我猜测，刀疤脸手中也没有这份光盘，否则他也不用设局来骗我了。”

赵凯点了点头，说：“是，刀疤脸手中是没有这份光盘。”

傅华说：“那这份光盘是从哪里来的？”

赵凯说：“刀疤脸没有，不代表别人没有，我为什么要控制刀疤脸，是因为我觉得他是最熟悉小田的一个人，掌握了他，就可以寻找小田可能藏匿光盘的地方。果然，经过一番询问，得知小田有一个相好，费了一番劲把这个相好找了出来，在她那里找到了这份光盘。这些事情我都是暗中做的，我怕一公开就会招来刘康的报复。”

傅华明白赵凯这也是为了保护他，便说：“谢谢你了，爸爸。”

赵凯说：“你不用感谢我了，我们是一家人，我是有责任保护家人的安全。我原本以为你会跟赵婷移民到澳洲，你脱离了海川，就不应该再管这种闲事了，这份光盘就没什么用了，谁知道天意弄人，既然你还要留在海川，我想这份光盘也许对你还有用处，所以就带给你了。”

傅华苦笑了一下，说：“估计也没什么用处了，徐正死了，刘康也已经远在国外，这份光盘就是交给有关部门，也很难拿刘康怎么样的。”

赵凯说：“刘康虽然远在国外，但他是那种不甘寂寞的人，也许看到国内风平浪静，会再度回来的，那时候这份光盘也许就会有用了。”

傅华说：“恐怕我也等不及了，我已经向金达提出了辞职，要离开海川驻京办了。”

赵凯愣了一下，说：“我不是听你说过跟金达挺合得来吗？怎么突然要辞职呢？不会又是为了小婷吧？”

傅华说：“有一点这方面的因素，我之所以忽略了小婷，就是因为过于倾注精力在驻京办了。但也不完全是因为小婷，这一次市里报批保税区失败，我觉得我也应负一定的责任，加上原本已经打算离开驻京办移民，索性辞职算了。”

赵凯看了看傅华，摇了摇头说：“傅华啊，你不应该这么脆弱的。可能这么多事赶到了一起，让你一下子失去了方寸，不能很理智去判断自己的未来了。”

傅华苦笑了一下，说：“是，爸爸你说得真对，我现在是有些不知道该如何是好了。我跟苏南提出来想到振东集团，他却说振东集团并没有合适我的位置。哎，实在不行，我回学校去跟张凡老师再学习几年好了。”

赵凯笑了，说：“学习几年之后又怎么样？莫不成你想做一个学者？”

傅华苦笑着说：“也许吧，虽然我觉得我自己并不是一个做学者的材料。不过现在也没别的好选择的，暂时去调整一下心态再说吧。”

赵凯说：“你这根本就是在逃避，对自己没一个清醒的认识。这一点上，苏南对你的认识都比你强。”

傅华看了看赵凯，困惑地说：“难道你也认为我去振东集团不会有什么作为吗？”

赵凯说：“我也不敢绝对这么说。你这个人啊，怎么说呢，头脑是有的，有些时候也能放下身段，做一些心里并不情愿的事情，但是要做一个成功的商人是远远不够的。一个成功的商人很多时候不但要有敏锐的判断，而且还需要果断的行动，还有一点，大多时候要放下道德的包袱，要敢于为利益不择手段，不要相信什么德商、儒商之类的东西，那都是一些商人成功之后拿出来装点门面的，中国目下这种环境，还没有德商、儒商产生的土壤。”

傅华说：“也不是这么绝对吧？”

赵凯笑了，说：“你是学经济的，你研究过胡雪岩和盛宣怀这两大清末最有名的红顶商人？”

傅华说：“也没做详细的研究，他们的资料看过一些。”

赵凯说：“那你觉得胡雪岩和盛宣怀哪一个算是最成功的？”

傅华说：“应该说是盛宣怀吧，他开办了很多具有近代意义的实业，也该算是中国近代实业之父。胡雪岩虽然名气很大，但他开办的钱庄药铺之类的东西，还是延续了封建时代旧的经营方式，并无新意。再说，就成败而论，胡雪岩是败于盛宣怀之手的，死前就破产了。盛宣怀却把自己的财富传了下去，虽然盛家后人再无什么经商的名人，可是也保了后世子孙一定时期的衣食无忧。”

赵凯说：“看来你对这两个人还算了解，那你就应该知道这两个人的发家史，也就更明白这两个人做事的手法。虽然现在好多人推崇胡雪岩，研究他的经商方式，可是我觉得这都是不了解胡雪岩。说到底，胡雪岩的经营方式核心就是一句话，官商勾结。他成于官商勾结，也败于官商勾结，这有什么好学的？这又是能靠学习就能学会的吗？我倒是觉得盛宣怀击败胡雪岩的过程可圈可点，甚至比起哈佛的 MBA 经典案例也丝毫不逊色。这个案例我详细研究过很多遍了，通汇集团做得越大，我心中越是感到危机，生怕集团会像胡雪岩的财富帝国一样，一夕崩塌。”

傅华是读过盛宣怀击败胡雪岩过程资料的，这个案例真是精彩异常。盛宣怀采用了直击要害的手段，以快打慢，使得胡雪岩的财富大厦在短时间内轰然倒塌。盛宣怀在这件事情中做到了知己知彼，招招都冲着胡雪岩的要害下手，而胡雪岩在整个商战过程中，都是后知后觉，丝毫不知道盛宣怀对他下手了，所以处处被动。

盛宣怀知道胡雪岩每年都要囤积大量生丝，以此垄断生丝市场，控制生丝价格。当一个人过于依靠某种东西时，往往就会处处受制于它。盛宣怀看准了这一点，知道生丝是胡雪岩的死穴，他通过密探掌握胡雪岩买卖生丝的情况，大量收购，再向胡雪岩客户群大量出售。同时，收买各地商人和洋行买办，让他们不买胡雪岩的生丝，致使胡雪岩生丝库存日多，资金大部分都压在生丝上，资金链就紧张起来了。

但是这还不足与让胡雪岩的资金链断裂，盛宣怀第二步就给他来了个釜底抽薪，直接截断胡雪岩的现金流。他知道胡雪岩一直在负债经营，在五年前向汇丰银行借了六百五十万两银子，定了七年期限，每半年还一次，本息约五十万两。次年，他又向汇丰借了四百万两银子，合计有一千万两了。这两笔贷款，都以各省协饷作担保。恰在此时，胡雪岩历年为左宗棠行军打仗所筹借的八十万两借款已到期，这笔款虽是帮朝廷借的，但签合同的是胡雪岩，外国银行只管向胡雪岩要钱。这笔借款每年由协饷来补偿给胡雪岩，照理说每年的协饷一到，上海道台就会把钱送给胡雪岩，以备他还款之用。盛宣怀在此动了手脚，他找到上海道台邵友濂，说是李鸿章让他迟一点划拨这笔钱，时间是二十天，邵友濂自然照办。

这二十天已经足够，盛宣怀事先串通外国银行向胡雪岩催款。这时，左宗棠远在北京军机处，来不及帮忙。由于事出突然，胡雪岩只好将他在阜康钱庄的钱调出八十万两银子，先补上这个窟窿。他想，协饷反正要给的，只不过晚到二十天。然而，盛宣怀算好了胡雪岩会这么做，他通过内线，对胡雪岩调款活动了如指掌，于是趁阜康钱庄正空虚之际，发动人到钱庄提款挤兑。提款的都是大户，少则数千两，多则上万两。但盛宣怀知道，单靠这些人挤兑，还搞不垮胡雪岩。他让人放出风声，说胡雪岩囤积生丝大赔血本，只好挪用阜康钱庄的存款；如今，胡雪岩尚欠外国银行贷款八十万两，阜康钱庄倒闭在即。尽管人们相信胡雪岩财大气粗，但他积压生丝和欠外国银行贷款却是不争的事实。很快，人们由不信转为相信，纷纷提款。

胡雪岩这时候想起左宗棠，赶快去发电报。殊不知，盛宣怀暗中叫人将电报扣下（电报局本来就是盛宣怀办的）。第二天，胡雪岩见左宗棠那边没有回音，这才真急了，亲自去上海道台府上催讨。这一回，邵友濂去视察制造局，溜之大吉了。胡雪岩只好把他的地契和房产押出去，同时廉价卖掉积存的蚕丝，希望能够挺过挤兑风潮。不想风潮愈演愈烈，各地阜康钱庄门前人山人海，门框都被挤歪了。胡雪岩此时才明白，是盛宣怀在暗算他。可惜晚了，胡雪岩的现金流一时中断，偌大的基业突然崩溃，显赫一时的红顶商人胡雪岩最终因为这一役悲愤而死。

傅华说："爸爸，您真懂得居安思危。"

赵凯说："我跟你说这个，并不是说要你居安思危，而是告诉你，这才是一个商场的原生态，这里面有阴谋，有为了利益不择手段，又岂是你这种性格的人做得来的?"

傅华苦笑了一下，说："那我岂不是一无是处了?"

赵凯笑了笑，说："你也别这么想，我其实是想告诉你，商场并不是你想象的那么容易生存，其实我倒是觉得你还是比较适合留在驻京办。"

傅华说："可是我已经跟金达提出辞职了，总不能主动去找他收回吧?"

赵凯笑了，说：“你就是爱面子，其实主动收回又何妨呢?”

傅华说：“还是不要了。”

赵凯说：“其实你不收回也是可以的，我想金达是不会批准你的辞职的。”

傅华说：“他是不想批准，他说让我先冷静冷静再说。”

赵凯笑笑说：“这是当然的，保税区报批也不是你一个人的事情，失败了就要你负责，那作为你的上级的市长要不要也负责啊？你引咎辞职，他要做什么才能跟你为此付出的责任相当呢?”

傅华说：“这个我倒没想过。”

赵凯说：“你没想过，但是他会想过的。所以只要你不是很坚持，他不会再提你辞职这件事情的。”

傅华说：“那我就这样留下来啊?”

赵凯说：“你要是实在想离开驻京办，就到通汇集团来吧。”

傅华摇了摇头，他要是去了通汇集团赵婷会怎么想啊？一定会认为他还想借机跟她纠缠不清，这会让赵婷反感的，便说：“通汇集团我是不会去的。还是看情况再决定吧。”

赵凯看了看傅华，他知道傅华离开驻京办的心开始动摇了，便说：“随便你，反正我这里的大门始终是向你敞开的。”

赵凯留下了那份光盘就回去了，傅华把光盘放进了笔记本电脑，虽然现在拿到了这份光盘，可是他也还是不能凭借这一份光盘为吴雯报仇。刘康现在远在国外，就算有证据证实这里的一切，刘康不回来，也是拿他没招的。

想一想上苍还真是会捉弄人啊，明明刘康就是凶手，可是偏偏就让你没办法抓他。

还有，自己下一步要怎么去做呢？难道真的回到学校去跟张凡老师做学问吗？自己已经在这浮躁的尘世打拼了十年多了，能静下心来回到象牙塔里老老实实地做学问吗？学校的时光虽然是很美好，可是傅华自己也明白，他是回不去了。

那怎么办？继续留在驻京办吗？金达会怎么看待自己呢？显然金达在

中央党校时期跟自己建立起来的友谊已经不足于依靠了，身份的变迁早就打破了两人之间的均衡，自己如果选择留下来，可能要更加谨慎忖度好跟金达相处的分寸。如果选择离开，那又要去向何方呢？

还有赵婷，现在连电话都不肯跟自己通，显然是不准备原谅自己了。赵凯夫妻虽然会帮自己做赵婷的工作，可是两人如果不能直接交流，时间和空间都会让这段感情变得越来越淡，傅华明知道会这样子，却也无计可施，如果再改变不了这种变动的局面，也只能看着赵婷离自己越来越远。

傅华越想心中越慌，头疼了起来，这些问题他都想不出一个很好的解决办法来，他发现自己现在真是进退失据，手足无措。

傅华颓然地倒在了床上，闭上了眼睛，努力想要自己睡过去，问题既然无法解决，能逃避开也好，可是他越是这样，也是无法睡着，脑海里翻来覆去都是这些他无法面对的东西。

海川陆续有人打电话过来，向傅华道喜，说他可能要高升为市政府的副秘书长了，傅华有些不太相信这个消息，他内心中觉得这些人一定是搞错了，自己明明跟金达提出了辞职，没有理由还会再升职的。

直到接到了金达打来的电话，金达在电话中讲了这个消息，还说是他向组织上建议让傅华担任副秘书长的，傅华这才相信这个消息是真的。

傅华心中有所感动，可是他已经向金达提出过辞职，不好马上就转变态度，便说：“金市长，我不是向您提出了辞职了吗？”

金达笑了笑说：“傅华，我从内心希望你能留下来帮我。你应该了解我的想法，作为海川市的市长，我是希望能在海川有所作为的，而我要施展抱负的话，孤军奋战是不可能的，需要像你这样的人才从旁协助我。你也是一个胸中有抱负的人，难道你就甘心离开驻京办这个你付出了很多心血的阵地吗？留下来吧，让我们共同为了海川打拼。”

傅华苦笑了一声，说：“我可能做不到金市长您期待的那样，留下来会令您失望的。”

金达说：“傅华，你怎么变得这么颓废了？你还记得我来北京就读于中央党校你跟我讲过的曾国藩吗？你不会只会拿曾国藩的坚韧来教训别人吧？你把当初跟我说的话好好想一想，现在就不会这个样子了。”

傅华笑了起来，说：“我当初真是信口雌黄，竟然敢在您面前胡说八道。”

金达说：“傅华，你不要这么说，那正是我不知道该怎么办的时候，你的话激励了我，让我重新振作了起来，这一点我始终没忘记。现在我虽然是市长，好像身份变了，但我觉得我们那个倾心交谈的时期，即使不是我这一生最快乐的时期，起码也是我到海川之后度过的最愉快的一段时光。傅华，你要知道，我们不仅仅是上下级的关系，还是最真挚的朋友。现在我不是用上级的身份命令你，而是用一个朋友的身份请求你，留下来帮我好不好？”

金达话说到这份儿上了，傅华感觉自己再坚持就有些不近情理了，便说：“金市长，感谢您对我这么信赖，我愿意留下来，希望能够跟您一起为建设海川尽一份力量。”

金达笑了，说：“是啊，就让我们共同努力建设好海川吧。”

傅华既然选择留任驻京办主任，就回驻京办上班了。因为曾经在罗雨面前说过要辞职的话，傅华不得不专门作了解释，幸好罗雨对这一切还算接受，说他确实也无法担起驻京办的责任，傅华能留任最好不过了。

很快，海川市委常委会通过了傅华副秘书长的任命，不过这也只是一个级别上的晋升，他的职权范围实际上还是管理驻京办。

周末，龙腾高尔夫俱乐部内，穆广穿着一身球衣和钱总打球。

轮到钱总击球，他也是老手，技术娴熟，姿态优雅把球击了出去。穆广看到钱总球的落点不如自己的好，笑着说：“老钱啊，你的球技还需要练练啊。”

钱总说：“穆先生，你不要这么骄傲，敢不敢跟我赌一把啊？”

穆广笑着说：“算了吧，就你这技术还想跟我赌？我都觉得胜之不武。”

钱总笑笑，说：“穆先生，你有点瞧不起人啊，怕是你不敢跟我赌吧？”

穆广说：“赌就赌，我怕你啊？”

钱总说：“话说到这里，穆先生，你觉没觉得海川没有高尔夫球场，是一个很大的缺项？很多像我一样的老板，都很喜欢高尔夫球运动，有些时候他们考察投资地点的时候，没有高尔夫球场就会影响他们的投资欲望。”

穆广看了看钱总，说：“老钱这是什么意思啊？”

钱总说：“我在想，能不能在海川建一个高尔夫球场？”

穆广迟疑了一下，说：“这个嘛，好像不太行吧，国家有这方面的政策，严禁兴建高尔夫球场。”

钱总笑了笑说：“政策？我记得似乎有一句话叫上有政策，下有对策，是吧？”

穆广说：“可是，这顶风而上总不太好。”

钱总说：“我怎么感觉穆先生的胆子变小了，你在县里的时候不是这个样子啊？”

穆广说：“我的胆子倒是没变小，只是这里有政策红线。”

钱总说：“中国的国情你还不明白吗？政策禁止了很多东西，可是很多东西不还是大行其道吗？你就说高尔夫球场吧，这些年全国各地不是建了很多吗？他们能建，为什么海川就不能建？关键是你没找对方法。”

穆广说：“老钱，这个情况我也知道，但是他们那是采用曲线救国的方式，他们报批的都不是高尔夫球场，而是什么体育公园、休闲俱乐部什么的。”

钱总说：“看来穆先生也知道这其中的猫腻啊，我们为什么不建体育公园或者休闲俱乐部之类的？”

穆广看了看钱总，说：“老钱啊，你真的看好高尔夫球场了？”

钱总笑笑说：“我倒不是看好建高尔夫球场，而是看好建好高尔夫球场能够带来的后续开发效应。”

穆广说：“怎么说？”

钱总说：“我建好高尔夫球场之后，就可以配套建设高档的商品房，我是想借此搞一些别墅之类的商品房开发。高尔夫球场通常都建在风景优美之地，在这里开发别墅区肯定销路很好。”

别墅也是国家三令五申不能批建的项目，钱总想把别墅套在所谓的休闲俱乐部的项目中，想要蒙混过关啊。

穆广笑了笑，说："你这算盘打得很精啊。"

钱总说："可是打不打得响，还要看穆先生是否大力支持啊。"

穆广笑笑说："我当然是支持你的，毕竟这么多年的交情了。这盘棋如果走得好，各方都得利啊。"

钱总笑笑说："穆先生想怎么走这盘棋？"

穆广笑笑说："你如果把这个项目打造成一个投资项目，比如说建设旅游度假区，肯定会大受欢迎的。现在各地为了吸引投资出了很多的政策，你到海川下面区一级的政府去，他们肯定很高兴接受你的，我再从旁帮你打打招呼，这件事情肯定就办成了。"

钱总笑笑说："还是穆先生对政策吃得透。"

北京，傅华拿到了儿子傅昭的生活录像，傅昭黑如点漆的眼睛四处看着，充满了一个婴儿新到这个世界上对所有事物的好奇。傅昭不时发出咿咿呀呀的声音，他还不理解身边发生的事情，还不能说出来他心中在想什么。

傅华看着看着，心中一阵酸楚，心说当初自己真是不知道发了什么昏了，竟然会同意让赵婷到澳洲去生产，现在儿子远在大洋的另一边，自己就是想要跟他说几句话都很难。

不知道是不是刻意，视频中没有出现赵婷的身影，傅华心中暗自埋怨赵婷够决绝，不肯让自己见到她现在是什么样子，这个女人啊，爱恨怎么这么分明啊！当初爱上自己的时候，她可以不惜一切跟自己在一起；现在恨自己了，她竟然连一面都不肯见。

傅华再次感到赵婷在远离自己，他现在忙于驻京办的工作，也没太多的时间和精力去思念赵婷，他知道必然会失去赵婷了。

傅华心中暗自叹气，发呆了一会，从视频中截取了傅昭的一帧照片，存成了手机开机画面，这是他的骨血，也是他未来奋斗的动力，他当然要珍视。

晓菲敲了门走了进来。傅华笑笑说："哪股风把你吹来了？"

晓菲坐到了傅华对面，笑笑说：“你都不去我那里了，我来看你总行了吧？”

傅华苦笑了一下，说：“对不起啊，我最近一直心情不好。”

晓菲看了看傅华，说：“傅华，你瘦了很多啊，没必要这么自寻烦恼的。”

傅华笑了，说：“最近烦心的事情太多了，所以才心情不好的。”

晓菲笑了，说：“别装了，你以为我不了解你吗？你肯定是把离婚的责任都归咎在自己身上了，甚至觉得上天惩罚你的，因此才跟我避不见面的。”

傅华说：“哪有？我没有这样认为过。”

晓菲说：“傅华，我有些时候真的觉得你这个人太认死理了，你就没想想，老婆为什么非要跟你离婚啊？”

傅华说：“这还用想吗？是我过于忙工作，忽略了她才导致的这个结果。”

晓菲笑了，说：“你这个想法太幼稚了，这就是说你根本就不了解女人的心。女人如果真正爱一个男人的话，这个男人做什么都是对的，更别说你本来是为了工作才离开她，她如果真的爱你，这个时候就应该坚定地站在你的身后支持你才对，又怎么会非要跟你离婚呢？反过来讲，女人如果不爱这个男人了，这个男人做什么都可能是错的。”

傅华困惑地看了看晓菲，说：“我不太明白你说的。”

晓菲说：“你老婆要跟你离婚，很可能不是你的原因，而是她爱上了别人。”

不可能！傅华心中最担心的就是这一点，因此晓菲一说出这个原因，他想都没想就加以否定了，潜意识中他觉得自己否定了这个原因，就等于这个原因是不可能存在的。

晓菲看了看傅华，说：“你这么急着否定我干什么，难道说你心中也有这样的怀疑？”

晓菲的话击中了要害，傅华眼神躲闪开了，这个怀疑他心中不是没有产生过，以前的赵婷总是以他为生活重心的，好多事情都先从他的角度出发，这一次赵婷一反常态，傅华心中也曾怀疑赵婷可能喜欢上了别人，其中最可疑的就是常出现在赵婷身边的John，从跟John为数不多的谈话中，傅华可以真切感受到John是真为赵婷着想的，傅华不敢想象当一个孤寂的女人身边出现这样一个体贴的男人，会是一种什么情形。

傅华不愿意去面对这种结果，便说："没有，我从来就没这么想过。好了，我们不谈这个了，晓菲，你还没看过我儿子傅昭的照片吧？"

傅华拿出了手机，将儿子的照片找出来。晓菲笑了笑，说："你儿子挺可爱啊。"

傅华说："他的鼻子像他妈妈，眼睛就很像我，是我和老婆完美的结合。"

晓菲的面色沉了下来，她忽然感觉自己在争取一个永远不会把她列为第一位的男人。本来她以为傅华离婚了，她跟傅华在一起的障碍就扫除了。谁知道这种想法实在是太天真了，傅华跟赵婷之间还有更强的一条纽带存在着，这就是这个婴儿。

实话说，晓菲并不讨厌婴儿，甚至在看到照片的一刹那，母亲的天性让她感觉这孩子真是可爱，可是她很快就意识到了，这个婴儿将是横亘在她和傅华之间的最大的障碍，他的存在将是自己不可逾越的，意味着傅华永远不可能摆脱跟赵婷之间的联系。

实际上还从来没有一个男人像傅华这样漠视自己，她从小就是家庭甚至社会的宠儿，想要什么东西，往往一开口就会得到，可偏偏遇到了傅华这样一个并不把她当做最重要的男人，自己又偏偏爱上了他。

晓菲忽然觉得自己的忍耐已经达到了极限，她从心里感到疲惫了，不能再这样下去了，她无法再去等候一份可能永远不能完整的爱情。

晓菲站了起来，说："你自己慢慢看吧，我还有事，先走了。"

傅华并没有察觉晓菲心态上的变化，站起来说："我送你。"

晓菲说："送什么啊，跟我还这么客气。"

傅华笑着说："你是客人吗，应该送一送的。"

电梯门打开，晓菲上了电梯，说："再见了，傅华。"

傅华点了点头，便转身往回走。

晓菲看傅华竟然没有等电梯门关上就离开，心里暗自叹了口气，在这个男人心目中，最重要的还是他的老婆和儿子。自己的梦该醒了，晓菲又说了一声，再见吧，傅华。不过这一次她只是在心中这么说的，她要把跟傅华这段不伦之恋画上句号了。

晓菲在心中暗自好笑，人有些时候就是这么奇怪的，往往会因为一个莫名其妙的细节就会爱上一个人，也往往同样会因为另外一个莫名其妙的细节，结束一段刻骨铭心的感情，人啊，还真是没有逻辑可言啊。

电梯门关上了，晓菲很平静地看着电梯显示的楼层数，平静得就像她跟傅华之间从来没发生过什么事情一样。

电梯门打开，一楼到了，一位漂亮的女士站在电梯门前，礼貌地让晓菲先走出了电梯，然后上了电梯，按了驻京办所在的楼层号。电梯门打开之后，漂亮女人来到了傅华的办公室门前。

傅华再次听到了敲门声，喊了一声进来，便看到谈红笑着站在了门口，傅华心说今天还真是挺热闹，两个美女先后造访。

傅华站了起来迎了过去，他跟谈红以前多少有些芥蒂，所以不得不表现得更热情一些，笑着说："谈经理大驾光临，有什么指示吗？"

谈红笑笑说："我可不敢指示傅主任，正好路过你们驻京办，就上来坐一坐了。"

傅华笑笑说："谈经理还记得我这个朋友，真是不胜荣幸啊。"

谈红看了看傅华，笑了，说："傅华，你能不能把虚言假套收起来啊？"

傅华有点惊讶，认识谈红时间也不算短了，还是第一次听谈红直接叫他的名字，这个女人是怎么啦，自己又有什么地方得罪了她吗？

傅华小心翼翼地赔笑着说："谈经理，我又有什么地方做得不对吗？"

谈红说："傅华，你为什么老是称呼我为谈经理，我这个经理的职务就这么重要吗？还是你希望我称呼你为傅主任？"

傅华笑了，说："这不是表示尊重吗？"

谈红说："我有些时候就不习惯国内的这一点，国外就做得很好，人家直接就叫名字，什么 John、Mike，多好啊，多亲切啊。我们非要称呼什么经理、主任的，生怕别人不知道你是做什么官的，多滑稽啊。"

谈红提到了 John，一下子就把傅华弄别扭了，他脸上的笑容消失了，虽然谈红并不知道远在澳洲他的妻子身边，不，应该是他的前妻身边正有一个叫做 John 的洋人。

谈红没有注意到傅华脸色的变化，接着说道："我觉得我们已经足够熟悉了，是不是也可以互相称呼对方的名字？我记得第一次见面我就跟你介绍过了，我叫谈红，你可以直接称呼我为谈红，也可以叫我小谈。"

傅华很别扭地笑了笑，说："我没有喝过洋墨水，不知道这些洋规矩，我只知道按照我们中国人的习惯，称呼对方的职务是一种尊重。"

傅华语调虽然平和，话中的含义却是有着几分敌意的，谈红本意是想向傅华示好，想借改变称呼缩短两人之间的距离，却没想到碰了这么个不软不硬的钉子，不由得苦笑了一下，说："看来是我热脸贴上你的冷屁股了。"

话说到这里，谈红忽然意识到这句话有些不雅，一个未婚的妙龄女子跟一个男人说什么屁股，真是不知所谓："我说的是什么啊？好了，看来我今天来的不是时候，傅主任有些不待见我，我走了。"

傅华也知道，如果就这样让谈红走了，他们原本已经有些缓和的关系可能又要被破坏了。

傅华说："不好意思啊，谈经理，可能我今天心情不太好，有些冒犯你了。你还没说来找我有什么事情呢？"

傅华不相信谈红只是路过驻京办，一方面他觉得跟谈红之间好像还没熟悉到这种程度，可以不事先通知就闯上门来；另外一方面，他跟谈红打交道已经有些时日，谈红还从来没有到驻京办找过他，大多时候都是让傅华去顶峰证券。

谈红笑了，说："我知道你现在的心情不会好了，所以才过来看看你啊。"

傅华惊诧地说："你怎么就知道我现在心情不会好呢？"

谈红笑了，说："你还不知道吗？你跟赵婷离婚的事情已经传得沸沸扬扬啦，通汇集团的驸马爷被扫地出门，豪门梦断，这可是很令人瞩目的。"

傅华没想到谈红竟然知道自己离婚了，不由得苦笑了一下，说："想不到谈经理竟然还有这种包打听的本事，什么扫地出门豪门梦断，你定义很准确啊，可以去做一个小报的头牌记者了。你不会是专程来看我落魄的样子吧?”

谈红苦笑了一下，说：“我在你心目中就是这么不堪吗？我是今天才听他们在闲谈中说到这件事情，说你因此病了，住了很长一段时间医院，我就想过来看看你好不好?”

傅华也知道谈红是关心自己，可这个时候他宁愿躲起来背后哭泣，也不愿意接受一个女人的怜悯，便笑了笑说：“多谢谈经理的关心了。你也看到了，现在挺好的。”

谈红却定定地看着傅华的眼睛，说：“傅华，你真的挺好吗？我认为我们还算是谈得来的朋友，有些话你可以跟我说说，我相信说出来你也会轻松一些的。”

傅华苦笑着摇了摇头，说：“谈经理，我还是很感激你这么关心我，但是我一个大男人，还没有那么脆弱，我撑得住。”

谈红笑了，说：“在我面前上演男人不哭的戏码是吧?”

傅华苦笑了一下，说：“谈经理，你真的想看我哭吗?”

谈红伸手去拍了傅华的胳膊，说：“好啦，我走就是了。不过你要记住，我是你的朋友，如果想找人倾诉，可别忘了我啊。”

这个女人有她善解人意的一面，傅华点了点头，说：“我知道了。”

海川，海平区区长办公室。钱总带着女助理走了进来，区长陈鹏笑着跟钱总握手。

海平区是海川市一个远郊区，原本是海川市的一个县，曲炜主政海川时期，提出了大城区的概念，要把海川市城区做大，海平县就变成了海平区了。

陈鹏笑着说：“欢迎您啊，我们海平区山水资源丰富，正是适合你们来投资建设旅游休闲度假区的地方。”

钱总笑笑说：“是呀，陈区长，海平区真是一个很不错的地方，开始穆副市长向我推荐，我还不相信海川会有那么好的地方，没想到过来走走看看，真是有惊艳的感觉，这里比穆副市长形容得更好，我一看就心动了。”

陈鹏说：“穆副市长也亲自打电话说了钱总要来投资的事情，这是穆副市长对我们海平经济的大力支持，我们海平的干部绝对不会让穆副市长失望的，请钱总放心，我们会为您做好一切服务的。”

钱总笑笑说：“穆副市长这个人啊，真是一个实干家，原本他做县委书记的时候，我们就很熟悉，他那时就为我们的投资提供了很大的帮助。”

陈鹏看了钱总一眼，听出了钱总跟穆广交情深厚的意味，这一次钱总要来投资，穆广也特别打电话来，再三交代要自己好好关照钱总。看来这个钱总还是有些来头的。

陈鹏笑了笑，说：“钱总，海平你也看了，不知道看好了哪个地方了？”

钱总笑笑说：“我还真是看好了一个很好的地带，只是不知道你们准备拿这块地规划什么。”

陈鹏说：“不知道钱总看好哪块地方了？”

钱总说：“我看到海平海边有一个叫做白滩的村子，那里的地理环境很好，很适合建设我的旅游度假休闲区。”

陈鹏笑了，说：“钱总真是有眼光，那个白滩村依山傍海，风景十分秀丽，是一块风水宝地，只是因为地处偏僻，没有几个客商过来发展它，所以才搁置至今。”

钱总说：“我的旅游度假区正是需要一个僻静的地方，这里很适合我们投资的方向。陈区长说这个地方现在搁置，是不是说这里还没有什么发展规划？”

陈鹏点了点头，说：“是，钱总你来的时机恰好，我们两家可以好好研究一下，如何来开发这块风水宝地。”

第二届海平区投资洽谈及签约会在海平区宾馆举行，来自广州、深圳、香港、台湾及日本的客商与会，海川市常务副市长穆广、海平区区长陈鹏等领导出席了这场外商集中洽谈、签约的招商盛会。云龙公司投资五亿在海平区向东镇白滩村打造滨海旅游度假区的项目是本次招商会的重头戏，作为公司的老总，钱总自然也是到会的贵宾，胸前戴着红花，坐在了主席台上。

招商签约会，签约自然是主题行动。经过前期对接和精心准备，已经确定当场签约项目十五个，场外促成签约项目二十三个，合计签约金额三十六亿元。

穆广首先向祝贺会议的成功举行，祝贺投资客商在海平找到了最佳的投资地点，并预祝客商们能够在海平获得他们期望的财富。

随即陈鹏在签约会上做了诚邀客商来海平共创美好明天的致辞，向到会的客商们发出了一道精彩纷呈的财富动员令。除常规的介绍之外，陈鹏为客商算了一笔精打细算的营商成本账：工业用电价格平均为0．5元/度；工业用水价格（含污水处理、水资源费等）合计为2．2元/吨；铁路运输约0．66元/箱公里……

算完这笔账之后，陈鹏又向客商们做出承诺，他说海平区政府愿意为一切投资者提供兴业舞台，为一切合作者提供双赢平台；院墙内的事业主负责，院墙外的事责任单位负责；重大工业项目实行代理审批制度，项目在立项、安评、环评、征地、报建、融资等环节享受高效、便捷服务；对重点企业实行严格保护，所有检查须经市纪委、监察局批准方可进行……

这种承诺可以说是为未来海平投资的客商提供了无微不至的保护，陈鹏这样许诺，就是想让每一个来投资的客商安心。最后陈鹏很有感情地说道："优秀的企业家是一种稀缺的社会资源，是一个地方发展的基石。海平期待与您共同开启合作共赢的无限未来!"

掌声热烈响起，坐在穆广身边的钱总赞许地说："小陈区长还真是能干，很有你做事的风格啊。"

穆广笑了笑说："他是处于上升期的干部，不好好干出一番政绩，又怎么能得到提升呢?"

钱总笑了笑说："那是，那是。"

穆广说："你的情况我都交代给小陈了，他会做好你们这个项目的服务，他也希望这个项目为他带来一个好的政绩，你们是彼此都需要对方，肯定会两好合一好的。"

陈鹏讲完话之后，钱总作为来海平投资的客商代表也在会议上作了讲话，首先对东海云龙公司选择海平区作为建设旅游休闲度假区的情况作了说明，他讲了选择海平区的三个原因：一是看中了本地得天独厚的地理环境，这里有山有水，风景秀丽，正是打造绿色环保休闲旅游的最佳地点；二是海平基础设施好，交通便捷；三是配套设施条件好，政府服务效率高。

钱总讲完这些，转头看了看穆广和陈鹏，笑着说："在这里，我要特别向海川市常务副市长穆广先生、海平区区长陈鹏先生以及为我们旅游度假区项目提供优良服务的海川市、海平区的官员们致以最真挚的谢意，你们让我看到了一个运作良好、工作效率很高的政府团队，也让我更加坚定了在海平投资下去的信心。"

钱总讲完了之后，正式的签约仪式就开始了，双方各自在合同文本上签字盖章，然后交换了合同文本，这一场盛会划上了一个看上去很完美的句号。

签约会之后，海平区政府设宴招待穆广和一众来海平投资的客商，钱总作为来海平投资的最大客商，也和穆广坐在主桌上。

穆广有些赞许地说："小陈啊，你今天讲的话真是太好了，钱总听完就表示了赞许，说我给他推荐海平这个项目真是对了，这里既有优美的环境，又有有力的干部队伍，他相信他的投资一定能收到很好的回报。"

陈鹏笑了笑说："那我可要好好敬穆副市长和钱总几杯酒了，以感谢两位对我的信赖。"

钱总笑笑说："陈区长不要这么客气，我们以后合作的时间还长着呢。老实说，我钱某人也算见过些世面，见过形形色色大大小小的官员，像穆副市长和您这样精干高效的官员还真是不多。"

陈鹏笑笑说："钱总别这么说，我怎么能跟穆副市长比呢。"

钱总说："我刚才在会议上还赞赏说，您做事很有穆副市长的风格。"

穆广笑笑说："钱总真的这么说过，不过我可不能算做什么榜样啊，我相信小陈的未来肯定会比我强上百倍。"

陈鹏笑笑说："穆副市长您千万别这么说，我都觉得不好意思在你面前坐着了。我们大家都知道您做县委书记的时候，把县政管理特别好，我离您差太远了，如果能赶得上您的十分之一，我就很满足了……"

宴会就在这种互相吹捧的气氛下和谐地进行着，宾主心里都很高兴。

宴会结束之后，穆广赶回海川去，钱总和陈鹏等人送他离开，上了车之后，穆广又将车窗降了下来，招手让陈鹏过去。

穆广说："小陈啊，钱总是一个很优秀的企业家，他能到你的地方上来投资是很不容易的，我希望你真的像承诺的那样，做好对企业的服务。"

陈鹏笑着点了点头，说："穆副市长，您放心就好了，我说到做到。"

穆广说："希望你不要让我和钱总失望。"

陈鹏说："一定不会。"

送走了穆广，陈鹏就和钱总等人分了手，回了区政府。刚到办公室坐下，政府办公室主任蒋虎匆忙赶了过来。陈鹏看到蒋虎有些慌张的神色，问道："怎么了，这么慌张干什么？"

蒋虎说："陈区长，事情有点不好，白滩村的村长张允带着十几个村民代表来找您反映情况。信访办做了他们的工作，想把他们要反映的情况记录下来，让他们回去，可是他们不肯，非要见到你本人才行。"

听到白滩这个名字，陈鹏心里咯噔了一下，他今年虽然还不到四十岁，可也是在政坛浸淫了十几年的老官员了，是从基层一步一个脚印干起来的，深知在官场上最怕的就是热点地方发生突发事件。白滩现在是海平区要开发的热点，刚刚离开的穆广副市长还专门叮嘱自己要保护好云龙公司，这个白滩村就闹上门来了。

陈鹏不敢心存侥幸，他敏感地意识到这件事情肯定跟云龙公司的投资有关，越怕什么就越来什么。可是这个问题又是无法回避的，陈鹏心里明白，现在这些群体事件不能躲，如果一开始就处理，问题还可能消灭在萌芽状态之中，如果回避不去处理，事件就可能蔓延开来，星星之火可以燎原。

陈鹏瞪了蒋虎一眼，说："慌什么，他们要反映问题就让他们反映嘛，天还塌不下来。究竟是怎么回事啊？他们要反映什么情况？"

蒋虎说："他们要反映的情况是关于两方面的，一是说镇上蒙骗了他们，以欺骗的手法给了他们很低的地价就将土地买走了，反手过来，却以十几万一亩的价格将土地卖给了开发商，这里面的差价实在太悬殊；第二，他们听开发商下面的工作人员说，开发商征白滩这块土地，是要建造什么高尔夫球场，村民们都听说建造高尔夫球场对周围的环境污染很大，因此反对开发商在这里建高尔夫球场。”

听到高尔夫球场、环境污染这几个词，陈鹏的心也慌了一下。钱总虽然没有明说要用白滩村建什么高尔夫球场，可是他已经从钱总所需土地的规模已及描绘的规划构架之中看出来，钱总这是在假借休闲旅游度假区的名义回避国家硬性禁止建设高尔夫球场的规定。陈鹏虽然心中猜到了，可是他并没有去戳穿钱总的谎言，一来这个投资项目有常委副市长穆广打招呼在先，他从这里基本上就可以得知钱总跟穆广关系匪浅，如果戳穿了钱总的谎言，那就等于是扫了穆广的面子，这陈鹏可是不想干的。

另一方面，不管钱总究竟在海平区做什么，他投的钱及将来所能带给海平区的国民生产产值，都将为海平区的 GDP 贡献很大力量，五个亿啊！这对海平区这个各方面都落后于海川核心城区的一个郊区来说，诱惑力实在太大了。现在是数字出官的年代，自己这个小小的郊区区长有没有可能再有上升的空间，就要看能不能给上级主官一个漂亮的数字。陈鹏知道，穆广能够从一个县委书记升迁成为海川市常务副市长，就是他向上级部门交出了一份亮丽的成绩单。钱总说自己像穆广的做事风格，可是光像是没有用的，自己需要扎实地做出一番成绩来才会获得跟穆广一样的机会。

有鉴于此，陈鹏就选择了装糊涂，这个时候他有些明白为什么前段时间官场上流行郑板桥的那幅“难得糊涂”的字了。这糊涂二字当中确实有官场三昧，心知肚明却能装糊涂，既避免了冲突，将来就算出了事，也可以已被蒙骗为理由推卸责任。

没想到这个难得糊涂竟然被钱总手下的工作人员破了局，这个钱总也真是的，既然已经费心费力为高尔夫球场设计了一套旅游度假区的伪装，为什么不伪装到底呢？怎么会这么轻易就让手下人对外说出要建高尔夫球场的事实呢？

陈鹏听到环境污染这个词的时候，马上就知道这件事情不是可以轻易敷衍过去的。白滩村的村名基本都是海边的渔民和农民，打打鱼种种田，你问他海里什么时候能打到什么鱼，什么季节种什么作物，他们可以如数家珍，可你要问他高尔夫球场为什么会污染，就是让他想破脑袋他也难以说出个一二三来。

现在这白滩村的村民们不但要在高尔夫球场污染上说出个一二三来，还要拿着这个作为理由向市长反映情况，陈鹏就明白他们一定是受了高人的指点，只有受人指点，这些农民和渔民们才会有这个想法。

陈鹏神情凝重了起来，他对蒋虎说："你让他们过来吧，我听听情况再说。"

蒋虎出去了，过了一会儿领着十几个男子走了进来。陈鹏笑着站了起来，冲着其中一个五十多岁面貌黝黑的男子伸出了手，说道："老张啊，这一向还好吗?"

陈鹏跟张允是认识的，他是从基层干起来的，海平区很多的基层干部都是他的朋友。

张允赶忙疾走几步，上前双手握住了陈鹏的手，说："陈区长，我们村被人骗了，你可要帮我们主持公道啊。"

陈鹏笑笑说："老张啊，你别急，有什么话我们坐下来慢慢说好不好?"

陈鹏又跟其余几个村民代表一一握手，把他们带到了市政府的小会议室。白滩村地处海边，既可以打鱼，又可以种地，属于一个自然资源比较丰富的地方，村民们也算是富庶，在陈鹏面前虽然略显拘束，可是并不十分慌张。

大家都坐定了之后，陈鹏看着张允，说："老张，你先说说是怎么回事吧?"

张允说："陈区长，我们今天才知道云龙公司在白滩征地，一亩地征地费就有十多万，可是我们这些村民每亩地只拿到了不到一万块钱，这土地是我们农民的命根子，你们就这么廉价拿去，对我们很不公平的。"

陈鹏笑了笑说："老张啊，这里面具体的情形我不是很清楚，不过有一点我很清楚，就是你们村如果不同意这个价格，政府也是不会按照这个价格服你们补偿的。你们不要一听说政府将地卖了一个高价，就觉得自己吃了亏，就说政府骗了你们。出让土地的时候，我们大家是一个愿意买，一个愿意卖的，现在地和补偿费已经两清，你们再这样做，可就不对了。"

张允急了，说："陈区长，您不能这样说！我们当时完全是被欺骗才签了土地出让协议的。当时向东镇的人把我们村干部叫到了镇政府，非逼着我们在一份没有文号的空白征地文件上签字，镇里的人是骗了我们的。”

陈鹏说：“还有这样的事？”

张允说：“当然了，我们村的两委干部都可以出来作证。”

陈鹏说：“这件事情我还真不了解，这样吧，老张，你们先回去，我了解一下情况再给你答复好不好？”

张允看了看陈鹏，说：“陈区长，你可不要敷衍我们，你要知道，我们这些农民不是被逼到一个程度，是不愿意来见官的，你最好现在就给我们一个答复。”

陈鹏脸板了起来，不高兴地说：“张允同志啊，怎么这么咄咄逼人呢？你不给我一个调查的时间，我又怎么能给你一个负责任的答复呢？我总不能只听你们这一面的反映，而不听镇政府那边的反映呢？”

张允说：“要不你现在打电话给向东镇了解情况，我们在这等着你的答复。”

陈鹏越发不高兴了，说：“你这个张允同志，你又不是不知道我们政府机构的办事过程，我们是民主集中制，就算我了解了情况，有了自己的判断，我也应该跟区里的其他同志研究过后，才能确定如何去做。你这么逼着我马上给你答复，是想逼我犯错误吗？”

陈鹏说得倒不无道理，张允想了想之后，问道：“那陈区长多长时间能给我们答复啊？”

陈鹏想了一会儿，说：“一周时间怎么样？你知道要落实必须要用时间，落实之后还需要开会研究，这也需要时间。”

张允看了看其他人，说：“你们看呢？”

人群中就有人说：“可以啊，一周时间也不长。”

张允便转头看着陈鹏，说：“那好吧，我们就等区长一周时间，希望到时候不要再敷衍我们啦。”

陈鹏说：“放心吧，我陈鹏说话算话。”

张允便站了起来，说：“既然这样，就不耽搁区长的时间了，我们回去了。”

陈鹏也站了起来，他心中暗自松了口气，张允并没有提及最关键的高尔夫球场的问题，这才是问题的核心，如果项目本身违法，那后续的一切政府行为都是违法的，不但这次的征地不成立，他们这些官员可能也会受处分的，他在这里跟村民们讨论就毫无意义了。

陈鹏笑笑说："那行啊，老张，你们先回去吧，我查清楚情况会给你们一个交代的。"

村民们就跟着张允往会议室门外走，眼见就要走出门，这时忽然一个村民说道："村长啊，还有一件事情你忘了跟陈区长说了。"

张允一拍脑袋，说："你看我这记性，陈区长，还有一件事情，云龙公司的人说他们实际上是准备在我们村建造高尔夫球场，这件事情是不是真的？"

陈鹏心里暗骂那个村民多嘴，不过他心里已经准备了说辞，便不慌不忙地说："老张啊，你这不是瞎说吗？云龙公司跟我们区政府谈的可是绿色环保休闲旅游度假区，没说要建什么高尔夫球场。你们听错了吧？"

一个村民叫了起来："我们没听错，是云龙公司一个经理说的，我们当时好几个村民都在场，难道我们都听错了？"

陈鹏笑了笑说："那就可能是误会了，起码就我了解，没有说要建高尔夫球场。"

陈鹏想要含糊过去，张允却没那么好糊弄，他问道："那陈区长跟我们说说，这个绿色旅游休闲度假区究竟是做什么的？"

陈鹏笑着说："老张啊，你这是在怀疑我啊？"

张允说："陈区长，我不是要怀疑你，关键是高尔夫球场据说对环境影响很大，他们怎么说来着，会用大量的农药、化肥，对我们那里的水土会影响很大。"

张允并没有说清楚具体高尔夫球场会怎么污染环境，陈鹏却明白他想说的意思，他看过有关这方面的资料，知道高尔夫球场对环境的影响一般来讲主要来自两个方面，分别是球场建设与球场运营两个方面。高尔夫球场的建设是一个复杂的系统工程，一般要经过清除原有植被、地形改造、改良土壤、种植草皮等多个过程，而且高尔夫球场占地面积较大，不科学、不合理的开发建造过程很有可能破坏当地生态环境，因此，球场建造前必须做好充分的环境影响评估，也就是要在环保部门办理项目环境影响评价文件审批；球场运营过程中的施肥和喷洒农药成了目前球场污染的核心，通常大家所说的球场环保问题也主要指球场运营过程中所可能产生的环境污染问题，施肥和使用农药是草坪养护管理中的重要环节，是改善草坪质量和维护草坪持久性的决定性因素，化肥和农药对环境的影响一直是公众非常关心的问题，高尔夫球场长期大量使用化肥和农药会对周边环境带来影响，甚至引发污染问题，也时常成为业界关注及公众质疑的问题。

陈鹏笑了笑说："老张啊，政府会对群众的生活负责任的，这个你是多余担心了。"

陈鹏说得很好听，但是没有说一点实质的东西，村民中就有人说道："陈区长，那你敢跟我们保证，云龙公司在我们那建的肯定不是高尔夫球场吗?"

陈鹏怎么敢下这个保证，他心中大致已经明白云龙公司想要在白滩村干什么了，便笑了笑说："我可以向你们保证一点，那就是云龙公司向政府申报的是建设旅游度假休闲区，与高尔夫球场根本不相关。"

陈鹏这话就有点打官腔了，向政府申报的不是高尔夫项目，可实际建什么他并没有作出保证。

张允听出了陈鹏的敷衍，他也是一个老村长了，知道上面的这些领导们一般对问题是能回避就回避，实在回避不了就打官腔，他不想让陈鹏含糊过去，便追问道："那陈区长，我是否能这样理解，云龙公司向政府申报的并不是高尔夫球场项目，如果他们兴建了高尔夫球场，那就是他们违规了，是不是?"

陈鹏心里暗骂张允狡猾，张允问出这句话，一下子就把他逼到了墙角，让他一点回旋的余地都没有。

陈鹏看了看张允和这群村民，这些人的眼睛都紧紧盯着他的脸，不回答这个问题，这些人可能就不会善罢甘休，便笑了笑说："那当然，他们不按照申报的项目建设，就是他们违规。"

陈鹏说这句话的时候，脸上还是带着笑容的，不过细看上去，这笑容就有了些尴尬的成分，不像一开始那样笑得自然。

张允却并没有就此打住，他继续问道："到时候云龙公司如果违规了，我们政府是不是会依法予以纠正呢？"

陈鹏脸上的笑容彻底消失了，他嘴角抽动了一下，说："是，只要你们发现云龙公司违规了，就可以向政府举报，政府自然会依法查处的。"

张允看了看其他村民，说："陈区长说的这句话大家都听到了吧？到时候云龙公司如果真的建了高尔夫球场，我们就来找陈区长举报他们。"

陈鹏瞅了张允一眼，张允把他说的这句话坐死了，将来一旦云龙公司出什么问题，他这个区长就要为此负相当的责任。不过当下，他是不能把自己说过的话收回去的，便强笑了一下，说："行啊，如果你们真的发现云龙公司要建造高尔夫球场，可以过来找我。"

张允说："既然区长答应了我们，我们就相信区长，您忙吧，我们回去了。"

陈鹏就和张允等人握了握手，将这一众人等送了回去。

张允等人离开之后，陈鹏打了电话给向东镇镇长蒋虎，让他马上来自己办公室一趟。

蒋虎匆忙赶了过来，进门就笑着说："陈区长，叫我来有什么事情啊？"

陈鹏沉着脸，说："老蒋啊，云龙公司征地是怎么回事啊？怎么张允过来说他们村的两委干部都被你们镇政府逼着在拆迁合同上签的字？"

蒋虎说："胡说八道，我们什么时间逼他们签字了？他们是完全自愿自觉在合同上签字的。"

陈鹏看了看蒋虎，说："那张允是诬赖你们了？他说两委的干部都可以作证的。你跟我说实话，究竟是怎么回事？"

蒋虎干笑了一下，说："区长，你也知道这些农民是一种什么心理啦，他们听说要征地，马上就想到了要如何去跟开发商多要一点钱，很不好搞的。云龙公司要这块地很急，您又让我们尽力配合云龙公司，所以我们就用了一点手段。"

陈鹏狠狠地瞪了蒋虎一眼，说："这就是你说的自愿自觉啊？"

蒋虎说："不过他们当时都同意啦，我估计是他们知道了云龙公司买地的价格，心里不平衡，这才找您来闹的。这些人都是些农民，根本就不懂法，合同白字黑字都签好了，走到哪里去我们也是有理的。”

陈鹏看了看蒋虎，说：“你别自以为得计，你这是制造了一个很不稳定的因素，这些农民才不管什么法不法的，他们如果觉得有什么不公正，就可能走上访这条路，到时候你来收拾局面啊？”

蒋虎说：“不会的，他们闹不起来的。”

陈鹏说：“闹不起来？你敢跟我保证吗？”

蒋虎说：“这个嘛……”

蒋虎并不敢做这种保证，因此他含糊了起来。陈鹏冷冷地看了他一眼，说：“你不用跟我这么吞吞吐吐，我想不想听你什么保证。不过我告诉你，如果这件事情真的闹了起来，我先把你免了。”

蒋虎说：“我一定不会让他们闹出事来的，放心吧，区长。”

陈鹏说：“我希望你能说到做到，否则的话，我不会对你客气的。”

蒋虎说：“我明白。”

陈鹏说：“那你赶紧去给我把事情安抚住了，我不想再看到张允跑到区政府。”

蒋虎说：“行行，我马上就回去处理。”

张允从海平区政府回到了家里，越想越觉得陈鹏今天的答复是在敷衍，很可能云龙公司真的要建什么高尔夫球场，要指望陈鹏让白滩村的村民满意，可能不太可能，看来要做好第二手准备工作。

张允就想找人问一问国家关于高尔夫有关的政策，虽然他多少知道一点高尔夫球场污染环境的情况，那是一个村民在外面工作的儿子说的，可是他并不知道国家这方面的有关政策，同时他也很奇怪为什么云龙公司要换个名头而不敢讲明了是要建设高尔夫球场。陈鹏虽然一再否认，可是张允觉得他那些话都是在打官腔，并没有做出什么实质性的保证。

要找一个明白人问问了，张允便想到了现在担任海川驻京办主任的傅华，他跟傅华早就认识，那还是曲炜在海川担任副市长的时候，一次来白滩村蹲点调研，傅华作为曲炜的秘书也跟着过来了，张允就这么认识了傅华，他当时就觉得这个年轻人很有才能，能把一些农民听不太懂得的东西讲得浅显明白。两人就在那时有了交情。傅华还在海川工作的时候，张允常会送一点村里的土产，傅华妈妈喜欢吃农村人自己种的东西，傅华就很感激张允。后来傅华妈妈过世，傅华去了北京，两人基本上就算断了往来，不过过年的时候，傅华还是会打电话过来，问候一下张允。

傅华现在北京，那是国家出政策的地方，他肯定知道有关高尔夫球场的政策，知道陈鹏和云龙公司为什么要回避高尔夫的问题。

傅华接到了张允的电话，笑着说："张叔，找我干什么？想要到北京来玩吗？你来吧，我来招待你，不用花你一分钱。"

张允对傅华这么热络感到很满意，他没看错这个年轻人，果然很仗义。张允笑了笑说："不花我的钱，那就是要花你的钱了，我怎么好意思啊？"

傅华笑笑说："这点钱我个人还出得起，你要来玩就过来吧。"

张允笑了笑说："谢谢你了，小傅，不过我现在没这个心情。傅华，我想问一下你，你是否知道国家有关高尔夫球场的政策？"

傅华愣了一下，说："怎么突然问这个？"

张允说："可能我们白滩村要上一个高尔夫球场。"

傅华笑了，说："不可能的，张叔，现在国家是明令禁止建设高尔夫球场的，我们海川自然是不能例外的。"

张允说："是一家叫云龙的公司准备在我们村建什么旅游休闲度假区，云龙公司下面的一个经理跟我们村的人讲，他们实际上是要建高尔夫球场。"

傅华说："这明显是违法的，国家明令禁止，他们说建旅游度假区是想瞒天过海，这个项目肯定没有高尔夫球场的合法手续。"

张允便明白了其中的猫腻，说："我说呢，为什么陈鹏在我面前遮遮掩掩，就是不肯承认要建设高尔夫球场。小傅啊，我们村一个在外工作的大学生说高尔夫球场污染环境，你知不知道是怎么回事啊？"

傅华说："我只是知道高尔夫球场建成以后，需要做很多的维护，这其中就需要使用大量的农药和化肥，是很污染环境的。"

张允说："这我知道。"

傅华说："陈鹏也参与这件事情了吗？"

张允说："是，人家今天才跟开发商风风光光开了招商会。"

傅华说："那张叔准备做什么？"

张允说："我也没想做什么，我只是想为村民们多争取一点利益。陈鹏说过一周会跟我们解释这件事情，我想等看看他是怎么解释的。"

傅华知道这是村民跟政府之间的事情，他身为政府的一分子，就不好说什么对政府不利的话了，便说："那行，你再有什么事情可以打电话给我。"

第二天，向东镇政府打了电话来，让白滩村的书记和村长一起去镇上开会。书记张海是一个怕事没用的人，接到了通知就找到了张允，问道："张允啊，你说这镇上找我们去干什么？不是你昨天找区长，找出什么麻烦了吧。我说不要去不要去，白字黑字的合同在那儿，你找区长改变不了什么的。"

张允不高兴地看了张海一样，说："张海哥，你慌什么？镇上逼我们两委干部在合同上签字这是事实嘛。我去反映情况又不犯法，再说这件事你也不肯去，参与都没参与，还怕他们撤了你？"

张海说："你这个人啊，怎么这么倔呢，这些年我们跟政府较劲什么时候占过上风？"

张允说："张海哥，你这是老脑筋了，现在从上到下都在说要依法治国，我就不信这些政府官员敢有法不依？"

张海摇了摇头，说："你这个人啊，吃一百次亏也不知道自己是怎么吃亏的，你以为法是你家的？"

张允说："法不是我家的，可也不是镇政府家的。法律面前人人平等，镇政府是政府工作人员，更应该遵守。"

张海说："好啦，好了，我说不过你，你就等着看吧，没你的好果子吃。"

二人就到了镇上，镇长蒋虎早就等在办公室了，看见了二人，冷笑一声说："你们白滩村真能啊，敢到陈鹏区长那里告我是吧？"

张海低下了头，他不敢看蒋虎的眼睛，说："蒋镇长，不关我的事啊，我可没去区政府啊。"

蒋虎瞅了一眼书记，说："张海，你现在是想脱离干系是吧？可他们当初要去区里，你为什么不跟我说一声啊？你想两头做好人是吧？"

张允说："蒋镇长，你别找张海书记，明人不做暗事，这件事情是我领头的，你要找找我。我认为我有权向上级政府反映情况，再说我向区长反映的情况也是事实啊，我可没编造一句。"

蒋虎说："你们俩别一唱一和的，张海是村支书，就要对此负领导责任，他怎么也是无法逃脱关系的。至于你张允，我提醒你注意一下，征地合同可是你们村签字盖章的，白字黑字在那呢，谁也别想反悔。这才是事实，知道吗？"

张允说："胡说！那份征地合同是你们逼着我们两委干部签字盖章的，我问过律师了，这种在胁迫下签订的合同是无效的。"

蒋虎冷笑了一声，说："你说我们胁迫，那你告诉我，我们镇上的干部是拿刀逼着你了，还是拿枪逼着你了呢？"

张允说："那倒没有，不过，当时不签字你们就不让我们走，这还不是逼着我们吗？"

蒋虎说："谁不让你走了，我用铁链拴着你的腿了？还是我让警察看着你了？"

张允说："蒋镇长，你这么说就有点耍无赖了。"

蒋虎气得一拍桌子，叫了起来："你敢骂我无赖？"

张允也没有丝毫畏惧，站了起来，直视着蒋虎的眼睛，说："你的行径根本就是无赖。"

张海害怕了，连忙在一旁拉张允，说："张允，你别这样，怎么可以这样跟镇长说话呢？"

张允说："镇长不讲理，我怎么跟他说话？"

蒋虎气得点了点头，说："你好啊，张允，要讲理是吧？好，我就跟你讲理。现在白字黑字的征地合同在这儿，这就好比你给别人打了欠条，你能空口白牙地说这欠条是被逼着打的，然后就可以不还钱了吗？不可能吧？”

张允说：“空口白牙当然不行，我们有白滩村两委干部作证是你们逼着我们打的，胁迫之下签订的合同自然是没效的。”

蒋虎笑了起来，说：“有没有效可不是你张允说了算的，再说，你就敢保两委干部都会帮你作证？张海现在这儿，你让他说，镇上究竟有没有逼着你们盖章？”

蒋虎吃准了张海没胆量说真话，所以先把张海提到台面上。果然，张海畏缩地看了看蒋虎，又看了看张允，这两方面他都是不敢得罪的，于是结结巴巴地说：“这……”

张允急了，指着张海说：“张海哥，你可是我们白滩村的人，这个时候你应该知道自己要怎么说，你可不要把我们全村的人都给卖了。”

蒋虎瞪了张允一眼，说：“你干什么，威胁张海是吗？张海，你不用怕，我这个镇长还在这里，我代表一级政府在支持你，你放心大胆地说，没人敢把你怎么样的。”

张海看看这个，看看那个，他哪一边都不敢得罪，最后说道：“嗨，你们逼我干什么，我什么都不知道，我什么都没看到，你们就别来问我了。”

张允说：“蒋镇长，你别逼张海哥了，你明知道他是老好人一个，谁也不敢得罪的。我们村的两委干部也不是张海哥一个人，张海哥不给我作证，还有其他人可以给我作证。”

蒋虎说：“你以为我这个镇长成天没事干啊，我才没有闲工夫跟你瞎折腾。你们村的书记当时就在现场，他都没说有这回事，我还需要再去找别人吗？”

张允狠狠地瞪了张海一眼，说：“张海哥，你看你都办了些什么事情啊？”

张海委屈地说：“蒋镇长，我可没这么说啊！”

蒋虎狠狠地瞅了张海一眼，说：“那你是说我逼过你了？”

张海吓得低下了头，说：“我也没这么说啊。”

张允气得都想上前踹张海一脚，他骂道：“张海，你还是个爷们吗？”

蒋虎眼睛瞪了起来，说：“张允，我提醒你啊，这里是镇政府，可不是你发威的地方。我知道你们村为什么对征地合同反悔，是不是觉得我们给你们的征地款太低了？”

张允说：“当然是，你们跟开发商定的地价跟给我们的相差太悬殊，我们村的老百姓无法接受。”

蒋虎说：“这就对了，你们村就是没狠狠地咬上开发商一口，觉得吃了大亏，这才去区长那里闹的，对不对？”

张允说：“我们是吃亏了嘛。”

蒋虎说：“那你就不要说什么镇上逼不逼你，如果今天开发商开的价格比征地合同上的差不多，你们根本上就不会再闹。你们这就是见钱眼红的。可是张允你要明白一点，合同你们已经签订了，地你们已经卖了，这个时候你想反悔已经晚了。”

张允说：“镇上的意思是非逼我们认这壶酒钱了？”

蒋虎说：“是，我们有合同在手，走到哪里都是讲得过去的，这壶酒钱你不想认也得认。”

张允说：“我还真不信这个邪了，共产党的政府还不让老百姓讲理？”

蒋虎说：“你根本就没有理，我们总不能让你无理取闹吧？”

张允说：“是你这里不讲理，我们不跟你谈了，我们要找陈鹏区长，他答应要给我们一个答复的。”

蒋虎冷笑了一声，说：“张允啊，你是不是糊涂了，我给你的答复就是陈区长的答复，你找他也没有用的。再说我合同在手，理全在我这边，你别说找陈区长了，你就是找到金达市长也没有用的。”

张允冷笑了一声，说：“我还就不信了，这天下就没个讲理的地方吗？好，那我就去找找金达市长，金达市长再不行，我就去找郭奎省委书记，郭奎那里不行，我还可以找到北京，我相信总可以找到一个讲理的地方。”

蒋虎气坏了，说：“张允，你今天非要跟我叫板是吧，你再不老实，我撤了你这个村长。”

张允笑了，说：“蒋镇长，你糊涂了吧，我这个村长是村民们一票一票选出来的，可不是你想撤就能撤的。”

蒋虎气急败坏地说：“你别这么嚣张，我总有办法能整倒你的。”

张允说："那我等着你。"

说完，张允转身就走出了镇长办公室，扬长而去。

蒋虎气得直喘粗气，嘴里嘟囔说："这个张允，真是太不像话了。"

张海没敢跟着张允离开，他看了看蒋虎，说："蒋镇长，你别生张允的气了，他就是这么个个性，愿意强出头，所以村民们才选他做村长。"

蒋虎看了看张海，说："老张啊，不是我说你，你也是老书记了，怎么就不能约束一下张允呢？还让他去到陈鹏区长那里胡闹。我知道，可能征地给你们村的补偿是低了一点，但是你们要看长远，白滩村比较偏僻，很少有外来客商能来这里发展。是，你们的地理环境是很适合发展休闲旅游度假，可是，有几个客商能出到五亿的资金来发展你们这里啊？你们要往长远看，云龙公司落脚在你们村，他那么大的旅游休闲度假区总需要用一些工人吧？你们跟云龙公司处好关系，他们是不是就会优先使用你们村的人呢？再说，就算你们不准备给云龙公司打工，但你要看到云龙公司的旅游度假区发展起来给你们带来的效益，旅游度假区发展起来了，来旅游的人自然就多了，这不但可以促进白滩村的经济发展，你们的村民也就可以开办一些农家乐、渔家乐之类的旅游辅助项目，这对你们村会有多大的帮助啊？所以，你们不要只看眼前的一点小利益，真正大的好处在后面呢。"

张海点了点头，说："我知道，我知道。"

蒋虎看了看张海，他知道这是一个滥好人，可能你说什么他都会点头，内心中蒋虎是看不起张海的，不过他觉得倒是可以利用张海。蒋虎说道："既然你知道这个道理，回去要多做做其他两委干部的工作，跟他们说，他们的工作是管理好村务，不要跟一些愣头青瞎搞事。对一些污蔑领导的行径要有所警惕，政府也不可能老是姑息这些人瞎搞事，你知道吗？"

张海又是连连点头，说："我知道，我知道。"

蒋虎说："你先回去吧，你要记住，你才是这个村的书记，是一把手，要多做两委班子的工作，别再纵容张允胡闹了，我告诉你，张允这么做显然是在破坏我们海平区和向东镇的投资环境，是十分错误的，你不要以为自己可以躲在一旁，什么责任都不承担，真要惹出什么事情，你是第一个要承担责任的人。”

蒋虎这是虚张声势，张海却吓得一哆嗦，赶忙解释说：“蒋镇长，真的不关我的事啊，我也不想让张允这么做的。”

蒋虎说：“你既然不想跟着张允倒霉，就把你的责任承担起来，把这个村管好。”

张海说：“可是张允不听我的啊！”

“你是书记，还是他是书记？”蒋虎叫了起来，不过他马上就看到了张海低眉顺眼的猥琐样子，便知道就是责骂他命令他也是没有用的，他就是一个没本事的人，镇上当时是看张海资格老，又听话，才让他当了书记，本来就是一个传声筒，这个时候你想让他把张允管住，是不太可能的。

蒋虎泄了气，便厌烦地挥挥手说道：“行了，你先回去吧。”

张海说：“那我回去啦。”

蒋虎也懒得理他，挥挥手说：“走吧，走吧。”

张海如临大赦，加快脚步，几步就要走出门口，蒋虎这时在背后喊住了他：“你先等等，我还有话跟你说。”

张海不得已又转回头来，看了看蒋虎，问道：“蒋镇长，你还有什么要说的吗？”

蒋虎说：“你回村里，多注意一下张允的动静，有什么风吹草动，赶紧跟我通个气，别闹大了把你也牵连进去，知道吗？”

张允今天已经放出了口风，蒋虎担心他真的带人去市里找金达市长，那样子事情可就闹得有点大了，为了防患于未然，他要张海做眼线，张海这么胆小，肯定会为了逃脱责任而通风报信的。

张海说：“一定，一定。”

张海离开了不久，陈鹏就打了电话过来了，问张允那边安抚得怎么样了。蒋虎说：“我已经跟他们说明了区里的态度，基本上已经安抚好了。”

陈鹏有点半信半疑，说：“真的吗？那个张允好像不是这么好应付的。”

蒋虎说：“没事了，陈区长，我跟他们讲了国家的有关法律规定，告诉他们征地合同已经签了，就不能再反悔。他们村的书记同意我的观点。”

陈鹏说：“白滩村的书记？那个叫张海的老实人吗？那个人不是老实

没用吗？他同意你的观点顶个屁用啊？关键是张允是什么态度。蒋虎，你想打马虎眼啊？”

蒋虎干笑了一下，说：“没想到陈区长对我们向东镇还这么熟悉。张允现在是有点意见，不过我们已经在做工作了，相信很快就没问题了。”

陈鹏说：“这可是你跟我说的，到时候如果出了问题，我唯你是问。”

蒋虎说：“您放心，我一定办好这件事情。”

陈鹏挂了电话，蒋虎想了想，这样子下去不是个办法，一定要赶紧解决张允才行，便打了电话给钱总，他们在这一次征地过程中已经结下了深厚的友谊，相互联系紧密，张允现在闹事，肯定也将会影响到云龙公司在白滩村的项目运作，蒋虎想要钱总出点血，安抚一下张允。

蒋虎说：“白滩村的村长你记得吧？”

钱总说：“我记得，叫张允是吧？”

蒋虎说：“对，就是这个家伙，他昨天去了区里，找了陈鹏区长，说我们胁迫他签了征地合同，要让陈区长帮他们主持公道。”

钱总说：“这件事情我看还是要怪你们，我早就跟你说过，地价上可以适当给高一点，我是求财，不是求气。”

蒋虎说：“问题的关键不在这里，他这样闹下去，对你们肯定会有影响的。”

钱总沉吟了一会，他很清楚自己要在白滩村干什么，如果这件事情任由发展，一旦闹大，他的项目就会放到媒体前面被公众检验，那样子的话，高尔夫球场就可能要见光死了。

不能放任事态这么发展下去，钱总说：“那你的意思是怎样？”

蒋虎说：“张允他们闹事，只是因为感觉自己得到的太少了，钱总能不能给他们一点小甜头，他们也许就不闹事了？”

钱总说：“你想让我收买张允？”

蒋虎笑笑说：“谈不上收买，贵公司要在白滩地面上运作，入乡随俗，入庙拜神，像张允这样的土地神，拜一拜总没有坏处吧？”

钱总笑了，说：“这倒是，跟地头蛇处理好关系总没有错的。行啊，回头就去会一会这个土地神。”

第五章　狼狈为奸都是障眼法，沆瀣一气利益共同体

申报建立保税区确实是一件难上加难的事，金达为了海川的经济发展，为了GDP成绩单，也算是豁出老命拼了。傅华并不了解金达的心情，不能急领导之所急，反而不合时宜地向金达汇报云龙公司投资建造高尔夫球场的事情，希望他出面阻止，不料想反而遭到了金达的一顿批评。

钱总的奔驰轿车停在了张允的平房面前，张允的家是几间高大的瓦房，虽然不豪华，可也不寒酸，在白滩村中算是比较好的房子。

街门半掩着，钱总边往里走，边喊道："张村长在家吗？"

一条被拴着的土狗嗷嗷叫了起来，钱总止步不敢再往前走，张允走了出来，问道："谁啊？"

钱总笑笑说："是我，云龙公司的老钱。"

张允认出了钱总，就喝止了狗叫，然后迎了出来，笑着说："原来是钱总啊，你就往里走，这狗不咬人的。"

两人进了张允家的堂屋，钱总坐了下来。

张允笑着说："钱总贵客临门，有何贵干啊？"

钱总笑了笑说："我是专程来看望张村长的，今后云龙公司要在你治下的白滩村运作旅游度假区，还请张村长多多关照。"

张允笑了笑说："钱总真是客气了，我一个小小的村长能关照你什么啊？"

钱总笑笑说："别这么说，你也是代表一级政府，在白滩村这一亩三分地，你可是很有威信的。"

张允说："钱总真是高看我了，虽然都说别拿村长不当干部，可我这级干部管的太有限了，帮不了钱总什么忙的。"

钱总笑笑说："那不一定，我们云龙公司将会有很长一段时间留在白滩村发展，发展建设白滩村，我们跟张村长目标是一致的，都是想搞好这一方的经济，所以很希望能够和张村长以及贵村的干部群众精诚合作，大家共同发财。"

张允说："恐怕只是钱总你一个人发财吧？"

钱总笑笑，说："不要这么说。作为一个商人，我很相信和气生财，钱村长放心，我钱某人有钱赚，大家都会有钱赚的。"

张允笑笑说："原来钱总还这么高尚啊！钱总今天来了，我正好有件事情想跟你落实一下。"

钱总说："什么事，请说。"

张允说："我们村的人听你一个手下的员工说，你们建休闲度假区只是一个幌子，其实你真正要建的是高尔夫球场，是不是啊？"

钱总一副很惊讶的模样，否认说："谁说的？根本就没这回事情。"

张允看着钱总，笑着说："是你手下那个姓刘的经理说的，怎么，他说的不是事实吗？"

钱总摇了摇头，说："根本就没这回事，这个刘经理啊，怎么能瞎说八道呢。"

张允说："恐怕无风不起浪吧？"

钱总说："刘经理只是我底下一个部门的小经理，根本就不能参与公司的大事，他就是嘴碎，又愿意捕风捉影，听风就是雨，千万不能相信。"

张允说："希望钱总说的都是真的，我可听说高尔夫球场对环境污染很大，我们白滩村不希望云龙公司来这里破坏环境。"

钱总说："不会，不会的。我们还希望能跟白滩村通力合作，怎么会破坏你们的环境呢？"

张允说："那就好，对了，我还有一个问题要请教钱总，你们老说旅游度假区什么的，这旅游度假区究竟是指什么啊？具体都是些什么项目？”

钱总说：“说穿了很简单，我们就是想打造出一片绿色环保地带，可以让人们来这里运动运动，度度假什么的。”

张允说：“就运动运动、度度假就能赚钱？”

钱总笑笑说：“张村长啊，这你就不知道了，现在对于城市中人什么最珍贵？清新的空气、美好的环境是最珍贵的。”

张允摇了摇头说：“你说的我还真不明白，空气和环境对城市人来说怎么就珍贵了？这在我们白滩村这里不是很稀松平常吗？”

钱总笑了笑说：“对你们白滩村是平常，可对天天呼吸着汽车尾气的城市人来说就不稀松平常啦。我到了你们这里，呼吸几口空气都感觉神清气爽。”

张允笑着摇了摇头，说：“我还是不太明白。”

钱总说：“慢慢你就会明白的。你看我，聊着聊着就把话题扯远了，都忘了我来是要干什么啦。”

张允看了看钱总，说：“钱总还有事情需要我办？”

钱总笑了笑说：“是这样的，我们云龙公司要在这里发展旅游度假区项目，离开你们白滩村的支持是不行的，你们熟悉环境，如果在项目运作过程中能给我们一些指导，肯定会对我们的项目的发展大有帮助的。所以呢……”

钱总说到这里，拿起了手包，从其中拿出了一份红色的证书，递给了张允，笑着说：“所以我们就想礼聘张村长作为我们这个项目的顾问，这样你就可以帮忙指点一下我们项目运作当中可能犯的错误，还有呢，你也可以以顾问的身份监督我们是否真的做了污染环境的事。”

张云愣了，他没想到钱总专程登门竟然是为了聘请自己做顾问的，他看了看钱总，说：“你们公司请我做顾问？”

钱总点了点头，说：“是，我们云龙公司请张村长作为旅游度假区项目的顾问，在我们公司的级别吗，相当于公司的副总，我们会按照副总的待遇给你发放薪酬的。”

原来是这样啊，这家伙是来收买自己的！张允心中恍然大悟，他笑了笑说："钱总啊，不知道这个副总待遇是怎么个样子的？"

张允这么问，钱总心中暗自好笑，这家伙是在问他出卖自己的价码。看来什么人都是可以收买的，不是有句话说男人无所谓忠诚，忠诚只是因为背叛的价码太低；女人无所谓忠贞，忠贞只是因为受的诱惑不够。你想问价码不是吗？行啊，我给你一个无法拒绝的价码。

钱总笑笑说："一般我们给副总的待遇都是月薪八千，加上车补通信补贴之类的补贴，大约就是每个月一万块钱。到了年底，公司还会根据这一年度的发展状况，适当发点奖金，这个数目就不是固定的了。"

张允惊讶地说道："一个月一万？我们这很多户人家一年才能赚一万块钱，钱总是不是也太看得起我了？"

钱总心中再次感到好笑，这家伙眼眶子真是浅，月薪一万就把他惊讶成这个样子了。

钱总笑笑说："这么说，张村长是接受我们公司的聘用了？"

没想到张允却摇了摇头，说："我不是这个意思，我能被白滩村的村民选举为村长，全是因为我为人处世公道，不会以村长的权力为自己谋取私利。钱总，谢谢你这么看得起我，不过我是不能接受的。"

钱总愣了一下，他没想到张允竟然拒绝了自己，不过他很快就释然了，张允不接受，也许是因为怕被其他村民知道了，又或者觉得价码还不够高。

钱总笑笑说："张村长如果担心村民们知道这件事情会对你有意见，也好办，我们定一个密约，公开层面就说你这个顾问只是监督我们，无酬劳的；私下我们会把每月的酬劳打到你的账户上，你看这样可以吗？"

张云还是摇了摇头，说："钱总，你误会我的意思啦，我不能接受你的聘请。"

不是担心被公开，那就是价码不够高了，那就更好办了。钱总笑了笑说："张村长，你如果觉得我们给的酬劳不够，可以提出来，直接告诉我想要多少。这都是很好商量的。"

张允说："钱总啊，你真是没弄明白我的意思，你给我这么丰厚的报酬，无非是想堵住我的口，我如果拿了你的钱，跟村民们怎么交代啊？他们这么信任我，我怎么忍心欺骗他们?”

钱总说：“张村长，你如果是担心这个，大可不必，我保证不会再有第三方知道这件事情。”

张允说：“可是我知道，如果我拿了你的钱，我自己都会觉得没有脸去见我们村的人啦。我张允活了大半辈子了，也算是顶天立地，从来还没做过被人戳脊梁骨的事情，我绝对不会接受你的聘请的。”

钱总重新审视了一下张允，他没想到张允竟然拒绝了自己的收买，这家伙是铁了心要跟自己作对啊。

钱总的脸沉了下来，说：“张村长，你不要觉得我们云龙公司怕你，我们能到这里来发展，也是有一定的关系的，我来呢，是尊重你是这个村的村长，希望能跟你建立起一定的合作，说到底我还是希望和气生财，你好我也好。”

张允说：“钱总，只要你们合法经营，我也不会刻意去为难你们的，我张允并没有雁过拔毛的意思，不过，如果你们违规经营，破坏了我们的环境，我也是不会坐视不管的。”

钱总冷笑了一声，说：“笑话，你想怎么管？我是海平区政府请进来开发商，你们区长对我都是客客气气的，你又能怎么管我。张村长，你不接受我的聘请无所谓，不过我们最好是各人自扫门前雪，休管他人瓦上霜。否则的话，你就别怪我不客气。”

张允说：“你这是在威胁我吗?”

钱总站了起来，说：“你爱怎么理解就怎么理解吧，你好好想想吧，聘书我可以放在这里，如果你接受了，随时都可以找我。”

张允把红色的聘书递还给了钱总，说：“我是不可能接受的，你拿走吧。”

钱总看了一眼张允，说：“张村长啊，我钱某人也算走南闯北过，在这里给你一句忠告吧，你别太拿自己当回事，什么要对得起村民信任这种话在大会上说说就算了，私底下就别太当真了。我们既然成不了朋友，我也不希望成为敌手。你好自为之吧。”

说完，钱总扬长而去。

钱总刚刚离开，张海和村会计于国一起进了张允的家门，张海进门就问道：“云龙公司的钱总来你家干什么？”

张允说：“他想聘请我做云龙公司的顾问。他肯出这么高的价码，肯定是有什么事情在瞒着我们，我想了想，他们可能还是要建高尔夫球场，不然的话他也不会这么急着跑来收买我。于国，我让你想办法了解一下云龙公司的情况，你了解了吗？”

于国说：“是，我让几个跟云龙公司处得不错的村民侧面了解了一下，他们说云龙公司现在要做很多改良土质的工作，征地主要是用来种草，这种情形很像是在做高尔夫球场。”

张允说：“那就没错了，这帮家伙就是做高尔夫球场。”

于国说：“那怎么办？就让他们这么建？”

张允说：“那当然不行了，我们绝对不能允许云龙公司在这里建设高尔夫球场，张海哥，回头把两委班子的人召集起来，我们大家研究一下要如何解决这个问题。”

张海眉头皱了起来，说：“张允啊，你还要折腾啊？我看算了吧。”

张允急了，说：“怎么能算了呢？我们村的土地被人低价骗走不说，还要被人建设污染严重的高尔夫球场，我们不制止，后世子孙会指着我们的脊梁骂的。”

于国说：“是啊，张海哥，我们必须要制止，最不值也可以逼云龙公司和镇上再给我们增加些征地补偿。”

张海说：“你们就会打自己的算盘，云龙公司和镇上就是那么好对付的吗？我跟你们说，事情不是你们想得那么容易的。”

张允说：“不好对付又能怎么样？我们白滩村近千户人家，难道就这么让人欺负了？我觉得还是应该召开两委班子会，大家共同研究一下对策。”

张海说：“要研究你们研究，我是不参加的。”

张允说：“你怎么可能不参加，你是村支书啊，你一定要参加。于国，你想办法通知两委成员，晚上七点在村委开会。”

张海说：“张允啊，你就胡闹吧。”

张海说完就往外走，张允说：“张海哥，你先别走啊，我们是不是先商量一下拿个章程出来。”

张海说：“要拿章程你自己拿，反正什么事情都是你弄起来的，我不管。”

张允说：“那你晚上可一定要到啊？”

张海说：“你烦不烦人啊？我到就是了。”

张海到了家，越想越怕，想到蒋虎让他有什么情况要通报一声，便打了电话给蒋虎，说了张允要召集两委成员开会研究对付云龙公司的事情。

蒋虎听完就骂道：“这个张允真是个刺儿头，这不知道又要搞出什么事情来。好了，情况我知道了。”

张海说：“还有蒋镇长，钱总要用一万块钱月薪聘张允做顾问，他怎么不找我做顾问啊？”

蒋虎被气笑了，说：“张海啊，你是怎么想的啊？他找你干什么？你是能闹事呢，还是能平事呢？你如果是能把这件事情平下来，我来开口，让钱总给你月薪两万，问题是你行吗？”

张海也知道自己几斤几两，他本来是想要点好处的，蒋虎这么说他也知道是不太可能了，便说：“那就算了。”

晚上，张允和白滩村的两委班子成员聚到一起，研究了好长时间，大家都认为不能就这么让镇上和云龙公司欺负了，他们要准备材料去海川市政府找金达市长反映情况。

张海只是列席了会议，基本上没拿出什么主张，大家对他都很了解，也没当回事。

散会的时候，已经是晚上十点多了，村里并不像城市里有路灯，道路有些黑，不过张允对整个村子再熟悉不过了，闭着眼睛都能摸回家，低一脚高一脚底回到了自己的家门口。

家门口一片漆黑，大门上一盏灯也没亮，张允暗骂老婆，就知道省电费，自己还没回来就把灯关了，嘴里嘟囔着就去拍门，喊道：“我回来了，快开门。”

张允的喊声刚一出口，耳后就听到一阵风起，张允还算机灵，心知不好，自己被人伏击了，赶忙双手护住了头，接下来便感觉棍棒雨点般落到了他的身上。张允大叫救命，棍棒却并没有停止，于是在棍棒交加之下，不久张云就昏倒在地了。

张允家里的听到了动静，想要出来，去发现自己的家门被人从外面栓死了，根本无法打开。女人慌了神，拍打着门大喊救命，喊声在寂静的夜里分外刺耳，周围的邻居有听到的，便有人想出来看个究竟，却和张允家里的一样，发现自家的门被人从外面栓死了，根本无法打开。便有胆子大的男人翻了院墙跳了出来，发现张允被人打晕在自家门前，而殴打他的人却早就不见了踪影。

村民就把张允送进了医院，医生检查了一番，诊断说是被殴打致昏迷，目前可能是脑部有淤血，需要留院观察一段时间，再来做进一步的诊断。

白滩村的两委干部都猜测张允可能是遭了云龙公司的毒手，心中都很气愤，也想召集起人来去找云龙公司理论。可是张允目前在医院，没有了头，虽然气愤，一时也不知道该怎么办。至于村支书张海，则是躲得远远的，根本不愿意招惹这件事情。

张允家里的当晚就报了警，警察过来询问了情况，给几个人做了笔录，然后就离开了，张允家里的和几个邻居都没见到是什么人打的张允，也没什么线索可以进行调查，警察对这种状况也无可奈何。

一天后，张允恢复了意识，医生说他很幸运，脑子里并没有淤血，否则治疗起来会很麻烦。白滩村的干部们听说张允清醒了，纷纷来找张允，他们觉得自己的村长被打了，就是白滩村受了欺负，因此想要张允拿个主意，如何才能出这口气。

没想到却被张允家里的挡了架，不想让他们在张允还没治好的情况下打搅。经过这一次惊吓之后，她觉得云龙公司的人心狠手辣，这一次也许只是一个警告，对方还没有下死手，如果张允还继续跟他们斗，下一次可能就不会这么幸运了。

女人没有去跟云龙斗的胆量，却有保护丈夫的决心，因此她打定主意要在张允好了之后，逼他辞去村长职务，咱斗不过还躲不过嘛？

张允慢慢恢复了几天，有些诧异为什么村里的人都不来看自己，难道这些人都被云龙公司的人吓住了？他是一个不服输的人，虽然明知道这一次是云龙公司给自己的一次警告，可是他并没有被吓住，相反，他反而更加燃起了斗志，他绝对不能吞下这口气，他要好好跟云龙公司斗一斗。

张允就要家里的把他的手机拿来，他要跟村里的人联系，看这些人现在是个什么态度，也要问一问，自己因为村里的事务受伤，为什么他们都不来看自己。

张允家里的说："这你倒别冤枉人家，你没醒的时候，人家都来过了。"

张允心说这帮人总算还有勇气在，便说："那你赶紧把手机给我，我现在神智已经恢复了，可以把他们找来商量一下下一步要采取什么对策了。"

张允家里的说："老头子，你能不能醒醒啊？你怎么还想跟云龙公司斗啊？人家财大势大，不是我们这些小老百姓能够抗衡的。叫我说算了吧。"

张允不耐烦地说："女人家懂什么？这是男人之间的事情，你别瞎掺合，赶紧把手机给我。"

张允家里的说："我不给，我女人家不懂，可我知道你在挨打的时候只有我在担惊受怕，你昏在医院也是我在伺候你。你当这一个破村长，每年拿不多少钱也就算了，还要家里的老小为你担心，你这到底图的是什么啊？叫我说你辞掉这个村长算了。"

张允说："我一个大老爷们就这样被人白打了？如果就这么算了，我这口气咽不下去。你怕什么，我们白滩村近千户人家呢，这么大的村子做我的后盾，有什么可怕的？你赶紧把手机给我。"

张允家里的说："我不给。"

张允说："你不给的话我马上就出院，我当面去跟这些人谈！"

张允说着，作势要从病床上起来，张允家里的担心他这样做对身体不好，赶忙说："好啦，好啦，我给你就是了。"

张允拿到了手机，打了电话给村里的两委成员，让他们到自己病房里来商量事情。两委成员陆续来到了病房，开始讨论这一次张允被打的事情。

张允家里的见无法再阻止什么，就躲了出去，她还是担心张云这样子下去再遭云龙公司的毒手，便打了电话给傅华，她知道张允跟傅华关系很好，很欣赏傅华，她想把事情说给傅华听，让傅华想办法劝劝张允，让他不要再跟云龙公司斗了。

张允家里的说："傅主任啊，我是张允的老婆，你还记得我吗?"

傅华笑笑说："原来是婶子啊，我当然记得您啦，找我有什么事情吗?"

张允家里的说："傅主任啊，按说我不该打搅你的，可是这件事情我实在不知道该找谁好了，想了想，你是我们熟悉的人当中的官最大的一个，就只有你能帮我这个忙了，所以才打了电话给你。"

傅华笑了笑说："婶子，你想办什么事情就直接说。我跟张允叔是关系很好的朋友，能帮的我一定会帮忙的。"

张允家里的就把事情经过说了一遍，又说："你是知道我们家老头子的倔脾气的，撞了南墙也不肯回头的，这不又在病房里跟两委班子的人嘀咕呢，想要继续跟云龙公司斗。傅主任，老头子在我面前说起你来，都是一副很信服的样子，你说的话他肯定听，你就帮我这个忙，劝劝他吧。我可不想继续跟他过这种担惊受怕的日子。"

傅华笑了，说："行啊，婶子，我正好还想打电话问问张允叔的身体状况呢，我跟他聊聊，看他是怎么个打算。"

傅华就拨通了张允的电话，过了一会儿接通了，傅华说："张叔，我听说你被人打了?"

张允说："你消息倒挺灵通的，是啊，被小人算计了。"

傅华说："现在怎么样？不要紧吧?"

张允笑笑说："皮肉伤，离见马克思还有些距离。"

张允就把自己被打的情形说了，傅华听完，沉吟了一会儿，说："这个云龙公司是不是真有问题啊?"

张允说：“我觉得是，他们的旅游休闲度假区很可能是要建高尔夫球场，我可能是戳中了他们的要害了，所以他们才狗急跳墙，对我下毒手。”

傅华说：“这帮家伙为了一点小小的利益，竟然对你下这样的毒手，张叔啊，你以后行动可要小心些。”

张允说：“我这一次是没防备，不然的话也不能吃这么大的亏，以后我就会注意了。”

傅华说：“我觉得这一次的事情不是这么简单，对方为什么会对你的行踪这么清楚，这很蹊跷啊。”

张允倒没注意这些细节，傅华这么说一下子提醒了他，他说：“是啊，按说我们要开两委班子会，只有一些两委成员和家属知道，而且这次会议是临时起意要召开的，别人不会知道情况。”

傅华说：“除非你们两委成员当中有人把这个情况泄露给了云龙公司。”

张允说：“是有这个可能。”

傅华说：“那你更要小心了。我听婶子说，你又召集两委成员在一起商量要对付云龙公司，你们准备要怎么办啊?”

张允说：“大家伙现在都很气愤，觉得云龙公司打上门来是欺人太甚，准备召集村民到公司去评理。”

张允说得很稀松平常，可是傅华却知道白滩村的情况，这是一个有着近千户的大村，村民大多姓张，可能相互之间都有这样那样的亲戚关系，因此村民一向都很团结，尤其这种一致对外的情形，更是一呼百应。张允在村中已经做过几任的村长了，威望很高。如果不是因为他性子直，老为村民们争取利益跟镇上冲突，他可能早就做上村书记了。镇上就是感觉张允是刺儿头，所以一直让老实巴交的张海当书记，就是不让张允干这个书记。可是张允在村里实际的地位是远超过张海的，他如果让村民借给他讨公道的机会到云龙公司闹事，可能会有很多村民闯到云龙公司去，这样的话，可能事态就会失去控制了，到那个时候，白滩村这边有理也会变成无理的。

傅华心里不赞成张允采取这种过激的行为，便说道：“你这样做可能就会激化矛盾，闹起来对大家都没什么好处。你看这样好不好，我跟金达市长反映一下你们村的情况，让他关心一下这件事情，我们还是通过正当的程序来处理这件事情。”

张允说：“有用吗？这件事情我们跟海平区的陈鹏区长反映过，可结果呢，他却让向东镇的镇长蒋虎把我和张海训了一顿啊，什么问题都没给解决。”

傅华笑笑说：“金达市长跟陈鹏是不同的。”

张允说：“会有什么不同啊？到时候他还不是会让云龙公司收买？你说了也等于没说。”

傅华笑着说：“你是不了解金达市长，他是很讲原则的。”

张允笑了，说：“我也是很讲原则的人，你知道我现在的下场了？你知道我当时拒绝钱总的顾问聘请，钱总是怎么说的吗？他说‘你别太拿自己当回事，什么要对得起村民信任这种话在大会上说说就算了，私底下就别太当真了。’我想金达市长的原则性可能也只是在大会上说说就算了，你就别太当真了。我还是相信村民的力量，我看云龙公司到时候在我们面前会怎么说？”

傅华心中却对金达很有信心，便笑着说：“张叔，你就是不相信我们也有好的干部。”

张允说：“我不是不想相信，可是我们村这些年遇到的都是什么干部啊？我们可真是被祸害怕了，不能不有所警惕。”

傅华说：“你就相信我一回，你让我把情况跟金达汇报一下，看他如何处理这件事情，如果他处理不好，你再让村民找云龙公司闹去，好不好？”

张允说：“傅华，我是一向是很相信你的。好吧，我就给你一段时间看看。”

挂了电话之后，傅华知道这件事情必须赶快处理，否则就会酿成一次很大的群体事件，便赶忙打了电话给金达，把白滩村发生的事情说了。

金达听完，半天没言语，过了一会儿说：“傅华，你是说海平区在偷着建高尔夫球场项目？这不可能吧？”

傅华说：“这是白滩村村长张允说的，他还因此被打伤住院了。现在村民情绪很不稳定，不及时处理的话可能就会酿成一次很大的群体事件。”

金达说：“高尔夫球场可是国家明令禁止的项目，陈鹏有这个胆量敢顶风上这个项目？”

傅华说：“公开资料肯定不会是高尔夫球场项目，他们打的是建设旅游度假休闲区的旗号。金市长，这个事情必须赶紧处理。”

金达说：“好啦，我知道了，我会问一问情况。”

这就是金达的表态了，傅华也不敢继续追问下去，就又汇报了一下别的工作，然后挂了电话。

下午开会的时候，金达问一起开会的穆广：“穆副市长，前些日子我记得你去参加过海平区的招商签约会，是吧？”

穆广点了点头，说：“是啊，我是去参加了海平区的招商签约会。陈鹏把这一次招商活动搞得不错，招来了一些有实力的客商。”

金达说：“这其中是不是有一家云龙公司的？”

穆广心里咯噔了一下，金达为什么突然提起云龙公司呢？是不是他知道了什么？云龙公司出了什么岔子了吗？

穆广不好否认自己不知道，当时在主席台上，他和钱总都作为贵宾坐在了一起，这在电视台录下来的新闻中都是有的，如果回避说自己不知道这家公司，反而会让金达更加心生疑窦。

穆广笑了笑说：“是有这么一家公司，还是这一次海平区的一个重点招商项目呢，客商要在海平区投资五个亿打造一个天然环保的旅游度假区。”

金达说：“穆副市长，他们真是要建旅游度假区吗？我怎么听说他们真正要建的是高尔夫球场？”

穆广装糊涂说：“真的吗？这我就不很清楚了，反正我看到的情况只是他们要建旅游度假区。”

金达说：“傅华的一个朋友是白滩村的村长，据他向傅华反映这家云龙公司只是打着旅游度假区的幌子，真正要建的却是高尔夫球场。我们都知道，高尔夫球场是国家明令禁止的，我们是不是要调查一下这件事情啊？”

穆广心中暗骂傅华多事，这家伙果然是一个麻烦人物，这海平区的事情与你驻京办主任何干啊？

穆广心中不想让市政府调查云龙公司在海平区的项目，他一开始就知道钱总是想干什么，钱总的小伎俩可以骗一骗不懂的白滩村的村民，却无法骗过政府的调查小组，云龙公司真正要干什么，调查小组一看就知道了。调查小组如果拿出了相关的调查报告，就等于是撕去了云龙公司的遮羞布，就等于把要建高尔夫球场这一事实摆在了台面上，到那个时候，除了禁止这个项目进行下去，海川市政府没有别的选择。

那样子钱总损失就大了，这可不是穆广乐见的结果。

穆广笑了笑说：“金市长，你如果是征求我的意见，我是觉得最好不要调查这件事情。”

金达愣了一下，他原本以为穆广会同意调查的，没想到他会直接拒绝调查这件事情，他有些诧异地问：“穆副市长，你为什么这么认为啊？”

穆广说：“我是觉得贸然去调查一家来海川投资的客商，是一件很不受欢迎的事情，也是政府干预过多的一个表现，这可是不利于客商对我们这里的投资环境的评价的。我们在招商的时候可是承诺了对他们的投资给予保障的，这样做有点出尔反尔。”

金达觉得穆广说的道理有点似是而非，问题的关键不在于政府是否干扰了投资客商的经营行为，而是投资客商的经营行为是否合法，合法的经营行为当然是要保护的，不合法的经营行为自然是要予以查禁的。

金达说：“如果他们真是建高尔夫球场，可是违规的行为，不调查怎么行？”

穆广笑了笑说：“我没看到违规的行为啊，我只看到了云龙公司要建旅游度假区，我们海川市正大力发展旅游，这个项目很符合我们的旅游发展战略啊。”

金达笑了，说：“如果这个旅游度假区只是一个幌子呢？那我们岂不是自欺欺人?”

穆广笑笑，说：“金市长，我是在下面做过县委书记的，深知道有些时候政策是需要灵活执行的。不说别的吧，就说你提到的这个高尔夫球场吧，不错国家是明令禁止，可是金市长您知道全国眼下已建或者在建的高尔夫球场有多少吗？有人统计过，四百多个。而这其中国家正式批准的有多少呢？只有十几个。这其间大量的都是地方政府采用变通方式建设的。你知道这是为什么吗?”

金达说：“为什么？国家明明禁止这种行径，可是他们为什么敢于顶风而上呢?”

穆广笑笑说：“地方上之所以敢这么做，一来是国家虽然有这个规定，可是并没有辅助以严厉的惩罚措施，一个违反了也不需要付出什么代价的规定是没有什么意义的，只是停留在纸面上的一句空话而已。二来，地方要发展经济，要向上级交出一份GDP的成绩单，如果管得过死，是没有客商愿意来投资的，没有了外来的投资，地方上的官员就无法交出一份亮丽的成绩单，因此很多地方实际上都在打这种擦边球。高尔夫球场这种项目本身投资就大，对地方上的GDP有很大的拉抬作用，另一方面很多客商喜欢打高尔夫，如果有高尔夫球场，他们在决定投资的时候，也会愿意选择一个有高尔夫球场的地方投资。鉴于这两方面，地方政府自然对高尔夫球场趋之若鹜，种种的变通方法就应运而生，高尔夫球场自然就遍地开花了。”

金达说：“原来是这样啊。”

穆广说：“金市长，按说这些话我不应该说，但是我觉得我们在一起搭班子，就有共同把海川经济搞上去的义务，加上这段时间我跟您配合下来，感觉您是一个很直率很有能力的领导，是一个可以说掏心窝子话的人，所以我才把自己的一些真实的想法跟你说一下。你要知道，我说这些，并不表示云龙公司现在在建的就是高尔夫球场，我也不清楚云龙公司这个旅游度假休闲区究竟要如何去发展。但是，我们最好是不要去调查人家。如果调查到最后，云龙公司确实是只是要建设旅游度假区，这样子我们就很被动了，我们贸然启动了一个对正当厂商的调查，会让人感觉到我们的政府对正当厂商的经营行为干预过多。如果调查的结果云龙公司的确实在建高尔夫球场，那个时候我们政府要怎么做？如果停了这个项目，客商们就会觉得我们管得过死，他们都想要一个自由的投资环境，自然就不会愿意再来我们海川投资。而且现在各地都在招商，海川如果不要这个项目，可能大把的地方等着要他们过去，我们实际上是在把投资拱手送给了别人。反过来如果查出来我们却不停这个项目，那我们就是明知故犯，一旦被上级政府知道了这个情况，我们就必须为自己的行为接受相应的处分。综合这两方面的因素，我觉得我们最好不要启动调查，免得到最后左右为难。”

穆广的说法让金达犹豫了起来，他的观点切中了要害。金达当上市长之后，视角的转换就让他慢慢体会到当初徐正做一些事情的想法了。作为一个市长，方方面面都要顾虑到，不但要管好百姓们的吃喝拉撒睡，还要时刻想到如何发展这个城市的经济。而城市的经济发展是离不开外来投资的，如果单靠城市的内部力量，这个城市是无法实现经济上的飞跃的，不能实现经济上的飞跃，就无法向上级政府交出一份亮丽的 GDP 成绩单，自己这个市长就无法说是做得成功的。

金达想要做出一份亮丽的成绩单，但并不是急于升迁，因为他是省委书记郭奎选拔出来的，他如果做得不好，直接伤的是郭奎的面子。他不想让人说郭奎选了一个庸才来做海川市的市长，所以他就必须加倍努力。但有些时候加倍的努力并不一定就会换来亮丽的成绩，就像申报保税区这件事情，他为此费劲了心血，也逼着傅华全身心地投入到申报工作当中，甚至让傅华因此付出了离婚的惨重代价，可结果还是申报失败，让他颇受打击。

这件事情让金达明白，并不是一分耕耘就能换得一分收获的，事情的结果是各方面因素纠缠在一起合力造成的。一件事情并不是可以用一个简单的是与非来判断的。

金达在申报保税区的事情上受了挫折，就越发不能再有什么闪失，也就越发想要做出点成绩来给别人看看。可如果他执政的第一年海川的经济没有一个比较大的发展，他是无法向省里交代的，因此像云龙公司这样比较大的投资就变得关键起来，他从内心是想要云龙公司在海川好好发展，为海川的 GDP 贡献力量的，因此对调查云龙公司本来就有些顾虑，更别说调查云龙公司可能影响别的投资商。

金达心中已经大致同意了穆广的说法，不过他还是对这么做有所顾虑，他说："可是如果到最后，上面真的查到了云龙公司在建高尔夫球场，会不会处罚海川市啊？"

穆广笑了，他心说这个金达还真是个书生，做什么都瞻前顾后的。一个男子汉，要做就做，要不做就不做，哪里来的那么多如果啊？不过金达这么说，是倾向于同意自己的说法啦，这让穆广还是很高兴的，便说道："金市长，你原来是搞政策研究的，对国家的政策规定和实施的情况应该很熟悉，这么多年来，你可曾看到一个因为违背国家禁建高尔夫球场政策而受到重罚的干部？"

金达想了想，说："我印象中倒是没有。"

穆广说："我印象中也没有，更何况就算真的是违规，我们也是因公，是为了发展海川市的经济而违规，我们应该是问心无愧，海川市的百姓会感激我们的。"

穆广这个说法倒是点出了目前政坛上的一个潜规则。如果为了私人利益而违规，那就是一种犯罪的行为，是一定会受到国家法律的严惩的；如果为了公，为了发展地方经济，而敢于触及红线，这种行为的定性就不好说了，坏的方面顶多会被说成是一个行政违规行为，只会受到行政处分，而不会受到国家刑罚的严惩。有些时候运气好的话，甚至由于观念的不同，这种行为很可能成为改革的一种先锋行为，不但不会受罚，反而会被鼓励。

金达被说服了，他说："穆副市长，你说得不错，我们还是不要过多去干涉企业的经营行为了。"

穆广说："好的。"

金达说："不过有一件事情云龙公司做得很不好，他们跟白滩村村民之间闹得很不愉快，听说还把村长打得住了院。不管怎么说，打人就不应该了。你回头提醒一下陈鹏，让他多疏导云龙公司跟白滩村之间的矛盾，白滩村可是一个大村，不要酿成大的群体事件。”

穆广点了点头，说：“酿成群体事件就不好了，我回头会跟陈鹏说这件事情的，让他妥善处理。”

结束了谈话之后，穆广回了自己的办公室，马上就打了电话给钱总，有些不高兴地说：“老钱啊，你怎么回事啊？出了事情也不跟我说一声。”

钱总还不知道穆广说的是什么，便问道：“怎么了穆副市长？出了什么事情啦？”

穆广说：“你还装糊涂，你跟白滩村有了摩擦为什么不跟我说？”

钱总笑了笑说：“我当时怎么回事，就这件事情啊，小事一桩，已经摆平了啊。”

穆广火了，说：“你摆平了怎么会有人到金达那里告你？你是不是昏了头啦？还把人打得住了院，你是想把事情闹到无法收拾是不是？”

钱总愣了一下，说：“有人去金达那里告我的状？谁啊？这家伙活腻味了是吧？”

穆广越发恼火，说：“你是做商人呢，还是流氓啊？”

钱总笑了笑说：“不是，我是气这家伙竟然敢跟我作对。”

穆广说：“老钱啊，你是一个商人，千万不要忘记了和气生财四个字，发财才是你的根本目的。你玩打打杀杀的要干什么啊？你是什么身家，他们是什么身家，真是玩大发了，把你折进去了多不值得的啊？”

钱总说：“是，是，穆副市长说得对，我是有点冲动了。金达过问这件事情了？”

穆广说：“刚才跟我谈了一下，原本他想去查一下云龙公司究竟在下面干什么，后来被我劝说得打消了主意。”

钱总倒抽了一口气，说：“谢谢你了穆副市长，这真要下来查，我这个项目可就完蛋了。”

穆广说：“调查小组如果证实你在做高尔夫球场，肯定会让你马上就停止下来，你的前期投资就算打了水漂了。”

钱总说：“是，真是太感谢了，穆副市长。”

穆广说：“你不用谢我，大家这么多年的朋友了，这个时候我不会不帮你的，只是我觉得你这件事情处理很不明智，你既然要在白滩村开发项目，就应该跟白滩村搞好关系。你倒好，不但不搞好关系，反而把人家的村长打得住院了。你是黑社会啊？玩顺我者昌、逆我者亡的游戏啊？”

钱总说：“我是真生气，你不知道，那个村长真是茅坑里的石头，又臭又硬。本来我是想跟他搞好关系的，还亲自上门给他送聘书请他当顾问，一个月给他一万块的高薪养着他，谁知道这家伙不但拒绝了我，还连夜开会研究要如何对付我们，这样的家伙，我不教训教训他，这口气咽不下去。”

穆广说：“你真是匹夫之见，你这一教训倒好，把对方彻底逼到了跟你对立的位置上去了。你应该知道白滩村是一个很大的村子，他们如果找你们或者找市政府，到时候你能应付吗？我看怕是很难。现在地方政府维稳的任务很重，一旦有大的群体事件，政府一定会插手解决的，如果真要到那个时候，你怎么办？等着政府查办你们吗？真是愚蠢。”

钱总被骂得灰溜溜的，问道：“那现在已经这样子了，你说我怎么办？”

穆广说：“很好办啊，白滩村之所以出来跟你们作对，只有一个原因，那就是他们感觉在利益上被亏欠了。你要解决这个问题也很好办，把他们绑到你的利益战车上，这样你们的利益就一致了，到时候怕是你没开口，白滩村的人就帮你开口了。”

钱总想了想，说：“让我让出点利益来倒不是不可以，可是那个村长真是难对付，你知道我收买过他一次了，如果他再不接受我给他们的利益怎么办？”

穆广笑了，说：“你这个人真是的，这世界上还有收买不了的人吗？你收买不了村长，你可以收买别人嘛，这件事情又不是村长一个人说了算的，偌大的白滩村，那么多人，你就非在村长这棵树上吊死啊？他们的书记呢，会计呢，还有治安主任……我就不相信每个人都像那个村长一样难弄。你能不能多动一下脑筋啊？”

钱总笑了，说：“穆副书记，你启发我了，我知道该怎么做了。”

穆光说：“你明白就好，赶紧我这段麻烦事解决了，如果到时候真有人闹到市政府来，我一定会公事公办的，后果你知道的。”

钱总的轿车再次出现在白滩村，不过这一次他去的不是张允家，而是去了村支书张海家。

张海略带警惕地看着钱总，张允被伏击，让张海对眼前这个看上去很和善的商人心中有几分惧怕，他害怕自己如果没办法让这家伙的满意，他会遭遇到跟张允一样的下场，可他没有张允一样的硬骨头，同样他也没有张允在村里的威信，他明白自己就算答应钱总的要求，恐怕也是无法实现的，到那个时候不知道钱总又会怎样来报复自己，因此他心中十分恐惧和紧张。

张海干笑了一下，说：“钱总，我对贵公司来白滩村发展项目一点意见都没有的，跟你们有意见的是张允，你是不是找错人了？”

钱总笑了，说：“张书记，你别紧张，我来是有些事情想跟你商量，前段时间贵村跟我们打交道的都是张允村长，让我们以为你们村什么都是张允说了算，后来蒋虎镇长跟我们说，你是村支书，才是真正意义上的一把手，这让我感觉到十分不好意思，对你多有怠慢，还望你不要往心里去啊。”

钱总说得和声细语，又给了张海足够的尊重，这让张海觉得很受用，他笑了笑说：“钱总啊，这怪不得你，张允那个人是愿意遇事强出头的，我为了班子的团结，也不太愿意跟他计较，所以就给人造成了误会，其实我们都是当领导的，他这个村长还是党支部副书记，也是在我领导下的。”

钱总笑了笑说：“我这个人一向弄不清楚干部的级别，你这么说我就清楚啦。”

张海说：“其实好多人也搞不清楚的。钱总，你今天来找我有什么事情吗？”

钱总笑笑说：“是这样的，你看我们云龙公司来贵村地面上发展，很多事情是需要双方共同合作的，前段时间我忙于一些其他的事务，没有过来好好跟贵村交流沟通，今天来就是想跟张支书谈一谈，了解一下贵村对我们来这里发展的一些看法。”

张海笑了笑说："其实我对贵公司来我们村发展，是持欢迎态度的。"

钱总笑笑说："我对张支书的支持表示感谢，有了你的支持，我们对在白滩村发展更有了信心，也更想把这个项目搞好。不过，我们也听到了一些不同的声音，贵村似乎也有人反对我们这个项目啊。"

张海说："那其实就是张允瞎搞出来的，主要原因是我们有不少村民感觉征地合同里的补偿数额太低啦，至于什么污染更是瞎胡闹，农药化肥我们不是天天在用吗？怎么自己用就不是污染，你们用就是污染了？我真是搞不明白张允是怎么想的。"

钱总说："原来是这样啊，你说征地补偿有点低，其实我们给的地价基本上跟市场上差不多，至于政府给你们多少，就不是我们能说了算的，我想这怪不得我们吧？"

张海说："是，问题不在你们。"

钱总说："不过呢，我这个人向来做事公道，我也不想自己在这块土地上发财了，却让贵村的村民吃亏。"

张海眼睛亮了，钱总的意思似乎愿意出钱补偿，这对他来说可是一件好事，他一向在村里的威信不高，是因为他没给村里办过什么事情，如果能在钱总这里帮村民争取到一些利益，而张允却办不到的话，那以后自己在村里的威信就会高起来。张海虽然老实，却也有他的野心，他并不甘心老是在村里被张允压一头。

张海笑着问道："钱总的意思，是想在征地款上给我们村增加一些？"

钱总笑笑说："张支书，你先别急，你们的征地款实际上是政府给的，我作为一个商人可就无法干涉了，但是我可以在另外一方面给贵村一些补偿。我认真地想过了，我们的项目是在贵村的地面上，很多事情跟贵村息息相关，我们的治安保障、卫生处理都需要贵村来配合，所以我们云龙公司愿意每年支付给贵村一笔费用，作为贵村跟我们项目配套管理的管理费。至于数额多少，我们双方可以探讨。另一方面，我们这个项目需要完成大量的工程，贵村的人如果有意要参与，我们无上欢迎，我们也需要使用一些工人和管理人员，贵村的人如果想要到我们公司工作，条件合适的话，我们会优先吸收。张支书，你看我这两方面的补偿可行吗？"

这个条件虽然不像直接提高征地价款那么立竿见影，可是在张海觉得已经是很不错了，基本上可以让村民和村里两方面都受惠，张海相信，张允就算用强力去争取，结果也不会比这个好到哪里去。

张海说："我个人觉得是很不错了，钱总表现出了诚意。不过呢，我个人是说了不算的。"

钱总说："那怎么样才能算呢?"

张海说："这起码要经过村民大会讨论才行。"

钱总说："那张支书能否帮我召集一次这样的村民大会呢?"

张海说："这个嘛，不太好说。"

张海之所以犹豫，是觉得钱总有些轻视他，钱总当初为了打动张允，可是答应过每个月一万块钱的高薪的，凭什么到了自己这一方面的时候，一分钱都不提？是不是这家伙根本上就看不起自己？

钱总把张海的犹豫都看在了眼里，他知道这家伙在想什么，便笑着说："当初呢，我们为了很好跟贵村合作，曾经想要聘请张允村长作为我们项目的顾问，可是张允村长对我们误会很深，拒绝了，今天我觉得跟张支书之间很有默契，我相信张支书会为了实现我们公司和贵村的共同发展而努力的，所以呢，我们公司愿意聘请张支书作为项目的顾问，不知道你意下如何?"

张海惊喜地说： "真的吗？你们也会像给张允一样给我一万块月薪吗?"

钱总笑着点了点头，说："我们给顾问的待遇是一样的。"

张海说："那就什么都好说了。"

钱总笑了笑说："这么说，村民大会可以召开了?"

张海说："当然可以，我总是一个村支书，在村里也不是一点影响都没有的。不过这顾问的事情还需要钱总帮我保密啊，让群众知道了，我说话就不硬气了。"

钱总笑笑说： "那是自然，除非张支书你自己公开，我们是不会公开的。"

张海说："那钱总就等着听我的好消息吧。"

钱总笑着伸出手来，说：“跟张支书合作真是愉快。”

张海跟钱总的手握在了一起，笑着说：“合作愉快。”

张海随即就找来了村两委的干部开会，由于张允还在医院治疗，所以没有通知他。张海在会议上讲了云龙公司开出的条件，还说这是自己极力争取来的，然后询问两委干部的意见。

干部中有动摇的，认为云龙公司这么做也算是不错了，打算同意。也有跟张允关系不错的人，他们觉得不能就这么接受，还说要把情况跟张允说一声，张允毕竟是村长，应该知道这个情况。

张海认为让张允知道了，事情可能就办不成了，便说：“你去跟张允说什么，他被人打伤，这笔账都被他记在云龙公司的头上，肯定是反对。我跟云龙公司争取这些条件可是为了我们全体的白滩村的村民，而不是为了张允一个人。既然是为了全体村民，那全体村民就都有表达意见的权利，所以我觉得应该召开村民大会，让村民们集体讨论，村民们如果觉得应该接受，那我们就接受，村民如果觉得不能接受，那我们就不接受。我想张允对村民大会决议的事情，也是不会反对的。”

两委干部觉得张海说得也有道理，于是就同意召开村民大会。

在村民大会上，张海好一顿表功，将自己怎么为村里和全体村民争取利益，好不容易才说动云龙公司同意了这些条件，这些条件又是如何对村里和村民们有利，让村民们在投票表决的时候好好考虑考虑。

村民中也有想去云龙公司打工的人，还有能够参与到云龙公司项目建设中的人，这些人本来就倾向于支持云龙公司，现在云龙公司又开出了这么好的条件，原本有些反对意见的一些人也动摇了。对于这些农民来说，最现实的是自己能否从这个项目中得到什么好处，至于污染环境，根本上他们就不是很在意的。

投票的结果没有出乎张海的意料，村民有超过三分之二同意接受云龙公司的条件。张海实际上早就猜到会是这样一个结果，他老实懦弱不假，可并不是说他笨，他能这么多年把持住村支书这个位置，不仅仅是有镇上的支持，也是有他自身的一定的处世之道的。

张海心中很明白，农民嘛，都是愿意抓住能够抓住的眼前利益的。

北京，傅华在过了一段时间之后打了电话给张允，一来他并没有从金达那里得到有关云龙公司和白滩村争执事件的后续反馈，二来他也想问一下张允的身体状况。

傅华笑着说：“婶子，张允叔好了没有啊?”

张允家里的笑笑说：“是傅主任啊，真是让你关心了，你张叔好了，已经出院了。”

傅华笑笑说：“那就好，你让张叔接个电话，我跟他聊聊。”

张允家里的笑笑说：“傅主任，有件事情我需要跟你说一下，你跟你张叔聊聊可以，不要跟他提云龙公司那件事情，好吗?”

傅华愣了一下，说：“怎么了?”

张允家里的说：“你不知道，你张叔现在提起这件事情就上火，摔碟子摔碗的，真是受不了。”

这时傅华听到电话那边张允在喊：“谁打来的电话？还不赶紧给我把电话拿过来。”

张允家里的说：“他又发火了，你帮我劝劝他好吗?”

傅华说：“行啊，你让他接电话吧。”

张允就在电话那边说道：“傅华啊，你还记得我这个老头子啊?”

傅华吃了一惊，张云声音明显显得苍老了很多。他赶忙问道：“张叔，我怎么听你的声音不对啊？是不是伤没好利索啊？如果没好利索，你还是回去住院才对，缺钱的话可以从我这里拿。”

张允叹了口气，说：“我那点小伤早就好了，只是没想到云龙公司趁我不在村里，算计了我一下，我是被村里的人气成这样的。”

张允就讲了自己住院期间，张海召开村民大会同意接受云龙公司条件的事情，讲完之后，又叹了一口气，说：“看到这些人这个样子，我真不知道当初自己坚持是为了什么。”

傅华听完，心里都佩服钱总摆平白滩村村民手段的高超，花了一点小钱，就让村民服服帖帖的。有效化解了矛盾，而不是像一些有钱的家伙一味激化矛盾，这才是真正聪明人做的事情。

这个结果也出乎傅华的意料，他原本想金达听到自己反映的情况可能派个小组下去调查一下，看看云龙公司究竟在白滩村干什么。可是金达并没有这样做，甚至没有动用任何的政府权力，却让云龙公司出钱摆平了白滩村。金达这是怎么想的？他究竟知不知道云龙公司要建的可能是高尔夫球场？还是他根本上就知道云龙公司在做什么，却出于某种意图，对云龙公司的行为采取了视而不见的纵容态度？傅华不敢再往深处想下去，如果金达真是采取了纵容的态度，这还是当初那个处处坚守原则的金达吗？

不过眼前还是先安抚一下张允，这老头火爆脾气，老这么生气会气出病来的。

傅华笑笑说："张叔，事情已经是这样了，您就不要生气了，这也是村民自己的选择。"

张允说："就是这样我才更生气，被自己人捅刀子的感觉实在是太难受了。你知道吗，我的小儿子也跑去给云龙公司卖命去了，他有一个挖掘机，被云龙公司高价雇去了，这家伙还跑来跟我说，不希望我再去跟云龙公司作对，如果再去跟云龙公司作对，就等于是坏了他的买卖，他会跟我没完的。他是爹还是我是爹啊，敢这么跟我说话？"

傅华被张允骂的这句话逗笑了，说："好啦，反正你也改变不了这个事实，你就让他趁这个机会赚点钱不好吗？"

张允火了，说："傅华，你也钻钱眼里了吗？别人可以爱钱，我张允就是不行，要不然的话，我干吗拒绝云龙公司一个月一万块钱的高薪啊？"

傅华笑了笑说："张叔，不是我也钻钱眼里了，是这个社会就是这么一种风气，大家都在向钱看，人们评价对方的成功与否，都是要看对方赚了多少钱，这种状态下，你想你小儿子不急着赚钱，那也不太现实啊！"

张允苦笑了一下，说："我倒不是反对赚钱，可是这钱要赚得正当才行啊。如果为了赚钱什么都可以干的话，这社会岂不是乱了套？"

傅华说："这是一种大的潮流，经历了困难时期，中国人都穷怕了。"

张允说："可是在贫穷的时期，我没觉得不快乐啊！相反现在大家手里多少都有点钱了，却没有了当初的那种快乐。这是为什么？因为我们那个时候都有信念，有了信念心里才觉得踏实。"

傅华笑了起来，说："我倒不这么觉得，那个时候大家都是一样的，都那么穷，互相之间没有竞争之心，自然就会快乐很多。"

张允说："我反正是觉得以前好，那个时候干什么都有一股劲，人也不像现在这么坏。傅华啊，我觉得不管怎样，人不能没有信念，不能没有底线。"

傅华笑了笑，没再说什么，每一个社会时期，好的坏的事物都是有的，并不是说以前就特别好。张允可能是上了年纪的缘故吧，一个人年轻的时候自然是干什么都有劲的，等到上了年纪，就会感觉很多事务还是以前的好。不是这社会越发展越坏了，而是人自己感觉到无论从身体上还是意志上，都在失去对这个社会的控制力，他不再是这个社会的主导，因此就对社会颇多怨言了。这大概也是为什么很多老人愿意述说当年勇的缘故吧。

张允停顿了一会，见傅华没说话，接着说道："不说别的，就说云龙公司发展的项目吧，我现在越来越看得清楚，他就是在做高尔夫球场，可是现在却没有人反对，白滩村的村民都自觉地在维护云龙公司的利益。政府那边更是不用说了，对云龙公司极尽呵护。明明这是一个违规的项目，大家为什么都不觉得这么做是错误的呢？这个样子怎么能行啊？傅华啊，你跟我说一下，这是为什么啊？是我张允已经跟不上社会的节奏了吗？我记得你当时不是说要把云龙公司的情况反映给金达市长吗？你反映了没有啊？"

傅华很能理解张允现在的心情，这个很有正义感的人看不惯当下的这种风气也是正常的。他叹了一口气，说："我把情况早就原原本本跟金达市长反映过了。"

张允说："既然反映过了，为什么没人下来调查啊？难道市里面也不认为这是错的吗？"

傅华说："这我就不清楚了，金市长那边也没有进一步的消息。"

张允说："我就跟你说天下没有白乌鸦，你还不相信，怎么样？现在信了吧？"

傅华苦笑了一下，说："也许金市长有他的苦衷吧。"

张允说：“谁没有苦衷啊，有苦衷就可以违规吗？”

傅华答不上来，他笑了笑，转了话题，说：“张叔啊，你也不要操心这么多了，在家里要放松心情，把身体养好才是主要的。”

张云不满地说：“傅华，你这是跟我打官腔吗？”

傅华苦笑了一下，说：“张叔，我只是一个小小的驻京办主任，一个服务型的角色，我就算是说大话跟你打包票说可以改变这一切，你能相信吗？”

张允说：“也是，我们都是小角色，只能发发牢骚罢了。”

两人都感觉心情有点沉重，他们是不乐见这种状态的，可是都觉得自己改变不了什么，就沉默了。

挂了电话，傅华心情是郁闷的，当初他之所以帮金达振作起来，是因为他以为金达跟自己是一种同类型的人，某种程度上他是把自己的一些理想寄托在金达身上，他愿意尽力去帮助金达，也是他想通过金达实现他自己无法实现的一些东西。但眼前发生的这些事情，却跟他预想的根本不同，金达变得越来越像一个官僚了，某种程度上可以从他身上看到徐正的影子，这可不是傅华所愿意看到的。

过了一会儿，傅华拨通了金达的电话，虽然他已经猜到金达可能选择了纵容云龙公司违规行为的立场，他内心中总是不愿意相信这一点，还是想亲口听听金达对这件事情是怎么想的，也许金达确实有他的苦衷呢？

金达接通了电话，问道：“傅华，你找我什么事情啊？”

声音里一点热情都没有，似乎金达的心情不太好，傅华感觉出自己找的时机有些不太对，不过既然已经通上话了，不说似乎也不好，便说道：“金市长，我想问您一下，上次我跟您反映的云龙公司的事情，市里是怎么打算的？”

金达没好气地说：“怎么打算的？云龙公司是正当经营，市里不应该去干涉什么。傅华，你不要再瞎掺合这些事情了，你的岗位是在驻京办，不是在白滩村。有这个闲工夫，你还不如多帮市里的工业园区找几家来落户的客商。”

金达的态度明显是对傅华掺合云龙公司这件事情不满，这让傅华心里更是郁闷，这印证了他对金达纵容云龙公司的猜测，而且金达现在这种严厉的态度，又不让自己掺合云龙公司的事情，明显是持跟云龙公司一样的立场，这要是按照金达以前的做事方式根本是不可能的，难道金达已经被云龙公司收买了吗？

傅华心中更是沮丧，他可不想自己辛苦辅助的金达，变成跟徐正一样的人物，可是态势却大有往那个方向发展的趋势。

傅华不愿意看着金达这样发展下去，他觉得还是应该适当提醒一下金达，便说道："金市长，现在根据我了解的情况基本可以证实，云龙公司就是在建造高尔夫球场，这肯定是违规行为，我觉得……"

"你这个同志怎么回事啊？"金达没让傅华说完，"你远在北京，难道会比海平区的同志还了解情况吗？"

傅华并没有被金达的不高兴吓住，他觉得金达还是有接受不同意见的度量的，便说："我是没有海平区的同志了解情况，不过海平区的同志可能会为了某种利益欺骗您的，你是不是再考虑调查一下云龙公司？"

金达却并没有要接受意见的意思，他说："傅华啊，我再提醒你一次，你的工作岗位是在驻京办，不是在海平区，海平区的工作自然有他们的区长、区委书记来处理，你不要随便掺合了。"

傅华已经感受到金达是在压着怒气跟自己说话了，金达可能还在顾念着跟自己的那份交情，换了别人这么一再讲，可能金达早就发火了。

傅华这时就明白自己面对的是一个市长，而不是朋友，他应该适可而止，便说道："我知道了，金市长。"

傅华说完，没等金达再说什么就挂了电话。

金达听着电话那边传来的嘟嘟声，愣了一下，他知道傅华生气了。金达叹了口气，心说傅华啊，如果你处在我这个位置上的话，你就会明白我的难处了。

金达的心情确实很不好，不过这个不好来自金达刚参加的海川市市委的书记会上。

在书记会上，来海川不久的于捷副书记对海川市政府最近一个阶段的工作提出了一些质疑，这些质疑包括原本海川市要做保税区的预留地段现在分开审批做了几个工业园区，海川市政府给了入住工业园区很优惠的政策，其中减免税收的力度很大，于捷质疑市政府这样做是不是违背了国家的有关政策。于捷说有人反映海平区引进的客商云龙公司在白滩村建造高尔夫球场，而高尔夫球场明显是国家禁止的项目，批建这样的项目是不是不合适。

金达起初并没有把于捷的质疑当回事，因此笑了笑说："于副书记，可能你不太了解政府这边的流程，现在全国各地都在招商，我们海川市在这其中并无多少优势而言，如果不再出一点更有力的优惠政策，客商怎么会愿意到海川来投资啊？没有客商投资，我们海川的经济要如何发展啊？你没看全省这几年 GDP 上升快的几个市都是招商很猛的城市吗？我们海川市在徐正市长执政时期，招商已经开始呈下降趋势，后来出了一个骗子事件，更是对招商有了很大的打击，我们再不想点新的办法，海川市在东海省的经济大市的地位就不保了。"

于捷并没有被金达的说法说服，他说："那也不能用违规的行为换发展啊！中央不是提倡科学的发展观吗，我们如果能用高科技带来城市的发展，不是更符合国家的政策吗？"

金达笑了，说："于副书记，这你就不了解实际情况啦，我也想用高科技公司带动海川经济的发展，可是那也得有高科技的公司啊？高科技公司喜欢落户什么地方你知道吗？他们喜欢人才聚集的地方，喜欢文化信息中心，喜欢北上广那样的大城市，我们这样的二三线城市，对他们根本就没什么吸引力。我们海川市也曾经诞生过一家高科技软件公司，政府给了他们很多好的政策，扶持培育它，可是他们发展起来之后又怎么样？还不是把总部迁到了北京去了？北京才有适合他们壮大的土壤。于副书记说我们市政府是在用违规换发展，这我觉得有点过分了，现在哪个地方没有一些招商的优惠政策啊？大家都在这么做，他们能行，我们为什么就不行了呢？"

于捷不说话了，张林问道："那云龙公司的高尔夫球场又是怎么回事啊？"

金达说："这件事情可能于副书记误会了，我也听到了一些反映，多少向下面了解了一下情况，海平区根本没批准什么高尔夫项目，云龙公司所要建的不过是一个旅游休闲度假区。"

于捷说："可是有人反映云龙公司是拿旅游度假区作为幌子，真正要建设的是高尔夫球场。"

金达脸沉了下来，他对于捷紧追不放有些不耐烦了，说："这个情况我就不了解了，我们政府是行政管理的部门，履行的只是管理的职责，对下面企业的行为不好干预过多。"

张林说："金达同志，纠正一些企业的违规行为，不正是政府的管理职责之一吗？"

张林这么问可有点咄咄逼人了，金达意识到今天这个书记会，已经变成了于捷和张林联手对付自己的一次会议了，他心里便有些恼火了起来，看了一眼张林，说："张书记，你说得对，纠正企业的违规行为确实是政府的行为之一，可是你也要知道，我们政府不能对企业管得过多过死，管得过多过死，就会让企业失去了活力，也就让地方上的经济失去了发展动力。所以政府在这其中不得不慎之又慎，不能轻易去干扰企业的经营行为。否则，会让企业对我们海川的投资环境产生疑虑，从而严重影响我们海川的招商工作，这个责任我可是付不起的。"

张林和于捷相互看了对方一眼，他们觉得金达的解释还说得过去，就没再继续追问下去，话题就转向了别的工作上面去了，虽然两人没追问下去，金达心里却感到十分委屈，自己做这些，还不是为了海川的经济发展？于捷一句科学的发展观说得是很轻巧，可是真要把发展落到实处，那可不是上下嘴皮子一碰就能做到的。

金达做了市长之后，每时每刻都想如何带动海川经济的进步，成天忙这忙那，几乎很少有机会能够在午夜之前入睡。自己这么辛苦，张林和于捷这两个海川市委班子的重要成员还不理解，于捷今天更是一副想要发难的架势，张林虽然没像于捷那样，可是也在一旁帮着敲边鼓，两人根本就是联合起来质疑自己，自己这么辛苦，图的是什么啊？

因此金达从书记会上回到办公室，是一肚子委屈的，这个时候傅华又不识趣地跑来问高尔夫球场的事情，金达自然是没有好气给他的。

金达想挂电话给傅华解释一下，可是想了想，又打消了这个念头，自己要怎么解释这件事情啊？难道跟他讲说自己不去查云龙公司，是因为投鼠忌器怕查出了之后影响客商对海川投资环境的评价吗？还是解释说自己需要做出一番成绩来，需要提升海川的 GDP 发展，因此对云龙公司这五亿的投资也是十分需要的？

这些都只能是自己心里知道的，不可能跟一个下属去说的。金达在心里苦笑了一下，对不起啊，傅华，你就受点委屈吧。等你有一天做到我这个位置，你就会明白我这么做的原因了。

金达收起了电话，也收拾好了心情，桌子上还有一堆的文件等着他批阅呢，他埋首在文件之中，又开始工作了。

在金达那里受了批评，傅华生了一肚子闷气，自己明明是想提醒一下金达，他却连听完的度量都没有，难道人成了市长之后，真的会变化这么大吗？傅华的心境大受影响，一天都高兴不起来。

傍晚时候，傅华收拾了一下准备下班，这时电话响了，看看是师兄贾昊的号码，便接通了。

贾昊爽朗地笑着说："小师弟啊，在忙什么呢？"

傅华淡淡地笑了笑，说："正收拾准备下班呢。有什么事吗，师兄？"

贾昊说："我刚从外地调研回来，想找人出来吃饭，你晚上有时间吗？"

傅华就去了约定的地点，贾昊已经等在那里了，看到傅华来了，上下打量了一下，笑笑说："小师弟，才几天没见，你清瘦了很多啊。"

傅华笑了笑说："瘦了一点而已，倒是师兄始终神采奕奕，一点没什么变化。"

贾昊拍了拍傅华的肩膀，说："潘涛跟我说了你离婚的事情了，小师弟，离婚也不是什么大不了的事，师兄我也离过，你就看开一点吧。"

傅华苦笑了一下，说："我现在看淡很多了。"

贾昊笑笑说："其实自小文要跟我分手的那一刻起，我就明白这世界上爱情是靠不住的，你和赵婷闹这一出，更是让我不敢相信爱情了。原本我们都认为你们两人是神仙眷属，羡煞多少人啊！可最后也逃不过劳燕分飞的结局，哎，这世界上的女人都是不可信的。”

傅华笑了笑，说：“已经是过去的事情了，师兄，不提她了好吗？”

贾昊说：“怕我提她啊？看来你还是没有完全放下啊。”

傅华说：“我们还是过了一段时间的幸福生活，岂是说放下就放下的。不说她了，师兄，你这一次离京可是有一段时间了，跑出去干什么啊？”

贾昊说：“去了上海和深圳证券市场调研，都是工作上的事情。来，点菜，我们师兄弟算是同病相怜，今天要不醉不休啊。”

傅华说：“好，我也闷了好一段时间了，今天师兄回来，我就陪师兄好好喝一喝。”

两人点了菜，叫了白酒，就开始喝起来。

喝了一杯之后，贾昊问道：“小师弟啊，你下一步怎么打算，就这么干熬着？”

傅华笑了笑说：“师兄不也是干熬着吗？”

贾昊说：“你不能跟我比，我还有孩子要顾，你虽然也有孩子，可是孩子不用你照顾，自在多了。跟师兄说说，你想再找个什么样的？”

傅华苦笑了一下，说：“我还真没想过这个问题。”

贾昊说：“你还在想赵婷是吧？你当初就是失策，你把赵婷送到澳洲，现在连看到她都很难。人要在一起厮磨才会有感情，你这样连面都见不到，感情会越来越淡的，更别说破镜重圆了。”

傅华现在也意识到了这一点，不用说赵婷，他自己都感觉在看淡自己和赵婷这段感情，他苦笑着说：“这一点我也知道，我已经不抱幻想了，但是我觉得起码在赵婷没再找别的男人之前，我是不会再去找别的女人的。”

说这话的时候，傅华忽然想到了晓菲，这时候他才意识到好长时间没跟晓菲联络了。

贾昊拍了拍傅华的肩膀，说：“我就知道小师弟是一个有情义的人，行啊，等你想找的时候跟师兄说一声，什么样的我都能帮你找到。”

傅华笑了起来，说：“师兄啊，你还是先帮自己找一个吧，你打光棍也很长时间了。”

贾昊说：“你别跟我攀比，我是因为孩子才这样的。你想找漂亮的，我可以帮你安排电影明星，你想找有钱的，我也可以介绍身家丰厚的，叫那赵婷看看，小师弟你也不是没人喜欢。”

傅华笑了，说：“好啦，我真要找的话，一定跟师兄说。”

贾昊将杯子满上了，然后说：“来，这一杯我敬你，祝贺你升官了。”

傅华笑笑，说：“我当副秘书长，师兄也知道了？”

贾昊说：“都是潘涛跟我说的，我很替你高兴啊，小师弟，你这是又上了一层台阶了，现在有金达市长罩着你，相信你未来一定会鹏程大展的。来，我们干了这一杯。”

傅华跟贾昊碰了碰杯，喝干了杯中酒，然后叹了一口气，说：“师兄啊，我怕是会让你失望的。”

贾昊看了看傅华，说：“你这是什么意思？”

傅华说：“不知道是不是我今年流年不利，反正我现在做什么事都不顺，一开始是申报保税区失败，然后是离婚，现在连金达都对我有了意见，你说我鹏程大展，未必，我看是自身难保才对。”

贾昊愣了一下，说：“怎么回事啊？我记得你说过跟金达关系还是很不错的嘛。”

傅华说：“人家现在身份变了，可能忘记当初那份友谊了。”

傅华讲了金达批评自己的事情，贾昊听完，笑了，说：“你觉得金达过分了是吧？我倒觉得他还是给你留着面子的。”

傅华说：“难道说师兄认为是我过分了？”

贾昊点了点头，说：“不说别的，如果换一个不是跟你有交情的市长，你还回去追问他这件事情吗？”

傅华说：“那当然是不会了，领导没作答复，就可能有各种因素，通常我们这些做下属的不会主动去追问什么的。”

贾昊说：“如果换作别的市长，他说让你干好本职工作，不要去干涉别人的事情，你是不是也会像跟金达一样还要继续说下去呢？”

傅华说："那当然不会了。"

贾昊说："所以说嘛，根本就是你没摆正自己的身份，忘记了他是你的上级。我觉得金达这样对待你还是很客气的，换作我，可能早就骂你不识趣了。"

傅华说："我就是没有把他仅仅当做是上级，才一再提醒他，我不希望他在这件事情上犯错误。"

贾昊说："那是你在自身的立场上去考虑问题，你如果换在他的立场上，就不会这么说了。根据你说的情况，我猜测金达很可能已经清楚云龙公司究竟是在做什么，可是他有某种顾虑，不敢或者不能去查办这件事情，因此只能在另外层面上帮你来做弥补。"

傅华说："可是我觉得他根本没做什么啊！"

贾昊笑了，说："云龙公司为什么肯给白滩村那么多好处啊？没有上面的压力，他们肯吐出那么多的利益给白滩村吗？你好好想想吧。"

傅华想了想也是，不过他还是对金达这种做法有些不满，便说道："可是金达作为市长，查办这件事情应该是很容易的，我真不知道他在顾虑什么。"

贾昊说："如果金达不是市长，像你一样是局外人，那他查办起这件事情肯定会没什么顾虑，可他是市长，查办起来就会顾虑重重了。你应该知道，要在你们那建这么个项目，是要经过多层审批的，这如果查起来，要有多少人要为此负责啊？还有可能也是最主要的一点，如果将这个五亿的项目踢出海川，那市里面的 GDP 将会损失很大一笔，这在这个 GDP 挂帅的年代，对一个市长来说是最不想看到的。"

傅华说："那也不能没有原则啊！"

贾昊笑了，说："这就是一个做市长的难处了，要完全讲原则，水至清则无鱼，经济就发展不起来，同时又不能完全不讲原则，完全不讲原则他就要被查处。所以他就选择了装糊涂，他是不能像你想象的那样，听了你的汇报就去调查的，那样子他会左右为难的，查不查得出来他都不好办。"

傅华默然了，他知道贾昊的分析是有道理的，不过他心里并没有因此就谅解了金达，也许金达这么做有他不得已的苦衷，可是他应该有更好的解决方案，而不是选择向违规行为妥协。

傅华心里别扭，这顿酒喝得很不痛快，很快他就喝得醉醺醺的，怎么回到家的都不知道。

早上起来，傅华感觉头痛欲裂，强撑起来喝了一点凉开水，这才感觉好了一点，这时手机响了起来，傅华也没看是谁的，就接通了。

电话那边赵凯说道：“傅华，昨晚你去干什么了？”

傅华强笑了一下，说：“是您啊，爸爸？我跟贾昊去喝酒去了，喝得有点多，回家就睡着了。您找我？”

赵凯说：“我没找你，是小婷找你。”

傅华惊讶地说：“小婷找我？有什么事情吗？”

历经了几个月的时间，赵婷终于肯跟自己通话了，傅华的心扑通扑通急速地跳了起来，他很紧张，不知道赵婷想说什么。

赵凯说：“傅华，小婷原本是想当面跟你说的，可是她昨晚找了你几次，你都不接她的电话，她就让我转告你，她已经接受 John 的求婚了，希望你能祝福她们。至于傅昭，她说你不用担心，John 很疼傅昭，他们两人一定会照顾好傅昭的。”

傅华大致上已经感觉到赵婷突然要跟自己通话，是要说这个最坏的消息了，这个结果也是他早就预料到的，因此听完，他并没有很激动，也没有很惊讶，而是语气平淡地说：“原来是这样啊，您跟小婷说，我祝福他们。”

傅华惊人的平静，反而让赵凯有些不安，他说：“傅华，你没事吧？”

虽然这个结果并不是傅华想要的，可是久悬在心里的一块石头算是终于落了地了，傅华心里竟然有一丝轻松的感觉，他淡淡地笑了笑，说：“我没事，爸，你别忘了跟小婷说我祝福她。”

赵凯越发不放心，他说：“傅华，爸爸没能劝说小婷回头，你生不是生我的气了？我不喜欢小婷找什么洋人的。”

傅华笑了笑说：“我真的没事，爸，小婷要找什么人是她自己的意愿，我尊重她。”

赵凯又问了几遍，确认他真的没事之后，这才挂了电话。

傅华挂了电话之后，很平静地起床洗澡，给自己弄了早餐，吃了之后就开车去了驻京办。傅华对赵婷和John之间早就有所察觉，现在事实印证了自己的想法，他没有感到伤心，相反他明白赵婷离开他并不是因为他忽略了她的缘故，而根本上就是另有所爱，他心里对赵婷的那些歉疚没有了，他不欠赵婷的了。

现在赵婷已经开始新的生活了，他自苦下去就没什么意义了，应该开始新的生活啦，傅华这时想到了晓菲，自己应该给这个女人一个交代了。

中午下班的时候，傅华去了晓菲的四合院，晓菲正在里面忙碌，看到傅华来了，只是淡淡点了点头，笑笑说："来了。"

傅华去拉住了晓菲的手，笑着说："你跟我来，我有话跟你说。"

傅华拖着晓菲去了厢房，一路上晓菲也没特别挣扎，进了厢房之后，傅华兴奋地说："晓菲，你知道吗？真像你说的那样，赵婷实际上早就爱上了别人，今早我岳父告诉我，赵婷要跟别人结婚啦。"

晓菲淡淡地看了看傅华，说："那又怎么样啊？"

傅华说："这样的话，我们就可以光明正大地在一起了，难道你不高兴吗？"

晓菲看了傅华一眼，说："我什么时间答应过要跟你在一起了？我有什么时候沦落到要给别人当替身的地步啦？"

傅华这才感觉到晓菲的异常，他看了看晓菲，说："晓菲，你应该知道我这段时间发生了很多事情，心情一时很难调适，可能我没多来看你，冷落了你。我想你应该能理解，你不要怪我好不好？"

晓菲笑了，说："傅华，我没怪你的意思，不过这段时间你也让我明白了你最在乎的是什么，你在乎的只是你的妻子、儿子，实际上你根本就没在乎过我。前段时间我被感情一时冲昏了头脑，根本就没意识到这一点，感谢你给了我一段冷静的时期，让我想清楚了很多。"

傅华愣了一下，随即伸手去抓晓菲的手腕，说："晓菲，你怎么啦，你应该知道我是喜欢你的，前段时间我是因为有赵婷的牵绊，没有很好地照顾你，现在赵婷这块牵绊没有了，你怎么这个态度啦？"

晓菲笑笑，说：“我不否认我曾经失去理智一般地爱上了你，同时我也相信那个时候你也是爱我的，但那终究只是一段迷思，那时候我对你既然这么爱我，却不肯多跟我相聚还有些困惑，以为你只是被我们这段感情的不道德感困住了，现在我明白了，你为了挽回跟赵婷的感情，可以一直不跟我见面，我跟赵婷比起来，我是次要的。”

傅华从来时的兴奋中冷静了下来，他看了看晓菲，说：“是我不好，你原谅我吧。”

晓菲摇了摇头，说：“傅华，这没什么做得好不好的，你忠于自己的感情也没什么不对的。我可以容忍你心中有我的同时也有赵婷的存在，却无法容忍她在你心中比我还重要。”

傅华说：“晓菲，你究竟是什么意思啊？”

晓菲苦笑了一下，说：“既然是一段迷思，人总有醒的时候，我告诉你这些，是说我们之间的那段感情已经过去了，今后我们还是做朋友吧。”

傅华有些不舍，伸手将晓菲揽进了怀里，说：“晓菲，我知道以前对你不够好，今后加倍补偿你好吗？你不要这样子对我。”

傅华说着就低头去吻晓菲，却发现晓菲一点回应的意思都没有，他怀抱的再也不是那个风情万种的女人，他僵住了，随即放开了。

晓菲笑了笑说：“傅华，我真的找不到刚开始跟你在一起的那种感觉了，没有那种感觉，我们在一起也没什么意思，事情过去了，还是让我们大家都放手吧。”

第六章　好事多磨重组被搁置，欲速不达令人费猜疑

海川重机的重组方案终于确定，却遇到麻烦，卡在了证监会审批环节。顶峰证券老总潘涛远在深圳，证券公司的贾昊又借口在外调研，两人均采取回避态度，令傅华越发感到困惑。通过多方打听终于弄清楚原来是有人举报贾昊，说贾昊与多家证券公司老总勾结，在公司上市重组中有不正当行为，证券部门正对他展开调查。

海川，金达办公室，穆广汇报完工作之后，金达问：“穆副市长，上次云龙公司的事情你跟陈鹏说过了没有？”

穆广说：“我跟他说了，让他妥善处理一下，不要酿成群体事件。后来云龙公司出面给了白滩村一些补偿，双方现在达成了和解，事情已经解决了。”

金达说：“是真的吗？怎么傅华还来找我呢？”

穆广说：“这我就不太清楚了，我可以确信云龙公司确实对白滩村作出了一定的补偿，事情算是得到了比较圆满的解决。”

金达点了点头，说：“那就好。你跟陈鹏说一声，让云龙公司不要那么招摇，低调一点。”

穆广说：“怎么了？”

金达说：“他们应该知道某些事情可能是违规的，不要闹得路人皆知，那样子我们政府就不好做了。”

穆广说："谁又说什么了？"

金达说："于捷副书记说，有人向他反映云龙公司在建造高尔夫球场，希望我们政府不要用违规换发展。"

穆广说："这个于副书记啊，他哪知道我们政府这边的难处啊，说几句话倒轻巧，他有什么发展经济的高招吗？"

金达说："当时我顶回去了，不过云龙公司也是的，什么事情还没做就闹得满城风雨的，做事也太不谨慎了。"

穆广说："这倒也是，我回头说说陈鹏，让他们注意一下影响。"

金达叹了一口气，说："现在上上下下都在盯着我们政府，我们既要发展好经济，还要注意不要触到了红线，难啊。"

穆广看了看金达，说："于副书记还说什么？"

金达说："他还提到了原来保税区那片的工业园区，说我们给入驻企业的优惠太大，违背了国家的有关规定。"

穆广有些火了，说："他懂什么啊？没那些优惠，谁会入驻我们的工业园区啊。金市长，我看这于副书记根本就是在针对我们政府这边，他想干什么啊？"

金达说："也不能这么说。于捷副书记指出的地方，我们政府是有些做得不尽完美。哎，穆副市长，我现在觉得做市长真不如我在省里做政策研究的时候轻松。"

穆广笑了，说："如果金市长留在省政府做政策研究，我们海川市又怎么能有这样一位有魄力的市长呢？您之所以感到不轻松，是因为您扛起别人不敢扛起的责任。有些时候是这样的，真正在做事的人往往会受那些不做事的人这样或者那样的责难，所以像金市长这样肯做事的人会觉得很累。"

金达觉得穆广这是在拍自己的马屁，不过话也确实说到了他的心坎上，这马屁便很受用，于是笑了笑说："老穆啊，你就别来捧我了。"

穆广笑笑说："金市长，我这不是在捧你，实际上我是跟你一样的心境，我也是很想做出一番成绩来的人，在县里的时候就受到很多人的诟病，因此看到你现在的情形便感同身受。"

金达笑了笑说：“老穆，谢谢你理解我，我现在觉得省里安排你来跟我班子真是太合适了。既然你我都想在海川做出一番成绩来，就让我们共同努力吧。”

穆广笑着说：“只要金市长你有建设好海川的决心，我一定尽心尽力辅助你达成。”

金达看了看穆广，点了点头，他这时真心认为穆广会是自己一个很好的助手。

出了金达的办公室，穆广的手机响了起来，是钱总打来的，他想要过来办公室坐一坐。

钱总到了办公室，就笑着对穆广说：“穆副市长，我摆平了白滩村，您还满意吧?”

穆广笑了笑，说：“你想要我说什么？满意？还是不满意?”

钱总笑笑说：“当然是希望说满意了，这一次我可是费了不少周折，花了不少钱啊。对于村长张允，我还专门花了大价钱雇他的小儿子干活，他这才不闹事了。”

穆广笑了笑，说：“这件事情呢，你做得还算不错，起码我这方面可以跟金达交代过去了。”

钱总说：“只是不错吗?”

穆广说：“你还想让我说很好吗？你不觉得这一次发展高尔夫球场闹得动静有点大吗？这件事情市委副书记于捷都知道了，他还为这件事情专门找了金达。”

钱总说：“他知道就知道嘛，我们高尔夫球场反正早晚是要正式营业的，于副书记既然知道了，要不要到时候送他一张会员卡啊?”

穆广说：“你也知道高尔夫球场是违规的，搞得这么招摇干什么？唯恐事情不闹大是不是?”

钱总低下了头，说：“那倒不是。”

穆广说：“我告诉你最好回去约束好云龙公司那些家伙的嘴，不准再对外说你们在建什么高尔夫球场，旅游休闲度假区就是旅游休闲度假区，你们再胡说八道，我先让陈鹏停了你们的项目再说。”

钱总点了点头，说：“我知道了。”

穆广说：“你今天来找我干什么？”

钱总说：“也没什么，算了。”

穆广笑了，说：“怎么，老钱，我说了你，你跟我赌气是吧？我是不想你出事，你出了事大家都不好过，知道吗？”

钱总笑了笑说：“我原本是想来把云龙公司处理白滩村的事情跟你汇报一下，想向你表表功，我们这一次处理白滩村的事情也花了不少的钱，这本身不应该是我们的事情，是海平区给白滩村的征地补偿不够才引发的，因此呢，我觉得全部由我们公司出这笔钱，似乎有点不太公道，就想找你看看能不能帮我们找补一下。”

穆广笑了，说：“那你想怎么找补一下啊？”

钱总说：“你看能不能跟陈区长说一说，把征地费减免一点。这个项目他们赚了很多钱，为了解决白滩村这个麻烦，也该出点血才对。”

穆广说：“你说的也有道理，回头我帮你跟陈鹏说说，让他们适当减免一下。”

钱总说：“谢谢穆副市长了。”

穆广笑了笑说：“事情这么解决不是很完满吗？你非要跟白滩村的村民动手动脚的，闹得沸沸扬扬的。”

钱总说：“那是，那是。”

穆广说：“以后你还要在白滩村好长时间，记住了，什么事情能动脑子能用钱解决的，就不准用武力，你把好好一件事给闹的，到现在傅华还在跟金达追着这件事情。”

钱总看了穆广一眼，说：“你是说这件事情是傅华跟金达反映的？”

穆广点了点头，说：“是，我侧面了解了一下，白滩村的村长张允似乎很傅华交情还不错。”

钱总说：“傅华怎么回事啊？我记得那次我跟你去驻京办的时候，我对他挺客气的，没想到他竟然在背后捅我刀子。”

钱总离开了，穆广就拨通了陈鹏的电话。陈鹏接了电话，笑着说：“穆副市长，您找我有什么指示？”

穆广说："小陈啊，我不是让你对云龙公司的事情多上上心吗？"

陈鹏愣了一下，随即解释说："穆副市长，我们区上对云龙公司的事情都很上心啊，什么地方有失误了吗？"

穆广说："前段时间白滩村村民闹事是怎么回事啊？"

陈鹏说："白滩村的人嫌征地补偿低了些，就有些不满。不过最后云龙公司给了他们村一些补偿，这件事情已经解决了。"

穆广说："这我知道，云龙公司的钱总跟我讲了，不过他对你们海平区政府很不满意啊，说他付出的地价款基本上是跟市场上持平的，是你们给白滩村的村民补偿太低才造成这种局面的。现在闹出了麻烦，让云龙公司再承担这笔损失，似乎很不公道啊。小陈啊，你知道的，现在招商环境是很重要的，你让云龙公司蒙受这种不应该蒙受的损失，客商对海平区的招商环境的评价会是很负面的。"

陈鹏干笑了一下，说："是，穆副市长批评的是。我们会做些改善的。"

穆广说："云龙公司这一次主动拿出钱来给白滩村，也是不想把事情闹大，是为了你们海平区政府维稳，所以呢，你也别空口说什么改善了，是不是给予云龙公司实际意义上的补偿啊，否则的话，再有类似的事件，客商们可就没有积极性帮你们解决了。"

陈鹏说："是，穆副市长您说得对，不知道您觉得我们做些什么改善好呢？"

穆广说："叫我看，你们区政府这一次收他们的地价款有点多了，适当减免一点好了。这只是我个人的一点小建议，你不一定要照着做啊。"

陈鹏笑笑说："穆副市长这个建议太好了，我们区政府一定会认真考虑的。"

穆广笑笑说："这就对了嘛。小陈啊，人家客商来我们海平区投资已经很不容易了，你再让他们蒙受这样那样不应该的损失可就太不应该了。你要知道引进一个客商不容易，可赶走一个客商却是分分钟的事情。客商如果都被你们赶走了，海平的经济还要怎么发展啊？"

陈鹏说："我知道，我会尽快安排这件事情的。"

北京，海川大厦傅华的办公室。傅华正枯坐在办公室里，神情十分落寞。如果说赵婷另寻新欢早在意料之中的话，晓菲对他的拒绝让他感到了惊讶，也是此刻他倍感落寞的原因。他原本还以为自己可以跟晓菲有一个新的开始呢。

世事真是会弄人啊。

不过晓菲的话在傅华听来也是有道理的，他内心中确实是把晓菲作为填补空虚的备胎，他确实也从来没把晓菲放在第一的位置上，因此傅华心中也没有怨恨晓菲，他只是感到意外而已。

意外过后，傅华也慢慢品出来了，其实自己前后所找的这两个女人性格方面是有点相似的，而自己在这两个人面前都是处于被动的地位。赵婷和晓菲都是很强势的女人，虽然她们跟自己在一起的时候也曾经小鸟依人，可是从头至尾，在跟自己的关系当中，这两个女人都是处于主导地位的，她们想要自己的时候，是可以舍弃一切代价；她们不想要自己的时候，马上就可以转身而去。这要和不要的过程中，她们根本就不顾虑自己的感受。

想明白了这一点，傅华不禁苦笑了，这女人啊，还真是捉摸不透。希望自己未来不要再去招惹强势的女人了。

想明白了这一点也让傅华释然，原本在晓菲拒绝他的时候，他心中还认为自己又辜负了一个女人，还在想要不要将晓菲追回来，现在他觉得彼此放手，也许是这段感情最好的结局。

正在傅华胡思乱想之际，门被敲响了，云龙公司的钱总推开门走了进来。

傅华没想到来的人竟然是钱总，有些意外地站了起来，笑了笑说：“钱总什么时间到北京来了？”

钱总笑着跟傅华握了握手，说：“刚到，这几天准备住在海川大厦，就先过来看看傅主任。”

傅华跟钱总虽然认识，却只是因为上一次钱总跟着穆广一起进京的缘故，彼此并没有什么互动，便以为钱总是想来找自己安排住宿房间的，看在穆广的面子上也是应该给予安排的，就笑了笑说：“钱总还没安排好房间吧，我给总台打个电话安排。”

钱总笑了，说：“这个就不用麻烦傅主任了，我的助理在下面登记房间呢。我是想上来看看傅主任的。”

傅华看了看钱总，他和钱总之间似乎并没有这种专门上来看望的交情，心中就怀疑钱总是为了别的事情而来，难道他是因为自己向金达反映白滩村和云龙公司发生争执而兴师问罪的？看上去也不像，钱总脸上一片祥和，还真像专门来找自己话家常的。

傅华笑了笑说：“钱总，这一次进京是为了什么大买卖啊？”

钱总笑笑说：“为了公司上的一些事情，进京来拜访几个朋友，都是些麻烦事，不是什么大买卖。”

傅华笑笑说：“钱总在海川的生意却是越做越大啊。”

其实在穆广进京的那一次，傅华就感觉到钱总将会在海川有所发展，不然的话他也不太会跟着穆广跑前跑后的，后来发生的事情也确实印证了这一点。

钱总笑笑说：“那是穆副市长非要我去海川发展的，彼此都是老朋友了，不好推辞，只好弄点项目过去充充数。”

傅华笑笑说：“五亿的项目在钱总来说只是充充数，你还真是财大气粗啊。”

钱总笑了起来，说：“傅主任是在笑话我吧？五亿在普通人眼中也许是一个了不得的数字，在你这个通汇集团的驸马爷眼中，应该是不值一提的。”

傅华笑笑说：“看来钱总摸过我的底细啊，不过你的信息要更新啦，我已经不是通汇集团的驸马爷了。”

钱总笑了笑，说：“反正傅主任是见过世面的，不会为了我的五亿投资而感到惊讶。傅主任对我处理我们公司跟白滩村的争执还算满意吧？”

钱总果然是为了白滩村的事情而来，傅华有些困惑，事情不是都解决了吗？风波也被压了下去，这家伙这个时候来找自己干什么？

傅华笑了笑说：“钱总真是会说笑，我傅华算是什么人啊？这件事情轮得到我满意吗?”

钱总笑了笑说:“傅主任,你就别在我眼前装了,我跟你说,公司那边的人不知道傅主任跟白滩村村长张允关系密切,所以呢,做事就有些莽撞,不过我们知道后也做了一些弥补。”

傅华笑了,说:“我跟张允确实关系不错,我也知道云龙公司对他家里做了一些弥补,钱总,你手段很高超啊,把弥补工作做到了张允小儿子的身上,让他也说不出什么来,我很佩服啊。”

钱总笑了笑说:“傅主任满意就好,你要知道我们这些做生意的要想做成一点事情,难啊,就说白滩村这块地吧,我们公司明明就按照市场价付了地款,可是海平区政府偏偏压低了给农民的征地补偿价格,结果惹出这么多事情来,还让傅主任也跟着生气了。”

傅华笑笑说:“我本是局外人,根本就没什么满意不满意的。”

钱总笑着说:“可是傅主任跟上面的关系不错啊,你看你跟金达市长把情况一反映,我们公司就得费事费钱来灭火。”

傅华笑了,说: “我才弄明白钱总今天的来意,你是来兴师问罪的吗?”

钱总笑着摇了摇头,说:“傅主任,说起来我们很早就认识啦,应该算是朋友了吧?我今天来并没有什么兴师问罪的意思,只是觉得我们既然是朋友,原本可以直接沟通的,没必要非要通过上面吧?你这一通过上面,我很多事情都不好处理的。”

傅华看了钱总一眼,笑笑说:“其实钱总应该庆幸我把这件事情反映给了金达市长,原本白滩村是准备把事情闹大了的,是我感觉这样不妥,才把情况通报给了金达市长。你可以想一想,如果这件事情闹成一件大的群体事件,那将是一个什么局面。”

钱总笑了,说:“这么说我还应该感谢傅主任了?”

傅华笑笑说:“我没这个意思,可是我也希望钱总你做事动动脑子,武力是解决不了问题的。”

钱总说:“这一点我倒是真的受教了,这一次我们确实有做的不太好的地方,我来呢,也没什么恶意,只是希望傅主任能帮我当做一个朋友,再有关于云龙公司的事情，我希望能够在我们之间沟通解决就好了，不要再惊动市政府方面了。”

傅华心里苦笑了一下，原来这家伙是为了这个而来的，他不知道自己为了云龙公司的事情已经遭到金达的批评了吗？自己就算是想关心，也得有人肯听啊。

原来钱总是因为穆广说傅华还在追着白滩村的事情不放，才找到傅华，想要打通这一层关系，让傅华不再干预这件事情。作为一个商人，他很清楚官员对商界的影响，就像这一次事件，金达或者穆广的一句话，他这云龙公司的老板就得屁颠屁颠赶紧把事情平息下来，未来他还要在白滩村做很多事情，他不希望时时刻刻都可能遭受到来自傅华这方面的干扰。

不过，钱总这么说让傅华多少感到一些欣慰，原本他以为金达之所以那么维护钱总，是钱总对金达做了一些摆平的工作，金达才对钱总的违规行为视而不见的，现在看来好像钱总还不能完全掌控住金达，对金达还是心存畏惧的。

傅华笑了笑说：“钱总，我觉得你有点高看我了，我可不是你解决问题的关键。”

钱总笑笑说：“傅主任，你也别推辞，你跟金达市长的友谊可是海川政坛上无人不知的，放心吧，我这个人是很记得别人对我的好的，傅主任，只要你遇事能帮我们云龙公司多想一想，我会有所报答的。”

傅华看了看钱总，明白这家伙是想收买自己，这还真是个人物，狠起来能把张允打得住院了，服起软来却也是能在自己面前低声下气，这家伙能审时度势，难怪他能赚起亿万身家。

傅华不想跟钱总硬着来，这个钱总背后还站着副市长穆广，而穆广目前看来也绝非一个好对付的人物，更何况他目前也没有了进一步干预云龙公司项目的余地，便笑了笑说：“钱总，你这话听起来怪怪的，好像有我傅华会故意跟你为难，我首先声明啊，我这个驻京办本身就是海川招商的前沿阵地，对每一个来海川投资的客商，我都是大力支持的，可没有丝毫跟你们为难的意思。”

傅华已经表达出了不愿意跟钱总为难的意思，钱总觉得自己算是达到了目的，便笑笑说："那我就谢谢傅主任了。对了，晚上你有什么安排吗？如果没有的话，我们一起找个地方放松一下。"

傅华明白商人说放松究竟包含着什么内容的，便笑了笑说："我晚上还约了朋友，不好意思，就不能奉陪了。"

钱总略微有些失望，傅华虽然给了他承诺，却并没有跟他一起玩乐的意思，这彻底搞定还是有一点差距的，他是希望能把傅华搞成可以跟自己同吃同玩的亲密朋友，只有那样他才会彻底相信傅华，不过眼下看来是不太可能啦。

钱总笑了笑说："那改天吧，我先下去了。"

傅华就把钱总送出了办公室，这个钱总为什么还要找上门来跟自己沟通呢？明明他建造高尔夫球场的事情已经得到了市里面的默许，他真的还需要得到自己的认可吗？还是他的违规行为不止高尔夫球场这么简单，后续还有其他的见不得光的行径？

如果钱总真的还有其他什么违规的行径，那自己要怎么办呢？是睁一只眼闭一只眼，还是继续向金达反映呢？不知道那个时候金达会有什么反应呢？

想到这些，傅华心里闷闷的，他有些后悔轻易承诺。自己最近这段时间这是怎么啦？怎么老是进退失据呢？难道真的进入人生的低潮期了吗？

傅华接到了谈红的电话，说是海川重机的重组在证监会审批时遇到了一点麻烦，让他赶到顶峰证券去商量一下下一步要如何去做。

海川重机重组是金达一直在关注的项目，傅华不敢怠慢，匆忙赶了过去。到了谈红办公室，谈红笑着看着傅华，说："最近好吗？"

傅华笑笑，说："没什么了，还是那个样子。"

谈红说："我看你神态轻松了很多，是不是你老婆有了跟你复合的可能了？"

傅华笑着摇了摇头，说："她可能近期就要跟别人结婚了。"

谈红看了傅华一眼，笑着说："看来你并不在意老婆要嫁给别人啊？"

傅华笑笑说："说实话，我心里反而有些轻松了的感觉。"

谈红说："你这个男人真是有意思，原来老婆跟你离婚的时候，你当时那个失魂落魄的样子，现在老婆要嫁人啦，你怎么反而轻松了，你的心理是不是有些变态啊？"

傅华说："这倒不是了，那个时候我是觉得我们还是相爱的，是因为我忽略了她，所以她才会离开我，我心中对她有一份歉疚，所以不好过。现在我已经明白根本上就是她心中有了别人，才会离开我的，我并不欠她什么，所以就会轻松了。"

谈红笑了笑说："你这个理由很牵强啊，说到底，你还是不那么爱她，不然的话，你又怎么肯轻易放手呢？你们这些男人啊，自己薄情寡义，还把责任都推到女人身上。"

傅华笑了笑说："你爱怎么说随便你了，你找我来，不是说海川重机重组出现问题了吗？出了什么问题啊？"

谈红说："这个嘛，是这样，目前证监会认为我们的重组方案程序上有些问题，所以就卡在那里了。"

傅华说："谈经理，这不应该吧，你们顶峰证券可是专业的证券公司，应该很清楚相关的程序才对，怎么会出现这样的问题呢？"

谈红笑了笑说："这不应该怪我们的，以前这样都是可以的，现在证监会突然说不行了，我们也很意外。"

傅华说："既然这样，那赶紧跟相关部门沟通啊，潘总呢，他有没有出面找找人啊？"

谈红说："你先别急，我们公司正在沟通当中，我找你来，就是告诉你，这件事情出了点意外，重组的时间可能就需要拖得久一些。至于潘总，他目前是在深圳，有些业务上的事情需要处理。"

傅华问潘涛在哪里，是觉得这件事情潘涛应该出面去跟贾昊沟通的，按说贾昊身在证监会，潘涛办理这件事情本来是不应该出什么问题的，就算有些小问题，有贾昊的加持，应该也不成为问题的。

傅华问道："那还要多长时间？"

谈红笑笑说："这个我就没办法说了，我又不是有决定权的部门。"

肯定这中间出了什么问题了，傅华心中的疑窦更加重了，不过他也看出在谈红这里是问不出来什么的，便说："那我知道了，你这边还有什么事情吗？"

谈红摇了摇头，说："倒没什么事情了。"

傅华说："那我回去了。"

谈红说："留下来吃午饭吧，我请你。"

傅华摇了摇头，说："还是不了。"

谈红说："傅主任，有句话我要跟你说一下，我们公司办这件重组案已经是尽了最大的努力了，能做的沟通都已经做了。"

傅华笑笑说："我没怪你们不尽力的意思。"

谈红说："你听我说完，我是想说事情进展到某种程度，可能就是需要暂时停一下，所以呢，我希望傅主任能少安毋躁，大家都停一下，事情可能很快就会有转机。"

傅华感觉谈红似乎话中有话，就看了看谈红，谈红面色如常，又好像真的只是要让自己等待一下的意思，他就再也没往深处想，笑了笑说："我知道了，那我回去了。"

傅华就离开了顶峰证券，回了海川大厦，在办公室里他拨了电话给潘涛，他还是想弄明白究竟发生了什么事情。

潘涛过了好一会儿才接通了电话，声音很疲惫地说："老弟啊，找我有什么事情啊？"

傅华说："潘总，究竟怎么回事啊？为什么谈红跟我说海川重机的重组出了点问题，需要暂时停一下，出了什么问题啊？"

潘涛笑了笑，说："老弟啊，我现在在深圳，公司的事情我不太清楚，小谈没跟你解释出了什么问题吗？"

傅华说："她倒是解释了，可是语焉不详，所以我想问一问你。"

潘涛说："我现在不在北京，详细情况我也不清楚，我知道的还没有小谈知道得多。"

傅华说："我师兄那里……"

傅华是想问贾昊那里有没有传出什么消息来，可是没等他把话说完，潘涛就打断了他的话，说："老弟啊，更多的情况我也是不知道的，我这边来朋友，要挂电话了。”

没等傅华反应，潘涛就挂了电话，留下傅华直发愣，他原本想打电话给潘涛是想弄清楚究竟出了什么问题，没想到问题没弄清楚，反而更让他有些糊涂了。

傅华想了一会，拨了贾昊的电话，别人不知道证监会对海川重机重组有什么意见，贾昊肯定是知道的。

电话打通了，响了几声之后，贾昊接通了，还没等傅华问出什么来，贾昊就说：“我在开会，等回头我再跟你联系。”

傅华整个被闷在那里了，他本来是想弄个明白的，却越来越糊涂了。

傅华就等贾昊再打过来，可是午饭过了，晚饭也过了，贾昊丝毫没有打过来的意思，让傅华的心也焦躁起来。

晚上十点，傅华都要睡觉了，家里的座机响了起来，看看是一个很陌生的号码，在疑惑中拿起了话筒，电话那边却传来了贾昊的声音，贾昊笑着说：“小师弟啊，不好意思，我今天一天都很忙，一直也没给你回电话。你找我有什么事情吗？”

傅华隐约觉得这一次海川重机的事情麻烦可能很大，就说：“师兄啊，你什么时间有空，我们见个面吧？”

贾昊笑了笑说：“小师弟，我最近一直在外面调研，很忙的，连证监会那边都很少回去的，真的没时间。”

傅华迟疑了一下，贾昊似乎在强调他最近很少回证监会，似乎是在告诉他可能证监会那边发生什么事情他也是不知道的，这就让他把想要问的问题咽回了肚子里，笑了笑说：“那算了，反正我也没什么事情，等你闲下来我们再聊吧。”

贾昊笑了笑说：“也好，我最近真是太忙了，事情一件接着一件，等过段时间吧。”

傅华越发困惑，按说贾昊不可能不知道海川重机重组出现了问题，因此他也就应该知道自己打电话给他是为了什么，可是他却只字不提海川重机，肯定他是对海川重机这件事情有所忌讳才这个样子的。同理，谈红都知道的事情，潘涛更应该是知道的，他跟自己通电话却也是含糊其辞，说明他也是在回避这个问题。

究竟发生了什么，贾昊和潘涛是想回避什么呢？傅华百思不得其解，按说有关海川重机的事情就算现在他不知道，早晚他也是会知道的，这两个人实在没必要回避自己什么的。

这个闷葫芦让傅华一夜没睡好，早上起来，他就拨打了谈红的电话，他这时已经想到了谈红昨天跟自己说的最后一句话确实是话中有话了，他觉得谈红应该是知情者之一，就想问一下真实的情况。

谈红笑着接通了电话，说：“傅华，是不是你觉得自己获得自由了，就可以这么早打电话给女士啊？”

傅华笑了笑说：“不好意思啊，谈经理，我实在是有些问题弄不明白，还是想跟你问问清楚。”

谈红笑了笑说：“我觉得人有些时候还是糊涂一点好，板桥先生不是说难得糊涂吗？”

傅华笑笑说：“可是被蒙在鼓里的滋味真的是不好受，谈经理能否点拨一下在下呢？”

谈红笑笑说：“我的点拨费可是很贵的。”

傅华笑了，说：“不知道谈经理想要什么？”

谈红说：“请我吃顿饭吧。”

这家伙又想宰自己一刀了，不过求人办事，也不得不挨上这一刀，傅华说：“好啊，你点地方吧。”

谈红笑了笑说：“我本来想点个好地方，可是又一想你现在是豪门弃夫，可能腰包没那么鼓了，我们找地方吃顿牛排就好了。”

傅华笑了，说：“再怎么样，请你吃顿饭的钱还是有的。”

谈红笑着说：“算了吧，我们去王品吃牛排吧，有什么事情见面聊吧。”

中午，在贵友大厦，台塑的王品牛排店里，傅华和谈红见了面，各自点了一客牛排之后，谈红看了一眼傅华，说：“你是不是昨天给潘总打过电话？”

傅华点了点头，说：“是，我本来是想找他问个明白的，可是他含糊其辞，反而更让我糊涂了。究竟怎么回事啊？”

谈红说：“我不是让你少安毋躁吗？事情都还在沟通当中，你这样四处找他干什么啊？”

傅华说：“我这也不是想弄清楚究竟发生什么事情吗？你简单说一句重组暂时要停下来，却又不肯说明详细的原因，这让我怎么能放下了心来啊？”

谈红说：“你这个人真是的，你这样四处打听，反而会把事情弄得复杂起来，知道吗？”

傅华说：“我不过就是问了潘总和我师兄而已。”

谈红说：“你还问过贾主任了？”

傅华说：“是啊，我觉得他可能更清楚发生了什么。”

谈红说：“那贾主任告诉你什么了？”

傅华摇了摇头，说：“我师兄根本就没讲这件事情，只是说他现在很忙，连跟我见面的时间都没有。谈经理，你能不能跟我说说，究竟出了什么事情啊，为什么这些人一个个都讳若莫深的样子。”

谈红说：“你知不知道很多人都是被自己的好奇心害死的？”

傅华苦笑了一下，说：“就算要死，起码也要让我做个明白鬼吧？反正现在就你我两个人，出你之口，入我之耳，我不会让别人知道这件事情的。”

谈红说：“怕了你了，好啦，我可以告诉你，不过我也无法知道这个消息是不是确实的。我告诉你，只是不希望你在里面瞎掺合，害了你自己。”

傅华说：“这么严重啊？”

谈红说：“比你想象的更严重，你知道这一次你们海川重机重组的审批为什么停了下来吗？是因为有人向有关部门举报了贾主任，说贾主任跟很多证券公司的老总有勾结，在公司上市、重组这些事情上有不正当的行为，其中尤其以我们顶峰证券的潘总跟贾主任关系最为密切，两人合作操作了很多家公司的上市和重组。据说有关部门正在展开外围调查，因此有些业务的审批就暂时停了下来。”

傅华心里咯噔一下，这可比他预想的严重得多，他原本想的只是海川重机本身有什么问题，根本没往贾昊和潘涛出事这方面去联想。如果海川重机本身的问题是小问题，最坏的结果不过是证监会最后不能批准，而如果是贾昊和潘涛出了问题，就不是这么简单的了。傅华并不完全清楚贾昊和潘涛之间究竟做过什么，可是他相信他们做的事情绝对不会每一件都是合法合规的。所以，有人举报他们就不会完全是空穴来风。

难怪潘涛不愿意跟自己在电话里谈论海川重机的重组，如果谈论的话，自己难免会提及贾昊的，这会让人将贾昊和潘涛联系到一起去。同样，贾昊暗示自己最近很少回证监会，也是不想让自己提及海川重机的重组，并且贾昊这段时间一直在外面调研，是不是有关部门为了方便对他的调查，特意把贾昊支开呢？

谈红见傅华面色凝重了起来，笑了笑说："现在知道问题的严重性了吧？你还想继续问下去吗？"

傅华干笑了一下，说："我还真没想过会这么严重。"

谈红说："不过你也别太紧张，我听到的只是小道消息，目前潘总和贾主任还没失去人身自由，可能事情就不像传说的那么严重。只是你近期不要再主动跟他们联络了，因为事情稍有不慎，就可能害人害己的。"

傅华点了点头，说："放心吧，我不会四处打听了。"

两人就开始专心对付起牛排来，过了一会儿，谈红看了看傅华，问道："你下一步有什么打算，就这么一个人过下去？"

傅华笑了笑说："也没什么打算了，过一天算一天吧。"

谈红说："你老婆既然已经准备嫁给别人啦，你就没想过再找一个？"

傅华摇了摇头，他最近接连遭到了来自两个女人的打击，实在也提不起劲头再去找什么女人："我还没想过这个问题，现在获得了自由，我还想多享受一段时间呢。"

谈红略有失落地笑了笑，说："有些时候真是不明白你们这些男人在想些什么。"

傅华其实也感觉到了谈红对自己的好感，可是他却并没有想要接受谈红的意思，他刚刚在赵婷和晓菲这两个强势的女人那里遭受了重挫，实在不想在跟强势的女人发生感情上的纠葛。而谈红偏偏却是一个跟赵婷和晓菲本质上没什么差别的强势女人，这种女人自己想要的时候，可以坦率地说出自己的想法，也可以不顾女人的矜持，主动追求男人，可反过来，她不想要的时候，也可以转身将自己弃之不顾。

傅华想到这种情形，头便有些大了，所以他才不想再去招惹谈红呢，即使这个女人不论从哪个方面来看都是上乘之选。

傅华笑了笑说："有些时候我也不明白你们女人是怎么想的。"

谈红看了一眼傅华，她有心想把自己喜欢他的心绪说给傅华听，可是也明白今天这种情形和气氛实在不适合谈情说爱，傅华心中肯定还在想潘涛和贾昊会不会真出什么问题的，想了想之后，还是放弃了，日后总是有机会的。

回到了驻京办之后，傅华将海川重机重组审批搁浅的消息跟金达作了汇报。金达并没有详细追问具体的情形，只是让傅华继续努力，争取早日让重组的审批得以通过。

丁益从海川赶了过来，住到了海川大厦，傅华由于已经知道贾昊被举报的消息，因此对丁益突然从海川赶过来并不意外。

在傅华的办公室，丁益看着傅华，问道："傅哥，这一次是我父亲让我赶到北京来的。他听到了一个不太好的消息，说是贾主任这边出了些问题?"

傅华看了看丁益，他不知道丁益得到的消息是不是比自己得到的消息要多，这几天他虽然很好奇想知道贾昊被举报的详细内容，可是他也知道问题的严重性，因此也不敢向各部委的朋友们打听有关这方面的情况，相反他还要装出不知情的样子，因此他目前知道的情形只限于谈红告诉他的。

傅华笑了笑说："你父亲听到什么内容?"

丁益说："也没什么了，只是我父亲在北京的一个朋友跟他说，贾昊最近可能是在被调查，据说是有人举报了他，可是具体的举报内容并没有人清楚。"

傅华说："你父亲的消息很灵通啊，我知道的也只是这些。"

丁益说："傅哥，你最近就没跟贾主任联系过？"

傅华说："倒是联系过一次，可是贾主任说他很忙，后来我就听说了他被举报的事情，知道不好再去打搅他了，就没再联系。"

丁益看着傅华，问道："傅哥，你觉得这一次问题严重吗？"

傅华摇了摇头，说："真是不好说，说不严重吧，目前顶峰证券帮我们运作的海川重机重组的审批已经被搁浅；说严重吧，好像潘涛和贾主任都还没失去人身自由，所以真是不好说。"

丁益说："潘涛和贾主任都还没失去人身自由啊？这个可以确认吗？"

傅华点了点头，说："这个倒可以确认，目前潘涛在深圳，贾主任在外面做调研工作，好像还可以自由活动，也没听说过他们接受过问话。"

丁益松了一口气，说："那就好。"

傅华看了看丁益，说："丁益啊，你跟我说实话，你们天和房地产上市的那个时候，有没有做过处理关系的事情？"

丁益笑了笑说："傅哥，这件事情你就不要问了。这个时候你就是问了，也是于事无补，对不对？我觉得你不知道更好。"

傅华便明白天和房地产当时确实是做了工作的，其实自己也是多余一问，天和当时如果一点问题都没有，丁益也不会这么匆忙赶到北京来。

傅华叹了口气，说："这倒也是，只是我不知道这一次贾主任是否能顺利过关。"

丁益面色也凝重了起来，他说："但愿他能顺利过关，不然的话我们天和的日子也不会好过了。"

两人都沉默了，傅华心中也为贾昊和潘涛担心，不管怎么样，这两个人总是他的朋友，曾经这两人还是帮过他很大忙的，他不希望他们出事。

过了一会儿，丁益打破了沉默，说："傅哥，我听说赵婷跟你离婚了，你最近还好吗？"

傅华苦笑了一下，说："也没什么好不好的，只是很想我的儿子。"

丁益笑笑说："看开一点吧，这世界上好女人有的是，赶紧再找一个吧。"

傅华笑了，说："你别光来说我，这世界上好女人有的是，为什么你还不找一个结婚呢？还是你很享受钻石王老五的生活？"

丁益笑了，说："我也想赶紧结婚啊，我父母早就等着抱孙子呢，可是总找不到合适的。"

傅华笑了，说："是你眼光太高吧？"

丁益说："不是我眼光太高，而是那些女人知道我是天和房地产的总经理，就像苍蝇见了血一样围着我，这些女人都是冲着我家的财富而来的，娶回家一点意思都没有。"

傅华说："那就没一个女孩子不看重你的财富？"

丁益说："倒不是没有，可是人家似乎又看不上我。"

这时敲门声响了起来，傅华喊了声进来，门开了，一个女人带着两名男子站在了门口，傅华惊讶地站了起来，说："刘姐，你什么时间到北京的？"

门外站着的女人竟然是调出驻京办的刘芳，当初刘芳仗持着秦屯的撑腰，直接跟傅华叫板，导致傅华向当时的海川市市委书记孙永提出了辞职。后来孙永为了安抚傅华，就把刘芳调离了驻京办，让她去了海川最偏远的云山县。自那以后，傅华已经好长时间没见过刘芳了，突然见到她还真是有些奇怪。

刘芳笑笑说："你好傅主任，我是跟我们云山县的常县长一起进京的，就带着常县长来驻京办了。丁总怎么也在北京啊，真是好巧啊。"

丁益也站了起来，笑笑说："刘姐，可是好久没见过你了。"

傅华和丁益就跟刘芳握了握手，刘芳又介绍了身后两名男子的身份。其中一名四十多岁、一脸络腮胡子的中等个子男子就是云山县县长常志，另一名男子是云山县政府办公室主任罗平。

傅华认识常志，曲炜主政海川时期，常志还是副县长，两人见过面。傅华笑着跟常志握手，说："欢迎常县长光临我们驻京办。"

常志笑着说："傅主任客气了。"

丁益跟常志等人握了握手之后，他无心应酬这些县里的官员，就说自己还有事情要处理，先行离开了。

傅华把三人让到沙发那里坐下，笑着问：“常县长，你们这是要到北京来干什么？”

常志笑笑说：“是这样，我们县里在招商局刘芳局长的建议下，搞了一个活动，到北京来是来做推广的。”

傅华笑着看了看刘芳，说：“刘姐现在做招商局长了？”

刘芳笑了笑说：“是县里面的领导觉得我在驻京办干过，在招商方面有些经验，就赶鸭子上架，让我做了招商局长。我们这一次是来北京推广云山县的大樱桃的，我们云山县的大樱桃个大味甜，是国内最优质的大樱桃，客商们都称云山县为大樱桃第一县，所以县里决定举办一个大樱桃节，我这次跟常县长来，就是推广大樱桃节的，傅主任，我可是您的老下级啦，这一次你可要多多帮忙啊。”

傅华笑了笑，说：“刘姐客气了，我们驻京办是为全市来京工作人员服务的，给常山县提供服务也是应该的，如果需要什么配合，只管说一声。”

常志笑笑说：“那少不了要麻烦领导了。”

傅华笑了，说：“常县长真是客气了，您才是领导好不好，我们驻京办是做服务的。”

常志笑笑说：“您的职务是市政府的副秘书长，才应该是领导。”

这些官场上人对彼此的职务都是再熟稔不过的，傅华清楚自己的副秘书长其实跟常志的县长是平级的，不过常志的县长职务管辖权力就明显要比副秘书长要大得多，算是实权人物。

两人还在互相谦虚，刘芳笑着说：“好啦，两位就不要再争了，你们这样争下去好像领导这个词是骂人的一样。”

傅华和常志都笑了起来，就不再争谁是领导了。闲聊了一会儿，已是中午，常志就提出来要请傅华吃饭，傅华笑着说：“常县长，你这就不对了，到了驻京办怎么轮到你请啊？再说刘姐这么多年才回驻京办一次，怎么也该驻京办欢迎她一回啊。”

常志笑着看了看刘芳，说：“刘局长，看来我们今天要跟你沾光喽。”

刘芳笑着推了一下常志，说：“常县长，你真是会说笑，我是这么多年才回驻京办一次，不过如果单纯招待我，傅主任怕是不会这么隆重的。”

傅华在海川大厦宴请了常志和刘芳，也算给足了他们面子。随后常志和刘芳就入住了海川大厦，展开对大樱桃节的推广活动。傅华也应刘芳的请求，帮他们联络了一些在京的媒体，做了一些宣传工作。

丁益虽然没有从傅华打探到什么消息，却也并没有马上就离开北京，他按照父亲的安排，拜访了一些在京的朋友，想要从侧面打听一下潘涛和贾昊的有关消息，可是所获甚少，基本上都是傅华跟他说过的那些内容。

丁益见留在北京也没什么用处，就和傅华打了个招呼，郁闷地离开了北京。

傅华因为处理驻京办的事务多少耽搁了一下，出了办公室的时候已经是晚上九点多了，他现在反正是一个人，下班的时间对他来说也就没什么意义，如果不是十分饿，还会多在办公室待一会。

傅华从容走出了电梯，经过前台的时候，还对前台小姐点了点头，到目前为止，这还是一个很平常的夜晚，傅华准备出去随便找地方吃点饭，然后就回家。

傅华走向门口，身后忽然听到哒哒的高跟鞋声，这跑步声有些急促，在比较宁静的大厅里显得有些不太和谐。傅华并没有十分在意，这可能只是某个女郎有了什么急事而已，他也没回头，仍然按照原来的步伐往外走。

没想到女郎在经过傅华身后的时候，不知道是不是慌乱，不小心被傅华绊了一下，一个前扑摔倒在地上了。

傅华看自己绊倒了人，赶忙去把女郎扶了起来，一面说：“对不起，你没摔坏吧?”

女郎面容姣好，二十出头的样子，打扮得很入时，一身很时尚的套装把她的身材衬托得凹凸有致，只是一脸的慌张，有些惊恐地看着电梯的门口。

女郎在傅华的搀扶下站了起来，试着往前走了一步，脸上顿时出现了痛苦的表情，脚步也变得一瘸一拐的，看来这一下摔得不轻。

傅华搀着女郎，说："小姐，我看你摔得不轻，我送你到医院检查一下吧。"

女郎皱着眉头，却连连摇头，说："不用，不用，我自己能走。"

女郎便挣脱了傅华的搀扶，一瘸一拐强撑着往门外走，似乎在急于逃离海川大厦。傅华心中有些疑惑，不知道这个女子在大厦里做了什么，为什么这么急着要离开。

这时电梯门打开了，一个壮汉冲了出来，看到了一瘸一拐要离开的女郎，他冲了过来，喊道："小方，你别急着走啊，我还有话跟你说呢。"

女郎看到这个男子冲过来，越发慌乱，加快脚步就往外跑，没想到刚迈步要跑，一条腿吃痛不过，再次摔倒了。

傅华连忙上前去搀扶那女郎，这时那个壮汉也冲到了女郎跟前，和傅华一边一个架着女郎站了起来。傅华一看那壮汉，竟然是云山县的县长常志。

傅华笑了，说："常县长啊，这是你朋友？"

常志脸上闪过一丝尴尬，他刚才目光都集中在女郎身上，根本没注意到傅华也在酒店的大厅里。

常志强笑了笑，说："是傅主任啊，这么晚了还没下班啊？"

傅华察觉到了常志的尴尬，他心中对这个女郎和常志的关系就有了一些怀疑。常志已经喊出了女郎的姓，是认识这个女郎的，在这晚上九点多的时间里，一个女郎这么匆忙想要逃离，是不是常志对她做了什么？常志看到傅华用怀疑的眼光扫视着他，便笑着说："小方是我的朋友，刚才跟我有点误会，小方啊，没事了，我们回去接着谈，好不好？"

傅华见常志这么解释，觉得倒也合理，就有心把女郎交给常志照顾，却看到女郎可怜巴巴地看着他，低声说："不是这样的，先生，救救我。"

常志见女郎跟傅华求救，瞪了她一眼，说："小方，我都跟你说是误会了，走，跟我回房间去。"

常志说着就扯着女郎往电梯走，女郎却很不情愿地往外挣，但好像并不敢得罪常志，只是挣扎着，却不敢喊叫。

傅华越发觉得不对劲，伸手拦住了常志，说："常县长，我看这位女士并不愿意跟你回去啊?”

常志推开了傅华拦住他的胳膊，笑笑说：“我们没事的，傅主任，都跟你说了，有点小误会。”

女郎这时哀求道：“不是的，你放过我吧。”

常志还要往里强拉，傅华却越看越觉得蹊跷，看来这女郎并没有要跟常志回去的意思，便再次伸手拦住了常志，说：“常县长，请你尊重一下女士的意愿。”

常志却火了，说：“傅华，这是我们之间的私事，你能不能不管闲事啊?”

傅华并没有怵，笑了笑说：“常县长，你别忘了这里是驻京办，不是你的云山县。这位女士如果心甘情愿跟你走，我不干涉的，如果她不愿意，我希望你有点绅士风度。”

常志说：“我如果不呢?”

傅华笑了，说：“那对不起，我只能请你放手。”

这时海川大厦值班的保安凑了过来，问：“傅主任，发生什么事情了，需要我们帮忙吗?”

傅华瞅了一眼常志，笑笑说：“没事，这位常先生是很有绅士风度的，不会让我为难的。”

傅华没称呼常志为县长，是觉得常志在大庭广众之下拉着一个女人不放手，实在是有碍观瞻，因此避开称呼他的职务。

常志看到周围的人越聚越多，僵持下去事情会闹大，就狠狠瞪了女郎一眼，说：“小方，你会后悔的。”

说完他甩开了女郎的手，转身上了电梯。

女郎解脱了，看了看傅华，低声说：“谢谢你了，这位先生。”

傅华说：“不用客气，你还好吗？自己走可以吗?”

女郎一瘸一拐往外走，傅华见她没有要自己照料的意思，也就不再管她，也往外走。

出了大门，傅华几步下了门口的台阶，便要往自己的车走去。女郎试探着想要下台阶，可是腿却疼得很，就犹豫了一下，冲着傅华喊道：“先生，你能帮我一下吗？”

傅华回过头，看着女郎楚楚可怜地看着自己，便转身回来，搀着女郎下台阶。头一两个台阶女郎还可以强撑着，到了最后一个台阶，她实在撑不住，嘤咛一声软倒在傅华怀里。

傅华知道女郎肯定是摔坏了，就把她抱了起来，说：“你这样子不行的，一定要看医生。”

女郎还在强撑，说：“不需要的，我没事。”

傅华这一次没听女郎的，抱着她去到了自己的轿车边，开了车门把她放到了车上，说：“我送你去医院。”

傅华发动了车子去了邻近的一家医院，找了一架轮椅把女郎送进去检查，做了 X 光检查之后，发现她的脚踝可能是奔跑得太急，摔倒时扭到了。

女郎听到检查结果，说：“这可怎么办啊？这可怎么办啊？”

她这一路上都是在强撑着，以为到了医院拿点药就没事了，现在脚踝竟然需要打上石膏，虽然不需要住院，可是行动就不是很方便了，这可让她有点受不住了，便开始啜泣起来。

傅华冷眼看着女郎，这个女郎打扮得漂漂亮亮来见常志，看情形这两人之间似乎并不熟悉，虽然常志一直称呼女郎为小方，可女郎从头到尾都没答应过一声，说明这两人可能在见面之前还都是陌生人。

在酒店里，一个漂亮女人晚上打扮得好好的去见一个陌生的男人，可能是两人要做某种不正当的交易。海川大厦虽然没有这种服务，但京城里赚这种快钱的女郎实在太多，通常酒店为了生意，都会睁一只眼闭一只眼的，不去干涉客人的私生活。只是不知道今天这个女郎为了什么跟常志反目。

傅华对这女郎有些反感，这么好的条件，这么年轻，干什么赚钱不好？女郎的啜泣看在傅华眼中不但不觉得可怜，反而觉得是自作自受。

傅华没好气地说：“好了，别哭了，受伤了就慢慢治吧，你住在哪里，打完石膏我送你回去。”

傅华不说这句话还好，说了这话之后，女郎似乎被触到了心中的痛楚，眼泪越发止不住，趴在床上大哭起来。

傅华有些莫名其妙，不知道该怎么去劝她，加上也觉得女郎是活该，索性也不去劝她。

一旁的小护士瞪了傅华一眼，不满地说："你是不是男人啊？女朋友受了伤，哭成这个样子，你怎么连劝都不劝一声啊？"

傅华有点哭笑不得，说："谁跟你说她是我女朋友来着？"

小护士说："不管她是你什么人，你也不能就这么看着她哭吧？

傅华越发感到好笑，他看了看哭泣着的女郎，说："小姐，你先别哭了好不好，你再哭，这护士小姐会真的觉得我把你怎么样了呢。"

女郎止住了哭声，抽泣着说："对不起，这位先生，又给你添麻烦了。"

傅华说："好啦，你告诉我住在哪里，我送你回去。或者你的家人来接你。"

女郎看了看傅华，说："我的家人都不在北京。"

傅华说："那没办法了，只有我把你送回去吧。"

到了女郎住的地方，女郎说她是自己一个人住的，傅华听出来女郎是想让他送上去，看了看房子，是一栋年代很久远的旧楼，根本就不像有电梯的样子，便苦笑了一下，说："你可别告诉我你住顶楼啊？"

女郎不好意思地笑了起来，傅华心里叫苦，还真是住顶楼啊。不过事情已经到了这里，好人也只能做到底啦，傅华心中暗自好笑，真没想到要给一个做那种行业的女子服务。

傅华只好俯下了腰，背着女郎一步一步到了顶楼，到了顶楼傅华已经大汗淋漓了。

开了门之后，女郎的家里装饰是粉色系的，简单而不华丽，像一个普通女孩子的家，倒没有那种风尘女子浓重的脂粉味，这让傅华多少还可以接受。

女郎歉意地说："家里也没什么饮料，只有开水，你如果不嫌弃，就喝一点吧。"

傅华也确实口渴了，就找到水壶和杯子倒了一杯水，喝了起来。

小坐了一会儿，傅华站起来要告辞，女郎说：“你的电话可以留给我吗，家里现在没有现金，等我好了去银行取钱给你。”

医院的费用都是傅华垫付的，也没几个钱，傅华不愿意再跟女郎打交道，便说道：“算了，你不用还我啦。”

女郎有些急了，说：“这钱我一定会还给你的，你现在不留电话给我，回头我也会去那家酒店找你的。”

傅华笑了，说：“好吧，我给你留电话。”

傅华把电话留给了女郎，然后就要离开，走到门口的时候忽然停了下来，他想到了一个问题，便问：“你一个人住，行动又不方便，有人照顾你吗？”

女郎苦笑了一下，说：“我能解决的，回头我会打电话给同事，看他们能不能帮我买饭。”

傅华离开了女郎的住处，看看时间已经很晚了，也懒得在外面找地方吃饭了，就回了家，找了一袋泡面当做晚餐。

早上，傅华到了办公室，刚坐下不久，常志匆匆找了过来，傅华以为他是来为昨天晚上的事情找自己麻烦的，便冷冷看着他。他并不害怕常志，估计常志昨晚肯定跟那个女郎是想做那种见不得人的交易，闹大了常志也无法交代的。

常志见到傅华却干笑了一下，说：“傅主任，不好意思啊，昨天我有些冲动了，我晚上喝了点酒，失去了控制，没气着你吧？”

傅华看了常志一眼，知道常志说喝了酒只是借口，昨天并没有在他身上闻到酒味，就算喝了肯定也是喝得不多。不过傅华并不想计较，他并不是什么道德君子，不会容不得别人有一点瑕疵。而且傅华和常志份属同侪，有些时候更是应该包容一下，便笑笑说：“没事，我昨天也是觉得大家都是在政府工作的，在酒店大厅跟一个女人拉拉扯扯不像个样子，如果再被什么有心人拍照发上网去，大家更是不好交代。这里是北京，不是海川，信息传播发达，难说会发生什么事情。”

常志笑笑说：“是，是，傅主任你做得很对，很感谢你对我的维护。”

傅华笑了，说："不用这么客气了，大家都来自海川，有些时候是应该互相维护的。"

常志看了看傅华，说："傅主任，昨天那个姓方的跟你说过什么？"

傅华看了常志一眼，笑了笑，说："我没问，那女人也什么都没说。"

常志有点不太相信："真的吗？"

傅华笑了，这家伙是在担心自己知道了什么，便有心逗一逗他，说："常县长想让我说什么？昨晚发生了什么事情，常县长应该知道吧？"

常志一下子语塞了，傅华这么问似乎是知道些什么，可是又不能告诉他昨晚究竟发生了什么，因此一时无法回答。

傅华看出了常志的尴尬，他也不想太去为难对方，笑了笑说："我跟你开玩笑的，常县长，那个女人确实什么都没说。"

常志尴尬地笑了笑，说："其实真的也没发生过什么事情，我怕那个女人瞎说污蔑我。"

傅华笑笑说："没发生什么事情就好嘛，常县长不用担心啦。"

两天后，常志和刘芳结束了大樱桃节的推广活动，离开了北京，傅华专门设宴送行，也算是给足了面子。

又过了几天，傅华突然接到了一个陌生的电话，一个女人细声细语地说："你好，我姓方。就是那晚被你送到医院的那个人。"

傅华一下子想了起来，这就是常志纠缠过的女人啊，常志说她姓方，没想到这女人还真是姓方。傅华并不想去深入探究这个女人的背景和从事的职业，也不太想跟她有太多的纠缠，便笑了笑说："我知道了，你是想还钱是吧，不用急，等你好了再说吧。"

傅华相信女人的脚伤应该还没好，因此才这么说。

小方有些尴尬地笑了笑，说："不是的，傅先生，钱恐怕还需要等些日子才能还给你。"

傅华说："没事，你不用急的，这点钱没什么的，不用还都是可以的。"

小方说："我肯定会还您的，这你放心。"

傅华说：“行啊，等你好了再说吧。”

小方看傅华要挂电话，急忙说：“傅先生……”

傅华愣了一下，说：“你还有事吗？”

小方说：“不好意思啊，傅先生，恐怕还要麻烦你一件事情。今天是我复诊的日子，没人能送我去医院，你能不能过来帮我一下？”

傅华有些惊讶，看来这个小方在北京朋友真是不多，便说道：“行啊，我过去就是了。”

到了小方住的地方，傅华敲门，好半天小方才把门打开，傅华看到她拄着拐杖，一只脚打着石膏，有些不太好意思地看着自己，便笑了笑说：“准备好了，可以走了吗？”

小方笑笑，说：“可以了，不好意思，又要麻烦你。”

傅华又背着小方下了楼，将她送到了医院，大夫给小方做了复诊，嘱咐她这些日子多喝一些骨头汤之类的调补一下身子，小方苦笑了一下，也没说什么。

傅华又将小方送回了她的住处，累了个够呛，坐下来倒水休息的时候，傅华注意到屋内都是一些废弃的饭盒，也没什么水果之类的，看来这小方这段时间过得清苦。

傅华笑了笑说：“你这段时间就在吃盒饭啊？这可不行啊，医生不是说你要加强营养吗？”

小方苦笑了一下，说：“这也是没办法的事情，我同事住的地方离我都挺远的，我不好意思老是麻烦人家，只能打电话叫送餐的上来。”

傅华有些困惑地看着小方，说：“我一直没问你，你在北京应该有些朋友吧？”

小方说：“我是刚下来工作的，跟同事们还不太熟，要好的同学都没留在北京，在北京还真是找不到什么人帮我。”

傅华心中有些同情小方，便说道：“没人照顾你，当时你跟我说一声啊，我还是能抽出一点时间来看看你的。”

小方苦笑了一下，说：“你已经帮我很多了，我怎么好意思再麻烦你啊？”

傅华说："这也没什么的，你等我一下，我出去买点东西。"

小方说："不用了，我挺好的。"

傅华说："你这样哪行？你老老实实给我坐下，我一会就回来。"

小方还要说什么，却被傅华强按在椅子上坐了下去。傅华出去找了一家饭店，点了几个菜打包带走，又找了一家超市，买了一些水果奶粉之类。

小方这些天盒饭也吃得腻了，见了傅华带回来的饭菜，便吃得津津有味。

吃完饭，小方气色好了一点，笑着看着傅华，说："真是太谢谢你了。"

傅华笑了笑说："不用客气了，你一个人在北京遇到这种情况也是很难。"

小方看了看傅华，说："傅先生，我听你的口音，你也是海川人吧？"

傅华笑了，说："你不知道海川大厦是海川的驻京办吗？"

小方说："我哪里知道？我只是一个在北京读书、工作的海川云山人而已，对北京并不是很熟悉。"

傅华愣了一下，说："你是云山县的？那你认识常志了？"

小方点了点头，说："他是我们的县长，那一晚就是他叫我去海川大厦的。"

既然小方是认识常志的，而且看她过得这个艰苦的样子，似乎也不像是做小姐的，傅华就知道自己有些误会了，心中也对那一晚常志和小方究竟发生了什么事情有些好奇，便说："他已经回云山县了。我一直没问你，那天在海川大厦你和常志究竟是怎么啦，发生了什么事情让你那么害怕？"

小方低下了头，半天也没言语。

傅华看她似乎有难言之隐，就说："算了，你不想说就不说。你叫什么名字啊，我们应该算是老乡，相互认识一下。"

小方抬起了头，说："我叫方苏。很幸运地认识了你，要不然我还真不知道要怎么办。"

傅华笑笑说："好啦，我出来时间也不短了，我要回去了，有什么事情可以给我打电话。”

傅华就往门外走，这时方苏在背后说：“傅先生，那晚的事情我也不是不能跟你说，只是我有些羞于说出口。”

傅华回过头来，笑了笑说：“没什么，我只是好奇而已，你不方便说就算了。”

方苏苦笑了一声，说：“你对我这么好，跟你也不该有什么隐瞒，其实那一晚常志是想要强奸我。”

这件事情让傅华也震惊了，一个堂堂的县长竟然想要强奸一个女子，这是真的吗？还是眼前这个女人在编故事？

方苏点了点头，说：“我到现在也不敢相信，那一晚常志竟然敢那么对待我，他还是县长啊，怎么可以这样无法无天呢？”

傅华多少有些相信方苏了，因为他联想到后来常志小心翼翼探听，根本上就是做贼心虚。

傅华说：“你呀，怎么这么软弱，你当时为什么不报警抓那个王八蛋啊？”

方苏说：“当时在房间里就两个人，我如果报了警，谁能给我证明啊？他是县长，又有几个人相信县长想要强奸我呢？再说……”

方苏低下了头，似乎又有什么不好说的事情，再次停顿了下来。

傅华看了看方苏，他想起那一晚她逃离的时候畏惧的神情，便知道她肯定在某些方面是受制于常志的。

傅华说：“你都现在这个样子了，还在怕什么啊？难道就甘心让常志这样祸害你吗？”

方苏说：“我当然不肯，只是我父亲现在落在常志手里，我怕他对我父亲会有些不利的举动。”

傅华说：“你父亲？你父亲怎么会落在常志手里啊？”

方苏苦笑了一下，说：“我父亲是做企业的，他在云山县开了一家纺织厂，在以前的时候，为了经营贷款上的方便，就把企业挂靠在了当时的纺织工业局，其实纺织工业局根本就没什么投资，只是给了一个名义而已。后来纺织工业局撤销，这件事情就不了了之了。现在云山县说我父亲的企业是集体企业，企业的资产属于云山县。我父亲自然是不肯，这家企业是他费尽心血经营起来的，怎么能一句话就变成了县里的资产了呢？县里的检察院就抓了我父亲，原来我父亲在管理企业的时候，都把这家厂子当成是自己家的，财务方面有些漏洞，检察院就说我父亲侵占国有资产。”

傅华说：“那这与常志有什么关系啊?”

方苏说：“我家里的人自然不肯看着我父亲这样被送进监狱，就托了很多关系找到了常志，常志答应会想办法把我父亲放出来。这次他到了北京来，打了电话给我，说要跟我谈谈父亲的案子，我自然不敢怠慢，就赶过来见他。没想到他见了我，没说几句话就开始对我动手动脚，我一看情形不好，就赶紧挣脱跑了出来，后来就撞到了你，以后你都知道啦。”

傅华没想到常志的行径竟然会这么恶劣，有些愤慨地说：“常志竟然敢这么趁人之危，他还算不算人啊?”

方苏说：“还不知道他回云山县去会对我父亲怎么样呢？我也不敢把这里发生的事情告诉家里人，怕他们担心。”

傅华说：“他敢！还没有王法了。”

方苏苦笑了一下，说：“他是县长，在云山县就是王，还不是他想做什么就做什么啊?”

傅华说：“不会的，还有很多事情能管到他的，他不用嚣张，真要触犯了法律，他要为此承担一定的责任。”

方苏苦笑了一下，说：“可这件事情你挑不出他什么毛病的，抓我父亲可以说是保护国有资产，他要非礼我那件事情，也没什么证人可以帮我作证，我真是不知道能拿他怎么样。哎，我们家都是平头百姓，我父亲的一些关系也都是云山县的官员，没有人能帮我的。”

方苏一副任人宰割的样子，让傅华不由得有些气愤，他说：“你不能这个样子啊，有些事情要自己去争取的，你这个样子只能纵容常志这样的混蛋变本加厉。”

方苏说：“人家可是县长啊，我怎么斗得过？再说我就算斗得过他，也救不了我父亲，甚至可能让我父亲被判处更重的刑罚，那样我就害了父亲了。”

傅华看了一眼方苏，心中有点哀其不幸，怒其不争的感觉，便讥讽地说道：“你那一晚就不该逃跑啊，如果让常志遂了心愿，也许你父亲现在都已经被放出来了。”

方苏脸色一下子变了，她看了看傅华，说：“你不用用这种口吻来说话，是不是你看到我们这些平头百姓被人欺凌觉得很好笑啊？”

傅华意识到自己话说得有点过头了，他赶忙说：“不是，我是觉得你不应该这样听任常志欺凌。”

方苏苦笑了一下，说：“我们被人家欺负，无法反抗，那是我们没本事，这我承认，不过还轮不到傅先生来嘲笑或者可怜我们。今天很感谢你，钱我会尽快还给你的，现在请你离开。”

傅华被弄得越发不好意思了，赶忙道歉说：“对不起，我刚才说得有些过分啦。”

方苏却一脸寒霜，说：“傅先生是帮我的，你没有对不起我的地方，是我还没贱到让常县长遂了心愿，才找了这么多麻烦出来，谢谢你告诉了我这一点，现在请你离开。”

傅华还想分辨什么，却看到方苏已经是满眼含泪，一脸怒容，知道她实在是气到了极点，自己如果再不离开，怕是她会大发作，便灰溜溜地离开了。

回了驻京办的傅华满心恼火，他感觉方苏实在是莫名其妙，对待真正祸害她的人不敢反抗，而对于一个帮她的人却是这种态度，自己不就是说错了一句话吗？至于这样难以接受吗？

过了一会儿，傅华平静了一些，又开始为方苏担心起来了，她有脚伤，能照顾好自己吗？再是她说得也对，对于这些被欺凌的弱者，自己确实不应该用嘲讽的口吻，他们已经备受欺凌，所剩余的可能只有一点已经十分脆弱的自尊心了，自己说让方苏遂了常志的心愿，根本上就是把方苏的自尊踩到了脚底，这种态度根本就是有些高高在上的味道，什么给了自己这种凌驾于人之上的心理优势啊？自己这是怎么啦，难道在北京过了几年富裕的日子，就忘了根本吗？

傅华感觉脸上有些发热，他为自己的行径羞愧。对了，是不是想点办法帮一帮方苏啊？自己在这里歉疚对方苏也是没什么作用的，如果能帮她解决麻烦，那才是真正帮了她。

也不知道方苏的父亲叫什么名字，不过方苏提过的信息已经足够傅华去了解这件事情了。

傅华就打了电话给海川检察院的一个朋友，让他帮助了解一下是不是有一个姓方的厂长因为侵占国有资产被云山县检察院抓了，具体是怎么个情形。

过了一会儿，电话打了回来，说确实有这样一件事情，一个叫方山的纺织厂厂长因为侵占国有资产被抓了起来。

傅华说："那问题严重吗？"

朋友笑了一笑，说："这要看怎么说，说严重也可以说严重，说不严重也可以说不严重。这个方山是你什么人啊？"

傅华说："一个朋友，他的家里人让我帮问一下情况。"

朋友说："严格说起来，你这个朋友可能是有点冤枉的，他的纺织厂可能是当初为了经营上的方便，挂靠了纺织局，纺织局也没有什么实际上的投资，只是给了一个名头，纺织厂也每年缴纳一些管理费什么的，我记得最高法院当初有一个司法解释，这种情况纺织厂可以视为私营企业的。可能方山也一直拿这个企业当自己的家庭产业来对待，拿厂子的资产当自己家的。所以侵占国有资产的罪名有点不太成立。不过地方上处理起来，有些时候还是愿意把这种资产当成国有资产，尤其是那些经营好的没什么包袱的企业。"

傅华便明白，方山的纺织厂就是所谓的那种红帽子的企业。红帽子企业是一个十分具有中国特色的名词，在中国，改革开放过程中，除了传统的国有企业，还诞生了一大批在国有背景下发展起来的产权不甚清晰的所谓红帽子企业。红帽子企业是个历史遗留问题，随着这些企业的发展壮大，由于当初产权界定不明，政府和创业者之间必然会产生关于企业的归属和创业者利益保证之间的争执，而争执不下将必然会产生像方山被抓这样的纠纷。

所谓红帽子企业，就是名为国有企业或者集体企业，实为私人企业。它是由私人投资经营，而以国有企业或者集体企业的名义注册登记，或者挂靠在国有企业或者集体企业之下的企业。这类企业的存在和发展是一个历史现象，因而也需要用历史的眼光来看待。

改革开放前，中国只有清一色的公有企业，即国有企业和集体企业。改革开放开辟了市场化的进程，私人可以进入某些领域置产兴业。但是，在当时的环境下，出于多方面的原因，有的领域不允许私人进入，而私人又冒名进入了；有的虽允许进入，但私人经营的政治风险太大，需要戴一顶公有的红帽子作为保护。于是，通过挂靠或者登记，就出现了产权名公实私的红帽子企业。这样做是一种理性选择，无可挑剔和指责。事实上，这些企业在增加劳动就业、促进经济增长、创造社会财富以及推动改革进程方面，做出了巨大的成绩和贡献。因此，红帽子企业的存在和发展是一种进步。

但是，作为一个过渡的办法，政府部门给私人企业戴一个红帽子，私人企业因此获得了经营权力。在这个过程中，是存在一种先天不足的缺陷的，那就是当时没有对企业的产权进行明确的界定，于是产权纠纷产生。

通常意义上，根据谁投资产权属于谁的原则，产权应该是投资者的。但当时确实有特殊的情况，企业因为红帽子获得了这样或者那样的好处，也不能完全跟政府脱离掉关系，问题就复杂了。而在这其中政府处理问题的态度是很关键的，如果政府倾向于将该企业定性为国有企业，企业主还真是不好为自己争取权利。

看来常志还真是可以在这个案子中起到主导作用，难怪他敢那么嚣张地去侵犯方苏。

明白了这些，傅华大致上也就知道解决问题的关键在什么地方了，他再次找到了方苏家。

方苏开门看到是傅华来了，脸色沉沉的，说：“你还来干什么？钱我会给你送到办公室去的。”

傅华笑着说：“对不起呀，我上次是口不择言，你就别生气了。”

方苏冷笑了一声，说：“什么口不择言，根本上你就是从心里看不起我。”

傅华说：“哪里，我怎么会看不起你呢？”

方苏说：“没有吗？你衣着华丽，又开着好车，肯定还是个什么头头脑脑的，看到我这样穷酸，还不是满心的轻蔑。我家里没出事的时候，我也是不差你的。”

傅华笑了，说：“我没这个意思啊，我什么时候轻蔑过你啊？你看你让我办什么事情，我还不都是帮你办了吗？”

方苏说：“那是你可怜我而已。”

傅华说：“就算我可怜你，可也不代表我轻蔑你啊！”

方苏说：“难道你不敢承认吗？”

傅华苦笑了一下，说：“那你说，我什么地方轻蔑你了？”

方苏说：“你还记得第一次你送我去医院的过程吗？”

傅华说：“还记得。”

方苏说：“你虽然从头到尾一直在帮忙，可是你始终都没问我的姓名，就算我让你留下电话号码，你还是不问我的名字和电话，是不是那个时候你就不想再见到我了？”

傅华语塞了，那个时候他还以为方苏是小姐，没想要跟她来往，也就根本不想问她的名字和联系方式。现在被方苏以发难，傅华还真是不好解释，哪怕更会惹恼方苏。

方苏见傅华不说话，以为说中了他的心思，伸手就要把门关上。傅华见方苏要把自己拒之门外，赶忙叫道：“你先别急着关门，我来是因为有办法救你父亲。”

方苏顿了一下，用怀疑的眼神看着傅华，问：“你真的是有办法救我父亲？”

傅华笑了笑说：“你父亲叫方山对吧？”

方苏看了看傅华，说：“你去问了我父亲的情况？”

傅华笑了笑说：“我是问了，你是不是可以把门开开，让我进去说话了？”

方苏笑了，退开一边，傅华找地方坐了下来，看着方苏，笑了笑说：

“你是不是也可以坐下来，有些情况我还需要慢慢跟你了解一下。”

方苏看着傅华的眼睛，说：“你不是说已经有了办法了吗？既然是这样，还要问我什么啊？哦，我明白了，你就是要骗我开门。”

傅华笑了，说：“有必要吗？我骗你开门干什么，继续轻蔑你吗？好了，我是真的要帮你，不过事先我也需要听听情况是吧？”

方苏笑了，说：“看来我是误会你了。”

傅华说：“那你可以坐下来了吧？”

方苏坐了下来，傅华说：“我了解了一下，你父亲这种情况算是一种历史遗留下来的问题，纺织厂也是你父亲投资建起来的，严格起来说这种企业算是私营企业，不应该归属于公有企业，可能还有争取的余地。”

方苏脸色沉了下来，说：“常志当初说的跟你说的大体上是一致的，他就是说可以为我父亲争取，甚至还可以把厂子还给我父亲……”

方苏说到这里停了下来，傅华便猜到可能说完这些之后，常志就对方苏开始动手动脚了，以此为要挟想要占有方苏，只是没想到方苏并没有就范。

傅华说：“他说的这些倒是真的，政府在这方面确实是有主导权的。”

方苏面色变得惨白，苦笑着说：“那我岂不是害了父亲，也许我真的应该像你所说的那样，让常志遂了心愿就好了。”

傅华苦笑了一下，说：“你别哪壶不开提哪壶了，我那是气你不去抗争才这么说的，根本就没真的让你那么做的意思。”

方苏说：“其实我也知道你是这个意思，只是当时心中实在太委屈，你又来讥诮我，让我实在受不了了，才把心中的委屈发泄在你身上，是我不对。”

傅华笑笑说：“好了，都过去了，我们还是来聊你父亲的事情，我记得你说过，你家是通过关系找到的常志？”

方苏说：“是啊，我们先送了三万块给常志，他才跟我家的人见面的。原本我们还准备多送一点，可是厂子里的资产都被冻结了，实在拿不出太多钱。”

傅华听说常志接了钱还这么对待方苏，不由骂道：“这家伙怎么这么混蛋啊？就是做贼也还盗亦有道呢。”

方苏低下了头，说：“没办法，谁叫他掌握主动权呢？”

傅华见方苏又来没办法这一套，就有些火了，说：“什么没办法没办法的，我就不信治不了这个无耻的家伙，你家里人送钱给他有没有留下什么证据啊？”

方苏看了看傅华，问道：“你想干什么？你不会是想去告常志吧？”

傅华说：“你先别管这么多，你先告诉我，有没有证据？”

方苏说：“钱是通过中间人送的，我们只有中间人拿钱的证据。”

常志倒狡猾，他倒是可以轻易就否认自己没拿钱的，想要从这方面打开突破口，看来是很难。

傅华皱了皱眉头，他知道解决问题的关键是在常志这里，可是如何来突破，他却一时很难想出办法来。

方苏一直在看傅华的表情，看他皱眉头，便知道傅华也很为难，便说道：“我知道这件事情不好办，看来你也是没办法的，算了，你的好意我心领了。”

傅华说：“我就讨厌你这种逆来顺受的样子，什么不好办，问题总是能找到解决方案的。”

方苏说：“可是我们手头真的一点把柄都没有，你就是想告他也没一点招数。”

傅华说：“谁说一定要告他啊？我是想帮你父亲把问题解决了而已。现在你告诉我，你确信你们家的三万块钱，中间人一定给了常志吗？”

方苏说：“这我倒是可以确定，我妈妈去见常志的时候，中间人在常志面前提到过这件事情，常志当时并没有否认。”

傅华眼睛亮了，说：“我有办法了，可能只能帮你父亲出来，无法惩治常志了。”

方苏呆了一下，说：“真的吗？如果真的能救我父亲，惩罚不惩罚常志无所谓的。你告诉我要做什么，需不需要我做什么？”

傅华笑了笑，有心跟方苏开个玩笑，可他有过前车之鉴，话到了嘴边又收了回去。

傅华说："你不用管了，我来处理这件事情。"

方苏眼神中还是有些怀疑地看着傅华，傅华便知道她还是不信自己能解决这件事情，可是也不能把要怎么做全部告诉方苏，因为他的方法实在是有些邪性，真要说了，方苏也不一定相信能解决问题。

傅华认真地思索了一下，确信没有漏洞了，这才拨通了常志的电话。

过了一段时间常志才接了电话，笑着说："傅主任，找我有什么事情啊？"

傅华很严肃地说："常县长，你现在说话方便吗？"

常志笑着说："有什么事情你就说吧。"

傅华说："是关于方苏的事情。常县长，她说的可跟你说的大不一样啊。"

"方苏？"常志顿了一下，旋即说："你先等一下。"

常志那边就没有声音，傅华猜测他是把办公室的人赶出去，看来常志有些紧张了。

过了一小会儿，常志又说话了："傅主任，你刚才是说方苏跟你说了一些情况？你们之间还有联系啊？"

傅华一副为难的口吻，说："哎呀，说起来也是我多事，方苏那天脚受了伤，我就把她送到了医院去了，没想到就被她缠上了，昨天她要去医院复诊，就找到了我，我又送她去了医院。结果呢，她就跟我说了一些跟你有关的一些事情，把你说得很不堪，我也不知道真假。"

常志有些急了，他说："傅主任，这个臭女人都胡说八道什么？"

傅华说："说了一些什么行贿啊、强奸之类的莫名其妙的话，她还跟我说，她手里有证据，等她脚伤好了，她就会向有关部门反映你的情况，非要拉你下马不可。我现在真是后悔不该一时好心送方苏去医院，不然的话我也不会听到这么多不该听到的事情。有心装不知道吧，可是你我总算是同僚，方苏所说的如果是真的，闹大了，可能就会伤害你的仕途，甚至更严厉的，可能会让你受到刑事处罚，我不告诉你吧，就是害了你。可是我告诉你，这件事情如果不是真的，又好像是我不相信你常县长一样。想来想去，觉得还是告诉你一声，就算是没有这些事情，你心里也好有个准备，我看那个架势，方苏已经有跟你拼个鱼死网破的意思了。”

常志气愤地骂道：“这个臭女人，怎么这么多事啊？她能有什么证据啊？”

傅华说：“这我就不太清楚了，好像她说是她母亲录了音。好啦，常县长，我知道的事情都告诉你了，要如何应对你自己想办法吧，我挂了。”

常志急了，说：“傅主任，你先别挂，你急什么啊？好多事情你都还没说明白啊。”

傅华说：“具体的情形我也是不清楚的，我给你挂电话，就是想给你提个醒，让你早一点有防备，别的事情我也不想参与，你自己去处理吧。”

常志说：“傅主任，我要先感谢你帮我操这么多心，不过你好人也要做到底啊，不能说这么几句话就把我撂在这里了。”

傅华说：“我知道的就是这么多了，再多的情况我也不知道了。”

常志说：“好好，就算你知道这么多，起码方苏的原话、态度，你总能告诉我吧？”

傅华装作不耐烦地说：“好啦，好啦，你想知道什么赶紧问，我把我当时看到的都告诉你。”

常志说：“当时方苏说她母亲有录音，是怎么说的？”

傅华说：“她是说她的母亲找到了一个中间人，中间人说常县长能帮忙解决他父亲的问题，不过需要送些费用，她母亲答应了，不过在送钱给中间人的时候，她母亲多了个心眼，为了怕中间人收了钱不办事，就在身上带了录音机，后来，就在跟中间人和你办理的所有事情的过程中都带了录音机。”

常志惊叫了一声：“什么，这个臭娘们把所有的都录下来了？”

傅华也惊讶地说：“怎么，常县长，方苏所说的都是真的？你也太糊涂了吧？这种事情也能干吗？”

常志声音低了下来，说：“傅主任，我也是一时糊涂，当初这家人托人找到了我，说了方山的纺织厂的情况，我听了之后，也觉得方山的情况很可怜，有心帮他们家解决问题，就跟方山老婆见了一面。”

傅华说："这么说方苏说送给你三万块也是真的？"

常志说："我倒没拿钱，不过中间人拿没拿我就不清楚了。"

傅华心中暗自冷笑，你既然知道中间人收了钱，又怎么肯让中间人自己得好处呢？

不过傅华也不想戳破常志的谎言，就故意埋怨说："常县长啊，你啊，怎么不管好身边的人啊？"

常志说："这是我的责任，我疏忽了。"

傅华说："那么方苏说你后来在房间里是怎么回事啊？"

常志说："这要怪我那一晚喝多了酒，方苏的衣着又很暴露，我就有些失控，其实也不能算是强奸了，顶多就是摸了摸她的手之类的，没想到就被她诬赖上了。"

傅华说："常县长啊，你真是太糊涂了，那一晚酒店很多人都看到你对方苏拉拉扯扯的，如果人们知道她是你们云山县检察院抓的一个犯罪嫌疑人的女儿，跟你不熟悉，你那一晚的行径就很难解释了。哎，你我都是官员，这样的事情躲都躲不及，你怎么还主动往上沾呢？"

常志说："唉！我不是那晚喝多了酒吗？我这个人啊，酒后就没了理智。"

傅华说："这个理由法律上可是站不住脚的。哎呀，我听这么多头已经大了，反正是你自己的事情，就这样吧，我挂了。"

常志急道："傅主任啊，你这么急挂电话干什么啊？事情还没解决呢。"

傅华说："事情解不解决我是帮不上什么忙的，你自己想办法啊。"

常志说："你不能这个样子啊，傅主任，你既然插手了这件事情，就要插手到底啊。"

傅华说："我能帮上什么啊？我知道的都告诉你了。"

常志说："方苏既然肯跟你说这么多事情，说明她对你很信任，你能不能帮我传个话，就说那一晚是我一时糊涂，做了些不该做的事情，对不起。至于她父亲的事情呢，我们之间多少有些误会，是中间人打我的旗号去骗了她母亲，我会责令中间人把钱退回去的，而且我也觉得她父亲是有些冤枉的，我会让县政府尽快界定纺织厂的产权，还她父亲一个公道的。希望她能看在你的面子上，不要再跟我计较了。”

傅华说：“常县长，方苏能听我的吗？”

常志说：“她家里忙活了半天，不就是为了她父亲的事情吗？而且如果他真的跟我较真，我倒霉了，也就是换了县长而已，他父亲的事情不还是没解决吗？还不如让我帮她家解决了这个问题，大家两不相欠，岂不是更好？你把这个利害关系解释给她听，她如果够聪明的话，应该是能接受这个方案的。”

傅华说：“常县长，这些话我倒是可以传给方苏，不过，如果我把话带到了，你却做不到，岂不是让方苏连我也恨上了，我这岂不是自己找麻烦吗？”

常志说：“哎呀，傅主任，你怎么连我都不相信呢，你放心吧，我说到做到的，绝对不会连累你的。”

傅华说：“那好吧，我就帮你传话吧，不过仅此一次，她如果不同意，我也就不管了。”

常志说：“谢谢，我相信她肯定会同意的。傅主任你也可以帮我做做工作，回头我会感谢的。”

傅华说：“感谢就不必了，我也是希望你能平安地解决这个事情，别闹得满城风雨，金达市长你也不是不知道，他是一个很讲原则的人，他要知道了这件事情，就算不处分你，对你未来的发展也是很不利的。”

傅华在这个时候点出了金达，是想给常志一个警告，他跟金达的关系在海川政坛是没有人不知道的，常志如果不能妥善处置这件事情，他就有可能把情况反映给金达，就算是没有证据证实常志的一些不法行为，也会给金达种下一个恶劣的印象。

常志说：“我知道，拜托傅主任了。”

傅华挂了电话，暗自松了一口气，事情完全是按照他的预想发展的，他在决定打电话给常志的时候，就已经决定这件事情要在台面下解决了，这件事情只有在台面下解决，才既不用费什么气力，又能做到对方苏最有利。不过倒也不是不能在台面上解决，只是那样方苏需要证明很多事情，方苏手中并不是真的有什么证据，其次就算最后在台面上把问题解决了，顶多也是让常志丢官坐牢而已，方山的问题还是没解决，甚至有可能后来的官员为了表示自己的清白，严厉处置方山的案子，即使方山是冤枉的。那样的结果是与方苏的愿望南辕北辙。

再说以他一个基层官员的身份，如果参与揭发一个官员的不法行径，不但是为同僚所憎恶的，也是不被上级接受的事情。傅华也不想让自己成为官场的异类。

傅华就把常志的话转达给了方苏，方苏听说常志愿意把他父亲放出来，大喜过望，说："好啊，好啊，我同意。"

傅华笑了，说："你先别这么激动，只是你父亲的事情解决了，常志对你不轨的事情就不能再追究了。"

方苏说："我不跟他计较就是了。傅先生，你究竟跟常志说了些什么，让他这么快就转变了态度了？"

傅华笑了笑说："这你就别管了，我跟你说过，我有自己的办法。"

方苏说："你真厉害，我们家这么长时间没解决的问题，你上来就一下子解决了，真是太感谢你了。"

傅华笑了，说："因缘际会而已，感谢就不必了，你就赶紧养好伤，好迎接你父亲出来。"

傅华并没有马上就把方苏的答复告诉常志，他担心事情过于快了，会让常志对他在其中扮演的角色产生怀疑，因此在一天之后，才打了电话给常志。

这一次常志很快就接通了，上来就问道："傅主任，方苏答应了吗？"

傅华从常志的急促中感受到了过去的一天对他的煎熬，他可能一直就在盼着傅华的答复，便笑了笑说："常县长，她答应了。唉，费了我不少口舌呢，女人有些时候就是不够理智，她不能从什么是对她最有利的角度来分析问题，我好不容易才解释通了，她最终同意接受你的方案。不过也还是在我打了包票的前提下才答应的。常县长，你可不要让我栽跟头啊！"

常志松了一口气，说："那就好，那就好。放心吧，我会处理好这件事情的。"

于是在常志的关注下，云山县的国资部门对方山的纺织厂重新做了产权界定，经过认真的核实和评估，确定纺织厂是方山当初投资组建的，虽然后来一定时期挂靠在纺织工业局，纺织厂也向纺织工业局支付了相关的管理费，算是实现了权利义务的对等。在兼顾效益和公平的原则之下，根据谁投资产权归谁所有的基本原则，最终确认产权归方山所有。

这一确定，纺织厂就不再属于公有企业，而属于私营企业，方山的侵占国有资产犯罪就不再成立，方山随即就获得了自由，纺织厂也还给了他。

常志在方山获释的第一时间，就打了电话给傅华，把消息通知了他，然后让傅华跟方苏去取回当初她母亲录下来的录音。

傅华心中暗自好笑，事实上没什么录音存在的。不过他并没有说破这一点，而是答应去跟方苏交涉，讨回录音带。

挂了常志的电话，方苏的电话打了进来，兴奋地说："傅先生，真是太感谢你了，我父亲被放出来了，纺织厂也发还给他了。"

傅华笑了，说："我已经知道了，替你们高兴。"

方苏说："我家里的人还说，事情都是常县长关照才会这个样子的，常志让中间人把那三万块送了回来，让我妈都感觉有点匪夷所思。傅先生，你是不是对常志使了什么魔法了，他怎么突然变得这么好啦？"

傅华心中暗自好笑，心说你不知道我在背后帮你威胁了常志，他是怕你告他才会这么乖的。这些事情我是不会跟你说的，还是让你觉得这世界是美好的吧。

傅华笑了笑，说："其实常县长也不是一个很坏的人，那一晚他是有些喝多了才会对你不轨的。后来我把你家的情况说了，他深为那一晚的行为孟浪而感到羞愧，为了弥补，他就帮你父亲解决了问题啦。"

方苏半信半疑，说："真的吗？我怎么不这么觉得？"

又过了一天，常志等不及傅华的回话，打了电话过来："傅主任，方苏那边怎么说？她肯不肯把录音带还给我啊？"

傅华笑了笑说："常县长，方苏说了，他们全家都很感谢你的帮助，会把这一切铭记在心的。至于录音带吗，他们说已经彻底销毁了，今后绝对不会出现什么录音带了。”

常志愣了一下，说：“什么，他们自己销毁了？可能吗？”

傅华笑笑，说：“他们是这么说的，他们跟我保证了。其实呢，我觉得这份录音带你拿不拿回去，意义也不大，现在科技这么发达，就算你拿回去了，谁就能保证他们没有拷贝下来呢？”

常志迟疑了一下，说：“是这样啊！”

傅华笑了笑说：“其实你也不用担心了，不是听说你让中间人把钱退回去了吗？他们就是保留着录音带，也无法威胁到你是不是？你放心吧，如果方家再找你什么麻烦，就由我来对付他们。”

常志想了想，也确实没什么办法能保证一点后患不留，就说：“行啊，我相信傅主任不会害我就是了。”

傅华不戳破录音带根本不存在实际上也是不想去惹恼常志，如果常志知道这一切只是自己在耍他，一定会恼羞成怒进行报复的。他可能对自己没办法，但是他一定会想办法去对付方家人的。方家的纺织厂又是在云山县地面上搬不走，如果常志迁怒于方家的话，方家今后的日子肯定不会好过了。所以还不如留这样一条让常志担心的尾巴，那样常志也就不敢轻易招惹方家了。

第七章　东窗事发潘涛寻短见，清者自清傅华有担当

潘涛一天深夜里突然给傅华打了一通电话，东拉西扯，说了些莫名其妙的话。傅华正在纳闷，过了几天，警方赶来调查，傅华这才知道那天潘涛与自己通完电话后便自杀身亡了。面对警方的调查，傅华觉得自己身正不怕影子斜，没有干任何违法乱纪的事情，清者自清浊者自浊，心中十分坦然。

过了两天，傅华接到了方苏的电话，方苏说父母来北京了，想向他当面表示感谢。

傅华笑了笑说：“什么谢不谢的，我不太喜欢这种场面，就不过去了。”

方苏有些急了，说：“那怎么行啊？你救了我们家啊。”

傅华笑了，说：“你别这么说，不是我一个人的功劳，常县长也帮了你们很多。就这样吧，不要搞什么谢不谢的了。”

方苏说：“我爸妈说非要当面跟你表示感谢不可，如果你不过来，他们就要去海川大厦。”

如果方山夫妻到海川大厦来向自己表示感谢，自己帮方山这件事情就等于上了台面，常志一定会从中嗅到什么的，这可不是傅华想要看到的局面。

傅华说：“好啦，我过去就是了。”

傅华去了方苏住的地方，一个四十多岁的男人给他开了门，男人的气度还可以，只是神色之间略有些郁郁，想来这就是方苏的父亲方山了。

傅华笑了笑说：“你好啊，方叔叔。”

方山笑着说：“傅先生是吧？快请进。”

傅华往里走，他对这种场面真是感觉到有些尴尬，尤其是看到方山一脸要感谢自己的样子。

进了屋之后，就见到一位四十出头的妇人正陪着方苏坐在那里，妇人神韵之间与方苏有几分相似，便知道这就是方苏的妈妈了。

傅华点了点头，说：“阿姨你好。”

妇人站了起来，笑着迎了过来，说：“傅先生，你好，这一次真是太感谢你了。”

方山也笑着说：“是啊，傅先生，这一次你真是救了我们全家啊，尤其是小女，没有你，可能她就遭到了常志的毒手了。”

傅华有些尴尬地看了看方苏，方苏笑着说：“是啊，我们一家人都对你感激不尽啊。”

傅华笑了笑，说：“方叔叔、阿姨，你们不要这样说，我也只是碰上了而已，再说这事情也与我有关，当时我不绊倒方苏，她也不会受伤的。”

方苏说：“傅先生，是我在背后撞到了你，怎么能怪你呢？”

傅华冲着三人摆了摆手，说：“好啦，事情已经过去了，你们这样子让我真的有些尴尬。”

方山笑了，说：“傅先生，你这种施恩不图报的精神真的让人感动。”

傅华笑了笑，有生以来他还真是第一次碰到这种场面，说：“好啦，方苏啊，你看我也来了，叔叔阿姨感谢的话也都说了，我是不是可以离开了？”

方山笑了笑，说：“傅先生，你先别急着走，感谢的话我们都不说了还不行吗？其实大恩不言谢，你为我们方家做的事情，也不是感谢的话就能回报的。你先请坐，我还有些事情想要请教。”

傅华只好留了下来，问道：“方叔叔，你的纺织厂拿回来了吗？”

方山点了点头，说：“县里发还给我了。”

傅华说："受了什么损失没有？"

方山说："损失很大，我一进去，纺织厂就停工了，这几个月下来，客户流失不少。幸好我事先对这种情况已经有所准备，做了些工作，我想几个月可能就基本上能回到原来的状态。傅先生，我听小女说你是海川驻京办的？你是不是就是海川驻京办的傅华主任啊？"

方山不愧是经营企业的，对社会状况比较熟悉，上来就点出了傅华真实的身份。傅华笑了，说："是，我就是傅华。"

方山笑笑说："这就难怪了，我在云山县就听说过海川市的驻京班主任是一个很有能力的人物，难怪你一出马，常志就老老实实把我放了出来。"

傅华笑了，说："那都是别人瞎传的。"

方山说："瞎不瞎传，每个人心里都有数。你这一次为了救我，是不是动用了金市长的力量？"

傅华笑着看了方山一眼，这家伙果然是商人，耳聪目明，难怪他能把纺织厂经营得那么好，来北京之前已经详细打听过自己了，深知自己与金达关系很好。

傅华说："如果动用到金市长，可能常志已经进了监牢了，只是那样方叔叔的问题可能还是很难得到解决的，所以我没跟金达市长汇报这件事情。"

方山惊讶了，他原本打听到傅华跟金达关系不错，以为傅华是借助金达的力量压着常志妥协的，那样子的话，虽然能找到市长的帮助也是能力很强了，但基本上还是让方山认为，权力是得以处处通行的通行证。可是傅华否认了这一点，这就让方山不得不惊讶了，毕竟家里为了他的获释已经奔波了几个月还没什么结果，而傅华一出手，问题就迎刃而解，这傅华究竟做了什么啊？

方山看着傅华，问道："傅主任，那我能请教一下你究竟做了什么工作，才一下子扭转了乾坤，让常志转变了态度？"

傅华笑了，他已经给了方苏一套常志良心发现的说法，再来做别的解释，似乎承认自己说谎了，而按照他给方苏的说法解释给方山听，方山是一个经商多年，还小有成就的一个人，肯定不是好糊弄的，便说：“方叔叔，这件事情你能不能别问啦？”

方山笑了笑说：“傅主任，你不要不好意思，你跟小女说什么常志良心发现，主动帮忙解释，别说我不相信，就连小女也是无法相信的。”

方苏笑笑说：“是呀，傅先生，你那次告诉我之后，我认真想了想，不相信常志会在你的说服下良心发现的，你还是告诉我们究竟做了些什么吧，别让我们蒙在鼓里。”

傅华笑了笑说：“我不过玩了一点小的伎俩，让常志不得不良心发现，你们还是不知道的好。”

方山说：“傅主任，可能你让我们蒙在鼓里是想保护我们，可是我们如果不知情，很多方面就不知道该如何应对，对你并不利。就像这几天中间人一直打电话给我们，想要从我们这里拿回什么录音，我们家里人都不知道有什么录音带，也就无法应付，只好含糊以对。”

傅华愣了一下，他倒没想到常志并不死心，还在想从方山那里拿回录音带，这录音带根本就不存在，方山又怎么会知道情况呢？

也应该揭开谜底了，否则方家的人不知道情况，说没有这录音带，常志可能就会醒过味来。傅华便笑笑说：“好啦，我告诉你们吧，这就是我跟常志玩的小技巧了，我告诉他，你们把跟他见面的经过都录了下来，如果他不能帮你们解决问题，你们就要揭发他受贿。现在你们明白常志为什么突然会良心发现了吧？”

方苏说：“可是我们手里没有录音带啊？”

傅华笑了，说：“是啊，我们是没有录音带，可是常志并不知道我们没有啊！”

方山笑了，说：“实者虚之，虚者实之，虚实相生，高啊！看来傅主任对《孙子兵法》有过很好的研究啊。”

方苏困惑地看着方山，说：“爸，我还是没明白傅先生说的是什么意思。”

方山笑了，说：“傅主任是利用了常志的恐惧心理。是，我们是没有录音带，可是方山并不知道我们没有，他一听傅主任说有录音带，本能地宁可信其有，因为如果真有，他不按照傅主任的要求去做，将付出难以承受的代价，他是不敢冒这个险的。”

方苏说：“哦，是这样啊，傅先生，你真是好聪明啊。不对，现在常志已经帮我们办好了事情，要向我们要录音带，我们拿什么给他啊？如果给不了他，他再来报复我们怎么办呢？”

方苏这么一说，方山夫妻的目光也都转到了傅华身上，他们也在担心这个问题，现在中间人盯着他们要这录音带呢，他们拿不出来，也不好交代，可是要拿又没有。

傅华笑了，说：“我是告诉常志说，这录音带已经销毁了，他再追你们，你们就告诉他，录音带已经没有了，信不信由他。我相信他知趣的话，就不会再来追了。”

方山呵呵笑了起来，他佩服起傅华的智慧。方苏也笑了，说：“傅先生，看不出来这里面真坏的是你啊，你这个样子岂不是要让常志担心一辈子？”

傅华笑笑说：“有些时候要对付这些坏蛋，也不得不用一些坏招，就让他担心去吧。其实这算是便宜常志了，我如果真有录音带，现在肯定送给纪委了，让常志去接受他应该接受的惩罚。”

方山说：“对，有些时候对付这样的坏人是要用些坏招的，傅先生，我真的感谢你，为了我们费了这么多心思。”

傅华笑笑说：“好啦，方叔叔，不是说不再说感谢的话了吗？这件事情希望就到此为止，你们可不要对任何人说。我担心常志如果知道真相，会对你采取报复措施的。”

傅华告辞离开了，上了车之后心中有些奇怪，为什么方苏对自己这几次陪她去医院垫付的医疗费只字未提呢？他倒不是在乎这几个钱，可是方苏连提都不提，有些不近情理吧？

不过很快傅华就释然了，也许方苏是因为父母进京兴奋忘记了吧？

海川重机的重组还是没有进一步的消息，这让傅华有些忧心，他担心这个重组案因为得不到证监会的批准而胎死腹中。

更让人担心的是潘涛和贾昊，有消息说这一次国家想要整顿一下证券市场的秩序，因此对暴露出来的问题要一查到底，从严惩治。这几天傅华去过顶峰证券一次，工作人员都是一脸的严肃，丝毫没有以前那种轻松愉快的表情了，这种风声鹤唳的气氛给傅华造成了一种大祸临头的感觉，心情也跟着沉重起来。

潘涛还是没在公司，谈红的神色也是凝重的，不像以前总是喜欢开开玩笑闲扯几句的样子了，上来就问傅华来有什么事情，如果是问海川重机重组的事情，还请免开尊口，因为重组方案还停在证监会，没有丝毫进展。

傅华就是来问这件事情的，谈红让他免开尊口，他自然就不能再把问题问出来了，他有心想打听一下潘涛现在什么情形，可看样子估计也会碰一头钉子，想想还是算了。

傅华说："既然没什么进展，我就回去了。"

谈红点了点头，说："你回去吧，有什么进展我会打电话给你的。这几天你也不要到公司来了，现在的情形估计你也听说了，你还是少来。"

傅华明白谈红这是为了他好，顶峰证券现在肯定是有关部门的重点关注对象，自己如果常来，肯定也会被关注的。

傅华笑了一笑，说："我明白，非常时期你自己也要多小心。"

谈红是顶峰证券的业务经理，顶峰证券如果真的有什么问题，谈红肯定也是脱不了干系，傅华感觉跟谈红相处这段时间以来，彼此至少应该算是谈得来的朋友，因此也不希望谈红出什么事情。

谈红笑了，说："傅主任，你这算是关心我吗?"

本来谈红是有些想跟傅华开几句玩笑，可话开了个头，就被公司现在的气氛压得没了心情，也就没了心绪继续说笑下去："算了，你还是赶紧走吧，我还有很多事情要忙呢。"

回到家里已经接近午夜，屋里冷冷清清的，傅华简单地洗漱了一番，就爬上了床，朦朦胧胧睡了过去。

不知道过了多长时间，放在床头的手机响了起来，傅华在半梦半醒的状态中摸过了手机就接通了，说："谁啊，这都几点了还打电话过来？"

一个男人的声音似乎从很遥远的地方传了出来，说："打搅你休息了吧，傅华？"

傅华并没有听出来这个男人是谁，就随口应了一声："你谁啊？"

男人说："我潘涛啊，你没听出来啊？"

潘涛？傅华还没很清醒，他重复了一遍名字，这才想到打电话来的是已经有一段时间没联系的顶峰证券老总潘涛，他一下子坐了起来，急问道："原来是潘总啊，你回北京了吗？你的事情现在怎么样了？"

潘涛这段时间已经不在北京，顶峰证券的人说他在深圳，但是外面也有人说潘涛为了逃避证监会的调查，已经逃到国外啦。他突然深夜打电话过来，自然是让傅华满心疑问，更何况潘涛的事情还牵涉到师兄贾昊，傅华自然很想知道两人是否已经安全过关了。

潘涛轻声笑了笑，说："老弟啊，你别这么急啊，我还在外地，没回北京。"

傅华说："那你的事情怎么样了，我听很多人说你在被调查。"

潘涛说："还能怎么样，还是那个样子吧。我今晚感觉特别闷气，就想打电话跟老弟聊聊天，哎，老弟，原来我一直认为你成天把什么原则挂在嘴上，真是古板得可以，心中还笑你太胆小怕事，哪知道事情到了今天这个地步，就觉得当初要是讲点原则就好了，也不用现在担惊受怕了。"

傅华笑了笑说："潘总啊，你也不要太担心，什么事情都会过去的。"

潘涛苦笑了一下，说："话是这么说的，可是这事情要过去的方式就很多了，有平安无事过去的，也有身陷牢狱过去，更有一种方式是死过去。"

傅华忽然感觉潘涛的话很不吉利，便说道："潘总，你可别这么说，什么死过去啊，多不吉利啊？"

潘涛笑了笑说："老弟啊，你也别这么紧张，我也就那么一说，有人说除死无大事，其实，有些时候死亡根本算不上什么大事，眼睛一闭，什么事情都解决了，这可能是最快的解决问题的办法了。"

傅华说："潘总，你越说越邪乎了，这么大半夜的，你说的多瘆人啊？

你也不顾虑太多了，事情总会过去的，到那个时候你再回过头看看，就会觉得根本就没什么过不去的坎。”

潘涛笑了起来，说：“我从来不知道老弟你还这么封建，你不敢面对死亡啊？这中国人啊，就是不敢面对现实，其实在西方，死亡是一个常被探讨的问题，死亡是什么，不过是一次醒不过来的长眠而已，忘记是不是哈佛大学了，还专门有哲学教授开了一门死亡的哲学课程。”

傅华苦笑了一下，说：“潘总啊，我现在是一个人在家里，你不要老跟我探讨这个问题好不好，我心里发毛。”

傅华当时的感觉确实是心里发毛，他接电话的时候并没有开灯，黑漆漆的屋子里，只有手机一点微弱的荧光，潘涛的声音幽幽的，似乎是从地底下发出来的，又在探讨最令人毛骨悚然的死亡问题，即使是潘涛是用哲学的角度探讨，可是傅华还是难以控制地恐惧了起来。

很长一段时间里，傅华都无法忘记这一次潘涛在深夜里打来的探讨死亡的电话，有几次他还在噩梦中被惊醒，在梦中他看到一脸严肃的潘涛说：“死亡不过是一场醒不过来的长眠而已。”做梦到这里，傅华都会被潘涛那种瘆人的说话声音而吓醒。

那一晚潘涛还跟傅华谈起了他的小儿子，说到小儿子，潘涛语气中充满了慈爱，他很为儿子优秀的表现感到骄傲。

这也是傅华从来没接触过潘涛的一面，他认识的潘涛总是一副吊儿郎当的样子，有些时候他由于某种取向的关系，眼神中还会有一种色色的感觉，那个时候，傅华就会浑身都起鸡皮疙瘩，有一种想要赶紧逃开的感觉。

原来这个男人心中也有慈父的一面啊，他对生活也会有敬畏，只是这些从来没在人前表现出来而已。

那一晚潘涛跟傅华聊了很长时间，结束谈话的时候，傅华已经没有了困意，他拉开了卧室的窗帘，窗外已经蒙蒙亮了，夜晚耀眼的灯光变得有些暗淡起来。

傅华打开了窗户，清晨的空气有些微凉，他眺望远处的高楼大厦，忽然想起当初赵婷领他回家见父母的那一晚，在吃完饭之后，赵凯把他领到书房去的那一番谈话。当时赵凯说北京越来越繁华了，越来越漂亮了。可是你知道这漂亮的高楼大厦背后充满了尔虞我诈，有着见不得阳光的一面吗？这是因为现在是经济时代，人们很大一部分的目光都放到了他们能够赚取的经济利益上面，为了利益最大化，他们必然会挖空心思、不择手段去攫取。

眼前这繁华的背后，确实有着见不得人的一面，就像潘涛，顶峰证券的老总，曾经是多么风光的一个人啊，可谁知道他为了这个风光做过多少见不得人的事情啊？傅华虽然不知道潘涛究竟做过些什么，可是从潘涛现在不得不为曾经不遵守规则的行为躲避到外地来看，他的违规行为肯定是很严重的。不知道这一次他能逃得过劫数吗？还有师兄贾昊，这个证监会的高官，他现在是不是也像潘涛一样惶惶不可终日啊？

贾昊的日子肯定不会好过了，他已经很长时间没跟自己通过电话了，傅华也不敢打电话过去，他怕给贾昊增添一些不必要的麻烦。

从潘涛谈话语气的沉重，傅华可以判断出问题可能朝向更严重的方向发展了，不知道这一次贾昊要为此付出怎样的代价？看来当初张凡老师对他的做事方式不满，跟他划清界限还真是正确的。只是贾昊却并没有因此而有所收敛，最终沦入了这种境地。

傅华心中也跟着不安起来，他和贾昊、潘涛是合作过几桩事情的，丁江、丁益父子的天和房地产、伍弈的山祥矿业以及现在的海川重机的重组，他自己倒是感觉没问题，伍弈已经阴阳两隔，就是有问题也找不上他了。可是丁江、丁益父子有没有问题呢？也许是有问题的，不然丁益也不会来京打探消息，他也还记得天和房地产上市的时候，丁江要送给自己一些原始股，被自己拒绝了，他能送自己原始股，会不会也送一些关系人呢？以丁江处理关系的老道，傅华猜测他肯定会安排给贾昊的。

傅华拨打了丁益的电话，丁益过了一会儿才接通了电话，说："傅哥，怎么这么早啊？"

傅华这才意识到自己光顾考虑问题的严重性了，没看时间，就说："你看我，自己起床了就以为别人也起床了，我忘记看时间了。"

丁益说："发生了什么事啊？"

傅华说：“刚才潘涛跟我打电话了，怪里怪气的，我心里有些不安，就想打电话给你问一下，你们那边最近情况怎么样？”

丁益说：“不怎么样，上面来人到天和公司调查过，幸好我们公司还是过硬的，所以没查出什么问题。我父亲觉得这件事情与你也没什么关联，就让我不要跟你说。”

天和房地产公司竟然被调查了，看来有关部门已经开始调查潘涛经手过的业务了，蟠涛的问题比预想的还要严重，不过天和房地产似乎没惹上什么麻烦。丁江不跟自己说天和被调查的事情，也是为了保护自己，不让自己被牵涉进去。

丁益问：“潘涛说过什么了吗？”

傅华说：“只是说什么死亡啊，儿子啊，说得很消沉，大半夜的够瘆人的。”

丁益说：“潘涛现在的心理压力很大，有消息说这一次的调查主要目标是他，他消沉也很自然。”

傅华说：“我也觉得他心理压力很大，还劝解他放开点，事情很快就过去的。”

丁益说：“希望这样吧。”

傅华也没什么话要说了，沉默了一小会儿就挂了电话。

挂了电话之后，傅华也难以入睡了，闷坐到天光大亮，冲洗了一番就去了驻京办。

上午，金达打了电话过来，询问了海川重机的重组进展情况，潘涛现在这种状况，显然海川重机重组是不会有什么进展了，傅华就把了解到的情况说了，金达也觉得目前这种状况，再去催促顶峰证券也是没用的，只好说：“那先放一放吧。”

金达又要求傅华在北京多注意些客商投资方面的信息，他说海川新上的几个工业园都急需要客商入驻，要傅华多注重这方面的招商工作。

傍晚，忙了一天的傅华伸了伸懒腰，工作总算结束了，还真是够累的，昨晚没休息好的他打算早点收拾一下回家休息。

门被敲响了，方苏闪了进来，傅华笑了笑说：“你怎么来了？”

方苏说：“我是想你下班了也是一个人吃饭，我也是一个人吃饭，不如凑在一起，两个人还热闹些。”

傅华说：“你妈妈回云山了？”

方苏说：“是呀，她不放心我父亲，见我好了，今天就飞回海川了。”

傅华想了想反正自己也要吃饭，便说：“那你想吃什么？”

方苏说：“你们这里有一家海川风味的餐馆，我好长时间没吃到家乡菜了，还蛮想吃的。”

傅华笑着说：“这简单啊，我们下去吃就是了。”

两人就坐电梯下去，正碰到罗雨和高月，高月笑着看着傅华，说：“傅主任，这位是？”

傅华正想要介绍方苏，方苏却抢先一步说：“你好，我叫方苏，是傅华的女朋友，很高兴跟你认识。”

高月笑着跟方苏握了握手，说：“我叫高月，是海川驻京办的，这位是罗雨，是我的同事。”

罗雨也笑着跟方苏握了握手，还冲傅华眨了眨眼睛，笑着说：“很高兴认识你，你真漂亮。”

方苏倒是落落大方，说：“也高兴认识你，既然你们也是来吃饭的，我们大家一起吧？”

傅华心说方苏倒不认生，上来就跟自己的同事打成了一片，还说是自己的女朋友，真是的。

高月笑了笑说：“你没看傅主任一脸不高兴的样子，我们还是不当这个电灯泡了吧？”

傅华不高兴，倒不是不想跟高月和罗雨一起吃饭，赶忙笑了笑说：“我可没这个意思啊，大家一起吧。”

高月笑了笑说：“我是开玩笑的，我和罗雨也不会太不识趣，还是各吃各的。”

傅华不好再去勉强，四人就分成两组，各自找地方坐下来吃饭。

坐定之后，傅华瞪了方苏一眼，说：“为什么说你是我的女朋友？”

方苏说："我做你女朋友也不丢你的脸，是吧？"

正说着，顺达酒店的总经理章凤也走进了餐馆，高月冲着章凤招了招手，章凤就走了过去，两个女人一起嘀嘀咕咕，不时还看向这一边，傅华就知道这次玩大了，高月肯定是在告诉章凤，自己带女朋友一起吃饭了。

傅华心中暗自叫苦，章凤知道了，赵淼就知道了，那肯定赵凯就知道了，自己有女朋友这件事情很快就会在赵家传开了。

傅华瞅了一眼方苏，说："真是被你害死了。"

方苏问："怎么了，出了什么事情了？"

傅华想要解释给，却看到章凤已经朝着自己走过来了。

方苏也看到了章凤，愣了一下，说："不会这个女人也是你的女朋友吧？"

章凤这时已经走到了傅华面前，笑着说："姐夫，听高月说你有女朋友了？就是这位吗？"

章凤跟赵淼确定关系之后，一直跟赵淼叫傅华"姐夫"。

傅华并不想把跟方苏假凤虚凰的关系闹到赵凯面前，便笑着说："高月弄错了，方苏小姐是我们海川的同乡，刚才她是跟高月开玩笑的。"

章凤笑着坐了下来，说："姐夫啊，我跟赵淼都认为你跟姐姐离婚的事情，是姐姐不好，赵淼还跟姐姐为此吵过一架呢。现在姐姐马上就要嫁给别人了，你也该找个人了，你不用怕我知道方小姐是你的女朋友，我跟赵淼只会祝福你们的。"

傅华有些恍神，虽然他觉得自己已经把赵婷放下来了，可是听闻她就要嫁给别人，心里还是不是滋味，他说："小婷要结婚了？婚期定了吗？"

章凤说："这个月底就结婚。这件事情父母都不是很认同，可是姐姐坚持，他们只好接受。"

傅华苦笑了一下，说："替我跟他们道一声祝福。"

章凤说："事情已经是这样了，你也别不好受了，这位方小姐很不错啊，又年轻又漂亮。"

傅华摇了摇头，苦笑着说："跟你说过不是我女朋友。"

方苏这时看傅华表情痛苦，又坚决否认自己是他女朋友，她就不敢再在章凤面前说是傅华的女朋友了，便说：“其实刚才我跟傅华的同事们闹着玩瞎说的，我们只是老乡，不是什么男女朋友。”

章凤说：“只是老乡也无所谓，我看方小姐真是很善解人意，我姐夫有你这样一个老乡也是他的福气。方小姐，你可能不知道，我姐夫最近这段时间遇到了很多事情，这也是他最苦的一段时间，可能心中很多结还没解开，你有时间可以多陪陪他吃吃饭什么的，他是很善良很聪明的一个人，过了这段时间他过了心中的那道坎，可能就好了。”

章凤离开了，这个误会看来已经是造成了，傅华狠狠地瞪了一眼方苏，说：“你看你都干了什么事情?”

方苏小心地看了一眼傅华，说：“我是不是闯祸了？刚才这个女人叫你姐夫，她跟你前妻是什么关系啊?”

傅华说：“她是我前妻弟弟的女朋友，这下你高兴了吧，闹得满世界都知道你是我女朋友了。”

方苏说：“你前妻不是马上就要嫁人了吗？你还怕她家人知道干什么?”

傅华说：“要那么简单还好了，岳父是我很尊重的人，如果你真是我女朋友，我还可以正式把你介绍给他，可我们现在这种状况，你让我怎么介绍啊?”

方苏笑着说：“你就把我当成你真的女朋友不行吗?”

傅华苦笑了一下，说：“哪里会这么简单？我现在还没有做好迎接新感情的准备。”

方苏看了看傅华，便低下头去不再说什么了，傅华多少也知道方苏心中在想什么，这个女孩子可能确实对自己有些迷恋，可是一来他没有开始一段新感情的心理准备，二来他觉得方苏可能是因为自己帮过她，对自己有感恩的情分，他并不想利用方苏这种感恩的心理，随着时间的过去，方苏这种感恩的心境总是会过去的，她就不会再对自己有这种想法了。

两人在沉闷的气氛中吃完了饭，傅华将方苏送回了家，这一次到了地方，方苏就下了车，也没缠着傅华送她上楼，傅华便知道她是真的生气了。傅华看方苏这个样子，心里倒有些轻松的感觉，惹她生气了倒也未尝不是一件坏事，这样也许他就不会再来纠缠自己了。

傅华调转车头，回了自己的家。进了卧室，迎面就看到婚纱照，赵婷正在笑意盈盈看着自己。离婚之后傅华并没有改动家里的装修，当时他还盼着赵婷有回心转意的那一天，因此这些婚纱照都还保留在原来的位置。此时赵婷已经在筹备跟别人的婚礼了，因此这张婚纱照看在傅华的眼中便分外有讽刺的意味。

傅华就过去想要把婚纱照取下来，却发现很难将它取下来，傅华苦笑了一下，心说看来自己一时还很难摆脱这张照片，反正这也算自己人生过程中一段重要的经历，就让它留在那里吧。

接下来的几天，傅华一直担心赵凯会打电话找自己，他倒不是担心赵凯会兴师问罪，他担心的是该如何解释跟方苏这段被虚构出来的关系。

早上，傅华到办公室的时候，有两个男人站在门前，看到傅华来了，问道："请问是傅华先生吗？"

傅华点了点头，说："两位是？"

一名男人说："我们是深圳市公安局的，我姓张，我这位同事姓王。"

傅华愣了一下，自己眼下所有的事情没有跟深圳有交集的，他们找自己要干什么？

傅华心里疑惑着，一边开了办公室的门，把两位警官让进了办公室坐下，有这么段时间的缓冲，他已经从容了下来，笑着问："两位找我有什么事情吗？"

张警官说："请问潘涛潘先生你认识吧？"

傅华心中一下子紧张了起来，潘涛现在就躲在深圳啊，难道是潘涛那边什么事情牵连了自己？不对啊，如果是潘涛牵连到了自己，那似乎也不应该是警察来调查这件事情啊！他心中更加疑惑了，看了看张警官，说："认识啊，他发生了什么事情吗？"

张警官笑了笑，说："傅先生，你别紧张，是这样的，昨天我们发现潘涛先生死在自己的住处，我们查了他的通联记录，他死亡前最后一通电话，就是傅先生的号码，看通话时间，你们聊了很长一段时间，我们来就是想了解一下他跟你说了些什么。”

傅华呆住了，他看着张警官，问道：“你是说潘涛死了？”

张警官点了点头。

傅华说：“他跟我通电话好像是好几天之前的事情了？”

张警官说：“潘涛先生被发现的时候已经死亡一段时间了，法医初步判断他就是在跟你通完电话之后死亡的。只是因为潘涛先生这段时间一直独居，才会这么长时间被发现。”

傅华心中有些黯然，一个活生生的人还跟自己谈过话，转瞬之间他就阴阳两隔了，这也太快了吧，再说潘涛是怎么死的啊？便说：“那我能请问一下，是什么原因导致潘涛死亡的？”

张警官说：“不好意思傅先生，目前尸检工作还在进行，这个问题我没办法回答你。你现在能告诉我那一晚潘涛先生究竟跟你说了什么？”

傅华想了想，说：“只是讲了他目前似乎遭遇到了一点困难，有些后悔当初做事没有坚持原则，我劝他事情总会过去的，让他放宽心，然后他谈了小儿子的一些情况。”

张警官用怀疑的眼神看了看傅华，问道：“他在深夜打电话给你，就说这些？”

傅华点了点头，说：“就说了这些。”

王警官问道：“那他的谈话中有没有什么让你感觉异常的？”

傅华说：“当时他的情绪很低沉，对遭遇困难的人来说，也应该算是一种正常的情绪反应吧？”

王警官看了看傅华，说：“你再好好想想，真的一点反常的都没有？”

傅华说：“非要说反常，那只有一点，他突然跟我谈起了死亡，说什么死亡不过是一场醒不过来的长眠而已，你知道那已经是深夜，一个人跟你大谈死亡，让人多少心里有些忐忑。”

张警官开始感兴趣了，他问道：“那他有没有说过不想活了之类的话？”

傅华摇了摇头，说：“这倒没有，他好像仅仅是要跟我探讨一下的意思，并没有什么看不开的意思。”

张警官说："是这样啊，他有没有再提及其他人？"

傅华摇了摇头，说："没有。"

张警官说："你还了解一些有关潘涛先生的其他情况吗？"

傅华说："我不太清楚，我们跟潘涛的顶峰证券是有业务往来的，我只知道潘涛最近一直在外地，其他的我也不清楚了。"

张警官说："那情况我们就先了解到这里，你再想起来什么，可以打电话给我们。"

张警官留下了手机号码，和王警官离开了。

两位警官离开之后，傅华心里充满了伤感，虽然这种情况并不是第一次发生，他跟潘涛也并没有很深的交情，可是一位曾经经常打交道的朋友就这样再也见不到了，这种情形很难让人不伤感。

过了好一会儿，傅华抓起了电话，他打给了谈红，潘涛死亡的消息应该可能给顶峰证券造成很大的震动，他很想知道现在顶峰证券内部的形势，更想了解一下潘涛的死亡究竟是怎么回事。

谈红接了电话，上来就说："我刚想给你打电话来着，潘总去世了。"

傅华叹了口气，说："我知道。深圳公安局的警官刚从我这里离开，他们是找我了解跟潘总死亡有关的情况。"

谈红说："这帮家伙动作挺快的。"

傅华说："你们那边情形怎么样？"

谈红说："人心惶惶，现在群龙无首，谁也不知道要做什么。"

傅华说："你知不知道潘涛究竟发生了什么事情啊？"

谈红说："我也不清楚，现在公司谣言满天飞，有人说潘总是畏罪自杀的，也有人说盘总是被人灭口了的，反正都很悬乎，不过知道确切消息的人似乎并没有。"

傅华说："潘涛也没跟你们交代什么？"

谈红说："没有，潘总只是说他想静一静，要我们没什么重要的事情不要去打搅他，要不然他的死亡也不会这么久才被发现。有人说潘总被发现的时候现场有些惨不忍睹。"

这个倒是可以想象，深圳那么高温的气候，潘涛的尸体经过这些日子才被发现，现场的状况是可以想象的。

傅华心中越发黯然，他知道从谈红那里也无法得到更多的情况了，就说：“那就这样吧，现在是多事之秋，你也要多注意保护自己。”

谈红的心情也很沉重，也没再说什么，就挂了电话。

傍晚，临近下班，傅华接到了赵凯的电话，赵凯说：“潘涛死了你知道吧？”

傅华说：“我知道了。”

赵凯说：“晚上回家一起吃饭吧，我想跟你谈一谈。”

赵凯是知道傅华跟潘涛的瓜葛的，因此在知道这个消息的时候，第一时间就想到了可能傅华会牵涉其中，让他过去吃饭，肯定是想了解相关的情况。

傅华答应了下来，收拾了东西就去了赵凯家。赵凯已经提前回来了，见到了傅华，笑了笑说：“傅华啊，你可好长时间都没过来看我了。”

傅华笑了笑，说：“最近工作忙了一点。”

赵凯笑了笑说：“别找借口了，是小婷闹得我们之间有些尴尬了起来。我们翁婿一场，也是一种缘分，这种缘分并没有因为小婷的缘故就断了，我们之间不是还有傅昭吗？”

傅华笑了笑说：“爸爸，不管怎么样，你始终是我尊敬的人。”

赵凯拍了拍傅华的肩膀，叹了口气，说：“你这么说，我们之间的关系就变得疏远了起来，哎，有些事情确实改变了。这段时间我一直很懊悔，当时怎么想起来要让小婷移民呢？”

赵凯虽然很自责，可是改变不了他跟赵婷父女关系这一事实，傅华也不想因为自己闹得赵凯和赵婷之间不愉快，便笑了笑说：“爸爸，这不应该怪你的，是我跟小婷的缘分尽了而已。听章凤说，小婷这个月底就要结婚了？”

赵凯点了点头，说：“是啊，我并不喜欢小婷找一个洋人。他们叫我回去澳洲参加婚礼，我还在犹豫是不是要过去。”

傅华笑笑说：“不管怎样，这也是小婷自己的选择，我是祝福她的，我想爸爸您也会给她祝福的，不然的话，她这个新嫁娘可能就不会开心了。”

赵凯摇了摇头，说：“傅华，还是你大度，好了，我会过去参加婚礼的。说说潘涛吧，究竟是怎么回事啊？他怎么就死了呢？”

傅华说：“我也不是很清楚，今早深圳警方还找我了解情况了呢。”

赵凯说：“关于调查的事情，我多少听闻了一些，好像目标是冲着你那个师兄去的。”

傅华说：“据我所知，贾昊最近也不在北京，他一直在外面调研。”

说起了贾昊，傅华心中不由得有些别扭，他相信这个时候贾昊肯定已经知道了潘涛死亡的消息，按说他们之间是往来最密切的，潘涛很多的事情，贾昊都参与其中，起码应该打个电话给自己问问情况，可是贾昊并没有，他一如往常地沉默着，似乎这件事情与他并没有什么关系，这未免让傅华感觉他有些冷血。

赵凯说：“现在外面有很多传言，都在说可能是贾昊为了保全自己，做掉了潘涛。”

傅华笑了，说：“这不可能，贾昊应该并没有这种胆量和能力。”

赵凯说：“我也觉得贾昊没这种能力，不过这一次潘涛一死，得益最大的可能就是贾昊了，很多事情可能就是两人心里知道而已，潘涛一死，很多事情就变得死无对证啦，贾昊可能要涉险过关了。”

傅华也不好说什么，只是说：“可能吧。”

赵凯看着傅华的眼睛，问道：“我知道你跟这两个人走得很近，不知道你在这件事情中牵涉了多少？你要跟我说实话，我也好预做准备。”

傅华笑了，他知道赵凯是在担心自己，他很为前岳父这么为自己担心而感动，利益在前，很多人都是难以把持住自己的，自己又不是超人，赵凯为自己担心也是很正常的。

傅华说：“爸爸，谢谢您关心我，不过您也应该知道我这个人的个性，我是不会在这些上面动心思的。”

赵凯笑了笑说：“我是了解你，不过这里面牵涉的利益巨大，我也担心你不能很好地坚持自己。”

傅华笑笑说：“我不敢说自己样样都做得很好，但是在潘涛和贾昊这件事情上，我可以向你保证，我绝对没有牵涉。”

赵凯松了口气，说：“那就好。”

饭已经准备好，二人去了餐厅，坐定之后，赵凯问道：“傅华，你现在一个人能照顾好自己吗？”

傅华笑了笑说：“以前我也不是没一个人过过，我能照顾好自己的。”

赵凯说：“不要老在外面吃了，我这里现在还是你的家，想起来你就过来吃，不要不好意思。”

傅华鼻子酸了一下，低下了头，已经很久没有人这么体贴过他了。母亲过世，赵婷跟他离婚，儿子傅昭还是一个婴儿，这世界上似乎已经没有亲人会这样关心他。

赵凯拍了拍傅华的肩膀，说：“傅华，小婷已经即将要结婚了，你不要再苦着自己了，也该给自己找个伴了。”

傅华苦笑了一下，说：“我会找的。”

赵凯笑了笑说：“你找的女孩子就很不错啊，你不用担心我，我很愿意看到你找到新的幸福。”

傅华笑了，说：“其实这一切都是误会而已。她是我海川的一个老乡，如果我正式交了女朋友，我会带给爸爸看的。”

赵凯说：“那个女孩子其实很不错啊，她肯把是你女朋友这一点挂在嘴边，就表示她是喜欢你的，这样的女孩子你还不要，想要找个什么样子的啊？”

傅华笑了笑说：“其实那个女孩子也不是不好，只是我心里还没做好准备开始一段新的感情。”

赵凯说：“傅华啊，你在等什么啊？小婷就要结婚了，你再等下去也没什么意义啊？”

傅华笑笑说：“我不是想小婷回心转意，我只是觉得……”

赵凯打断了傅华的话，说：“男子汉大丈夫，要拿得起放得下，身边有好女人就要赶紧抓住，追女孩子这样子的事情难道还要我教给你啊？当初赵婷不是很快就被你抓得牢牢的吗？”

傅华笑了，说：“可能是我的心态还没调整好吧。”

赵凯说："我觉得你真的可以尝试开始一段新的感情了。你听我来安排，那个女孩子既然对你很有好感，我想事情相对就会容易得多，你把她带过来吃顿饭，一来我可以多了解一下她，二来你们也可以趁机加深一下感情。"

傅华为难地笑笑说："这个不好吧？我刚说了还不能接受她。"

赵凯说："说了就不能改了吗？你刚才说你始终很尊敬我是吧？那好，我倒要看看你尊敬我到一种什么程度，你如果能把这个女孩子带过来一起吃饭，我就相信你是尊重我的。"

傅华苦笑了一下，说："我对她还真是没有那种想法。"

赵凯说："你如果感觉方苏不好，还有别的女人嘛，对了，你还记得郑老的孙女吗？叫什么名字来着我忘了，当初小婷可是说人家对你是有意思的，她现在结婚了没有啊？"

傅华愣了一下，他没想到这个时候赵凯会提到郑莉，当初他选择了赵婷，也就关上了和郑莉感情的大门。后来郑莉和赵婷成了好姐妹，他跟郑莉之间也谨守朋友的边界，再无更多的交际。赵婷去了澳洲之后，傅华跟郑莉之间基本上也就没有了往来，对郑莉的近况也就没有了讯息。傅华还会定期去看望郑老，倒是没听郑莉结婚了。

这是一段已经尘封起来的感情，想要回头再收拾起来，就算傅华愿意，郑莉可能也无法接受，谁会愿意接受一个拒绝过自己的男人呢？更何况傅华是离过婚的，郑老这样的家庭又怎么会允许孙女嫁给离婚的男人呢？

傅华说："郑莉好像倒是没结婚，可是我很久没跟她往来了，这已经算是陈年往事了，没有可能性了。"

赵凯说："那你就把方苏给我带来，慢慢交往看看嘛，不要这么老是这么一个人苦着自己了，你这个样子让我心中也不好受。"

第八章　烽火硝烟重组路漫漫，从头再来收拾旧河山

贾昊终于现身了，傅华总算舒了一口气。贾昊利用证券公司的重要位置与顶峰证券潘涛相勾结，在很多上市公司的证券业务上做了手脚，从中牟取暴利。因为关键人物潘涛突然自杀，导致有关部门的调查无法进行下去，从而让他躲过一劫。贾昊告诉傅华，海川重机重组审批已经启动，不过何时能够通过审批，却是未知数。

第二天一早，傅华就打了电话给方苏，说："方苏啊，你帮我一个忙好不好？"

自从傅华讲明白还没有想要开始一段新的感情，方苏就没再跟他联系，此刻傅华突然找上门来，让她心中又惊又喜，赶忙问道："什么事啊？"

傅华说："我岳父想要见见你。"

方苏迟疑了一下，傅华跟前妻离婚已经有些时日啦，而且前妻即将再婚，这个时候他的前岳父要见自己，显然不可能是向自己发难，那很可能是想要撮合自己和傅华的。方苏心中还正在为如何能够创造机会与傅华多接触犯难呢，她内心中有一种信念，像自己这样年轻貌美，如果有机会多跟傅华接触，傅华肯定会喜欢上她的。

转过天的下午，傅华正在办公室办公，方苏突然打来了电话。傅华看着电话号码呆了一下，方苏这个时候打来电话，会不会是她不肯参加赵凯

家的晚宴了？

接通了，傅华问道：“方苏啊，出了什么问题吗？”

方苏说：“你出来一下好不好？我现在正在买衣服，你帮我看看是否合适？”

傅华笑了，说：“也就是吃顿饭，没什么特别的意义的，买什么衣服呢？”

方苏说：“你不知道，衣服就是女人的自信，没有合适的衣服，我会手足无措的。”

傅华还想赶紧把赵凯哄弄过去呢，便说：“好啦，我马上过去就是了，你在哪里？”

方苏说：“我在赛特的二楼，你过来吧。”

赛特，方苏正在试一套衣服，见到傅华来了，就转了一圈，笑着问：“怎么样，好看吗？”

傅华点了点头，说：“不错啊。”

方苏说：“可我总觉得这衣服的袖子有些不好看，其他地方还可以。你岳父喜欢什么样的风格？”

傅华说：“他通常都喜欢大方简单一点的。”

方苏说：“那这件肯定不行，袖子有些繁琐。”

方苏换下来这套衣服，继续去挑选，傅华心中是很厌烦陪着女人买衣服的，可方苏是因为他才买衣服的，因此只好赔着笑脸。

接连换了几套衣服，方苏才找到了一套相对来说比较满意的衣服，在傅华面前转了一圈，问道：“你看这一套怎么样？”

傅华看了看，确实感觉简单大方，就说：“好啊，这套衣服很适合你啊。”

这时旁边的一个女人插嘴说：“小妹妹，别听男人瞎糊弄你，他说很好，是因为他陪你这么长时间心中厌烦了，这么老气的颜色怎么适合你啊？你这么年轻，应该穿一些青春洋溢有朝气的衣服。”

方苏听女人这么说开始犹豫起来，说：“是啊，这颜色是有点显老。”

傅华本来以为这一趟购物之旅要划上句号了，没想到却被不相干的人横插一杠子，便有些不满地看了一眼插话的女人，去发现那女人是自己认识的，不由得笑了，说：“筠姐，怎么是你啊？”

原来这女人是徐筠，徐筠当初因为被董升律师欺骗感情，一怒之下举报了董升，引发了一次很大的官场事件，不但董升身陷囹圄，还差一点害傅华也进去。事后，赵婷虽然说原谅了她，可是跟她相处起来总是有些别扭，徐筠自己也觉得不好意思，也就慢慢淡出了赵婷的小圈子。傅华也是好长时间没跟她接触过了。

徐筠笑了，说：“傅华，你这是？”

傅华赶忙说：“这位是我的一位老乡方苏，我陪她买件衣服。”

傅华之所以答得很急，是害怕方苏又开口介绍她是自己的女朋友。

徐筠上下打量了一下方苏，笑了笑说：“傅华，你这位老乡倒是很漂亮啊。我叫徐筠，是傅华的朋友，很高兴认识你。”

方苏跟徐筠握了握手，笑笑说：“我也很高兴认识你，筠姐。”

徐筠又对傅华说：“傅华，我们可是有些日子没见了，听说你跟赵婷离婚了？”

傅华苦笑了一下，说：“筠姐也知道了？”

徐筠笑笑说：“你跟我说实话，这位不会是你新找的女朋友吧？”

傅华笑着摇了摇头，说：“就是老乡。”

徐筠说：“那你找人了吗？”

傅华摇了摇头，说：“没有，我现在没心情。”

徐筠笑了，说：“傅华，郑莉现在也还是一个人啊，当初她可是很喜欢你啊，你看是不是再跟她联络一下啊？”

方苏的脸一下子沉了下去，这个女人要给傅华介绍女朋友，好像把她视若无物一样。

方苏瞅了一眼傅华，说：“傅华，晚上还要去见你岳父呢，这么磨蹭下去，什么时候能买好衣服啊？”

徐筠听出了方苏的不高兴，便对二人的关系产生了怀疑，问道：“你要带这位方小姐去见赵婷的父亲？”

傅华笑了笑说：“我岳父知道我有这样一位老乡，想要见一见。”

方苏见傅华没回答自己的话，反而跟徐筠解释为什么去见赵凯，便越发觉得没了面子，急躁地说道：“傅华，你到底听没听见我的话啊？”

徐筠看了一眼方苏，她看出方苏这么急躁是因为喜欢上了傅华，便笑了笑说：“小妹妹，我知道你喜欢他，可有些事情是急不得，男人是不会喜欢你这种态度的，这让他很没面子知道吗？”

方苏的脸红一阵白一阵的，有心发作，却又怕扫了傅华的面子，终于还是把怒气压了下去，扭过头去看别的地方。

傅华也不想她太过于受委屈，便笑了笑说：“筠姐，我们要去买衣服去了，再见吧。”

徐筠有趣地看了看两人，笑了笑说：“不打搅你们了。”

徐筠走开了，傅华对方苏说：“我们接着挑衣服吧。”

方苏没好气地说：“不挑了，就买这件了。”

傅华说：“刚才筠姐不是说这一套颜色很老气吗？你再换一套吧。”

方苏说：“听她的干什么，我就觉得这一套很不错。”

傅华便知道方苏是在赌气，笑了笑说：“你不要跟筠姐生气，她就是那么一个人，有口无心的。”

方苏说：“我不管，我就要这一套了。”

傅华看了一眼方苏，眼前的方苏赌气的样子活脱是赵婷的翻版，如果放在以前，傅华可能还会觉得方苏的任性是一种可爱，但到了今天，他接连经历过两个任性的女人，前后受到了重挫，他对这种类型的女人已经无法感受到可爱，相反还有一种厌烦的感觉。

傅华心中想要赶紧结束这一切，便说：“好，好，你要这一套可以啊。”

傅华拿出信用卡买单，方苏说：“是我要买的，不用你买单。”

傅华笑了笑，说：“你这是帮我的忙，怎么还让你破费呢？”

方苏赌气地说：“不行，我又不是你什么人，没理由让你买单的。”

傅华看了方苏一眼，也没说什么，还是把卡递给了服务员，但心中已经有些恼火了。

傅华就开车送方苏回家，一路上，车厢里的气氛很沉闷。

到了方苏家的楼下，傅华笑着说：“你赶紧回家打扮得漂漂亮亮的，我们好去赴宴。”

方苏上了楼，傅华坐在车里等，这时电话响了，竟然是贾昊打来的。

傅华接通了，喊了一句师兄，算是打了招呼。他觉得不管潘涛是怎么死的，贾昊都是有责任的，因此对贾昊这么长时间才露头心中是很不满意的。

贾昊笑了笑说：“小师弟啊，最近还好吗？我马上就要回北京了，很快我们就能见面了。”

贾昊要回来，看来他已经顺利过关了，傅华对他这种轻松的语气心中是有所不满的，心说你能过关，可是就是潘涛的死换来的，你这样轻松，是不是有些冷血啊？

傅华有心让贾昊别扭一下，便说道：“师兄，你应该听说过顶峰证券的潘总去世的消息吧？”

贾昊顿了一下，语气开始变得沉重起来：“我已经知道了，真是没想到，老潘竟然会发生这样的事情。哎，人世无常，这人啊，有些时候还真是难说。”

傅华伤感了起来说：“潘总去世的那一晚还跟我通过电话，这么活生生的一个人就没了，我也是觉得这人啊，说不定下一刻会发生什么。”

贾昊似乎并不想深入讨论什么，他说：“好啦，等我回去见面再谈吧。”

贾昊挂了电话，傅华开始沉思起来，这一段时间贾昊都经历过什么啊？潘涛的死会不会跟他扯上关系呢？贾昊在这一次的事件当中究竟扮演了什么样的角色呢？这一次他真的会毫发未损吗？

这些都是谜团，让傅华困惑不已，特别是官方至今没有公布潘涛的死因，让事件更是扑朔迷离。

如果徐筠不说方苏挑的衣服老气，傅华不会特别注意到这一点的，现在方苏打扮好出来，傅华还真的感觉徐筠的眼光是比较毒的。

方苏自己可能也意识到了这一点，上车之后，很不自信地问傅华：“是不是真的看上去有点老气？”

傅华只能笑笑说："挺好的。"

到了赵凯家，赵凯已经等着他们了，笑着说："傅华，难怪很多人都说海川出美人，你这个老乡真是很漂亮啊。"

方苏笑笑说："谢谢赵叔叔夸奖了。"

赵凯又问了一些关于方苏家里的情况，知道方苏的父亲也是经商的，笑着说："原来你父亲跟我是同行啊。"

方苏笑笑说："我父亲怎么跟方叔叔您比，您是大企业家，他不过是个小工厂的厂长而已。"

赵凯笑笑说："其实都一样，我当初也是从很小一个企业发展起来的。"

方苏也跟父亲多少见过些世面，她的应对相对来说还是比较得体的，赵凯还算满意，不时在饭桌上夹菜给方苏，还说方苏既然跟傅华是老乡，有时间多来玩，也要傅华对老乡多照顾，撮合两人的意图很明显。

傅华有些尴尬，他附和也不是，不附合也不是，只好含糊带过。

为了转换话题，傅华提到接了贾昊的电话这件事情，赵凯听完笑了笑说："这家伙是没事了才敢露头的。我一个朋友说，潘涛是调查贾昊的最关键的一个节点，很多事情贾昊都是通过潘涛办理的，现在潘涛死了，线索就断了，有关贾昊的调查也就只能终止了。"

傅华说："这等于潘涛一死救了贾昊啊。"

赵凯说："岂止是救了贾昊，还救了顶峰证券和一大批人，你知道多少公司通过顶峰证券处理证券业务吗？潘涛这一死带走了很多的秘密，对顶峰证券的调查也无法进行下去了，对其他通过顶峰证券办理证券业务的公司、个人的调查也无法进行下去了。现在社会上的舆论也转向了，说是有关部门过于严格的调查才逼死了潘涛，还说证券公司过于严格的管理不利于证券圈的生态。"

舆论转向都在预料之中，傅华只是好奇潘涛死亡的原因，他问道："既然这么说，潘涛死亡的原因已经查出来了？"

赵凯说："法医说是心肌梗死导致死亡的。"

傅华说："能诱发心肌梗死的原因很多，不知道法医最终确定是什么原因导致的？”

赵凯说：“原因现在无法确定了，由于潘涛的尸体被发现已经开始腐败了，很多外在的痕迹都没有保留下来，法医只能鉴别是心肌梗死导致死亡。”

傅华说：“那也就是说潘涛究竟是自杀、他杀还是因病死亡很难确定了？”

赵凯说：“现在深圳警方已经排除了他杀的可能，自杀也没有什么相关的佐证，最后确定是因病死亡。”

傅华说：“这岂不是又成了一宗谜案？”

赵凯说：“社会上说什么的都有，有说潘涛是为了保存家族的势力自杀的，也有说潘涛是被那些怕把他们招供出来的人谋杀的，就是没人相信潘涛是因病死亡的。”

傅华笑了，说：“爸爸，你觉得潘涛是怎么死的？”

赵凯笑了，说：“我个人认为潘涛是因病死亡的，因为其他的说法目前还没有证据。方小姐，你听我们爷俩说这些是不是很无聊啊？”

方苏笑了，说：“没有啊，挺有意思的。”

傅华笑笑说：“你现在知道社会的复杂了吧？”

方苏看了看傅华，说：“其实我很早就知道社会是很复杂的，你觉得我父亲的事情还不足让我认识走到这一点吗？”

傅华默然了，方苏领教过的她父亲的现实确实比听潘涛这段故事更加残酷，她倒真是早就领教了这社会的复杂性。

赵凯笑着看看两人，说：“你们打什么哑谜啊？有什么是我不知道的吗？”

方苏就讲了她父亲的故事，讲了傅华怎么救他们的。赵凯含笑看着傅华，说：“原来你们是这么认识的。”

方苏笑笑说：“我心里是很感激傅华帮我们这么大忙的。”

从赵凯家出来，已经是十点多了，赵凯觉得跟方苏聊得很开心，送两人出来的时候，还特别交代让傅华多带方苏来玩。

方苏对赵凯接受她感到很开心，觉得又扫清了一个跟傅华交往的障碍，一路上都显得很兴奋，叽叽喳喳说个不停。

到了方苏的住处，方苏看着傅华，笑着说："我今天也算帮了你一个忙，你应该谢谢我吧？"

傅华笑笑说："你要我怎么谢你？"

方苏笑笑说："我要你送我上去。"

傅华笑着说："这简单。"

傅华就把方苏送到了她家门口，说："你好好休息，我回去了。"

方苏回身抓住了傅华的胳膊，说："你急什么，进来坐一下再走吧。"

傅华笑了笑说："没必要了，你也到家了，我该回去啦。"

方苏笑笑说："我要是坚持呢？"

傅华笑笑，说："方苏，你闹什么？"

方苏这时已经把门开了，也没回答，只是拽着傅华进了屋。傅华不好太过挣扎，也就跟着进了屋。没想到进了屋之后，方苏并没有开灯，而是扑到了傅华的怀里，紧紧地抱住了傅华，身体缠绕上来，嘴唇就去吻住了傅华。

一股纯情少女的清香气息笼罩住了傅华，他不禁神魂颠倒，自从离婚之后，他已经很久没有这么紧密接触过女人的身体了，在那一刹那，他有回吻方苏的冲动，甚至很渴望拥有怀抱中的这曼妙女人的一切。

可是，傅华并没有完全失去理智，他性格中的保守因子又开始发挥作用了，他把嘴唇挣开了，又硬生生把缠绕他的两只胳膊解脱开了。方苏不甘心，还要再缠绕上来，傅华说："好啦，停止，不要再动了。"

方苏说："傅华，你干什么？你没看赵叔叔今天已经接受我了吗？"

傅华说："方苏，你别这样，我们是不适合的。"

方苏说："你未娶我未嫁，有什么不适合的？我不够漂亮吗？"

傅华说："你已经很漂亮了，不过你要知道我比你大很多。"

方苏说："你大我不到十岁，我觉得应该不是什么问题。"

傅华说："你不要太冲动，我知道你现在很喜欢我，但是你有没有考虑过，这也许只是你感恩的心态，等过了这段时间，你理智一些，就会知道我们其实并不适合的。"

方苏看着傅华的眼睛，说：“你不用这么多借口了，你根本就是在嫌弃我，你认识我的时候，我正在被常志骚扰，你当时就对我爱答不理的，你心里肯定是觉得我很脏。”

傅华说：“没有，你怎么这么想呢？”

方苏说：“真的没有吗？证明给我看。我要你抱我，亲我。”

傅华往后退了一步，说：“方苏，你理智一点，我们不适合的。”

方苏狠狠瞪了傅华一眼，说：“我就知道是这样，傅华，你走吧。”

傅华走向了门口，又有些担心地看了看方苏，说：“你没事吧？”

方苏说：“你走你的好了，要你管我？”

傅华苦笑了一下，他没想到事情会闹成这个样子，可是他留下也是没什么用处的，就打开了门走了出去。关门的时候，方苏在后面跺了一下脚，叫道：“傅华，我恨你。”

傅华满心烦躁，理智让他拒绝了方苏的示爱，可身体上却被方苏撩拨了起来，他是一个三十多岁的壮年男子，几个月都没接触女人了，也渴望得到女人的慰藉，方苏这一软玉温香投怀送抱，让他枯寂了很久的心扉再次打开，不禁浑身燥热起来。

第二天临近中午，徐筠打了电话过来，笑着说：“傅华，昨晚你和那个小妹妹去见赵婷的爸爸？”

傅华笑了笑说：“就是一起吃顿饭而已。”

徐筠笑笑说：“你前岳父是什么意思啊，自己女儿跟人家跑了，他就想帮你撮合做补偿吗？”

傅华笑了，说：“你别这么说我爸爸，他对我还是很不错的。”

徐筠笑笑说：“人家的女儿可是跟你离婚了。你说这小婷也是，也不知道犯了什么邪了，怎么就会看上了一个老外了呢？”

傅华笑了起来，说：“那是赵婷自己的选择，我们就别去管她了。”

徐筠笑着说：“我是替你不值。你跟那个小妹妹有什么发展吗？”

傅华笑了，说：“跟你说她是我的老乡，没别的关系的。”

徐筠说：“那就好，说实话，傅华，那个女孩有点太嫩了，不适合你的。”

傅华笑了，说："筠姐，你打电话来，就是想跟我说这个吗?"

徐筠笑着说："大家算是老朋友啦，这么久没见面，就想找你一起吃顿饭，聊聊天，不知道你可否赏脸啊?"

傅华笑笑说："筠姐要请客，我哪敢不到啊?"

中午，傅华按约来到了四季花园咖啡厅，四季花园带有浓郁的欧式风格，开阔的空间里，石池水林，一道弧形的楼梯把你引到半空优美的凉亭，亭盖由轻柔纱幔构成，亭子四周的纱帘半遮半掩，情调甚是浪漫。整个咖啡厅阳光明媚、花红柳绿，让人心情甚是舒畅。

徐筠并不是一个人，正和一个女人坐在一起聊得开心。

傅华走到了徐筠的面前，笑着说："筠姐，你这会找地方，这么好的地方倒很适合谈情说爱，是不是你常来跟什么男人相会啊?"

徐筠笑了，说："傅华，你也不看谁在这里，就胡乱开玩笑?"

这时，那背对着傅华的女人说："筠姐，原来你约的是傅华啊?你怎么不早说啊?"

傅华被这声音震了一下，这声音再熟悉不过了，徐筠怎么会把郑莉找来?他低头去看，郑莉还是那个样子，淡静高雅，虽然时光已经过去了好久，傅华看到的郑莉还是没什么变化，他不禁想起了那首情僧仓央嘉措做的诗：你见，或者不见我，我就在那里，不悲不喜。你念，或者不念我，情就在那里，不来不去。你爱，或者不爱我，爱就在那里，不增不减。你跟，或者不跟我，我的手就在你手里，不舍不弃。来我的怀里，或者，让我住进你的心里，默然，相爱。寂静，欢喜。

在这四目相交的一刹那，傅华被定住了，时光就好像没有流走一样，郑莉似乎一直就在那里，就是现在这个样子。

徐筠笑着说："傅华，你发什么呆啊，还不赶紧坐下?"

傅华笑了笑说："是郑莉啊，真是好久不见了。"

郑莉笑了笑说："是呀，傅华，我们真是好久不见了，你还好吧?"

傅华却被勾起了满心的伤心事，最近这一段时间的委屈在这一刹那都浮上了心头，这些都是他在心里压抑了很久的东西，突然被一个曾经很亲切很熟悉的人问起，不由得百感交集，一时竟然不知道该如何措辞。

徐筠笑笑说："郑莉，你也是的，傅华的近况我又不是没告诉你，你问他，岂不是要勾起他的伤心事吗？好啦，我们老朋友相聚，说点高兴的事情好不好？"

徐筠的话让傅华的情绪缓冲了一下，他笑了笑说："看筠姐说的，我还没惨到那份上好吗？"

徐筠笑了笑说："你和郑莉似乎很长时间没联络了，还不好好聊聊？"

傅华看了看郑莉，正好郑莉也在看他，他心中又是一阵慌乱，赶忙把眼神躲闪开了。

总是要找话说的，傅华稍稍平静了一下心情，说："我真没想到会在这里看到你，原本筠姐说是约我出来聊天的。"

徐筠笑了，说："我可没撒谎，我不过是没告诉你同时约了别人。"

傅华也是知道徐筠要撮合他和郑莉的意思，可是他现在的心情要复杂得多，曾经他为了赵婷拒绝过郑莉，此刻赵婷抛弃了他，如果他再转过头来去追求郑莉，郑莉对他会是一种什么样的看法呢？而且时过境迁，郑莉对他是不是还有那种情愫在呢？这一切都让傅华的心情很忐忑，虽然他在看到郑莉的那一刻，便明白自己对她的那种情愫并没有消失。

徐筠笑笑说："郑莉啊，我不过是少了一句话而已，你不至于要怪我吧？"

"我只是觉得好好的一场老朋友见面被你弄得怪怪的。"说着，郑莉又看着傅华，笑了笑说："傅华，我听说赵婷生了一个儿子，叫什么名字啊？长得好看吗？"

傅华笑了笑说："他叫傅昭，我手机上有他的截图，你要看吗？"

傅华就把手机递给了郑莉，郑莉看了看，笑着说："挺漂亮的，眼睛像你，鼻子像小婷。"

徐筠看了看说："不对，不对，我觉得鼻子也像傅华。"

两个女人开始讨论了起来，母性让她们对孩子天然有一种热爱，反而把傅华晾在一边。

过了一会，徐筠把手机递还了傅华，笑着说："你儿子挺可爱的，他今后要一直跟着赵婷生活吗？"

傅华点了点头，说："是，我现在要见他一面都很难，也不知道他将来对我这个父亲会怎么看。"

徐筠笑了笑说："父子是血脉相连的，即使你们不生活在一起，他跟你还是会很亲切的。"

郑莉摇了摇头，说："傅华，你怎么弄成了这个样子了？不应该啊！"

傅华并不想指责赵婷，苦笑了一下，说："我也不知道为什么，就像我也不知道当初为什么赵婷会喜欢上我一样。"

郑莉笑了，说："爱情的原因是我不知道为什么，而爱情的结果又是可怖的。"

傅华笑了，他知道郑莉说的是帕斯卡思想录上的话，便随口接了下去："这种'我不知道为什么'是细微得我们无法加以识别的东西，它却动摇了全国、君主、军队、全世界。"

郑莉笑了，说："你还在看帕斯卡啊？"

傅华笑笑说："跟你说过了，那是我的枕边书。"

徐筠看看两人，说："你们在我面前说些莫名其妙的话，打什么哑谜啊？"

郑莉笑着说："筠姐，我们只不过背了一本共同喜欢的书上的一句话。"

徐筠看了看两人，笑着说："你们俩啊，净整些奇奇怪怪的事情。"

徐筠的笑容里充满了暧昧的意味，在她看来眼前这一对男女很可能是爱火重燃了，傅华被看得不好意思啦，笑着说："筠姐，我们也是好久不见了，你最近怎么样啊？"

徐筠笑了，说："你现在才想起我来了？是不是有点晚啊？"

傅华呵呵笑了起来，说："晚了吗？是不是筠姐已经结婚了？"

徐筠脸色一下子变了，郑莉瞪了傅华一眼，说："傅华，你怎么哪壶不开提哪壶啊？"

徐筠苦笑了一下，说："算了，傅华也不过是开个玩笑而已。"

看来徐筠还是没走出董升的阴影，傅华连忙道歉说："对不起啊，筠姐。"

三人就各自叫了午餐，边聊边吃，午餐吃完之后，徐筠说自己要去办点事，不能送郑莉回去，让傅华送。

送郑莉回去的路上，傅华没话找话问了一些郑老的近况，就把郑莉送到了。

郑莉下了车，便飘然而去了，傅华坐在车里怅然若失，虽然重逢的感觉是很好的，他还是很心动，可是刚才郑莉的表现完全是在朋友的界限之内的，傅华也不清楚自己是否可以有进一步的空间，加上郑莉身后强大的背景，本来傅华就有些自愧不如的感觉，现在成了离了婚的男人，更是没有了拥有郑莉的可能。

算了，虽然徐筠也是一番好心想要撮合，可是郑莉并没有表现出要再度接受自己的样子，自己还是不要去痴心妄想了。

两天后，贾昊回京了，当晚就约傅华一起吃饭。傅华见到贾昊的时候，贾昊的脸上还是一副郁郁的样子，再也不复以往那种神采飞扬了，看来这一番调查对贾昊的打击还是很大的，即使危机已经过去了。

贾昊淡淡笑了笑，就给傅华填满了酒，然后端起酒杯说："先干了这一杯。"

贾昊说完，没等傅华反应，先就把杯中酒干掉了。傅华没办法，只好跟着干了。

贾昊接着又给傅华填满了酒，仰脖又把杯中酒给干掉了。傅华没办法，又陪着他喝了一杯。

贾昊第三杯又倒满了，他抓起来还要干掉，傅华看不下去了，急忙抓住了贾昊的胳膊，说："师兄，你不能这个样子啊？这么喝很伤身体的。"

贾昊甩开了傅华的手，仰脖喝掉了第三杯，然后抱头痛哭起来。一旁的傅华有些傻眼了，他劝说："师兄，你心中有什么苦楚说出来，别这么糟践自己。"

贾昊却没有停下来的意思，傅华的劝说反而让他更加难过，竟然大哭起来。

傅华劝也不是，不劝也不是，他这时看贾昊真情流露就已经明白，贾昊不是对潘涛的死不难过，他只是在别人面前无法表现出来而已。幸好他们吃饭的地方是一间雅座，隔音效果还不错，饭店的人并不清楚里面发生了什么，不然傅华还真是不知道该怎么办了。

良久，贾昊止住了哭声，擦了擦眼泪，苦笑了一下，说："小师弟啊，老潘这一走，我心里苦啊，我跟他可是十几年的交情了。"

傅华苦笑了一下，说："人死不能复生，师兄，你还是节哀吧。"

贾昊说："小师弟啊，你可能不理解我和老潘之间的感情，我们俩是从证券行业还没有什么明确规则的时候，就在一起打天下了，我们合作过不少算是经典的案子。那时候各方面规定还不是很明确，我们可能也钻了些空子，不过当时的政策是允许我们那么做的。现在有人想整倒我，就把这些旧账翻了出来，想要通过调查老潘来把我牵连上去。没想到我没事，反倒是老潘帮我挡了这一劫。哎，老潘是替我死的啊。哎，小师弟，仕途险恶啊。"

傅华对贾昊这段历史并不是很清楚，因此也无法对此表态，只是听着贾昊一个人在说。

贾昊喝了口水，经过这一番宣泄，他的情绪好了很多，他看了看傅华，问道："小师弟，我记得你跟我说老潘死的那天晚上，跟你通过电话?"

傅华说："对。"

贾昊说："他都说了什么，有没有什么特别交代的?"

傅华摇了摇头，说："只是说我守原则是对的，又说了些什么有关于死亡的话题，最后又谈了他的小儿子。"

傅华就把那一晚潘涛的话详细说了一遍，贾昊听得很仔细，傅华讲完之后，他还问是不是就这些了。

傅华说："当时已经是深夜了，潘总突然打电话来，又谈了这么令人心里发毛的话题，所以我印象很深刻。师兄，你说他突然谈什么死亡，是不是已经预感到了些什么，又或者他自己想要对自己做些什么啊?"

这时令傅华很不解的一个情况，他觉得潘涛不会无缘无故谈什么死亡，肯定是他想向自己表达什么。

贾昊脸色变了，说：“你别胡说，警方已经确认潘涛死于心梗，你这么说很容易混淆是非的。”

贾昊紧张的样子说明他对这件事情还是有所担心的，傅华联想到了外面的传言，有传言说潘涛是被人为了保护某些人被做掉的，而目前来看，潘涛的死最大的得益者就是贾昊，会不会是贾昊或者某些为了保护贾昊的人做掉了潘涛？

贾昊注意到了傅华眼中闪过的怀疑，他说：“小师弟，我知道你可能对我有所怀疑，觉得我与潘涛的死有牵连。你可搞错了，我与潘涛的死并没有任何关联，相反，我是最不希望潘涛死的人。”

傅华愣了一下，说：“师兄，我有些不明白你的意思，外面都在传说你是潘涛死亡最大的得益者，潘涛一死，很多秘密就随他而去了，你就可以从这一次调查中脱身了。”

贾昊说：“那是外面人肤浅的看法。我跟潘涛是合作了很多事情，这些事情大多是在合法的框架下去做的，你也通过潘涛跟我合作过事情，哪一件不是在合法的框架之下去做的？”

傅华认真想了想，虽然不能说没有什么桌面下的交易，但是起码自己通过蟠涛找贾昊办过的几桩事情倒还真是合法合规的。

傅华说：“这倒没有。”

贾昊说：“师兄我在这一行业中也算是滚打多年，很多事情别人不知道合法与非法的界限，我是知道的，甚至很多政策我就是参与制定者之一，你想我来操作，会让自己超出合法的边界吗？”

就傅华对贾昊的认识来看，贾昊确实是一个很谨慎的人，很多事情都做得很小心，真想要抓他什么把柄，是一件很难的事情。

贾昊接着说道：“所以嘛，认真查下去，我应该不会有什么问题的。但是老潘这么一死，我反而很多事情很难说清楚了，有关方面虽然停止了对我的调查，可是上级领导心中却不会对我一点怀疑都没有。”

贾昊这么说也不是一点道理都没有，傅华也不相信他和潘涛就一点违法的事情都没做，不然的话调查一开始，他们也不会那么紧张，也许只是做得谨慎了一点而已。

贾昊叹了口气，说："小师弟啊，这一次真正受害的人是我，我可能无法留在证监会了。"

傅华愣了一下，说："师兄，你要调离证监会了？"

贾昊点了点头，说："某位领导已经私下跟我透漏了一点消息，说这件事情闹得沸沸扬扬，影响很坏，再把我留在证监会，对各方面都不好交代。"

傅华说："那你要调往哪里去啊？"

贾昊说："现在还不是很清楚，不过你不用担心海川重机重组的事情了，我就算不在证监会做了，我的人脉还在，这件事情我已经安排好了，对我的调查既然结束了，你们重组的审批很快就会重新启动的。"

傅华松了一口气，前几天金达还问起过重组的事情，他刚才还真担心贾昊不在证监会了，这件事情会彻底没戏了。贾昊既然这么说，事情反而是有了解决的转机。

傅华说："谢谢师兄还记得这件事情。"

贾昊苦笑了一下，说："这也算是帮老潘最后一个忙吧，顶峰证券因为老潘的死，也摆脱了调查，你们这笔业务也可以帮他们恢复一下元气。你觉得老潘跟你说起他的小儿子，是不是想要我们帮忙照顾的意思啊？"

傅华说："可能是吧。不知道顶峰证券谁来接潘涛的位置啊？"

贾昊说："老潘是顶峰证券的大股东，应该是他的家人来接这个位置的。我想这件事情很快就会揭晓了。"

基本上想要谈的已经谈完了，两人闷闷吃了一点东西，就结束了这顿晚宴，各自回家了。

第二天，傅华打了电话给谈红，问海川重机重组的事情，谈红说现在证监会又开始启动审批了，不过重组批下来还需要一段时间，让傅华耐心等等。

傅华闷闷地放下了电话，这件事情已经延宕很多时日了，虽然贾昊已经答应他说很快就有眉目了，可是贾昊自己都有些自身难保，他的保证也很难准的。

这个时候有人敲门，傅华喊了一声进来，徐筠走了进来，说："傅华，你什么意思啊？"

傅华愣了一下，笑着说："筠姐，我没做什么对不起你的事情吧？"

徐筠说："我是说上次创造了那么好的机会让你跟郑莉重新接上头，你倒好，帮人送回去之后就没了下文了。我看你也不是不喜欢她，你这个样子算是干什么？你要人家郑莉反过头来追你啊？"

傅华苦笑了一下，说："筠姐，我想你误会啦，我不是那个意思，你知道，现在很多事情都发生了变化，我也不清楚她对我是什么感觉了。"

徐筠说："傅华，你是男人吗？你不清楚，难道就不能去问一下吗？"

傅华苦笑了一下，说："筠姐，你也知道我当初拒绝过郑莉，我再去问，会让我们之间变得尴尬的。"

徐筠说："你就没想过，为什么你结婚了这么多年，郑莉迟迟没能找到另一半呢？如果她能对你忘情，她也不会这么痛苦了。你听我的，就大胆追求她，我相信她一定会接受你的。"

傅华说："能吗？"

徐筠说："肯定能，你这个人啊，勇敢一点不行吗？"

傅华说："好，回头我就约她。"

徐筠说："怎么还用回头啊，现在就打电话给她。"

傅华笑了，说："筠姐，不用这么急吧？"

徐筠说："就是要这么急，你打不打，你不打我可打了。"

傅华笑着说："怕了你了，我打就是了。"

傅华拨通了郑莉的电话，郑莉接通了，笑着说："傅华，找我有事啊？"

傅华笑了笑，说："也没什么事情，你在忙什么？"

郑莉说："公司上的一些事情。"

徐筠看傅华东拉西扯，就在一旁低声说："你约她啊，费这么多话干什么？"

傅华笑着看了徐筠一眼，然后说："郑莉，你晚上有时间吗？"

郑莉顿了一下，说："有什么事情吗？"

郑莉并没有说有空或者没空，她是要等傅华说出什么事情才能决定有空或者没空，傅华心里紧张起来，他知道这时被拒绝的可能性是一半，便看了一旁直瞪着自己的徐筠，心想就一锤子买卖，如果郑莉说没空，自己也算对徐筠有了交代。

傅华说："我很想跟你聊聊天，晚上能出来吗？"

傅华话说出了口，心就悬了起来，他这时才知道其实很怕被郑莉拒绝。

郑莉犹豫了一下，说："你想去哪里？"

傅华心里松了一口气，笑了笑说："你说呢？"

傅华这才想到还从来没有跟郑莉单独出去玩过，他不知道郑莉喜欢什么样的地方，因此让她选择地方。

郑莉想了想，说："去后海的紫晶球吧，那里环境比较好。"

傅华放下了电话，看了看徐筠，笑笑说："好啦，约出来了。"

徐筠笑笑说："你这个人啊，就得别人在后面推一把。"

晚上，傅华去了紫晶球，这是一个紫色调的酒吧，也是一家静吧，四合院的现代设计，中间天花板是大块大块的采光玻璃，一条长长的紫色纱幔作为装饰。吧内最抢眼的是那件有爱琴海风范的白色钢琴，钢琴师是一个瘦小羸弱的大眼睛文艺青年，每个座位上都会有一盏小小的蜡烛杯，光线很暗，所以眼神很容易就暧昧和迷离起来。

傅华找了一个座位坐下来，沙发坐起来很舒服，钢琴声很悠扬，是一个让人感觉很舒适的地方。傅华随便叫了一杯咖啡，静等郑莉的到来。

郑莉到来的时间比预定的要晚，傅华看到她在门口的身影，站起来招手让她过来。郑莉走到傅华对面的沙发上坐了下来，笑了笑说："临时有了点事情，迟到了，不好意思啊。"

傅华笑了笑，说："只要你能来就好。喝什么？"

郑莉也点了一杯咖啡，傅华又叫了一个果盘，就在暧昧迷离的烛光之下看着郑莉。烛光下的郑莉神情淡淡的，似近还远，越发让傅华感觉不可捉摸。

郑莉被看得不自在了起来，笑了笑说："你不是说要来聊天吗？怎么来了也不说话，就是看着人家？”

傅华笑了笑，说：“其实是我不知道该跟你说些什么。”

郑莉笑了，说：“你真是有趣，不知道该说什么约我出来干什么？”

傅华苦笑了一下，说：“没来之前我心里似乎有很多话要跟你说，可是真正见了面，我却发现不知道该从何说起了。”

郑莉看了傅华一眼，淡淡笑了笑，说：“那就慢慢说吧，我们有一晚的时间。”

傅华说：“你还好吗？”

郑莉笑笑说：“我一直都不错啊。”

郑莉老是这么淡淡的，傅华心情就沉到了谷底，郑莉这个样子，表示她可能已经忘记了原来那段感情，也许今晚她根本就不想来，所以才会磨蹭了那么久才出现。其实也难怪郑莉，当初是自己拒绝了人家，今天在被抛弃了之后才转过头来去追求她，换到自己也是不会接受的。

傅华有些沮丧，心里也有些轻松了下来，他真是无法开口跟郑莉去接续前缘，现在郑莉一副不把自己放在心上的样子，他也正好就此打消念头，就当今晚是老朋友聚会的一次聊天好了。

傅华笑了笑说：“郑莉啊，这几年你还去过海川扫墓吗？”

郑莉点了点头，说：“去啊，每年爷爷都让我回去的。”

傅华笑笑说：“怎么也不跟我说一声？”

郑莉笑笑说：“我爷爷不让的，他说如果跟你说了，一定会惊动地方，反正我也熟悉路了，就自己过去好了。”

傅华笑笑说：“郑老老是这个样子，他总是不想惊动地方，也不想你一个人回去方不方便。”

郑莉笑了笑说：“也没什么不方便的，其实我都当是去海川旅游的，海川的风景很优美，每一次我都玩得很高兴。”

傅华笑笑说：“看来你是喜欢上海川了。”

郑莉笑笑说：“这倒确实是。”

这个话题到此算是结死了，两人之间出现了一阵短暂的沉默，傅华感觉到了气氛的尴尬，赶紧又找了一个新的话题，他说：“郑莉啊，你的品牌经营得不错，有没有想扩大经营啊？”

郑莉明显感到傅华是在没话找话，便笑了笑说：“傅华，是不是我让你没话可说啊？”

傅华苦笑了一下，说：“被你看出来了，其实我有点后悔今晚约你出来。”

郑莉笑了，说：“我不是这么讨人嫌吧？”

傅华说：“不是你的问题，原本我还以为可以重新面对你，可是今晚你迟迟不来，就已经打掉了我仅有的一点自信，你来了又是一副淡静的样子，完全就是来见朋友聊天的样子，我心里就更没有了底气。郑莉，你是不是原本就不准备来啊？”

郑莉看了看傅华，笑了笑说：“你说呢？”

傅华心中就埋怨自己不该轻易受了徐筠的撮弄，以为还可以把郑莉追回来，他笑了笑说：“你是怎么来的？要不要我送你回去啊？”

郑莉笑了笑说：“傅华，你还挺有君子风度的。”

傅华更加坐不住了，他招手让服务员过来，准备买单。

郑莉笑着对服务员说：“你先等一下，我和这位先生还有话要说。”

服务员离开了，傅华看了看郑莉，郑莉还是一副淡淡的样子，他心里就更没有底了，有点尴尬地笑了笑说：“郑莉，我已经知道是自己自找没趣了。”

郑莉笑了笑说：“那你是怎么打算的？以后再也不见我了吗？”

傅华更加尴尬了，干笑了一下，说：“那不至于吧？”

郑莉笑着看着傅华，说：“那你以后见了我怎么说？又问我要不要扩大品牌经营吗？”

傅华被讥讽得有点恼火了，他说：“郑莉，你不用这个样子吧？我承认再次见到你的一刹那，我发现自己心中还是有你一块位置的，虽然也知道很多事情时过境迁了，却还是壮起胆子约你出来。现在我已经跟你承认是我自讨没趣了，你还想怎么样？”

郑莉笑了，说：“这么说我还应该对你这么给我面子感恩了？你壮起胆子，我有这么可怕吗？需要你壮起胆子才敢来跟我见面吗？”

傅华苦笑着说："郑莉，我现在都觉得最好眼前有道缝可以让我钻进去。我想你也不需要让我送你回去了，我去把账结了。"

傅华说着就站了起来，他要去吧台把账结了好赶紧离开。

郑莉却在这时抓住了胳膊，说："别急着走啊，有些话我们还没说清楚呢。"

傅华看了看郑莉，他实在不知道这个时候郑莉还要说什么。郑莉笑了，说："你不敢留下来啊?"

傅华只好再次做下，说："好啦，反正我今晚就听你大小姐教训好了。你还要说什么，我洗耳恭听。"

郑莉笑着说："傅华，我怎么感觉你现在有一种死猪不怕开水烫的架势啊?"

傅华也笑了，说："反正今天我也是自讨没趣，如果你能教训我出口气，也算我做了一件好事。"

郑莉笑笑说："你没说实话，你这个没趣不是自己想要讨的，是被人赶鸭子上架吧?"

傅华愣了一下，说："筠姐跟你说了?"

郑莉笑笑说："筠姐说她好不容易才说动你打电话约我，要我一定要好好把握住机会。"

傅华笑了，说："你也确实没浪费机会，我现在感觉被你收拾得有点无地自容了。"

郑莉说："那你也是活该，当时筠姐挂了电话之后，我心里那个气啊，我郑莉在你心里算什么，还需要筠姐逼着你才肯约我？当时我就有心不来赴这个约会，把你晾在这里。"

傅华苦笑了一下，说："其实这一点你是会错意了，她只不过是看透了我心中的畏惧而已，我告诉你你在我心目中算什么吧，从我认识你的那一天起，你就是一个家世背景很好、又很有头脑的女孩子。其实我们第一次一起陪郑老回海川的时候，我心目中就对你有好感，可是那个时候，你是名门之后，而我呢，只不过是一个刚到北京发展，还没什么根基的小官僚而已。一个在天上，一个在地下，我自己都知道配不上你，所以就把好感压在了心底。后来你我再次回到海川，你说你喜欢我，我那时心里也是喜欢你的，可是那个时候我已经背负了赵婷很重的感情债，无法接受你了。再后来，你跟赵婷成了好朋友，而我已经在婚姻之中了，就更没有理由去接近你了。这一次筠姐安排我们再次见了面，我在感受到自己还是喜欢你的同时，其实心中更是明白，我比以前更配不上你了，你的家庭估计也不会接受你嫁给一个离了婚的男人吧，所以老实说，没有筠姐逼我，我还真是不敢约你出来的。这就是我真实的想法，你今天收拾我应该已经够了，我可以离开了吗？”

郑莉说：“傅华，你是不是觉得自己已经够委屈的？可是你问过我的想法吗？”

傅华苦笑了一下，说：“这还用问吗？你今天对我根本就是一副无关痛痒的样子，我自己有感觉的，知道有些事情过去了就过去了，不可能再挽回了。”

郑莉说：“你知道什么啊？我对你淡淡的是因为我实在太生气了。傅华啊，你不觉得你这个人缺乏一点勇气吗？我们第一次陪爷爷回海川的时候，彼此都明白自己很喜欢对方，那个时候你如果多一点勇气，主动来追求我，我们可能那个时候就在一起了。你的迟疑，让我们后来都很痛苦，但是你还是没有勇气面对你心中真正想要的东西，即使我向你说明了我是喜欢你的。看得出来你那个时候心中是很痛苦的，甚至你连和我一起飞回北京的勇气都没有。现在你离婚了，我们在一起的障碍应该说没有了，你却又来了身份、地位这一套，你又畏缩了。傅华啊，你还想等什么？你要达到什么条件才觉得可以跟我在一起啊？你如果想跟我家做到门当户对，估计你这辈子没机会了。傅华啊，你已经害得我跟着你痛苦了这么多年，还要让我再痛苦多少年才肯罢休啊？”

郑莉这番话说完，傅华呆在了那里，原本他觉得自己在郑莉这里受了委屈，却原来自己让郑莉受的委屈更多，他看着郑莉的眼睛，说：“对不起，是我笨，没有早一点知道你对我的心意。”

郑莉苦笑了一下，说：“不是你笨，是你太懦弱了。”

傅华伸手抓住了郑莉的手，说：“是我不好。”

郑莉说："都是已经过去的事情了，关键是今后你要拿出些勇气。"

傅华很坚决地点了点头，说："你放心，我一定不会让你离开我的身边。"

郑莉有些黯然地说："其实是我笨，都过去了这么多年了，我还是没有把一个笨蛋忘记。"

傅华笑了，说："我们俩笨到了一起了，那就更注定是一对了。"

傅华说完，伸手去揽郑莉的肩膀，郑莉矜持了一下，可架不住傅华的坚持，最终还是被揽进了怀里。两人就在烛光中，静静地依偎着，谁也不说话，可心里都有一丝甜意，钢琴声越发悠扬，时光好像静止在这一刻了。

郑莉看了看傅华，笑了笑说："傅华，你不会回去睡一觉又退缩了吧？"

傅华笑着拉住了郑莉的手，说："绝对不会的，我们经历了这么久才可以这样，我又怎么会再退缩呢？你放心，我会拿出男人的勇气来，说什么也不会再错过你了。"

郑莉看着傅华的眼睛，说："我希望你记住今天说的话，到时候拿出男人的勇气来。"

傅华坚决地点了点头，说："我一定。"

郑莉就抬起头来去吻住了傅华的嘴唇，她的唇柔软、温暖，并不炙热，也并没有赵婷和晓菲那样的富有侵略和挑逗，而是轻轻地触碰着傅华的唇，就像一汪平静清澈的泉水，静静的，就在傅华的嘴边，等待着他。

傅华心悸神摇，忍不住缀吸下去，一股清冽甘甜的味道顿时让他沉醉其间，一度不知道自己身在何处。

当傅华和郑莉拉着手出现在徐筠面前的时候，徐筠笑了，说："你们不是非要这么甜蜜吧，这不岂不是要让我心里酸溜溜的。"

郑莉赶忙松开了傅华的手，一起坐到了餐桌旁，傅华笑着说："筠姐，你如果羡慕我们，这天下好男人多的是，你也可以再找嘛。"

徐筠笑笑说："傅华，你小子这就不地道了吧？打趣我是吧？"

郑莉笑着说："筠姐，其实傅华说的也不是没道理，我觉得你也应该迈过老董那道坎了，重新开始自己的生活。"

徐筠苦笑了一下，说："我也想啊，可是也要能遇到好男人才行啊。这世界上能遇到一个喜欢自己的人是不容易的，你们俩啊，可要珍惜彼此啊。"

傅华和郑莉甜蜜地看着对方，嘴里虽然没说什么，手却已经在桌子下面再次紧紧地握在了一起，他们都知道这段感情来之不易，因此心中就有更加珍惜对方的感觉。

下午吃完饭回来，傅华意外接到了张凡教授打来的电话，张凡笑着说："傅华啊，你可有日子没来看我老头子了。"

傅华笑了笑，说："对不起啊，老师，我最近杂事比较多了一些。"

张凡笑笑说："你不用紧张，我并没有怪你的意思，你要工作，又有很多私事要处理，没时间也很正常。"

傅华笑笑说："没去看您总是不应该，对了，老师你找我有事吗？"

张凡笑笑说："你晚上有时间吗？我有些话要跟你谈。"

晚上，在张凡家的书房，傅华看老师严肃的样子，知道老师要跟他谈的是很重要的事情，神色不由得也跟着凝重了起来。

傅华在张凡审视的目光下，浑身都有点不自在了起来，小心翼翼地问道："老师，是不是我做过什么事情让你不满意了？"

张凡并没有回答，而是开口问道："傅华，你最近见过贾昊吗？"

贾昊被调查这件事情闹得很大，潘涛也是因为这件事情死去的，张凡突然问起贾昊来，傅华心里不由得有些紧张，他偷眼看了看张凡，见张凡虽然神色凝重，却并没有要发火的意思，便老老实实承认前几天见过贾昊。

张凡说："那也就是说，贾昊最近发生的这些事情你都知道了，是吧？"

傅华点了点头，说："师兄跟我说了些，老师，其实师兄并不是一个胡作非为的人，他的一些事情也是有历史原因的，当时的政策并不是那么规范，所以你想要他的行为也那么规范，显然是不太可能的。"

傅华知道张凡对贾昊这些年的作为很不满，这么说也有帮贾昊解释的意思，那一天贾昊这么跟他解释过，他是觉得贾昊说的不无道理。

张凡看了看傅华，说："贾昊的事情先放到一边，据我所知，你也通过贾昊和顶峰证券办过几桩事情，你跟我说实话，你在其中有没有做过什么违规的事情？"

傅华笑了笑："老师，您又不是不了解我，我怎么会做那种事情呢？"

张凡说："你别给我嘻嘻哈哈，你就告诉我有没有。"

傅华看张凡一脸严肃，不敢再笑了："那几桩事情，我只不过是起了一个介绍双方认识的作用，具体的事务我是没参与的。"

张凡说："那你有没有从中得到什么好处？"

傅华摇了摇头，说："我个人是没谋取一点利益的，其中有一家想要送我点原始股，被我回绝了，另一家要赞助我一笔资金，我实在推辞不掉，就让他赞助了驻京办的新春联谊活动。"

张凡说："那账目清楚吗？"

傅华说："当然，那可不是一笔小数目，我可不敢账目不清楚。怎么了老师？是不是师兄那里又出了什么问题啊？"

张凡说："出了什么问题，他原来的问题就没解决。"

傅华愣住了，说："老师，师兄亲口跟我说的，对他的调查已经结束了，他应该是没事了。"

张凡说："贾昊是这么跟你说的？他还跟你说什么来着？"

傅华说："他还说这次调查，完全是一场政治斗争，他本身是没有问题的，要说有些问题，也是以前政策法规不够规范，是历史原因造成的。"

张凡笑了笑，说："你相信吗？"

傅华苦笑了一下，说："老师，您不知道当时师兄的样子，他是很伤心才跟我说这番话的，我个人认为，他这是真情流露，应该不会是假的吧？"

张凡笑着摇了摇头，说："傅华啊，你是不是太幼稚了？"

傅华看了看张凡，说："师兄不应该会骗我的，再说他骗我也没什么用处啊？"

张凡笑了，说：“贾昊是什么人啊？他是一个在仕途上滚打多年的技术官僚，我早就跟你说过，他这个人不可信，你怎么就不相信我呢？”

傅华说：“老师，我不是不相信你，可是师兄对我还真是不错的，他应该不会骗我的。”

张凡说：“傅华啊，你让我怎么说你啊？对于贾昊来说，可能没有什么同出师门的友谊，他对你好，可能只是因为你间接做了他业务上的掮客，你知道吗？可能你让顶峰证券做的每一桩事情，贾昊都能从中获取好处。不说别的，他的京剧是什么水准啊？还能搞一台戏来到全国各地去演出？没有那些公司从旁边偷着出钱，谁会去看一出没什么新意的京剧啊？”

傅华苦笑了一下，说：“这么说师兄确实有问题了？”

张凡说：“岂止是有问题，问题还很大呢。据有关方面透露说，他和顶峰证券的潘涛勾结，在很多公司的证券业务上做了手脚，从中牟取暴利。只不过他这一次比较侥幸，问题的核心人物突然死亡，有关部门的调查无法进行下去了，他才得以逃脱惩罚。”

傅华说：“老师，这些您都是怎么知道的？”

张凡说：“你别忘了，当初可是我推荐贾昊走入仕途的。我现在都有些后悔，不该推荐你师兄进入仕途，如果当初他不进入仕途，现在可能也会是一个著名的教授，可惜他把聪明劲都用在邪路上了。”

傅华现在也不得不相信贾昊确实存在问题了，他苦笑了一下，说：“没想到师兄是这样一个人。”

张凡说：“我开始就不想把你师兄介绍给你认识，幸好，你还能把持住自己。傅华啊，京城这湾水是很深的，有些时候你淹死了也都还不知道是怎么回事呢。”

傅华苦笑了一下，说：“这些我知道，我只是没想到师兄也会在我眼前演戏。”

傅华此刻有点明白为什么贾昊会在自己面前痛哭了，一来是确实很伤心失去了潘涛这个同盟军，二来也可能是对这一段时间被调查的恐惧感的释放吧。

张凡笑了笑说：“你也别耿耿于怀了，贾昊这样做也很正常，他总不能在你面前承认他都做了那些违规的事情吧。你呀，再学着机灵一点，对贾昊这种人要保持一种本能性的警惕，跟他们是要保持一定距离的，你去相信他这种人就好比由圆求方，是根本不切实际的。”

傅华点了点头，说：“我知道了。”

张凡说：“贾昊这一次不能再留在证监会了，你回头帮我带几句话给他，人不会总是那么侥幸的，这一次没被抓到，不代表下一次也不会抓到，我希望他到了新的单位之后，能够好好反省一下自己，不要再犯以前的错误了。”

傅华看出张凡虽然不赞同贾昊的处世方式，可是他内心中却还是关切贾昊的，他也不想贾昊出什么事情。

傅华说：“老师，看来你还是希望师兄好的。”

张凡苦笑了一下，说：“我不是想看他的笑话，其实开始的时候，我对他是有很多的期许的，不然的话我也不会推荐他进入仕途。我之所以推荐他进入仕途，是希望他在仕途上能够做出一番成绩，光大师门。只是我根本没想到，他会把一些歪门邪道发挥到极致。”

张凡的话里饱含着深深的失望，这是一个老师对弟子没有走上预定的轨道的那种失望。

傅华感受到了张凡的这种心情，劝慰道：“老师，你也别难过了，也许师兄受了这一次的教训，会改过自新了呢？”

张凡苦笑着摇了摇头，说：“怕是很难。我跟你讲一个故事吧，这件事情是一件真人真事，是我家乡发生的一件事情。有那么一对好朋友，家里都很穷，为了改善自己的生活，其中的一个人就提议去偷别人的财物，另一个人就说：这不好，这是犯法的。提议的人就说，要不我们就偷一次，偷了这一次之后，我们就再不偷了。另外一个人觉得只做一次似乎也没什么，两个人就一起去偷了。这一次他们很幸运，没被抓到，而且偷到了不少钱。两个人就分了钱，过了一段很好的日子。可是钱总有花完的时候，等到偷来的钱花完了，那个提议的人又找到了他的好朋友，说要想办法再去偷一次，这一次他的好朋友觉得反正偷过一次，不但没被抓到，还过了一阵舒服日子，因此在稍稍犹豫了一下之后，便同意了。这一次还是很幸运，又偷到了很多钱，又没被抓到，两人就分了钱又过了一段舒服的日子。钱又花完了，这一次再提出来偷窃的，就不再是那个一开始倡议偷窃的人了，而变成了他的好朋友，好朋友主动找到他，要跟他合伙再去偷一次，因为他已经习惯了这种不劳而获的日子，这样子他每次钱花完之后，想到的就是再去偷窃，直到最后被抓住。贾昊已经从那些不法的行为之中尝到了甜头，你想他能够停下这偷窃惯了的手吗？”

晚上，傅华正在和郑莉一起吃饭，傅华笑着说：“小莉，我要怎么去跟郑老说我们的事情？”

郑莉笑了，说：“那就是你的事情，你不是为了我有勇气面对一切吗？怎么我爷爷这样一个老头子你就害怕了？”

傅华笑了，说：“我不是怕，郑老身上有那么一种威严，我担心一旦我说出来，他老人家眼睛一瞪，说不行，他的宝贝孙女怎么能跟我这样一个臭小子呢？不但一事无成，还曾经离过婚，他坚决不同意，那我怎么办？”

郑莉笑了，说：“我怎么没觉得你这么怕我爷爷啊？你平常在他老人家面前不是有说有笑的吗？”

傅华说：“这件事情不同了，对我来说太重要了，再说我也不想你跟你家人为了我有争执，所以我很紧张。”

郑莉说：“放心了，我爷爷也不是一个老古板，他和奶奶对你的印象还是不错的，我想他是不会反对的。再说他们早就盼着孙女嫁出去，好不容易孙女有了人，他们高兴还来不及呢。”

傅华笑了，说：“嘿嘿，听你这么说：“我怎么觉得你爷爷有早点把你处理出去的意思，是不是想嫁祸于人啊？”

郑莉指着傅华的鼻子，笑骂道：“你这个混蛋，想骂我是祸水啊？嘿嘿，我就是祸水，就要嫁祸于你，你要还是不要啊？”

傅华双手去抓住了郑莉指过来的手，笑着说：“要，怎么会不要呢？既然你肯主动嫁给我，考虑到我现在行情直落，我当然要了，你准备什么时间过门啊？”

郑莉笑着甩开了傅华的手，说：“去你的吧，我什么时候说要嫁给你了？”

傅华正准备继续逗笑下去，手机响了，拿出来一看，是贾昊打来的电话，他的脸色一下子沉了下来。上次在张凡那里，得知了贾昊被调查事件的真相，傅华对贾昊的印象一下子坏了起来，他倒不是洁身自好到不允许朋友有一点毛病，这世界上没有毛病的朋友显然是没有的。可是他也不能接受一个朋友为了粉饰自己，就刻意来欺骗他。

傅华其实是拿贾昊当做一个可以说真心话的朋友的，因此就很难接受贾昊在自己面前说一套做一套。虽然张凡说让他带话警告一下贾昊，可是傅华不知道该以什么样的态度去对待贾昊，因此从张凡那里回来之后，他迟迟也没跟贾昊联系过。

郑莉看傅华脸色阴沉了下来，问道：“我看你脸色不好，他得罪你了？”

傅华摇了摇头，公平来讲，贾昊对自己还是不错的，很多事情，贾昊都是尽心尽力去办的。

电话还在响个不停，郑莉笑着说：“你不准备接啊？想不到你们男人也不时闹个小意气什么的，真有意思。”

傅华笑了，伸手按了手机的接通键，贾昊的声音就传了出来：“小师弟啊，你在干什么，怎么这么长时间才接电话？”

傅华笑了笑说：“你打来电话有事吗？”

贾昊说：“也没什么重要的事情，我的去向明确了，就想跟你聊聊。”

傅华说：“你的去向明确了？你调往哪里了？”

贾昊说：“联合银行，我任行长助理，相当于副行长。”

傅华估计这家联合银行应该是跟证监会平级的机构，贾昊当上了副行长级别的行长助理，理论上可能是升了一级，便笑着说：“那恭喜师兄了，师兄又高升了。”

贾昊苦笑了一下，说：“小师弟啊，你来笑话师兄啊？”

贾昊的声音中带着明显的失落感，显然这并不是一个很让他满意的去向。这一点傅华心里是明白的，虽然职务的级别是升迁了，可是实际上的权利可能就是降低了。贾昊从证监会的实权人物一下子沦落成一个新组建银行的行长助理，他的权力能涉及的势力范围肯定是大大缩小了。贾昊显然不是很甘心的，他找傅华很可能是想倾诉一下胸中的苦闷。

傅华知道这个时候贾昊如果不能很好调整心态，他到了新的单位很可能无法摆正自己的位置，这对贾昊的未来显然是不利的，加上还有张凡带给贾昊的话没有转达，便有想让贾昊过来见一面的意思。

傅华捂住了手机的话筒，看着郑莉问道："小莉，我有些话想跟贾昊说。你介意他过来吗?"

郑莉摇了摇头，说："我不介意，你让他过来一起吧。"

过了一会儿，贾昊开着车过来了，一看到傅华和郑莉，就摇着头笑着说："真没想到，你们会凑在一起。小师弟，恭喜你啊，你找了一个很好的女朋友啊。"

郑莉落落大方地笑了笑，说："贾主任说笑了，请坐。"

贾昊就落座了，笑着问："你们什么时间开始的?"

傅华笑笑说："说来就话长了，回头我再跟师兄慢慢汇报。先说你吧，你的新任命已经下来了?"

贾昊说："还没，不过消息人士透露，任命已经确定，很快就会公布的。"

傅华就给贾昊倒上了酒，笑着说："不过怎么说师兄总是升了，这一杯恭喜师兄了。"

贾昊苦笑了一下，说："这种升迁我倒宁愿不要。联合银行虽然说是全国性的银行，却还是草创阶段，我去做一个行长助理，怎么比得上留在证监会呢?"

傅华笑笑说："其实我倒觉得不然，师兄借此机会离开了是非之地，未尝不是一件好事。同时呢，联合银行草创之时，师兄也正好可以施展胸中所学，大有作为啊。"

贾昊苦笑了一下，说："我去证监会的时候，证监会也正是草创阶段，等什么都上了轨道了，我这个创会元老却被调开了，不知道联合银行上了轨道之后，我会不会再被调开？看来我很可能就是一个创建元老的命啊。"

郑莉笑着说："贾主任，我觉得您真是不必这么沮丧啊，其实只有有能力的人才会被派去从事这种创建工作，你能这个样子，只是说明高层对你能力的认可。"

贾昊笑着看了看傅华，说："小师弟啊，你找了一个很会说话的女朋友啊，听了两位宽慰我的话，我心里舒服了很多，来，让我们干一杯，一来庆祝一下这不是高升的高升，二来也祝福两位。"

三人就碰了杯干了，贾昊的心情略有好转，同时在郑莉面前他也不好太表现出来自己的苦闷，话题就开始转向轻松，聊了一些生活上的闲事，这场饭局就在嘻嘻哈哈的气氛中结尾。

出了饭店，傅华把钥匙递给了郑莉，说："小莉，你先上车，我跟师兄还有几句话要说。"

郑莉开了车门上了车，傅华却跟着贾昊上了车。

傅华说："前几天张凡老师让我去了一趟，谈了一些跟师兄有关的事情。"

贾昊有些紧张了起来，他看了看傅华，说："老师跟你说了什么了吗？你怎么不跟我说这件事情？"

贾昊知道张凡跟高层之间有联系，张凡那里传出来的消息，对他来说很可能意味着某种讯号，因此便有些急于知道张凡究竟说了些什么。

傅华苦笑了一下，说："其实是我不知道该如何来转达老师的话，所以也就一直没有跟师兄说这件事情。"

贾昊说："别吞吞吐吐了，快告诉我，老师究竟说了些什么？"

傅华说："老师让我转告你，人不会总是那么侥幸的，这一次没被抓到，不代表下一次也不会抓到，他希望你到了新的单位之后，能够好好反省一下自己，不要再犯以前的错误了。"

贾昊面色变了变，躲开了傅华的眼睛，嘴里嘟囔着说："老师这是什么意思啊？我又没做过什么不对的事情。"

傅华说："师兄啊，我也不知道你究竟做没做过不对的事情，反正我就是转达老师的话，我希望你能认真记住老师这几句话，我觉得对你只有好处，没有坏处。"

贾昊不满地说："老师就是对我有看法，我做什么他都觉得我不对。"

傅华有些恼火了："你老是说老师对你有看法，你就没问问自己做错过什么。你当时不在老师面前，你没看到老师那个失望的样子，师兄啊，老师对你是有很大的期望的，可是你的作为却真是无法让他满意。他不是想看你的笑话，其实开始的时候，对你是有很多的期许的，之所以推荐你进入仕途，是希望你在仕途上能够做出一番成绩，光大师门。你知道中国是一个官员主导的社会，一个人只有进入仕途，才能把聪明才智发挥到极致。老师根本没想到，你会把一些歪门邪道发挥到极致。"

贾昊偷眼看了一下傅华，说："老师真是这么说的？"

傅华苦笑了一下，说："我会骗你吗？师兄啊，你不要以为做过的事，潘涛一死就一笔勾销了，有关部门可能心中早就清楚了，只是没有证据而已。我劝你还是认真考虑一下老师说的话吧，起码我觉得老师不会害你的。"

贾昊点了点头，认真地说："小师弟，我知道，吃一堑长一智，你告诉老师，到了联合银行，我会好好做的，不会再让老师失望啦。"

傅华笑了笑，拍了一下贾昊的胳膊，说："师兄，你也是我们的榜样，我们都在看着你呢，你也要做出个样子给我们好学习啊。好了，我走了，郑莉该等急了。"

贾昊说："你先等一等，说起郑莉，你是不是再认真考虑一下你和她的关系？"

傅华愣了一下，他没想到贾昊会突然这么说，他有些诧异地问："师兄你怎么会这样说？"

贾昊说："你们是怎么在一起的？"

傅华说："其实我们很早就认识，一直彼此都有好感，可是阴差阳错没有成为一对。这一次我离婚了，在朋友的撮合下，我们就在一起了。"

贾昊说："当初你跟赵婷的婚姻，其实我们这个圈子里就有人不看好，我当时倒没觉得什么，赵婷家里虽然有钱，但赵凯家族的社会关系网相对简单，我想你还是能驾驭得了的。可是没想到最后你被人家甩了。所以，现在你跟郑莉这件事情我就不能不提醒你一下了。"

傅华笑了，说："这两者有什么联系吗？"

贾昊说："当然有了，小师弟啊，你对郑老的家族了解吗？"

傅华笑笑说："应该算是了解吧，郑老解放前就建功立勋，是海川出来的一位很高威望的领导。"

贾昊说："你这就算是了解啊？你知道郑老的儿女都是做什么的吗？不用说别人，你知道郑莉的父亲是做什么的吗？"

傅华被问住了，他跟郑莉的接触都是通过郑老发生的，郑莉的父亲是做什么的，甚至长什么样子他都是不清楚的，更别提郑老的其他儿女了。郑老一向很低调，公开消息中很难看到郑老子女的踪影。郑莉也从来没在自己面前提过她父亲的事情。

贾昊笑笑说："你怎么不说话了，不知道了吧？"

傅华点了点头，说："我还真是不太清楚。"

贾昊说："你什么都不清楚还敢跟郑莉在一起？你呀，你还没从赵婷这件事情当中吸取教训啊。"

傅华说："郑莉跟赵婷是不一样的。"

贾昊笑了，说："这有什么不一样的？你想没想过，赵婷为什么有了孩子还要跟你离婚？"

傅华说："这可能是一方面我对她的忽略，另一方面正好有人趁虚而入了。"

贾昊说："那只是客观原因，主观原因是什么，是你在她心目中已经没有地位了，你虽然是已经做得很不错，可是相比起她父辈做出来的成绩，你就不止一提了，因此当她想不要你的时候，她是丝毫没有什么可惜的感觉。而现在你将要在一起的这个郑莉，她的家族，你有应付这种局面的心理准备吗？"

傅华倒不是没想到郑莉身后的背景可能很强大，可是他也没想过这个背景会到可怕的程度，他看了看贾昊，说："师兄啊，郑莉家里真的这么厉害？"

贾昊笑了笑说："郑老本身就是一个知识分子，家庭教育的缘故，每一个子女都很优秀，在他们所在的邻域内都是顶尖的人物。不说别人，就说郑莉的父亲吧，他是郑老的第三个儿子，目前在美国，据说是从事投资行业的，公司旗下掌控的资产据说有几十亿，你要注意啊，这几十亿可不是人民币，而是美金。”

傅华愣了一下，说：“有这么多啊？”

这有点完全出乎傅华的意料，他跟郑老也算是接触很多的人了，郑老夫妇还从来没在他面前提起郑莉的父亲是做什么的，原本他以为郑莉的父亲是一个碌碌无为的人，也许受郑老的荫庇可能有个一官半职的，不值一提，哪知道他竟然会掌控这么大的资产，大到足以令傅华震惊。

贾昊说：“这个人是一个真正有本事的人，他的资产都是在美国累积起来的，行事风格很类似郑老，低调到不能再低调了，近年听说也回国涉足一些天使投资项目，不过除非行中人，外人几乎很少能知道他的事情，媒体上更是绝迹。郑莉是他跟前妻生的，离婚后他就去了美国，郑莉就被放在郑老身边养，所以这个孙女跟郑老最亲。小师弟啊，如果你和郑莉的事情成了，你将会置身于一个很复杂的社会关系环境之中啊，你可要好好考虑一下啊。”

傅华被贾昊说得有些沉重了起来，心里开始打鼓起来，他第一次意识到他和郑莉的未来发展，可能不会像他想的那么容易。

第九章　大投资踏破铁鞋无觅处，花烂漫得来全不费工夫

台湾冯氏集团要投资一百亿建厂，傅华被这个巨大的数字深深吸引了。冯氏集团是一家在国际上都是数得着的公司，主要从事石油化工生产，因为近年来岛内政治生态恶化，经济不振，急于转战内地建厂。傅华觉得这个项目来得真是时候，叫做踏破铁鞋无觅处，它将给急于建功立业的金达带来十分靓丽的业绩。

傅华回到了自己的车上，郑莉看了看傅华，笑着说："你和你师兄有多少话要讲啊？怎么讲了这么久。"

傅华笑了笑，说："有些事情聊了起来，就多耽搁了一会，等急了吗？"

郑莉笑着说："有你在，多久我也是不会急的。"

傅华发动了车子送郑莉回家，一路上他都在想郑莉家族的事情，因此没说什么话。

郑莉闷闷地坐在一旁，看傅华一直不怎么说话，便问道："傅华，你跟你师兄之间是不是出了什么问题啊？怎么今晚自从他打来电话之后，你的情绪就有点不太对头啊？"

傅华笑了笑说："也没什么，他有些事情没跟我说真话，让我有点被欺骗的感觉，心里就有些不自在。"

郑莉说："是不是你今晚不想让他过来的？"

傅华笑笑说："是啊，可后来他话语中的失落感又让我觉得他很可怜，

就把他叫出来了。我不想看他因为这一次调动而沉沦下去。”

郑莉笑笑说：“不用担心，我看你师兄是一个绝顶聪明的人，我想他应该知道自己要怎么做的。”

傅华想起了张凡跟他说的那个偷窃的故事，不知道贾昊这个偷窃惯了的人是否能克制住自己贪婪的欲望，他笑了笑说：“希望吧。”

这话是说给郑莉听的，也是说给自己听的，傅华真心希望贾昊能克制住自己，不要被张凡不幸而言中。

车到了郑莉的住处，停下了车，郑莉在傅华脸颊上亲了一下，说：“早点回去休息。”

傅华伸手拉住了郑莉，他想了一路，还是觉得应该早一点了解一下郑莉家里的状况，他知道郑老对自己是接受的，可是郑莉神龙见首不见尾的神秘父亲对自己什么态度，他心中还是一点底都没有的。

郑莉笑着看了看傅华，说：“不舍得放我回去？”

傅华笑了笑，说：“小莉，我一直也没问你，你父亲是做什么的？”

郑莉看了看傅华，说：“为什么突然问这个？”

傅华笑了笑，说：“也没什么了，就是突然想知道。”

郑莉笑了，说：“我明白了，是你师兄跟你说了些什么吧？”

傅华不好意思地笑了笑，说：“是，他跟我说你父亲很厉害，资产有几十亿美金，这是真的吗？”

郑莉看着傅华的眼睛，笑了笑说：“也不是他个人资产，是他公司控制的资金有那么多，怎么，你害怕了？”

傅华老老实实地点了点头，说：“我心里真是有些发毛。你父亲会赞同我们交往吗？”

郑莉笑了笑说：“你是不是又想退缩了？”

傅华很坚决地摇了摇头，说：“我没想退缩，我们好不容易才有今天，我怎么会退缩呢？只是骤然听到这个情况，我心里一下子没底了。”

郑莉说：“那就是你对我没信心了？”

傅华苦笑了一下，说：“你有这样的父亲，什么样优秀的人都可以找到。”

郑莉笑了，说：“傅华，这话倒是叫你说对了，我父亲这几年是给我介绍了很多青年才俊，甚至有几位都已经是有几亿资产的了，我这么说你是不是更加没信心了？”

傅华笑了，说：“你是不是想跟我炫耀你有多抢手啊？呵呵，其实你这么说我反而放心啦，你如果喜欢他们，那我们现在就不会面对面说话了。”

郑莉笑笑说：“算你还不笨，好啦，傻瓜，你不用担心啦，两个人在一起要的是情投意合，而不是多少资产。再说我父亲的是我父亲的，与我有什么关系？其实我跟他的关系并不是很亲密，前些年他都住在美国，也在那边新组建了家庭，平常跟我也就是过节打个电话互相问候一下而已，这几年他回到了国内，我们往来多了一些，我想他对我的决定不会反对的，所以你不必害怕他。”

傅华笑笑说：“紧张而已，紧张而已。”

郑莉笑了，说：“紧张不就是害怕吗？安心回去吧，我飞不掉的。”

第二天，傅华春光满面地来到了办公室，昨晚和郑莉拥吻了很久才恋恋不舍分开，早上起来回想起这一幕，心中还是很甜蜜的。

罗雨看到傅华，笑着说：“傅主任，昨晚是不是又去跟女朋友幽会去了，看你这满面红光的，一定是跟女朋友相处得很愉快。”

傅华笑了，默认了罗雨的说法，罗雨认为他是跟方苏去幽会去了，这要解释清楚可能需要费很大一番口舌，傅华心中正是高兴着呢，也就懒得去解释什么。

刚进办公室，电话就响了起来，傅华看是金达的，赶忙接通了：“您好金市长，这么早打电话来有什么指示吗？”

金达语气很严肃地说：“傅华啊，你是不是在北京很逍遥自在啊？”

金达的语气很不好，让傅华多少有点兴奋的心情一下子被打了下来，他小心地问道：“金市长，我有什么事情做得不对吗？”

金达说：“傅华啊，你还记得你是驻京办主任吗？你还记得你的职责吗？”

傅华有点摸不着头脑了，领导这么问他，是在向他发难，可是他并不明白自己什么地方做得不好了。

傅华不知道该说什么，只好老老实实地说："我当然记得，金市长，我做错什么了吗？"

金达说："你没忘记自己的职责就好，工作就是工作，市里面派你驻在北京，是希望你能发挥所长，协助市里面搞好相关的工作的，不是让你在那里花天酒地、风花雪月的。"

傅华叫起屈来："金市长，我没有啊？"

金达说："什么没有？你没有跟一个叫方苏的年轻女子往来吗？你没有工作时间去跟她鬼混吗？海川重机重组的事情一拖再拖，让你帮助我们的工业园推介招商，你丝毫没有进展，市里面交代给你的工作每一样你都没有很好地完成，你倒有时间去跟女人鬼混。"

傅华被说愣了，前段时间他倒是因为方苏的事情，有几次在工作时间帮忙送她去医院，可是这不过是帮忙而已，又怎么能算得上是鬼混呢？海川重机重组的事情完全是因为昊潘涛被调查才会停滞下来，这是偶发事件，又不是自己意志能控制的，至于工业园招商，哪有那么多现成的商家等着你去招啊，金达以此发难，根本就是没道理的。

傅华说："金市长，您听我解释，方苏是我们海川的老乡，她发生了一点意外，我送她去医院治疗而已，根本就不是什么鬼混。海川重机重组的事情因为有些调查停顿了下来，现在调查刚刚过去，审批工作已经恢复进行，我想很快就可以继续进行了。至于工业园的推介招商，相关工作已经展开，只是暂时还没有什么成果而已。"

金达说："傅华啊，什么相关工作已经展开，只是暂时没有什么成果，你也要拿这样的场面话来敷衍我吗？当初的融宏集团被引进来，你也是这样被动等待的吗？海川机场扩建的审批你也一拖再拖过吗？我现在桌子上就有几封人反映你的问题的信，其中就有提到你和方苏的不正当关系，你领着她在海川大厦吃饭，还介绍说她是你的女朋友，她跟你不仅仅是老乡关系吧？傅华啊，我知道你刚离婚不久，可能需要找到一些慰藉，我不反对你谈情说爱，可是你误了工作就不太好了吧？"

傅华不知道自己该作何解释了，金达说的事情真假掺杂，工业园招商他确实没有做到很主动地去寻找可能的客商，他也带方苏到过海川大厦吃饭，方苏自己也介绍过是他的女朋友，但是金达指责的其他事情根本就是不成立的，也不知道哪个家伙心眼这么坏，把一些真真假假的事情混杂在一起反映给金达，让傅华几乎无法为自己争辩。

傅华苦笑着说："金市长，你让我怎么说呢？我真的没有因为私事误了工作啊。"

金达说："有没有你自己心里清楚，傅华啊，不是我批评你，自从我接任市长以来，你们驻京办就是在浑浑噩噩混日子，一点工作成绩都没做出来，你是不是觉得自己可以躺在功劳簿上高枕无忧了？虽然我们关系不错，可是我也不会容忍你这种庸庸无为的行为。"

傅华是知道金达从当上市长之后，就有在海川市做出一番成绩的励精图治的想法，自己在这一段时间之内，确实也没做出什么像样的成绩让金达感到满意。而且听金达的语气，似乎对傅华在前两任市长任内做出很大的成绩，而在他任内碌碌无为很不满，似乎是傅华因为跟金达的关系不错，就放松了对自己的要求。

傅华心里叫苦不已，金达接任市长以后，恰逢是他的人生低潮期，先是费尽心力想要审批通过的保税园区以失败告终，接着赵婷跟他离婚，接下来又是贾昊、潘涛被调查，事情一桩接着一桩，几乎让他无法喘息，现在事情刚刚有了些缓和，贾昊的调查也过去了，跟郑莉的感情也有了很好的开始，金达却在在这个时刻指责他工作不够尽力，让他心中不由怀疑是不是自己这一段时间的霉运没有完全过去？

傅华想起了当初在雍和宫佛仓那个老喇嘛嘉图洛桑说过的一番话，当时他因为身体受了邪气的侵扰，郑老说他是被鬼缠身，就找到了嘉图洛桑，嘉图洛桑帮他治好了之后，曾经说过人的运气都是起起伏伏，蛟龙未遇，潜身于鱼虾之间，君子失时，拱手于小人之下。此非他，乃时也、运也、命也。他还说："你刚过去一个人生的高潮，此时正是你运气的低谷期，才会受此一劫。就此机会，我也提醒你一下，人在低潮期的时候，往往会诸事不顺的。"

傅华心说，会不会又是一个人生的低潮期啊？要不然怎么倒霉的事情接二连三呢？

傅华无法自辩，只好苦笑着说："对不起啊，金市长，我今后会改善自己的工作方法的。"

金达知道自己这番话说得傅华不可能高兴了，他叹了一口气，说："傅华啊，不是我故意要给你难堪，你和我之间的关系现在海川政坛上没有人是不知道的，上上下下的人都在盯着你和我看呢，就说我刚才跟你说的这几封信吧，今天早上，海川市委、市政府大大小小的领导几乎人手一封，这些事情虽然是鸡毛蒜皮，不值一提，可是造成的影响确实很坏的。现在舆论已经有很多反对设立驻京办的声音了，说驻京办都是在'跑部钱进'、勾兑关系，成天拿着政府的钱胡作非为，对你们驻京办的观感已经很差了，你处在这样一个瞩目的位置上，行为怎么不检点一些？你现在离婚，找新的女朋友不是不可以，可是你能不能找一个跟你年纪差不多，行为端正的女人啊？不要去找什么大学刚毕业的，行为不太检点的女人？"

傅华说："金市长，方苏真的不是像你说的那样子，她是一个很好的女孩子，再说我跟她之间真的不是男女朋友关系。"

金达说："你还在狡辩，人家说这个方苏曾经从海川大厦的一个房间衣衫不整地跑了出来，她是检点的女人，怎么会那个样子？好了，你不要跟我辩驳什么啦，男人嘛，很多都是难过漂亮女人这一关的。你自己心里有点数，不要栽在这上面。再是你给我打起精神来，拿出你刚到驻京办那种拼劲，做出点成绩给别人看看，那样说三道四的人就会乖乖闭上嘴巴的。"

傅华被金达弄得哭笑不得，虽然他也知道金达说这些都是为了他好，可是这些明明就不是他做的事情，金达却硬要栽在他头上，还根本不听他的辩解，他认吧，明明就没做过，不认吧，金达心里就认为他一定这样做过了，傅华心中暗骂炮制出这些信的王八蛋，这些家伙真是坏透了，弄得自己明明被人家整治了，还无法说出来。

傅华还在猜测究竟是哪个王八蛋弄出来的举报信，金达已经要结束谈话了："你自己好好反省一下吧，我要去省里，就不跟你废话了。"

金达挂了电话，省委书记郭奎的秘书昨天通知他今天下午郭书记要见他，看看时间也基本上要出发了。

郭奎突然约见，金达心里就有些忐忑，最近一个阶段，关于工业园和白滩的云龙公司旅游休闲度假区，在省里传来不少反对的声音，有人说工业园用地是海川市违规批用的，更是有人说旅游度假区是一个幌子，真正要建的是违规的高尔夫球场。金达知道这些反对的声音郭奎不可能听不到，因此这一次突然被召见，很可能是要去被尅的，他的心情本来就不是很好。没想到一上班又看到了举报傅华行为不检的信，虽然信的内容，无足轻重，可是金达还是很恼火，一来这封信散发的范围很广，每个领导都收到了，金达相信短期内傅华的这些花边新闻将会是海川政坛热门话题，造成的影响很坏；二来他跟傅华的关系海川政坛很多人都知道，傅华的不检点给他也会带来一些不良的影响，上上下下肯定在看他要如何处理这件事情，如果他不处理，下面的人就会觉得他在徇私，可如果要处理，这些花边新闻虽然影响很坏，还够不成行政处分的程度。

考虑了一下之后，金达虽然知道散播这些举报信的人肯定是居心不良，还是决定打电话把傅华好好训斥一顿。无风不起浪，傅华这种行为总是不够检点，再说，金达也对傅华在他接任市长之后的碌碌无为很是不满，按说傅华应该做出点成绩来给他长脸才对，而不是把这种花边新闻闹到市委市政府让他尴尬。

金达做海川市长心理压力是很大的，他知道其实他的资历是很浅的，本来是没有机会成为海川这个经济大市的市长的。他是因为省委书记郭奎的赏识，才把他破格拔擢成为市长的，他是很想做出一点亮眼的成绩出来回报郭奎的赏识的。但是事情有些时候并不会像人们想象得那么美好，他开始给予厚望的保税区审批，却给了他一个很大的挫折，费尽心力并没有通过审批。其他方面他也是业绩平平，乏善可陈，无法拿出一份亮眼的成绩单给郭奎看。

下午，郭奎在办公室见了金达，见面的时候，郭奎上下打量了一下金达，笑了笑说："秀才，你下去这段时间可是瘦了很多啊。"

金达苦笑了一下，做市长事务千头万绪，累心乏力，不瘦才怪，他说：“每天的事情太多了，很难不瘦。”

郭奎又看了金达一眼，他对金达这种状态不是很满意，这说明金达做得很辛苦，是不是他还没有足够的能力挑起这副担子啊？当初自己看中金达的战略眼光，才把他提拔成为海川市市长，是不是过于急躁，有些拔苗助长了？

郭奎今天之所以约见金达，是因为省长吕纪向他反映了海川市最近一个阶段的一些违规行为。本来这些事情都应该是省长管辖范围之内的，可吕纪知道金达是郭奎的宠儿，金达仕途一路上的进步后面都是有郭奎的影子，因此在这些事情的处理上他采取了谨慎的态度，事先就把情况跟郭奎通气。这也是他政治经验老到的方面，他本来就和郭奎关系不错，他接任省长，郭奎也是有一份推荐功劳的，他并不想贸然去批评郭奎的宠儿，而是把一些情况反应给郭奎，让郭奎去处理。

郭奎对吕纪反映的情况开始还不太敢于相信，他说：“不会吧，金达这个秀才你和我都了解，应该没这么胆大吧？”

吕纪笑了笑说：“这很难说，这个同志也许是想早日做出点成绩来，步子可能就会迈得大些。您知道他以前长期都是在条条里工作，理论方面能力很强，实践经验不足，所以我有些担心他猛然在块块里担任这么重要的职务，对一些事务的处埋和政策尺度的把握上，可能就不是那么准确。”

丁是郭奎就安排了这次谈话，他很想了解一下金达真实的工作状况。

郭奎笑了笑说：“秀才啊，我听吕省长讲，你在海川做得很不错啊，新上了不少的工业园区？”

金达的笑容一下子就僵在脸上了，越怕什么就越来什么，金达心里很清楚他的工业园是怎么回事，从进了郭奎的办公室，心中就害怕提这件事情，偏偏郭奎丝毫没跟他客气，没谈上三句话，就直奔金达最害怕的地方而来。

不过金达来之前也知道郭奎可能会问及工业园区的情况，心中也做了如何回答的预案，因此倒也不是十分慌乱。

金达笑了笑说：“郭书记也知道了，也没什么了，现在下面的市为了发展各自的经济，都上了不少的工业园区，我们海川市是东海省的经济大市，自然也是不甘于人后的，所以我们适应东海省的海洋发展战略，规划了一些海洋水产品的深加工工业园区，对入驻园区的企业提供了一些很好的优惠条件，以吸引相关的海洋水产品深加工企业入驻，从而尽快培育出一条海洋水产品加工的产业带。”

郭奎笑了，说：“秀才，你不愧是做政策研究出身的，说起来真是一套一套的，什么适应东海省海洋发展战略，什么培育一条海洋水产品深加工的产业带。对了，这个东海省海洋发展战略，最早还是以你提出来的海川海洋发展战略为基础的呢。”

金达被郭奎的笑弄得心里发毛，郭奎虽然是笑着说这些话的，可是这些话中确实含着讥讽的意味，让金达接受这种表扬也不是，不接受也不是。

金达尴尬地说：“郭书记，您不要这么说，我也是为了海川经济的发展。”

郭奎笑了笑说：“你是为了海川经济的发展？为了经济的发展是不是就可以做一些违规的行为了？”

金达摇了摇头，说：“没有啊，我们市里面可没有做什么违规的行为。”

郭奎看了看金达，笑着说：“秀才啊，真看不出来，你做海川市长出息了，还学会抵赖了。那我问你，你这些工业园的用地是怎么批下来的？”

金达偷眼看了看郭奎，见郭奎的脸上倒不是十分严厉，多少自如了一下，也许事情并不是想得那么可怕。

金达知道批地的事情是无法瞒过郭奎的，郭奎做过多年的东海省长，对经济是很熟悉的，便笑了笑说：“不瞒郭书记，批地这方面我们市里面是玩了一点小把戏，不过那是合法规避了有关政策，并不是违规。”

郭奎瞪了金达一眼，说：“还说什么玩了一点小把戏，你自己也知道见不得人是吧？”

金达尴尬地笑了笑说：“我们海川的经济要发展，有些时候就需要把上面的政策灵活运用一下。”

郭奎看了金达一眼，说："亏你是政策研究出身的，你就是这么理解国家政策的？知道你们这种行为是在变相违法吗？国家规定这些土地政策是为了什么，不就是避免大规模占用耕地，保护土地的有序合理运用吗？你们这么做，根本就违背了国家制定这些政策的本意！"

金达低下了头，嘟囔了一句："您过去也不是说过要把国家的政策用足用活吗？"

郭奎眼睛瞪了起来，说："你是不是还要说我在地市工作的时候，也曾经这样做过啊？秀才啊，你在想什么啊？我在下面的时候是什么时期？你现在是什么时期？我那个时候政策还比较宽松，我那么做是允许的，现在国家三令五申要保护耕地，禁止这种拆零批地的行为，政策已经严格了起来，你知道吗？"

金达点了点头，说："我知道了。可是您也要理解我们在下面工作的这些同志的辛苦，他们不但需要遵守规则，还需要向上面交成绩单的。"

郭奎面色和缓了下来，说："我也知道下面同志的难处，但是你们也要注意自己的工作方式，特别要注意不要去侵犯下面群众的合法利益。现在这个时期形势很复杂，我们的维稳任务本身就很重，你如果再去激化社会矛盾，那就很不应该了。"

金达愣了一下，说："郭书记，您的意思是？"

郭奎有些不满地看了一眼金达，说："秀才啊，你才下去几天啊，就学着这么官僚起来？你们的工业园区有人因为征地到省里来上访了，这你不知道吗？"

金达苦笑了一下，说："对不起，郭书记，可能我是被工业园区的同志蒙了，他们跟我汇报说征地补偿工作都做得很完善，没有任何问题发生。"

郭奎冷笑了一声，说："是啊，你坐在办公室听下面汇报，不问民间疾苦，当然是什么问题也不会发生。"

金达被说得脸红一阵白一阵的，连连认错。

郭奎看了看金达，说："秀才啊，可能骤然让你担负起海川市长这副担子，有些重，但是呢，我还是希望你能够勇担重任，把这项工作做好，把海川的经济发展起来。这些事情都是吕省长跟我说的，我听完之后呢，也觉得有些事情你做得还不够。吕省长和我都认为你这个同志工作还是努力的，不过可能实践经验不是很足，处理事情的尺度可能把握得不够好，所以我才找你来谈这次话的。首先说明一点，我叫你来，不是为了批评你，而是希望你能检讨工作中的失误，更好地前进。再是这种拆零批地的把戏以后少给我玩，发展经济的办法很多，要多想一些正道，别玩这些上不了台面的小伎俩。最后，无论什么时候，群众利益是要放在第一位的。我知道，征地拆迁总是会有一些这样那样的麻烦的，可是你对这些麻烦不能去回避，而是应该积极予以解决。土地这种事情对于农民来说是他们的生存根本，这个问题不及时解决，很可能造成大的不稳定因素。现在这些农民还只是到省里来上访，问题还在东海省范围之内，如果他们进了北京呢？那到时候我们东海省都不好跟群众交代。所以你这次回去，赶紧把问题弄清楚，及时予以解决，知道吗？”

金达点了点头。

金达出了郭奎的办公室，心里暗自松了一口气，郭奎虽然把他尅得满头包，可是总体上对他还是持一种支持的态度的，而且对于云龙公司在海川建高尔夫球场的事情也没提及，看来郭奎对这方面还不知情。

回到了自己车上，金达就把电话打给了副市长穆广，问穆广知不知道有关工业园区征地方面有农民到省里上访的事情。

穆广也是一头雾水，说：“没听说过有农民上访的事情啊？”

金达说：“肯定是有了，我刚才才被郭奎书记好一顿训，你赶紧跟工业园区管委那边调查一下，看究竟是怎么回事？”

穆广答应了，金达也不敢在省里停留，让司机赶紧赶回海川去。

在路上，金达接到了穆广汇报情况的电话，穆广说：“倒是真有几名农民去省里上访过，被工业园区的管委会去省里接了回来。”

金达说：“那他们反映的问题得到解决了吗？”

穆广说：“目前正在协商当中，不过工业园区管委正密切关注着这几名农民，不会再让他们跑到省里去了。”

金达有些恼火地说：“什么意思啊？怎么个不会再让他们跑到省里去？

管委把他们看管起来了?”

穆广说:“可能就是这个意思吧。”

金达说:“这个管委会的主任要干什么啊?他还嫌麻烦小了吗?有问题不及时解决问题,他看管人家干什么?这不舍本逐末吗?”

穆广说:“这倒也是,我会督促管委尽快把问题解决的。”

金达说:“你让他们赶紧的,告诉他们一定要很好地维护群众的合法权益,我不想在看到类似事件的发生了。再有类似事件发生,我就要考虑这个管委会主任是否能胜任了。”

穆广听出金达的火气已经很大了,知道他进省肯定是受了很严重的批评了,他赶忙说:“好的,金市长,我会把你的指示转达给他。”

金达赶回海川已经过了晚饭的时间了,他随便在食堂里吃了点,就去了办公室。刚坐下来,穆广就赶了过来,金达有些疲惫地看了看穆广,说:“工业园区那边都布置好了?”

穆广说:“已经布置下去了,管委刘主任说一定会尽力安抚住上访农民,保障他们的合法权益的。”

金达说:“再有这种闹到省里的事情,你让信访部门一定要通知市政府,你不知道今天郭奎书记说起这件事情,我那个尴尬,他还说我每天坐在办公室,不问民间疾苦,当然是什么事情都不知道了。”

穆广说:“好的,我会安排信访部门注意改善一下这方面的工作的。其实信访部门接到省里的通知,往往都是哪里发生的事情就让那里的地方负责官员去把人领回来,这也是一个很正常的工作程序。”

金达说:“可是就会造成我们在省领导面前很被动。”

穆广看了看金达,说:“这一次郭书记有什么特别指示吗?”

金达苦笑了一下,说:“他对我们工业园区拆零批地的做法很不满意,不过也没有十分批评我们,只是说以后不要再这么做了。老穆啊,今后再有类似的情况我们就不能这么做了,这一次事情本身就是吕纪省长跟郭奎书记谈的,郭奎书记才找到了我,看来省里现在已经注意到我们了。”

穆广看了看金达,他有些瞧不起金达这个样子,省委书记找他谈话了他就开始畏缩了,他就这么点魄力啊?这样的人怎么能把海川市的经济搞好呢？郭奎也是，怎么看中了这么一个没有什么能力的人啊？这要是换了自己做海川市市长，肯定比金达要强上百倍，可惜的是金达这小子能力虽然不行，运气却好得多，现在是他是市长，而非自己。

心里虽然有些不满，可是金达总是上级，穆广还不能表达出不满的意思，便笑了笑说：“好的，金市长，以后我们会注意些的。其实呢，很多兄弟县市都在这么做，大家都知道如果照常规来发展，省里肯定不会满意经济的增速的，所以都在偷着做呢。”

金达看了穆广一眼，说：“老穆啊，这些我也知道，可是我们现在不是被省里盯上了吗，还是小心一点为妙。土地这种问题可大可小的，上面如果真的板下脸来认真处理，我们也是无法承受的，知道吗？”

穆广点了点头，说：“金市长说的是。”

金达说：“还有，白滩云龙公司建的旅游度假区情况怎么样了？”

穆广心里一惊，心说不会省里也知道这个了吧？他偷眼瞄了一下金达，金达倒没有什么恼怒的神情，便猜测金达也只是问一问，于是笑笑说：“我也不是很了解情况，不过最近也没什么事情传出来，应该是各方的进展都很顺利吧？”

金达说：“老穆啊，现在上面这么注意我们，这个项目是否先停一停啊？你知道我见郭奎书记的时候，还真是担心他提到旅游度假区高尔夫球场的问题呢。”

这可是停不得的，停了的话，钱总可就损失惨重了。穆广心中飞快思索着，要如何说服金达不停高尔夫球场的项目。

很快穆广就有了主意，他笑了笑，说：“金市长，我倒是觉得这个项目不但不能停，反而应该继续进行。”

金达看了看穆广，问：“为什么？”

穆广说：“这个项目本身就有些人对它很有意见，你如果现在停了下来，那些有意见的人肯定就会更加觉得这个项目是有问题的，不然的话也不会被叫停。人们并不会因为项目被叫停就停止对这个项目的质疑，反而会有人要追究这个项目为什么可以在海川开始建设等等的一些相关的问题。同时呢，这个项目的开发商前期投资已经很大了，就这样停下来，他们的损失会很大，这就必然会形成开发商和政府之间的矛盾冲突。所以我感觉这个项目停下来有百害而无一利。”

金达皱了一下眉头，说：“你说的也有道理，不过你告诉陈鹏，让他告诫一下那个开发商，这种事情让他尽量低调一些，不要再引起一些不必要的麻烦了。”

穆广说：“好的。我会去跟陈鹏交代这件事情的。哎，现在我们的工作真是不好做啊，又要把工作干好，还要注意不要被上面挑到毛病，真是难啊。”

金达苦笑了一下：“再难工作也是要干的。”

穆广说：“金市长，你觉不觉得这一次的事情有些蹊跷啊，吕纪省长怎么对我们海川的情形这么熟悉啊？是不是有人在背后告了我们的刁状啊？”

金达心中也不是没这个疑问，能够把这个消息传达到省长这一级别官员的，本身的级别就不会很低，而这其中熟悉海川市工业园区批地流程的，除了省国土厅，就是海川市的一些领导了。省国土厅其实事先都是做了很多沟通工作的，在拆零批地这方面上跟海川市是同盟者的关系，因为如果这种批地方式出了什么问题，被问责的首先就应该是省国土厅的官员，他们是不会自找麻烦的。

那剩下来的就只能是市里面的领导了，金达脑海中还记得市委副书记于捷曾经有一次在市委的书记会上明确提出过工业园这个问题，当时他的态度可是反对的，会不会是于捷向吕纪反映了这个问题？不是没有这种可能性啊。

金达心中就对于捷有些不满了，自己在工业园的批地上面是玩了些小手法，可这是为了什么？还不是想把海川的经济搞上去吗？又不是为了自身的小利益！你至于把这件事情闹到省里面去吗？

金达面色沉了下来，不过他还是把不满的情绪压了下来，这些不满是不能公开的，闹起来他反而是没理的那一方，他只能隐忍下来。

金达强笑了一下，说：“应该不会了，大家都在为了搞好海川共同努力，谁会在背后瞎搞这些事情啊？好啦，时间也不早了，老穆，你回去休息吧。”

金达的神情变化，穆广都看在了眼里，他心中暗自好笑，金达这种表情说明他心中已经赞同自己的说法了，可表面却想掩饰，可是金达的掩饰实在很差，轻易就被人看穿了。

虽然都是空降海川的干部，可是穆广和金达之间还是有着显著的不同的，金达是做理论研究出身，到海川之前，根本上跟基层算是脱节的，他是一个知识分子型的干部；而穆广则是从基层一步一步辛苦打拼起来的，他上升的每一步都要付出比金达这种理论性的干部更多的努力。也正因为如此，穆广对升迁比金达有着更多的渴望，因为他每一步都来之不易，也就更希望自己的辛苦能够获得更好的报偿。

更因为每一步都得之不易，穆广便更注重维护自己的形象，因为他知道有一个好的形象，对他的仕途升迁会更有利。他做县委书记的时候，县里的干部群众对他的评价都是很好的，甚至他离任的时候，县里的网站上还出现了干部群众不舍得他离开的留言。这些留言让他一度很是高兴，心说这大概就是雁过留声吧，自己在这里为官一任，能留下一个好名声也算是很不错的。

当然，穆广自己心里也清楚，他并不是外表看上去那么清白，就像钱总，他们就是在穆广县委书记任上相识相交成为一对有着共同利益的好朋友的，他们之间也少不了利益方面的输送，只是穆广很注意一点，这种利益输送绝对不去损及一些普通老百姓的利益，甚至某种程度上，他还会要钱总在某些方面让利于那些普通的百姓，他出身于农民家庭，知道农民的苦楚，也就更知道小小的一点利益就能让一户农民感恩戴德。他觉得一个投资商多少对农民做一些让利，会换来一个和谐的投资环境，不但不会损失什么，相反可能获利更多。

这种做事的方式在穆广到了海川市任职之后仍然坚持着，这也就是为什么在云龙公司和白滩村发生争执的时候，他会压钱总跟村民们妥协，他就是想创造出一种共赢的局面，只有共赢，才能使整个局面稳定，整个局面稳定，他和钱总这些商人之间的某种利益输送才能不闹上台面，他的职位也才能坐得更加稳定。

换句话说，这也是穆广对自己的一种保护措施，这种保护措施到目前为止还是很有效的，他不但顺利度过了县委书记的任期，留下了好的名声，还获得了他渴望的升迁。

但是角色的转换也让穆广心理上有很多的不适，从一个对很多方面拥有决定权的县委书记，变成了一个很多时候要看市长脸色的副市长，这种角色变化是巨大的，首先的一点就是，很多事情不能自己做决定了，他变成了一个决策者的辅助者，他多数时候只能提供一些参考意见出来，而拍板定案的变成了市长金达。

不过，多年的仕途经验让穆广很快就把这种不适的心理调节了过来，他精明地察觉到金达是很受省里的信任的，因此明智地选择跟金达站在了一起，而不是去跟金达争斗什么，他内心中是期待自己跟金达共同努力把海川搞好，从而自己也可以从金达的升迁中得益，水涨船高，也跟着金达升迁。

穆广一度认为这是一个明智的选择，他也认为金达很快就会在海川做出成绩来，从而很顺利地获得升迁。毕竟金达是省委书记郭奎的宠儿，这样的宠儿如果再加上工作上的成绩，升迁的几率会比别人大很多的。

但是在跟金达共事下来的这段时间，让穆广逐步了解了金达身上的某些缺陷，这可能是一个更长于理论方面的领导，对实践操作当中的一些事情并不是很了解，特别是对于一些通行的却没有办法放在台面上的操作手法根本就不了解。金达身上那种知识分子畏首畏尾、瞻前顾后的缺点也暴露了出来，这让穆广心中对金达开始有些不屑起来。

其实像拆零批地，假借旅游度假休闲区幌子建高尔夫球场这些事情，有很多地方政府都在这么做，只是大家都不说而已，至于让省委书记说几句就害怕吗？更何况郭奎也没说要拿这些违规行为怎么样，金达就已经害怕到了什么都不要做，还要云龙公司把项目停下来的程度。

穆广因此也就从心里瞧不起金达。按照金达这样的，最好是什么都不做，就什么都不会违规。可是什么都不做行吗？什么都不做不但上级不会允许，甚至连市民也不赞同的。穆广观察过很多升迁官员的仕途轨迹，这些升迁官员很多都是在任内大兴土木，大搞建设的，别说像拆零批地这种小把戏了，甚至有些官员都可以先建后请批，违规行迹更加明显。可是到最后怎么样呢？不但上级称许，甚至市民们也会觉得这些官员为他们的城市做出了很大的贡献，那些违规的行为变成了开拓性的行为，获得了上下一致称赞，那些做出违规行为的主政者也获得了善于经营城市的美誉，从而捞取了足够的政治资本。

这就是现在整个的政治生态，老实本分的官员被看做是无能，违规者却被当作改革开放的先行者。在这种政治生态中，穆广渴望自己成为一个有魄力的改革开放的先行者的，或者最起码他也是希望自己能跟从辅佐一个有魄力的改革开放的先行者。而目前看来，金达的作为显然是不符合他的期望的。

穆广觉得金达这种性格，显然是需要一些人从后面推一把的，只有有人在后面推他一把，他才会敢于迈出一些前卫的步伐。现在穆广还看不出有什么可以取代金达的机会，因此他就决定要扮演在背后推金达一把这个角色，他要推动着金达前进，从而觅取自己上升的机会。

下午，穆广打了一个电话给钱总，约定了晚上在云龙山庄见面，他还受金达之命要告诫一下云龙公司，这个任务他是要完成的。

晚上，穆广来到了云龙山庄，钱总早就等候多时了。两人见了面寒暄之后，钱总有些忐忑地看了看穆广，说："穆副市长，您这一次约我见面，不会是又要跟我谈旅游度假区的事情了吧？"

穆广笑了，说："还真叫你猜对了，我就是想跟你谈这个事情。"

钱总苦笑了一下，说："最近白滩村那边也没闹什么事啊？一切都很平静，您还要跟我谈什么？"

穆广笑了笑说："老钱啊，你别那么紧张，我又没说要你怎么样。"

钱总苦笑了一下，说："你上次跟我谈了一下，我就不得不让出很大一块利益给白滩村，这一次你说又要跟我谈一下，我能不紧张吗？说吧，这一次想要我让出点什么？"

穆广笑了，说："看把你吓得，这次没什么了，只是金市长让我提醒一下你们，做事情要低调些，旅游度假区就是旅游度假区，千万不要拿什么高尔夫球场来招摇。”

钱总说：“我现在已经很低调了，上一次事件发生之后，我还专门把员工召集起来开会，跟他们强调了相关的纪律，要他们不得对外宣称建什么高尔夫球场。”

穆广笑了笑说：“这就很好嘛。”

钱总看了看穆广，说：“可这样子下去总不是个办法啊！我现在都有点后悔不该趟这湾子浑水了。”

穆广笑了，说：“你后悔什么啊？现在项目不是进展得很顺利吗？”

钱总说：“可是你们这些政府隔三差五就来提点我一下，这谁受得了？”

穆广安慰说：“老钱啊，这一次也不是金市长非要难为你，主要是很多方面都在关注着你这里，他刚刚在省里被省委书记因为用地的事情批评了一通，因此害怕再因为你这里的事情惹上什么麻烦。原本他还想让你这边的项目建设暂停一下呢。”

钱总惊叫了起来，说：“什么，他想让我暂停下来，他知道我这边暂停一天可能损失多少钱吗？”

穆广说：“你不用担心了，我已经劝说他打消了暂停项目的念头。”

钱总松了一口气，说：“这还差不多，如果真的勒令我这边暂停建设，我恐怕只好卷着铺盖卷去市政府市长办公室睡觉了。”

穆广笑笑说：“别说这种赌气的话，他也是不想你这边出事。真要出事了，怕就不是暂停项目，而是直接停工。”

钱总说：“这我也知道。不过老这样下去也不是个办法啊。穆副市长，您不能帮我想个万全之策，一来堵住别人议论的嘴，二来也不要一有风吹草动，你就跑来提点我。”

穆广迟疑了一下，说：“一时半会儿，到哪去找这样一举两得的办法啊？”

钱总说：“穆副市长，你一向不是很有办法吗？费费心，赶紧帮我找个什么招数，老是这么多事情找上门来，真是烦死人了。”

穆广想了一想也是，不能老是这样子下去了，现在还没到严重的程度，金达想要让这个项目暂停，一旦事态严重起来，金达可能马上就会把这个项目查处，那个时候恐怕就不是这么简单了。

要给这个项目上个保险才行，不然的话是不能稳定发展的，这不但牵涉钱总的利益，也牵涉到穆广自身的利益的。这些年往来下来，穆广的利益实际上跟钱总的利益已经完全混为一体了。

穆广沉吟了一会儿，说："这件事情恐怕要跟陈鹏区长商量一下了。"

钱总看了看穆广，说："这么说您有主意了？"

穆广笑着点了点头，说："恐怕要给这个项目戴点帽子了。如果项目能入选省里的重点招商投资工程项目，是不是说闲话的人就会少很多？"

钱总笑了，说："如果能挂上这样的名头，我估计海川市的人就不会再对这个项目质疑了。"

穆广笑着说："你去找陈鹏操作申报这件事情吧，如果有什么需要我配合的，跟我说一声，我会从旁协助的。"

钱总笑着说："行啊，这段时间我跟陈鹏的关系已经处得很铁了，我相信这个忙他还是肯帮我的。"

穆广笑了，说："你这家伙就是这一点厉害，什么人到你手里，都会跟你处得很铁的。"

钱总笑了笑说："其实也没什么，穆副市长也应该知道，我这个人就是对朋友够仗义，所以朋友们都愿意跟我相处罢了。"

穆广笑笑说："这个社会就是这样吧，大家互惠而已。"

想谈的事情谈完了，穆广就要离开，钱总笑着说："今天要不要留下来玩一玩啊？"

现在云龙山庄已经逐步恢复了原来海盛山庄的一些业务，人们已经淡却了郑胜时期的记忆，云龙山庄成为了海川市一处新的好玩的去处。

穆广摇了摇头，说："不行，我要回去了。"

钱总笑笑说："没事的，我这里的保安措施很严密，不会泄露出去的。"

穆广看了看钱总，笑了笑说："老钱啊，你是忘了我的原则了吧？"

钱总笑了，穆广做县委书记的时候，就有一条不成文的惯例，他从来不在自己治下的娱乐场所玩，他觉得他的面孔在县里的新闻联播上经常出现，很难保证哪个眼尖的人认出他来，因此他并不相信什么保安措施严密，他相信的是小心驶得万年船。

钱总看了看穆广，笑笑说："好啦，既然你坚持，我就不勉强了。等回头我们找一个时间好好出去玩一下。"

穆广会心地笑了起来，说："你这家伙，又想到了什么新的花样了？"

钱总笑着说："这世界上可玩的东西太多了，不用我想，就会让您玩个新鲜痛快的，就看你想玩什么了。"

穆广笑着说："是不是我想玩什么，你都能安排啊？"

钱总笑笑，说："那我还是我来安排吧，只要你准备好假期。"

一周后的周末，穆广和钱总离开了海川，踏上了钱总给他安排的游玩之旅。

钱总开了一辆越野车，穆广看是坐车出行，就知道这个行程不会离开海川太远，也就放心由着钱总去掌握整个行程。

车离开海川之后继续西行，道路开始变窄，变得有些坑洼不平，穆广就知道要进入一些经济比较落后的内陆地区了，中国现在是沿海经济发达，而内陆经济相对来说比较落后，而且是越深入内陆，经济越落后。这主要是因为中国的改革开放首先开放的就是沿海城市，而内陆地区受改革开放的影响程度相对较低。

车开始驶上了土路，灰尘在车后扬起，路边的树木之上就蒙上了一层土黄色，穆广眉头皱了一下，这种路况，说明钱总带他去的地方并不是一个令人向往的地方，他看了一眼专心开车的钱总，说："老钱啊，你这是玩的什么玄虚？这么个脏兮兮的地方能有什么好玩的？"

钱总神秘地笑了笑，说："穆副市长，您说我老钱让您失望过吗？"

穆广笑了笑，说："这倒没有，不过，老钱，我这次可是只想出来好好玩一玩，可不是想出来游山玩水的。"

钱总笑笑说："好啦，您就安心跟我走吧，我做这个安排，是不会让你失望的。"

穆广看了看钱总，他知道这个商人并不简单，能办到很多让自己都感到意外的事情。每一次两人出行，钱总总是能给他惊喜的，也就笑了笑，身子靠上了座椅，放心由着钱总往前开了。

车子进山了，沿着一条窄窄的山路上去，在半山坡上，一座山寺就出现在眼前。山寺并不雄伟，寺庙的砖瓦看上去都很陈旧了，让穆广很有一种历史的沧桑和厚重的感觉，显然这座庙存在很久了。

钱总把车停在了寺庙门前，笑着说："下来吧，穆副市长。"

穆广多少有些发愣，他没想到钱总会把这次游玩之旅的第一个落脚点安排在眼前的这座小庙里，他还以为只是经过这里而已。

眼前的小庙并没有什么香客游人，冷冷清清，周边的古树苍翠挺拔，不时传来不知名的小鸟清脆的鸣叫声，让穆广竟然感受到了南朝诗人王籍的《入若耶溪》中写到的鸟鸣山更幽的意境。

穆广就下了车，跟着钱总往里走。山门是开着的，走进山门，就听到了阵阵诵经之声，穆广心中为之一静，这似乎来之天外的梵音，让他这个在尘世中每天都忙忙碌碌的凡人隐然有一种出世之感。

不觉就来到了正殿，承袭小庙的格局，正殿也并不雄伟，似乎久未修缮，佛祖像脸上的贴金已经有些斑驳和脱落了。

穆广感觉有趣地看了看钱总，不知道他领自己来这多少有些破败的小庙是想要干什么，这小庙的破败说明这庙的香火并不鼎盛，这庙的神祇应该也没什么灵验的地方。

大殿之中蒲团上坐着一老一少两个和尚，身上的僧衣也很破旧，都打了几个补丁了。正是他们在敲木鱼诵经，老僧对两人的到来并不在意，只是闭目诵经不止。小沙弥似乎定力还不够火候，听到脚步声，快速地抬起头来看了两人一眼，这才又低头闭目，继续诵经。

钱总并没有在意两个和尚的不理睬，带着穆广来到佛祖面前，佛前已经备有线香，他取了三根，点燃，然后到佛前的蒲团上跪下拿着香默念了些什么，拜了几拜，拜完之后，把香插进了佛前的香炉里。

穆广看钱总这样子，他曾经也拜过佛，知道该怎么做，也就跟着钱总有样学样地拜了几拜。虽然穆广觉得眼前这小庙不会有什么灵验，不过在默祷的时候，他还是向佛祖祈愿，希望能够早日有机会成为海川市的市长，并许愿如果自己能够得偿所愿，来日一定会再来小庙，为佛祖重塑金身。

穆广这叫有枣没枣先打三竿子，这庙的神灵如果灵验，那他就来重塑金身，如果不灵，他也是没损失什么的。

拜完之后，钱总走到老和尚面前，拿出来一叠人民币，恭敬地放到了老和尚面前说："镜得师父，这是我对佛祖的一点孝敬，您帮我添点灯油吧。"

穆广看钱总这么做，知道这种孝敬神祇的香火钱必须是自己的钱，别人代付是不会有什么用的，就也拿出了一千人民币放到了老和尚面前，笑着说："师父，弟子对佛祖也有一份心意，请您也帮我添点灯油吧。"

这时老和尚睁开了眼睛，上下打量了两人，穆广感觉这老和尚虽然看上去面容苍老，眼睛却很锐利，黑漆漆的眸子犹如一滩深渊，深不见底，穆广感觉自己整个人被看透了一样，无所遁形，不由得赶紧把眼神闪开了，不敢再去看老和尚。

老和尚双手合十，说："两位施主，佛祖需要的使人们对他的诚心，而不是钱财，心到神知，心不到钱财再多也是没用的。"

说着，老和尚各在两人放在他面前的钱上取了一张，然后说："这些已经有余，其余的请两位带回去吧。"

穆广再次感到惊讶了，便越发感觉眼前这和尚不俗。他看了一眼钱总，开始觉得这一次的小庙之行有意思了。看起来这和尚不是没有什么道行，而是不屑于红尘之中的这种利禄。

钱总也没跟和尚推让，就把剩下来的钱收了起来，穆广也把剩下来的钱收了起来。和尚见两人把钱收好了，点了点头闭上了眼睛，又开始敲木鱼诵经起来，似乎两人已经离开了一样。

穆广何曾受过这种怠慢，他看了一眼钱总，心中有些不满钱总带自己来这种不知所以然的地方，即使这和尚有些不俗，他也是没必要大老远跑来受这种怠慢的。

钱总笑了笑，冲着穆广摇了摇头，示意他不要着急，然后冲着老和尚说："镜得师父，您什么时候有空闲啊？"

老和尚闻言又睁开了眼睛，看了一眼钱总，说："施主还有事吗？"

钱总笑着说："是，我这位朋友是远道而来的。诚心向师父求教一二，不知道您是否可以看一看他？"

老和尚转头看了看，穆广感觉自己又被人上下彻底看穿了一次，这种感觉对他这种喜欢把什么都深藏心底的人来说，并不是好受的滋味。

老和尚看到了穆广的不自在，笑了笑，对钱总说："施主，你这位朋友可并不想让我看看他的。"

钱总有些错愕，他赶忙跟穆广说："我没来得及跟您讲这位镜得师父的神通，你不要看这座庙有些破旧，可是历史很悠久了，镜得师父也是以苦修为主，他与时下那些靠看相算命骗钱的和尚根本就不是一回事，他的眼光是很精准的。我生意能获得这么大的成功，镜得师父对我的启迪是功不可没的。"

穆广也对老和尚上来就看透了他的内心有些惊讶，加上钱总说他生意是得到了镜得师父的启迪才能做这么大，心中就有些心动了，不过他还是对钱总有些顾虑，这个镜得师父能看透一个人，他的一些事情如果被说出来，让钱总都知道了，这似乎并不是一件好事。

钱总是场面上的人物，马上就明白穆广在顾虑什么，笑了笑说："镜得师父，我这位朋友身份比较特殊，您是不是移驾到厢房去跟他单独谈一下？"

镜得师父却不是很情愿，笑了笑说："施主，你这位朋友不愿意，是不是就算了？"

穆广笑了笑说："师父，我心中是有些迷惑，还请您移驾厢房开导我一下吧。"

两人就去了厢房，把钱总撇在了正殿。穆广进了厢房就左右看了看，厢房是老和尚的住处，一片简朴，被褥也是打了补丁，不过很是整洁干净。整个住处看不到一种电器，甚至连电灯也没有，一点现代文明的气息都没有，穆广看完之后，笑了笑说："师父，你连电灯也没有，是不是太清苦了些？"

镜得师父笑了笑说："出家人一心向佛，其余皆是身外之物，有没有电灯又有何妨。反倒是尘世中人，无止境去追求物欲享受，身心都被五色所迷而不自知。”

穆广笑了笑，他知道自己讲这些佛理是讲不过这老和尚的，他也不想跟老和尚去争辩什么，就算佛理辩得再明，与他想要知道的也是没有丝毫助益，他是听钱总说老和尚看人很精准，心中就很想知道自己有没有机会能够在仕途上更进一步。

穆广看了看老和尚，笑着说：“佛理深奥，我一个俗人，难窥其中之所以然，就不跟师父您争辩什么了。”

镜得师父笑了笑，说：“施主真是有意思，佛理即是人理，你不去追其根本，反而想问些枝叶。不觉得是舍本逐末吗？”

穆广笑了笑，说：“我已经跟师父说了，我是一个俗人，很深的东西理解不了。”

镜得师父笑着说：“那施主想要我开导你什么？”

穆广笑笑说：“不知道师父可看出来我是做什么的？”

穆广不去回答镜得师父的问题，反而先让镜得师父回答是否看出他是做什么，是有试探镜得师父能力的意思，如果镜得师父连他是干什么都看不出来，那说明他道行还浅，穆广就不必要跟他费什么口舌了。

镜得师父笑了，说：“施主是要试我的能力啊，其实施主一进庙我就看出来了，您行走之间顾盼自雄，肯定是一名官员，而且还算是级别不低的官员。”

穆广笑了起来，说：“您大概是从钱总对我的尊敬程度上猜出来的吧？”

钱总在前前后后，都表现出了对穆广的足够尊重，这和尚如果跟钱总是旧识，那就应该知道钱总的身份，相应也就可以推测出自己的身份，因此穆广对老和尚一下子就说出自己的身份并不十分惊讶。

镜得师父笑了起来，说：“那我如果说您是刚从一位正职的官员，变成了一位副职的官员，而且虽然是得到了提升，却因为失去了决策权而有些不甘心，这样你大概就不会觉得我是从钱总那里猜测出你的身份了吧？”

穆广心中一惊，急问道：“你怎么知道我心有不甘？”

镜得师父笑了起来，说：“你虽然顾盼自雄，但这种自雄却有些郁郁之气，似乎胸中的抱负没办法得到完全的伸展，显见你在职务上是受制于人的。这两者互相矛盾互相冲突，而且自雄之气尚浓，说明你刚从正职转任副职时间不久，你虽然心理上多少调节了，却还不能做到很好地隐藏自己。而且你现在的上级的能力似乎并不在你之上，你对屈居他之下心中也是有所不满的。这些我说得对吧？”

穆广惊疑地四下看了看，他还是第一次被一个陌生的人看透了心里所想，不免有些害怕。幸好这厢房并无他人，穆广的心才稍定了一些。

穆广看了看镜得师父，说：“师父，那您说我有没有上升的机会？”

镜得师父笑了笑，说：“施主精明过人，做事深思熟虑，上升的机会肯定是有的。”

穆广怀疑地看了看镜得师父，说：“师父，您凭什么就能判断出我有上升的机会？很多人做这种预测不都是要问一问八字吗？”

镜得师父笑了，说：“那些都是世俗之见。八字之类的，不过是人降生在这世界上的一个时间点罢了，又怎么能决定一个人的一生呢？试问这世界上同一时辰降生的人有多少人啊，他们的命运都是相同的吗？”

穆广看了看镜得师父，说：“那师父是凭什么推算出来的？”

镜得师父笑了笑说：“施主可知道命运这两个字究竟作何解？”

穆广想了想，命运这个词再熟悉不过了，每个人似乎都知道命运究竟是指什么，可是要做出准确的解释，一下子倒还真说不出来。

穆广说：“不知道师父您是怎么认为的？”

镜得师父笑了笑说：“我个人是这么看的，命运这两个字其实是指两部分，一个是命，一个是运。一个人的命通常是指一个人的性格和品质，这个很多时候基本上是不变的，性格和品质往往决定了一个人的发展方向，所以很多人的命是一定的。而运呢，则是一个人生活的外部环境，您大概也是知道环境是不断变化的，一个人如果能适应环境的变化，他就是顺应了时运，它就会获得很大的成功。反之，等待他的就是失败。”

穆广看了看镜得师父，说：“那师父又怎么判断出我肯定会有上升的机会呢？”

镜得师父看了看穆广，笑了笑说：“说一句我不当说的话，施主是一个很有自我克制能力的人，善于适应周边的环境变化，现在不就是像您这样的人能够大行其道吗？”

镜得师父这话说得很婉转，他实际上是在说穆广是一个善于见风转舵的人，穆广虽然觉得镜得师父说得有些刺耳，不过他还是喜欢镜得师父的结论的，他如果能在这社会上大行其道，那自然会一路官运亨通的。有些时候很多人在乎的只是结果，成者王侯败者寇，人们看到的都是成功者的荣耀，谁又会在乎一个成功者的品格呢？

穆广笑笑，他很想知道自己什么时候才能够得到这种上升的机会，便看了看老和尚，问道：“师父，那你看我近期是否有这种提升的机会呢？”

镜得师父看了一眼穆广，说：“施主的心有些急切了，你自己心中也是知道你最近是没有机会的吧？我觉得施主现阶段倒是应该静下心来，好好工作，以期来日。”

穆广笑了，确实，自己想要升迁的心太过于急切了，问了一个自己也知道不可能的问题。现在金达虽然无能，并没有失去省里的信任，而且就算省里失去了对金达的信任，自己接任海川市副市长不久，恐怕也无法在金达腾出来位置之后，就能成功上位。也许金达留在现在这个位置上也是对自己有利的，自己可以利用这段时间增长资历，以便将来有足够的资历能够顺利接替金达。

穆广说：“师父果然眼光锐利。不知道师父能对我今后在工作中需要注意什么提点一二？”

镜得师父看了穆广一眼，说：“我倒是有几句话可以跟施主说说，可是我恐怕施主不会听从的。”

穆广笑了，说：“我现在对师父已经是心服口服了，师父的话我肯定是会认真听的，还请赐教。”

镜得师父笑笑说：“我的话可能不中听啊。”

穆广笑笑说：“良药苦口利于病，忠言逆耳利于行。如果只想听好话，我身边的那些人每天都在跟我说好话，我何必要跑这么远来跟师父求教呢？”

镜得师父笑笑，说：“施主真是聪明人，好吧，我就跟你说几句吧，听与不听，就随施主了。不知道施主读过佛经没有？”

穆广摇了摇头，说：“没有，这方面我涉及较少。”

镜得师父说：“没读过也没关系，那我跟你讲一下释迦牟尼成佛的一段故事。相传释迦牟尼 14 岁那年驾车出游，在东南西三门的路上先后遇着老人、病人和死尸，亲眼看到那些衰老、清瘦和凄惨的现象，非常感伤和苦恼。最后在北门外遇见一位出家修道的沙门，从沙门那里听到出家可以解脱生死病老的道理，便萌发了出家修道的想法。29 岁时，他不顾父王的多次劝阻，毅然离开妻儿，舍弃王族生活，出家修道。离家之后，释迦牟尼先到王舍城郊外学习禅定，后又在尼连禅河畔的树林中独修苦行，每天只吃一餐，后来七天进一餐，穿树皮，睡牛粪。六年后，身体消瘦，形同枯木，仍无所得，无法找到解脱之道。于是便放弃苦行，入尼连禅河洗净了身体，沐浴后接受了一个牧女供养的乳糜，恢复了健康。之后他渡过尼连禅河，来到伽耶城外的菩提树下，沉思默想。经过七天七夜，释迦牟尼终于放下了重担，心如荷叶上的水珠，无欲无染；他在远离尘垢，渐抵彼岸，确信已经洞达了人生痛苦的本源，断除了生老病死的根本，使贪、瞋、痴等烦恼不再起于心头。这标志着他觉悟成道，成了佛。”

镜得师父说完这些，看了看穆广，见穆广一脸的茫然，似乎并不知道自己说这个故事的真实含义，不由得笑了笑说：“施主不明白我在说什么吧？”

穆广笑了笑说：“师父说的是释迦牟尼成佛的故事，可是这与我的未来有什么关系呢？”

镜得师父摇了摇头，说：“那我再讲一个笑话给施主听吧，说是以前有一家的女儿很漂亮，左右邻居各为他们的儿子向这家求婚。东家邻居的儿子聪明长得帅气，可是家里很穷；西家的儿子蠢笨而且丑陋，不过家财万贯。这家的父母就为难了，究竟要选择哪一家的儿子呢？就去问他们的女儿，想要看女儿会选择哪一家。女儿想了想说，想要去东家住，而在西家吃。”

穆广笑了出来，说：“那怎么可能，这种事情怎么能有兼得的？”

镜得师父笑笑说：“施主也知道鱼与熊掌不可兼得，可是这世界上就是有那么些愚人以为自己什么都能得到，你说可不可笑?”

穆广笑笑说：“当然可笑了。可是这与我的未来有什么关系啊?”

镜得师父看了看穆广，笑笑说：“我早就跟施主说过了，佛理即是人理，我要跟施主说的话在这两个故事之中已经说得很明白了，施主如果能明白这两个故事之间所蕴含的道理，我想你的未来会是一片光明的。”

穆广看了看镜得师父，说：“师父，我还是不太明白，你能否提点我一下啊?”

镜得师父摇了摇头，说：“施主能笑别人愚顽，为什么自己就看不穿呢?做官和修佛虽然并不是一回事，可这两者道理是相通的，言尽于此，其他的要施主自己去想明白才有用。”

穆广还想要问些什么，却看到镜得师父又闭上了眼睛，似乎已经不愿意再跟他谈下去了，只好罢休。

穆广又从手包里拿出来一叠人民币，放到了镜得师父面前，说：“那谢谢师父指点了。”

镜得师父说：“前面已经收过了施主的灯油钱了，这些就请施主收回去吧。”

穆广笑笑说：“也就是一点心意，师父还是收下吧。”

镜得师父说：“我知道施主是好意，可是一个出家人如果享受太过，是一种罪过，所以还请收回去。”

这老和尚的意思竟然是说自己给他这么多钱是在害他，钱财的享受对他来说就是一种罪过，穆广看了看厢房空空的四壁，心中多少明白一点这和尚可能过的是一种苦行僧的日子。西方宗教中似乎也有这种苦修，修行者几乎杜绝一切的享受，以吃苦作为修行方式，追求达到更高的心理层次。

穆广就把钱收了起来，他不想强人所难，谈话到此算是结束了，穆广站了起来，说：“我那告辞了，师父。”

穆广走出了厢房，钱总已经等在外面了，他看了看穆广的脸色，问道：“怎么样?”

穆广笑了笑，也没说什么，就往山门外走。出了山门，上了汽车，钱总看了看穆广，再次问道："怎么样，还满意吗？"

穆广笑笑说："终日错错碎梦间，忽闻春尽强登山。因过竹院逢僧话，偷得浮生半日闲。"

穆广读的是一首唐人李涉《题鹤林寺壁》的诗，他虽然还不是很明白最后镜得师父给他讲的那两个故事真正的含义，不过似乎镜得师父说他会前途光明的，因此总体心境还是比较愉快的。而且他也确实在这清幽的古寺面前，感受到了从忙碌的尘世中超脱出来的轻松，心境中倒还真有偷得浮生半日闲的况味。

钱总放下心来，穆广虽然一直没说他在镜得师父那里感觉怎么样，可这首唐诗是比较轻松的，看来穆广的心情还是不错的。

钱总发动了车子，行程都是他已经安排好的，穆广也没问他接下来去哪里，任由他开车前行。

车开了一会，穆广还是没想明白和尚说的那两个故事究竟想表达什么意思，他看了一眼钱总，说："老钱啊？你从哪找到这么个故弄玄虚的和尚啊？"

钱总笑了笑，说："怎么了，镜得师父说的话不中听吗？不中听就不要听嘛，他也不是神仙。"

穆广笑笑说："倒不是不中听，只是我很奇怪你怎么会在深山野岭，认识这么一个不着四六的老和尚。"

钱总笑了笑说："你问这个啊，其实很简单啊，他出家前是我们村的人。"

穆广笑了，说："你家就在这附近啊？"

钱总点了点头，说："就是这山脚下的一个小村子。这个镜得师父论起来还跟我多少沾一点亲，算是我本家的一个大爷，他是解放前就出家的，据说他是上山来打柴，坐在这座寺庙前休息，遇到了当时的主持和尚，一谈之下，竟然被那个和尚迷住了，回家后告诉了父母，上山来做了和尚。"

穆广笑了笑说："原来他这个人本身就这么怪怪的，老钱，解放前你还没出生吧？又怎么会认识他？"

钱总说："这又是另外一段缘分了，镜得师父的父母就他这么一个儿子，他出家了，他的父母就没人照料了，我的父母看他们可怜，又是本家，就照顾了他们晚年的生活。他父母过世的时候，让我上山来找镜得师父，说想要见最后一面，我们就这样认识了。后来我有时经过这座小庙就会进来跟镜得师父聊聊，是他说我这个人生性活跃，不应该留在山里种地的，鼓励我出去闯一番世界，我听了他的话走出了大山，才有了今天这番天地。我跟您讲，这周边的老人都说这个老和尚不是个一般人物，应该是天上有份的人，这周边流传着很多关于他的故事。比方说这周围的一个老农曾经有一次跟镜得师父聊天，说起种庄稼的事，说是今年想多种点小麦，镜得师父说最好是不要，今年小麦一定欠收的。那个老农当时不当回事，结果那一年大旱，小麦颗粒无收。"

穆广说："真有这么神啊？"

钱总说："这故事真假我倒不知道，只是我经商当中遇到一些难题的时候，就会回来找镜得师父求教，镜得师父总能指点我逢凶化吉。你不要去怀疑他，这个镜得师父不是那种靠给人算命打卦赚钱的人，他一般也不跟外人谈这些。他今天之所以愿意跟你谈一谈，实在是他感念当初我们家对他父母的照料，因此对我带来的人不好拒绝。"

穆广笑了笑说："我没怀疑他，只是他神神秘秘跟我讲了两个故事，说参透了这两个故事，我就前途一片光明。不过，我到现在还没想明白他到底想通过这两个故事跟我讲些什么？"

穆广看了看钱总，犹豫着是否要把故事讲给钱总听，他还没想透故事里面的玄机，心中有些担心这些玄机是否适合钱总知道。想了想之后，穆广认为还是不告诉钱总为妙。

钱总便有点明白穆广并不想让自己帮他参悟这两个故事，就笑了笑说："他既然这么说，那你就只能自己去想了。"

穆广感觉到钱总看透了他的心思，便有些不好意思，看了看车窗外闪过的树木。

北京，傅华和郑莉正在餐馆里吃晚饭，郑莉说："傅华，爷爷念叨你了，说你好长时间没露面了，怎么回事，因为我不敢去见他老人家了？”

傅华笑了笑说：“怎么，你告诉他老人家我们现在的状况了吗？”

郑莉害羞地笑了笑说：“还没呢，我不知道该怎么跟爷爷说。”

傅华笑着说：“你怎么跟我一样，我也是感觉不知道该怎么跟郑老开口，我还不敢确定他知道我偷走了他心爱的孙女，会是一个什么态度，所以一直也没敢去见他。”

郑莉看了看傅华，说：“傅华，是不是跟我在一起，让你感觉压力很大啊？”

傅华笑了笑说：“没有啦。”

郑莉说：“那我怎么看你最近一段时间神色总是很凝重，不是很快乐。”

傅华笑了，伸手去握住了郑莉的手，说：“小莉，这不是你的缘故，我跟你在一起的时候，是我心情最愉快的时候。”

郑莉说：“我感到你心里好像是有什么心事？”

傅华说：“那是工作上的压力太大了，我最近算是遇到了一个瓶颈，工作上很多事情进展都不是很顺利，市里面的领导对我也是很不满意，我急于改善目前这种现状，却苦于无头绪，其实我最近很少去郑老那里，不仅仅是我们俩的事情我没办法开口，也是有这方面的因素的。”

傅华在被金达责备之后，开始四处奔波，到处拜托朋友，打听寻找可能到海川投资的客商，可是客商并不是现成就在那里的，他迄今为止还是毫无收获，日子一天天过去，他还拿不出成绩，心里自然是很有些焦躁。

郑莉握了傅华的手，说：“你这傻瓜，这种情况你就自己一个人闷在心里啊？你可以跟我说说啊，说不定我能帮你的。”

傅华笑了笑说：“我不想你跟着我承受这种压力，我希望你能快快乐乐的。”

郑莉瞪了傅华一眼，说：“我不愿意听你说这种话，我们现在走到了一起，你不快乐，我又怎么能快乐呢？”

傅华握了一下郑莉的手，笑笑说：“小莉，有你这句话，我心里就很高兴了。我自己的问题自己能解决的，只是需要一点时间而已。”

郑莉看了看傅华，她知道眼前这个男人虽然有柔弱的一面，可是一个外柔内刚的人，自己如果逼他接受帮助，他是会反感的，便笑了笑说："好啦，我相信你自己会解决的，需要我做什么，说一声就好。"

傅华笑着点了点头，说："我知道了，郑老既然提到我，我们是不是什么时间一起去见见他老人家？"

郑莉笑笑说："你如果还没准备好，可以等一段时间再跟爷爷说这件事，他提起你，也是老人家在家里有些闷了，希望你找时间陪他说说话而已，你自己去就可以了。"

傅华心中正不知道该如何跟郑老说跟郑莉在一起这件事情，郑莉这么说就是给他空间准备，他笑着说："小莉，你真是善解人意。"

郑莉笑着说："不善解人意不行啊，好不容易抓到了一个喜欢我的家伙，再把他吓跑了，那我不是损失大了？"

吃晚饭，傅华送郑莉回家，这时旁边过来一辆黑色的五系宝马车，冲着两人按响了喇叭，傅华刚想说这人怎么这么讨厌，却见郑莉拉着他的手赶忙松开了。

看来郑莉是认识宝马车主的，而且还很熟悉，还不太想让车主知道自己跟她的关系，傅华的好奇心一下子起来了，小声问道："小莉，这家伙是谁啊？"

郑莉还没回答，宝马车已经停好，一个五十多岁的男子从车上下来了，下来就冲着郑莉问道："小莉，这家伙谁啊？"

傅华笑了，他没想到这个男人竟然问了一句跟自己一样的话。

郑莉有些紧张地往前走了两步，迎向了来的那个男人，傅华心中难免有些醋意，似乎男人比自己在郑莉的心目中还重要，便有些挑衅地打量对方。

男人的打扮看上去很普通，不过以傅华这些年在赵婷培训下提高的服装品位来看，男人穿着的衣物剪裁都很得体，很可能都是量衣定做的衣物，之所以看上去普通，可能是男人追求那种不引人注目的格调吧。

男人也在上下打量着傅华，他的眼神锐利，有些不太友好地盯着傅华，似乎是想看到傅华的骨子里去，傅华从他身上感到了一股很强大的气势，压得他都有些喘不过气来。

傅华强逼着自己挺直了腰板，他不想被男人的眼神就降服了。

郑莉已经走到了男人身边，说："爸爸，你这么晚怎么突然跑过来了？"

男人笑了笑，说："我的女儿老是不去看我，我路过这里过来看看女儿总行了吧？"

男人的笑意一下子扫去了他的威严，变成了一个慈祥的父亲，傅华知道这是郑莉的父亲，自己再跟他对看就有些不礼貌了，赶忙低下了头。

郑莉笑着说："你想让我去看你，打个电话过来不就行了吗？不用亲自跑来吧？"

男人笑笑说："跟你说了是路过了，小莉，你还没跟我说这小子是谁呢？"

郑莉笑笑说："一个朋友，刚刚一起吃饭他送我回来的。"

男人笑着说："男朋友吧？我看你们刚刚拉着手亲亲密密要上楼，看到我来了才松开手的，小子，你给我过来。"

傅华听男人叫自己小子，心里就有些不太高兴，心说就算你是郑莉的父亲，也没有一见面就喊小子的道理，这家伙也太不客气了吧？

心里虽然这么想，傅华并不敢发作出来，他不想一来就把跟郑莉父亲的关系弄僵，也怕让郑莉难做。

傅华走了过去，笑着伸手出来，说："叔叔你好。"

男人轻轻地沾了一下傅华的手，笑着说："小子，你喜欢我女儿？"

再次被称为小子，傅华越发不高兴，他觉得眼前的这个男人对自己是有着敌意的，便笑了笑说："叔叔，我叫傅华，不叫小子。我是很喜欢郑莉。"

男人笑了，转头看了看郑莉，说："小莉啊，你选的这个男人脾气看起来可是有点倔啊，只是不知道是不是本事也有点大啊？"

郑莉看出傅华已经有点恼火了，眼见父亲越说越不客气，生怕两人在这里就冲突起来，她没去回答父亲的问题，而是走到了傅华面前，说："你先回去吧，我明天给你电话。"

傅华知道郑莉是怕他脾气上来和她父亲冲突起来，他也不想让郑莉难做，就笑了笑说：“那叔叔，我先回去了。”

男人没说什么，只是笑着看着傅华。傅华上了车，降下了车窗，对郑莉说：“我回去了。”

郑莉点了点头，也没顾忌她父亲就在不远处看着，探头进来在傅华脸颊上亲了一下，然后笑着说：“开车慢一点啊。”

郑莉的这一吻是对她父亲对傅华敌意的一种甜蜜补偿，傅华由此知道她其实更重视自己和她的关系，心中因为刚才郑莉父亲而产生别扭顿时云消雾散了，他笑着说：“我知道，你过去吧，你父亲在等着你呢。”

郑莉笑笑说：“你别管他了，我要看着你走。”

傅华开了车离开了，郑莉直到车子看不见了，这才回过头来走到了父亲面前，说：“上去聊吧。”

父亲随着郑莉往楼道里走，一边笑着说：“你刚才亲那个小子，是向我示威啊？”

郑莉笑笑说：“你女儿喜欢那小子不行啊？”

父亲笑笑说：“也不是不行，只是我觉得这小子倔倔的，这种个性强的男人不好驾驭啊，选择他你可要想清楚啊。”

郑莉笑笑说：“真是莫名其妙，我不找男朋友吧，你成天催着我赶紧找，还会弄一堆这样那样的精英让我相亲；我找了吧，你又说这样不好，那样不好的。你到底想我怎么做啊？”

父亲笑了笑说：“我是不太喜欢这个人，他身上有着某种我不太喜欢的东西，小莉，说了半天，我还不知道他是做什么的呢？”

郑莉笑笑说：“他是海川驻京办的主任，是不是你更不喜欢了？”

父亲恍然大悟，说：“他就是你爷爷说过的那个海川驻京办的主任啊，难怪他身上有些气息我不喜欢，原来他是个官员啊。我说傅华这个名字我听着怎么这么熟悉呢，你怎么会选择了他呢？我们家现在可是不太喜欢政治人物啊。”

郑莉知道家里的人都是不喜欢政治人物的，这是因为郑老在那非常岁月中也是没能幸免，覆巢之下岂有完卵，郑莉的父辈也因此受到过很大的冲击，他们几乎是在一夜之间从这个国家享尽优越的最尊贵的一族中沦为被斗争的最底层，这给郑莉的父辈留下了很惨痛的记忆，因此在郑老恢复工作之后，他们对政治都敬而远之，纷纷选择了跟父亲不同的道路。

也因为如此，这个家族选择接纳新成员的时候，也基本上避开了政治人物。郑莉选择了一个官员，也是为她父亲所不喜的。

郑莉笑笑说："我喜欢的是他这个人，又不是他的职业。"

父亲不屑地说："他这个人有什么好喜欢的，说帅吧，我也介绍过更帅的男人给你认识，说有能力吧，我想驻京办主任顶多是一个七品芝麻官，肯定在这社会上没什么影响力，我介绍给亿万身家的人都有，他身上到底有什么可以让你喜欢的？"

郑莉笑了，说："喜欢就喜欢了，喜欢是没什么理由的，难不成你喜欢一个女人，还非要从她身上找到你喜欢的点吗？说实话，我也没觉得你选择的女人有什么让我喜欢的地方。"

父亲尴尬地笑了笑，说："我知道你不喜欢你阿姨，她可能没办法像你母亲那么优秀，可是她对我很好，这一点对我就足够了。"

郑莉笑了，说："傅华对我也很好，这对我来说也是足够了。"

正说着，到了郑莉的家，她开了门，把父亲让了进去，说："你要喝什么？"

父亲说："一杯水就好了。"

郑莉给父亲倒了水，父亲喝了一口水，说："小莉啊，这个傅华你是不是再慎重考虑一下，他跟你爷爷很熟悉，肯定熟知我们家族的情况，很难说他不是冲着你爷爷的影响力才跟你在一起的，你没有太多的社会经验，这些做官的有些时候为了升迁可是什么花招都使得出来的，你不要被他蒙骗了。"

郑莉笑了，说："爸爸，阿姨嫁给你的时候，你在美国就已经是一个很有钱的富豪了，她跟你年纪又差那么多，你怎么就肯定她是真心喜欢你这个人，而不是喜欢你的钱呢？"

父亲有点恼火了，说："我在谈你的事情，你老往你阿姨身上扯干什么？她是不是真心对我难道不清楚吗？还用你来教我？"

郑莉笑笑说："我也是成年人了，我对社会和人都有自己的判断能力，我想我也不需要别人来教我怎么去看一个人，你看你这么多年都不在我身边，我也没被人骗去卖掉。”

“你是一定要跟我叫板是不是?”父亲更加恼火了。

郑莉也不示弱，她看着父亲说：“是你非要跟我叫这个板的。怎么，现在想要在我面前扮演父亲的角色了？我可知道，我在最需要父亲做导师的时候，身边却只有爷爷奶奶，而没什么父亲。现在我不需要了，你却跑出来对我的事情指指点点，真是滑稽。”

父亲一下子被击中了要害，他有点颓丧地低下了头，说：“小莉，我知道你成长的过程中我并没有陪伴在你身边，这是我做父亲的失职，我心里一直对这件事情很歉疚。”

郑莉苦笑了一下，说：“爸爸，我不是要怪你的意思，你那时是去追求你的事业，我也没什么好怪你的。只是我已经习惯了自己独立的生活，也有了自己的事业，现在也有了一个疼我的男朋友，我过得很好。你现在也有了新的家庭，你跟阿姨和弟弟也过得很好，我没有干涉过你的生活，也希望你不要来干涉我好吗?”

父亲看了看郑莉，叹了一口气，说：“既然你这么喜欢他，那我不管了，只要你高兴就好。好啦，我回去了。”

郑莉看得出来父亲心里是很难过的，便说：“爸爸，我不是故意要提小时候的事情的，你不要介意啊。”

父亲站了起来，笑了笑说：“我怎么会跟自己的女儿介意呢？好啦，我回去了，你有时间也要去我那坐坐，虽然你阿姨无法跟你母亲相比，可是她嫁给了我，就跟我们是一家人，她也是很希望你能接受她的。”

郑莉说：“行啊，我会找时间回去坐一坐的。爸爸，我和傅华的事情你先不要告诉爷爷。”

父亲说：“怎么，你还没跟你爷爷说?”

郑莉说：“是，我和傅华刚开始，傅华还不知道该如何跟爷爷讲这件事情。”

父亲笑了，说：“你倒挺替他着想的。好啦，我不多嘴就是了。”

父亲离开了，郑莉想打电话给傅华，看看时间已经很晚了，估计这个时候傅华应该已经睡着了，就放弃了。

郑莉没想到的是，傅华这一晚并没有安心入眠，虽然临别时的一吻，郑莉已经向他表明了心迹，可是他还是很想知道郑莉父亲对他们这段感情什么态度，郑莉父亲在跟自己见面的时候，实际上已经表明了他的敌意，他会不会在自己走后向郑莉施加压力，让郑莉不要跟自己在一起呢？

虽然只是短短接触了几分钟，傅华却基本判断出郑莉的父亲是一个很强悍的人物，他虽然外表看上去很低调，可是在看到自己的那一刻却是霸气外露，让傅华知道这是一个很难斗的人。傅华相信他如果要干涉自己和郑莉的感情，自己肯定会遭遇到很大的阻挠，这不由得让傅华心里蒙上了很厚一层阴影。

辗转反侧了一夜，天刚亮，傅华就打了电话给郑莉。郑莉是被电话铃声吵醒的，接电话时还睡意蒙眬的，傅华笑了，说："小莉啊，你倒睡得着。"

郑莉笑了，说："怎么了，你昨晚没睡好？"

傅华笑笑说："是啊，我在床上烙了一夜的烙饼。昨晚我走之后，你父亲没说什么吧？"

郑莉嘿嘿笑了，说："说了啊，还说了很多呢。你一晚都在担心这个吧？"

傅华说："是啊，说实话，我有点怵你父亲。"

郑莉笑笑说："你就是不相信我，好啦，我已经跟父亲谈好了，他不会干涉我的生活的。你这傻瓜，还一夜没睡好，早知道这样我昨晚就该打个电话给你了。"

郑莉的意思是问题已经解决了，傅华却有些不太敢相信，他感觉郑莉的父亲不是这么容易就妥协的，不过郑莉这么说，他也不好质疑，就笑了笑说："你父亲不反对我们来往就好。"

两人又说了些情话，看看上班时间快到了，这才挂了电话。

虽然不是太相信郑莉的父亲会这么轻易就同意两人的交往，但是郑莉传递过来的消息总是正面的，到办公室时傅华心情还是很不错的。

也许是老天感应到了傅华的心情愉快，想给他来一个锦上添花，发改委的刘杰司长打来了电话，说有一个台湾来的客商想要到内地投资，到发改委来询问国家相关方面的投资政策，刘杰就想到傅华最近拜托他寻找可能到海川投资的客商，因此问傅华要不要见一见。

傅华心中十分惊喜，他这些日子一直都在寻找的机会，能找到发改委，找到刘杰，这个台湾客商可能要投资的规模会很大，很可能相当于融宏集团规模的投资，因为几千万的投资可能在地方上就解决了，根本就不需要到北京来。

傅华笑着说："当然要见了，谢谢刘哥帮我留意。"

刘杰笑笑说："客气什么，下午三点到我办公室来吧，我介绍你们认识一下。"

挂了电话，傅华心情就很兴奋，心中猜测会是一个什么样的客商，设想着要如何去吸引客商把投资地点放到海川去。

傅华这个时候感觉自己的运气似乎又回来了，这种机会通常都是可遇不可求的，就这样很偶然找上门来，不能不说是好运气。

下午三点不到，傅华就赶到了刘杰的办公室，客商还没到，刘杰正在批阅公文，见到傅华来了，笑着说："我就知道你会早到的，你们这些家伙听到有人要来投资，就像苍蝇见了血一样。"

傅华笑笑说："这没办法，地方经济的发展关系着很多领导的政绩呢，大家都在争，自然就会像苍蝇见了血一样。"

刘杰说："那位老板还没过来，你先坐，我批完这份公文。"

刘杰就继续批他的公文，过了一会儿，门被敲响了，一个略微有些土气的五十多岁的男子敲门进来，刘杰站了起来，迎过去说："冯董，你来了。"

傅华就知道等的客商来了，也跟着迎了过去，来人个子不高，眉毛有点秃，不过下面一双眼睛却炯炯有神，让人不敢轻视。

不知道是不是商业养成的格局不同的缘故，傅华见到的很多台湾商人即使生意已经做到很大了，身上还是脱不了那种说不清楚的土气，台商都很贴切地管这种土气叫台味，确实是有一种让人感觉很台湾的味道。这一点陈彻身上有，眼前这个冯董身上更明显。

有人说台商这种台味其来有自，是根植于日本统治时期日本人留下的商业传统，务实，不追求浮华。而港商的商业传统则是深深打上了英国殖民的烙印，相比台湾来说就洋气很多。

冯董笑着说："劳烦刘司长等我，真是不好意思。"

刘杰笑笑说："冯董客气了，来，我来介绍一位朋友给你认识，这位是傅华，海川驻京办的主任，海川这个地方冯董应该知道吧？"

冯董笑了笑说："海川我是知道的，著名的海滨城市，度假胜地。"

傅华上前跟冯董握了握手，说："很高兴认识您啊，冯董。"

刘杰笑笑说："我觉得海川很适合冯董这一次在内地投资建厂的条件，你可以考虑一下。"

冯董笑了笑说："我知道，我也留意过海川。"

刘杰笑着说："那就更好了，我们坐下来谈吧。"

三人就坐了下来，冯董笑着说："傅主任，我提一个人你大概认识吧？"

傅华笑笑说："哪位？"

冯董说："陈彻陈董，融宏集团的董事局主席，融宏集团在你们海川也是有投资的，他跟我是很好的朋友，我们如果都在台湾，是一定会找到一起泡茶的。"

傅华笑了，说："当初融宏集团之所以会到我们海川投资，就是我厚着脸皮缠着陈董才把他拉去的。我想如果您跟他提起我的名字，他肯定会说认识我的。"

傅华知道陈彻对自己印象很好，如果这个冯董真是陈彻的朋友，那他肯定会从陈彻那里听到对自己的好评的，这让傅华心中更加有信心能将冯董拉到海川去投资了，因为陈彻不但对自己评价很高，而且融宏集团在海川的投资也是十分成功，有了这前面的成功经验，冯董自然很容易就会接受海川的。

冯董笑了，说："你就是去饭店堵过陈彻的那个人啊！我当时很奇怪他突然跑去海川投资，他就跟我讲了你跟他的那段故事，他对你的评价很高啊，说你身上有些他当年的影子。想不到会在这里见到你本人啊。"

傅华笑笑说："那是陈董抬爱，其实我那招数本身就是跟陈董学的。"

冯董笑着说：“以其人之道还治其人之身，傅主任聪明啊。”

两人哈哈大笑了起来，刘杰也跟着笑了，笑完之后，说：“看来你们还是朋友的朋友啊，那就更好说话了。”

傅华笑笑说：“是啊，冯董，您既然跟陈彻陈董很熟悉，那就应该对我们的投资环境有所了解，我们市政府是大力欢迎有实力的客商到海川去投资，也会对来投资的客商提供一切尽可能的保护和方便，您看是不是考虑去我们那里看一看，适不适合您这一次的投资。”

冯董笑笑说：“陈彻对你们的投资环境是很称许的，我还真是有意过去看一看的。”

傅华笑着问：“冯董，我还没请教，你这次准备在内地投资的项目是什么呢?”

看冯董确实有去海川考察的意愿，傅华心中已经准备把这个项目的情况跟市政府汇报，以方便接待冯董的实地考察，这样子的话，自然要问一下冯董具体要投资什么项目。

冯董笑了笑说：“我是从事化工产业的，这一次我是准备投资一百亿人民币在国内建厂生产对二甲苯。”

傅华并没有十分在意冯董说他要生产什么，而是被冯董说要投资一百亿人民币这个数字吸引了过去，一百亿的人民币啊，这要是落户在海川，对海川的经济工作将会起到多大的带动作用啊。

傅华有些不太相信自己会有这么好的运气，竟然一下子可以遇到这样一笔大数目的投资，他问道：“冯董，你要投资一百亿人民币，我没听错吧?”

刘杰笑了笑说：“老弟啊，你没听错，冯董要投资的这个项目如果建成的话，预计每年的生产总值将会达到七百亿人民币，这可是一个很大的数字，你想想，你们市长听到这个数字将会是怎样一个惊喜啊!”

傅华再次感到了惊讶，七百亿，海川市现在国民生产总值每年也是刚刚过千亿，如果能够建成这个项目，几乎相当于国民生产总值一下子增加了百分之七十，这将是怎样一个增长数字啊!

傅华越发对这个项目感兴趣了，他更想了解一下这个项目的详细情况，以便到时候冯董去海川考察的时候海川市接待人员能够更好地应对。对二甲苯是一个化工名词，作为对化工一窍不通的傅华来说，根本就不知道是做什么用的，便问道：“冯董，不知道这个对二甲苯是做什么？”

冯董笑笑说：“它是一种化工原料，是一种石油化工产品，涤纶傅主任知道吗？”

傅华笑笑说：“我知道啊，一种合成纤维，好像有些布料就是涤纶材质的。”

冯董笑笑说：“傅主任既然知道涤纶我就好解释了，涤纶在世界上的合成纤维中占百分之八十的比例，它的主要成分是聚酯纤维，而生产聚酯纤维的主要化工原料是精对苯二甲酸，而生产精对苯二甲酸则需要上游产品对二甲苯，对二甲苯是精对苯二甲酸的主要生产原料。石油经过一定的工艺过程生产出石脑油，石脑油再经过一定工艺过程就可以提炼出对二甲苯。”

冯董说了一大堆的化学名词，傅华也不懂，不过大致上知道了对二甲苯是一种化工产品。

傅华看了看刘杰，笑着问道：“刘司，国家政策方面对这个还有什么特别的规定吗？”

冯董专门跑到北京询问国家的有关政策，说不定是因为国家在某些方面要限制这种化工产品的生产，傅华感觉自己还是事先弄弄清楚比较好。

刘杰笑了，说：“你要问国家政策方面啊，政策方面是很支持的，在2002年以前，我国是限制精对苯二甲酸的投资，不过2002年修订的《外商投资产业指导目录》将精对苯二甲酸由限制类改为鼓励类，这导致国内市场一直被抑制的需求迅速爆发，并直接拉动了上游对二甲苯的需求，现在对对二甲苯的需求量很大，国内的生产根本就无法满足需求，大部分靠进口。冯董在这个时候选择投资这个项目可是很精明的。只是由于是化工产品，环保方面要求很高，冯董在投资建厂的时候可是要严格加以注意啊。”

冯董笑笑说：“刘司，这个不需要你提醒我，我也知道国内形势不是像九十年代那个样子啦，我会严格遵守国家的相关规定的。”

投资额巨大，国家政策扶持，这听在傅华的耳朵里已经是一个很优质的项目了，因此对刘杰要注意落实环保的话并没有十分在意，更何况冯董也向刘杰承诺将会严格遵守国家的有关政策的，这就更没有什么可担心的啦。

傅华笑着对冯董说："冯董，你这边有没有投资的计划书什么，我想了解更多的情况，好向市里面做汇报，以便尽快安排你去我们海川市实地考察。"

冯董笑笑说："傅主任，陈彻果然没说错，你做事就是这么雷厉风行，我们投资的计划书是有的，回头我安排助理给你送过去一份。"

傅华笑笑说："那冯董方便跟我透露一下你最近几天的行程吗？如果市里同意我的建议，我想尽快安排你去我们海川考察。"

傅华不想放过这个大好的机会，想要尽快把冯董拉到海川去，现在冯董的项目还没有确定要落户海川，这就是一个空中楼阁，只有尽快敲定，才对海川有实实在在的好处。

冯董笑笑说："我在北京还有事务要处理，这一周都会留在北京的。"

傅华相信如果金达知道这个项目，他一定会尽快安排冯董去海川考察的，一周的时间应该足够了，便笑着说："那我们保持联系，我想海川市政府一定会非常欢迎冯董尽快实地考察的。"

冯董笑笑说："我也喜欢到一个投资环境良好的地方投资的，我就静待傅主任的好消息啦。"

傅华回了驻京办，马上就把冯董的名片交给了罗雨，安排罗雨尽量搜集冯董和对二甲苯的相关资料，他信奉知己知彼、百战百胜，要想将冯董的项目引到海川落户，对冯董这个人和他的项目不够了解显然是不合适的，只有更多了解情况，才会对情况做出合适的应对，也才能吸引住冯董。

交代完了安排之后，傅华说："小罗，这可是一个大项目，现在目前还在寻找合适的投资地点，如果这个消息散播出去，我想将会有很多地方抢着让冯董去他们那里投资的，所以时间对我们来说很宝贵，我们必须抢在别人前面把冯董请到海川去考察，并且尽可能把冯董的投资留在海川，你必须要快而且尽可能多搜集相关的情况，知道吗？”

罗雨笑笑说：“我知道，我今晚会加班把你需要的东西找出来的。”

傅华笑笑说：“行，你就赶紧去忙去吧。”

罗雨领命而去，傅华也上网开始搜索冯董和对二甲苯相关的资料。网上能够找到的资料很有限，只是知道冯董控制的这家冯氏集团公司是一家从台湾起步的化工集团，在国际上都是数得着的公司，主要从事石油化工生产，他的化工厂是跟台湾首富王永庆化工厂同期建起来的，今年因为岛内政治生态恶化，经济不振，冯董的冯氏集团就有转战内地建厂的趋势。

看来这家公司的实力是有的，足以支撑百亿的投资，这让傅华少了些担心，他可不想满心欢喜引进海川的是一家玩空手道的公司。

网上可查到对二甲苯的资料也是有限的，基本上与冯董讲的是一致的，是合成纤维的一种重要原料，微毒，所以建厂需要对环保要求是很高的。

傅华对微毒也没十分在意，化工产品通常都是有毒性的，现代社会对此通常是接受的，同时环保设备也会将这种毒性的损害控制到最低，低到都可以忽略不计的程度，因此也没什么担心的。

看到这些资料，傅华放心了，他觉得这个项目是适合介绍回海川的，也期待这个项目会给金达带来一笔亮丽的政绩。

看看时间已经是晚上九点了，傅华伸了伸有些酸的腰，抓起电话打给了郑莉，他现在心情很高兴，就想跟郑莉一起分享：“我刚忙完工作，还没吃饭呢，要不要出来陪我一起吃啊？”

郑莉笑了，说：“都几点了，你还没吃饭呢？我可是早就吃过了。”

傅华笑笑说：“我忙工作一时没顾时间，我今天心里特别高兴，出来吧，我们一起小酌一杯。”

傅华就去接了郑莉，两人找了一家精致的小餐馆，叫了几个小菜，开了啤酒。郑莉给傅华倒满了，也给自己添了一杯，陪着傅华喝。

郑莉说：“现在可以说说你遇到了什么好事了吧？”

傅华笑笑说：“是这样，今天发改委的一个朋友介绍了一个很大的投资项目过来，我刚才就是在查这方面的资料，初步看来，这个项目很不错，如果能够成功地让它落户海川，将会对我们海川经济有很大的带动，我也可以给市里面一个很好的交代了。”

郑莉知道最近一段时间傅华工作上的压力很大，傅华现在这么高兴，显然也有这个压力解除了的缘故，她也很高兴，因为她这段时间也感受到了傅华的压力，傅华不高兴，她也是无法高兴起来的。

郑莉端起了酒杯，笑着说：“来，祝贺你遇到这么好的投资项目。”

傅华高兴地跟郑莉碰了杯，然后一口喝干了，笑着说：“小莉，我感觉我最近事情顺利了很多，你看我原本最担心你父亲对我们在一起的态度，可是我担心的事情并没有发生，他老人家接受了现实，这已经让我很是兴奋啦，现在又有了这件大投资，我工作上的瓶颈也可以得以突破，真是锦上添花啊。”

郑莉笑笑说：“事情不会总是不顺利的。”

傅华笑着说：“我觉得这都是你给我带来的好运，我想没你的坚持，你父亲也不会接受我。”

郑莉笑了笑说：“我早就都跟你说过了，我父亲那边不是问题。”

傅华笑笑说：“我知道，可是我不希望你为了我跟你父亲冲突，我希望跟我在一起你是快乐的，而不是备受压力。”

郑莉感动地点了点头，说：“傅华，只要跟你在一起，我就很快乐了，你不需要再去想太多。”

两人心里都甜丝丝的，有一股幸福的情愫在两人之间流动，傅华忽然很渴望吻郑莉一下，他偷眼看了看周围，就餐的人们各自忙着各自的事情，并没有人注意到他们，便探头过去，在郑莉耳边轻轻地吻了一下。事发突然，郑莉有些猝不及防，她脸红了，慌忙捶了傅华一下，娇嗔道：“你干嘛啊，这么多人在这里吃饭呢。”

傅华笑了，说：“小莉，有你在我身边真是幸福。”

相互喜欢的人在一起，时间就过得飞快，两人喁喁说着情话，不觉这顿饭就吃了三个多小时，餐馆的客人们都走得差不多了，服务员也打着瞌睡，两人这才收拾了一下离开了餐馆。